Barbara Stein

Tir nan Ogg – Die Zauberinsel

Roman

b
b
b
battert verlag baden-baden

b
b **battert verlag baden-baden**
b Töpferweg 10 76532 Baden-Baden
Tel: 07221-64470

Ungekürzte Ausgabe

November 2002

ISBN: 3-87989-372-1

1. Aufl. 2002

© Battert Verlag, Baden-Baden
Herstellung: Books on Demand GmbH

Printed in Germany

Widmung

Zur Erinnerung an meine Großmutter, die mir als Kind in endlos langen Nächten die wunderbarsten Geschichten erzählt hat.

Danksagung

Mein besonderer Dank gilt meiner Familie, die meine Launen stets geduldig ertragen und mich mit guten Ideen unterstützt hat.

Es war noch fast tiefschwarze Nacht, als Rufus Witherspoone, wie schon so oft, vom Geschrei der kleinen Stella geweckt wurde. Eigentlich war er schon kurz zuvor aufgewacht, von einem Gefühl der Bedrohung, das er sich nicht näher erklären konnte, ihm aber weit über das Aufwachen hinaus Unbehagen bereitete. Er schob den Gedanken beiseite, denn schließlich war heute ein besonderer Tag - und außerdem musste er sofort nach der Kleinen sehen, bevor sie das ganze Haus aufwecken würde.

Rufus stand leise auf, um Serafina nicht zu wecken, die friedlich und mit gleichmäßigen Atemzügen neben ihm lag und schlief. Er schlich aus der Tür des geräumigen Schlafzimmers und schaltete erst auf dem Flur das Licht an. Auch wenn die Nacht sich dem Ende näherte, so war erst ein leichtes Grau am Horizont zu erkennen, das den neuen Tag wage erahnen ließ.

„Schätzchen, dein Daddy bekommt die Augen zwar noch kaum auf, steht aber voll zu deiner Verfügung. Haben wir wieder Probleme mit den Zähnen, oder meinst du, dein alter Vater hat für heute genug geschlafen. Ganz Schottland schläft noch, warum du nicht auch?"

„Dada", sagte Stella, als er sie aus dem Bettchen nahm, um sie sanft in seinen Armen zu wiegen. Sie war jetzt etwa anderthalb Jahre und das Nesthäkchen in der Großfamilie Witherspoone. Die Zwillinge, Amalie (Amy gerufen) und Keenan (genannt Kee) feierten heute ihren zehnten Geburtstag, das hieß, daß der Tag ohnehin anstrengend genug werden würde.

„Aye, Prinzessin, wollen wir runter in die Küche gehen und uns den ersten Kaffee des Tages gönnen? Aber wie wäre es vorher mit einer frischen Windel!"

Nachdem Rufus Stella frisch gewickelt hatte, ging er mit ihr in die Küche, wo sie beide sofort freudig von Archibald, dem gutmütigen und äußerst schlauen Golden Retrieverrüden begrüßt wurden. „Arschie ei, ei", quiekte Stella fröhlich.

Rufus legte einen Filter in die Kaffeemaschine, gab Kaffeepulver dazu und goss kaltes Wasser auf. Schon bald erfüllte frischer Kaffeeduft die gemütliche Küche und weckte bereits im Vorfeld Rufus Lebensgeister.

Stella, die inzwischen auf dem Fußboden herumgekrabbelt war, ließ durch einen Fingerzeig ihre Saftflasche auf sich zuschweben, denn auch sie hatte, obwohl noch sehr klein, die GABE, wie jeder in der Familie Witherspoone. „Na, na, kannst du wieder nicht warten, bis du an der Reihe bist", fragte Rufus scherzhaft. Als Antwort kam ein kurzes aber entschlossenes: „Nö."

„Dein Fläschchen hast du ja nun! Wie wäre es mit etwas Brei dazu?" Ohne auf die Frage ihres Vaters weiter einzugehen, hangelte sich Stella, einem Äffchen gleich, in ihren Kinderstuhl und ließ sich - nach der für sie großen Kraftanstrengung - auf den Sitz plumpsen.

Den Teller mit Stellas Frühstück in der Hand und den Brei anrührend ging Rufus zur Hintertür, um Archie kurz sein Morgengeschäft verrichten zu lassen und sich die Morgenzeitung aus dem Briefkasten zu holen. Die Straße lag noch völlig ausgestorben da. Es war ruhig wie auf einem Friedhof. Nun ja, es war auch allerhöchstens viertel vor fünf, schätzte Rufus. Um diese Zeit lagen die Menschen normalerweise einfach in den Betten und schliefen. Aber im Hause Witherspoone lief alles etwas anders. Hier war nichts, aber rein gar nichts normal! Serafina, Rufus und die Kinder bewohnten ein altes, großes Haus mit sechs Zimmern, Bleiglasfenstern und einem gepflegten Garten in einem Außenbezirk von Glasgow. Hier standen die Einfamilienhäuser noch nicht so dicht aneinandergedrängt, dass man von seinem Garten aus auch gleich das Wohnzimmer des Nachbarn mit beaufsichtigen konnte. Nein, hier hatten die Witherspoones genug Abstand zu den Nachbarn. Der parkähnliche Garten wurde von alten, hohen Bäumen bewacht, die rund um das Haus standen wie eine Privatarmee. Serafina liebte diesen Garten über alles. Für die Kinder hatten sie einen Spielplatz angelegt: Mit Schaukel, Rutsche und Buddelkiste. Das war ein allseits beliebter Platz geworden, auch die Nachbarkinder wurden geradezu magisch davon angezogen. Serafina verbrachte jede freie Minute kniend zwischen Rosen- und Kräuterbeeten. Viel war jetzt im Halbdunkeln allerdings nicht davon zu erkennen. Rufus pfiff den Hund zurück, freute sich auf seinen Kaffee und erstarrte: Denn Stella war nicht mehr allein! Ihr gegenüber saß Grin, ein achthundert Jahre alter Lichtelf, der offensichtlich als Bote aus dem Zauberreich gekommen war, und unterhielt die Kleine mit lustigen Grimassen, die mit Jauchzen und Klatschen von Stella kommentiert wurden. Obwohl Grin alt war - auch für einen Elfen -, denn diese konnten über tausend Jahre leben, war er genauso, wie Rufus ihn in Erinnerung hatte: Groß, hager und die gebräunte, bläuliche Haut voller Falten. Besonders um die Augen hatten sich die Spuren von vielen Jahrhunderten unwiderruflich eingegraben.

„Aye Rufus, mein Lieber, wie es dir geht. Ich sehe, das Baby inzwischen ist groß geworden", sagte Grin mit einem Grinsen über sein ganzes, schrumpeliges Gesicht.

Rufus kaute auf seiner Zunge herum, als ob er die Gedanken, die ihm im Kopf herum geisterten, erst sortieren müsste. Mehr als ein „mpf", brachte er im Augenblick einfach nicht hervor.

Nachdem Stellas Vater seine Fassung wiedergefunden hatte, denn man bekommt nicht ohne einen triftigen Grund überraschend Besuch aus dem anderen Reich, begrüßte er Grin herzlich. Normalerweise wurden Botschaften von dort in der lokalen Zeitung - unter der Rubrik Okkultes - übermittelt, die aber nur von den Witherspoones gelesen werden konnten. Außerdem fungierte der Hund als Medium und konnte auf telepathischem Weg sowohl Botschaften übermitteln als auch empfangen. Da Grin den langen Weg aus dem Zauberreich auf sich genommen hatte, musste dort etwas Wichtiges geschehen sein.

Der Hund sprang freudig erregt an dem Lichtelfen herum und Rufus musste ihn energisch beiseite schieben.

„Meine Güte, hast du mich jetzt aber erschreckt. Ich habe ja schon eine Weile nichts mehr aus dem Reich gehört. Was führt dich denn ausgerechnet zu so früher Stunde hier her?"

Grin drehte seine spitzen Ohren in alle Richtungen und räusperte sich verlegen, bevor er antwortete: „Aye, wie du weißt, haben deine Zwillinge ihren zehnten Geburtstag heut und beschlossen hat der Magierrat, dass es Zeit nun ist, sie lernen kennen das andere Reich. Wir erwarten morgen euch." Rufus war völlig sprachlos, denn normalerweise wurden Kinder aus Zauberer- und Hexenfamilien niemals vor ihrem fünfzehnten Geburtstag ins Land hinter der Wirklichkeit gebracht, und es musste schon einen besonderen Grund für eine solche Anordnung geben, der er sich jedoch zu fügen hatte. „Komm Grin, nun mal raus mit der Sprache: Was ist wirklich los", forderte Rufus zu wissen. Grin druckste eine Weile herum und sagte dann: „Ich nicht befugt bin darüber zu sprechen. Aber sehr wichtig, dass ihr bald euch macht auf Weg." So plötzlich, wie Grin aufgetaucht war, war er auch schon wieder verschwunden. Rufus hatte nicht die geringste Möglichkeit zu antworten.

Schließlich war alles gesagt, und Rufus hatte dem Magierrat einst Treue und Gehorsam geschworen, auch wenn er vor langer Zeit mit Serafina das Zauberreich freiwillig verlassen hatte, um unter den Menschen zu leben und zu beobachten, ob die Bedrohung aus der Schattenwelt auch bis hierher vordringen würde.

Eingangs hatten Rufus und Serafina ihre Probleme in der Welt der Technik gehabt, da sie aus eher mittelalterlichen Verhältnissen kamen. Besonders Serafina stand anfangs mit Computern, Telefonen und vor allem elektrischen Kochherden auf Kriegsfuß. Rufus konnte sich noch gut erinnern, wie viele Gerichte, die seine Frau eigenhändig zu kochen versucht hatte, angebrannt waren, weil sie mit dem modernen Backofen einfach nicht klargekommen war. Daher hatte Serafina schnell auf die ihr angeborenen Hilfsmittel - sprich Zauberei - zurückgegriffen, auch wenn sie inzwischen gelernt hatte, mit der Technik umzugehen. Manchmal, besonders wenn menschlicher Besuch im Hause war, ließ sich die lästige Kocherei aber einfach nicht vermeiden.

Heutzutage empfanden sie den Fortschritt eher als angenehm und nützlich. Alleine die Fortbewegungsmittel wie Flugzeuge, Busse, Bahnen und Autos sprachen einfach für sich.

Rufus besann sich wieder auf Stella und stellte ihr einen Teller mit Brei vor die Nase, goss sich selbst eine Tasse Kaffee ein, um sich dann neben seine Tochter zu setzen und über das eben Erlebte nachzudenken. Stella ließ wie üblich ihren Teller mit Brei erst einmal zwei Runden um den Tisch kreisen, bevor sie anfing, sich ihr Frühstück langsam und bedächtig in den kleinen Mund zu schaufeln.

Natürlich klappte das noch nicht so gut, und die Hälfte landete - wie üblich - unter dem Tisch, wo aber Archibald bereits Position bezogen hatte, um die Breireste genüsslich und geräuschvoll aufzuschlecken. Auch der Hund hatte, wie jeder in der Familie eine besondere Gabe, schließlich war auch Archie ein Zauberhund, erschaffen im magischen Reich, um auf die Witherspoones aufzupassen. Denn an welchem Ort auch immer die Kinder waren oder sein würden, ob im Menschen oder im magischen Reich, er konnte sie dank seiner telepathischen Kräfte an jedem nur erdenklichen Ort - auch über weite Entfernungen - aufspüren. Und er hielt den Kontakt zum Zauberreich aufrecht. Ansonsten unterschied sich der Hund in nichts von den anderen zahlreichen Hunden, die in der Gegend herumliefen. Archibald war seinerzeit ein Hochzeitsgeschenk von Serafinas Vater gewesen und als kleiner, niedlicher Welpe mit dem jungen Paar ins Menschenreich übergesiedelt. „Laß das", sagte Rufus streng. Er wollte Stella nur zur gern davon abhalten, den restlichen Brei, der wie Sahnetufper verteilt auf dem Tisch lag, dort zu verstreichen. Stella lachte nur, und hieb ihre kleine Faust in einen ansehnlichen Klumpen. „Du bist doch wirklich ein kleiner Teufel", brummte Rufus milde.

Rufus riß sich von dem eingesauten Tisch los und ging ins Wohnzimmer, um zu überprüfen, ob der Geburtstagstisch für Amy und Kee auch reichlich gedeckt war. Denn es würde nicht mehr lange dauern, dann würden die Zwillinge die Treppe heruntergerannt kommen und sich auf ihre Geschenke stürzen. Bei dem Gedanken musste er schmunzeln, schließlich war auch er einmal Kind gewesen und hatte meistens vor lauter Aufregung die Nacht vor seinem Geburtstag kaum schlafen können.

Aber Rufus war im Zauberreich groß geworden und hatte es dementsprechend leichter gehabt, seine magischen Geschenke sofort zu benutzen und auch wann immer ihm danach war, frei heraus zu zaubern. Hingegen im Reich der Menschen musste man mit der Magie grundsätzlich heimlich umgehen. Die Menschen schienen im Laufe der Jahrhunderte einfach vergessen zu haben, dass es Magie und Hexen, Zauberer, Elfen und Feen wirklich gibt. Das wussten auch die Zwillinge ganz genau. Zaubern außerhalb des Hauses war nur in absoluten Notfällen erlaubt. Amy und Kee besuchten eine ganz normale Schule, wussten um ihre Herkunft und richteten sich auch meistens nach den Grundregeln. Hin und wieder gab es jedoch kleine, unvermeidbare Verstöße. So kam es gelegentlich vor, dass in der Klasse der beiden schon einmal jemand ganz plötzlich Ausschlag oder Fieber bekam, der die beiden geärgert hatte, oder einem der Lehrer aus heiterem Himmel die Stimme wegblieb. Rufus und Serafina riefen die Zwillinge, wenn ihnen die Vorfälle bekannt wurden, jedes Mal wieder zur Ordnung. Aber alles wussten die beiden natürlich nicht!

Mit Stella war es da schon um einiges schwieriger, sie außerhalb der eigenen vier Wände ruhig zu halten. Da sie noch so klein war und ihre Kräfte weder richtig beherrschen noch einsetzen konnte, mussten sie die Kleine meistens mit einem leichten Zauber belegen, damit sie nicht plötzlich unter Menschen anfing Dinge schweben zu lassen oder Sachen herbei zu zaubern, die sie gerade haben wollte. Deshalb galt Stella im Bekanntenkreis der Witherspoones auch als besonders ruhiges Kind. Wenn die wüssten, was sie in Wahrheit für ein Irrwisch war!

Während Rufus seinen Kaffee schlürfte und seinen Gedanken nachhing, tief hinter seiner Morgenzeitung vergraben, kamen die Zwillinge die Treppe heruntergepoltert, gefolgt von einer verschlafenen Serafina, und stürzten sich mit lautem Geschrei auf ihren Vater.

„Daddy, guten Morgen. Ich hab kaum geschlafen, wegen unseres Geburtstages", sagte Amy, die nur fünf Minuten älter als ihr Bruder war und Rufus einen nassen Kuß auf die noch unrasierte Wange drückte. - „Meine Süßen, alles Liebe zum Geburtstag", sagte Rufus und nahm beide Kinder herzlich in die Arme.

„Morgen, mein Schatz. Gott, bin ich müde. Seit wann bist du denn schon auf den Füßen? Hat unsere kleine Nervensäge dich wieder im Dunkeln aus dem Bett geholt?" Dabei warf Serafina einen Seitenblick auf Stella, die sich sofort beschwerte: „Teine Närvschäge", sagte die Kleine empört.

„Doch bist du - eine ziemlich große sogar!" Stella verzog beleidigt ihrem Mund und verschränkte die Arme vor der Brust.

„Wann gibt es denn Geschenke", fragten die Zwillinge wie aus einem Mund.

„Eins nach dem anderen. Gönnt eurer Mutter doch erst mal einen Kaffee, damit sie euch so früh am Morgen überhaupt erkennt. Ihr wisst doch, dass sie ohne die morgendliche Dröhnung Koffein die Augen nicht auseinander bekommt", sagte Rufus und drückte seine Frau sanft auf einen Küchenstuhl, um selbst aufzustehen und ihr einen Becher Kaffee einzuschenken.

Amy und Kee bekamen einen Orangensaft vorgesetzt, damit auch sie sich erst einmal hinsetzten. Rufus hasste es, wenn alle in der Küche wild durcheinander flitzten. Er brauchte morgens ein wenig Ruhe.

Nachdem nun die gesamte Familie am Tisch Platz genommen hatte, fing Rufus an von seinem Besucher aus dem anderen Reich zu erzählen.
„Grin hat uns eingeladen, morgen mit den Kindern ins andere Reich zu reisen. Du weißt genau, dass das eher einem Befehl gleichkommt, dem wir uns zu beugen haben, Beschluss vom Magierrat."
„Meine Güte, so früh schon", sagte Serafina perplex. - „Wir dürfen wirklich ins andere Reich", fragte Amy völlig fassungslos. „Ich dachte immer, wenn wir fünfzehn werden", fügte Kee hinzu.
„Das dachten wir auch, mein Sohn", erwiderte Rufus. - „Was können die bloß wollen", sinnierte Serafina laut.
„Unsere Geburtstagsparty findet doch aber trotzdem statt, oder etwa nicht," fragte nun Amy voller Sorge. - „Aye, sicher doch, müssen wir uns eben ein bisschen mehr ins Zeug legen", sagte Serafina mit einem Augenzwinkern. Das hieß im Klartext, es würde gezaubert werden, was das Zeug hielt!
Insgeheim freute Serafina sich schon auf die Zauberwelt. Schließlich waren sie seit Stellas Geburt nicht mehr dort gewesen, und sie vermisste ihre Eltern und Freunde manchmal ganz schrecklich, obwohl sie und Rufus sich das Leben in der Menschenwelt frei erwählt hatten, und sie auch hier viele Freunde und Bekannte gefunden hatten. Aber ihr Leben hier war natürlich mit Komplikationen verbunden, da kein Mensch vorläufig von der Welt hinter der Wirklichkeit erfahren durfte, und die Kinder sich mit ihrer GABE nicht immer zurückhalten konnten.
Nun gut, Schluss mit den Grübeleien ermahnte sich Serafina. Die Unruhe in der Küche hatte fast ihren Zenit überschritten. Daher fragte sie: „Aye Leute, wie sieht es aus, wollen wir mal ins Wohnzimmer gehen und nachsehen, was es so zum Geburtstag gibt?" Bevor Serafina ein letztes Mal gähnen konnte, waren die Kinder schon aufgesprungen und rasten - wie von Furien gehetzt - ins Wohnzimmer. Sie selbst erhob sich mit einem genüsslichen Strecken langsam von ihrem Stuhl. Rufus folgte ihrem Beispiel und richtete sich zu voller Körpergröße auf, die fast einen Meter und neunzig betrug. Damit überragte er seine Frau um einen ganzen Kopf. Stella kämpfte sich als Letzte aus ihrem Stuhl und quiekte fröhlich: "Tella auch ein Teschenk, ja!"
„Natürlich bekommst du auch ein Geschenk, mein Spätzchen", meinte Rufus und klemmte sich die Kleine unter den Arm, um den anderen hinterher zu eilen. Bei den Witherspoones bekam – wenn eines der Kinder Geburtstag hatte - immer jedes Kind ein Geschenk. Das hatten Rufus und Serafina von Anfang an so gehalten.
Nachdem die Kerzen angezündet waren, zwanzig - zehn für jeden Zwilling - und Rufus und Serafina, unterstützt durch Stellas Gekrähe, das obligatorische Happy Birthday gesungen hatten, fingen die Zwillinge mit dem Auspacken der Geschenke an. Natürlich bekamen beide Kinder, wie gewünscht ihr Zauberskateboard. Besen hatten sie schließlich. Aber die jungen Hexen und Hexer von heute wollten natürlich auch ein Skateboard besitzen und damit durch die Nacht rasen. Außerdem gab es neue Kleidung, jede Menge Süßkram und verschiedene Elixire und Kräuter, die zum Brauen der Zaubertränke gebraucht wurden. Gerade weil Rufus und Serafina in der Menschenwelt lebten, legten sie gesteigerten Wert darauf, die Kinder niemals vergessen zu lassen, dass es noch andere Dinge zu lernen gab als das normale Schulwissen. Die Zwillinge hatten im Laufe ihres

Lebens auch schon beachtliche Fortschritte gemacht, was die Zauberkünste betraf. Mit Stella allerdings würde es schwieriger werden, da das kleine Mädchen viel selbstbewusster als ihre älteren Geschwister war. Kee und besonders Amy hatten ihre Kräfte von Anfang an viel vorsichtiger eingesetzt als Stella, die gerne und ohne großes Nachdenken den einen oder anderen Spontanzauber vom Stapel ließ, ohne sich groß Gedanken über die Folgen zu machen. Mit Schrecken dachte Rufus an einen Zirkusbesuch zurück, als Stella unbedingt einen Löwen streicheln wollte und das Tier einfach über den Sicherheitszaun hatte springen lassen. Natürlich war die Sache eigentlich seine und Serafinas Schuld gewesen, weil sie einfach unachtsam gewesen waren. Aber so war Stella eben - süß und unberechenbar.

Im Augenblick saß Stella friedlich bei ihren Geschwistern, klatschte fröhlich in die Hände und freute sich sichtlich über die vielen Geschenke, die die beiden bekamen. Als alles ausgepackt war, schob Serafina der kleinen Stella einen großen Karton hin und sagte ihr, dass dies nun ihr Geschenk sei, und zwar ein ganz besonderes von ihren Großeltern. Vor lauter Aufregung hatten sich ihre Wangen inzwischen von leicht gerötet auf knallrot verfärbt. Eigentlich hatte sie das Aussehen einer übereifen Tomate angenommen. Dadurch kamen ihr weißblondes Lockenhaar und ihre braunen Augen noch mehr zur Geltung. Wenn Rufus sie so ansah, war es ihm als ob er Serafinas Gesicht vor sich sah, denn die Kleine war die Kopie ihrer Mutter. Auch Serafina hatte weißblonde Locken und braune Augen. Die Zwillinge hingegen hatten seine pechschwarzen Haare und dazu die blauen Augen - klar wie irische Bergseen - geerbt. Im Äußeren waren sich die Zwillinge zum Verwechseln ähnlich, abgesehen von dem winzigen Geschlechtsunterschied. Ansonsten jedoch unterschieden sie sich wie Tag und Nacht. Amy war eher der vorsichtige Typ, hingegen Kee ein richtiger kleiner Draufgänger war. Das war eindeutig eine Eigenschaft, die er von seinem Vater geerbt hatte.

Stella hatte inzwischen aufgehört an ihrem Paket herumzufummeln und runzelte die Stirn.

„Mami, Teschenk mach Teräusch!" Und tatsächlich, aus dem Karton kamen leise Kratzgeräusche. - „Pack es mal richtig aus", ermunterte Serafina ihre Tochter und grinste in Richtung Rufus.

Stella wurde auch von ihren Geschwistern ungeduldig angefeuert, nun endlich fertig auszupacken, denn inzwischen waren auch sie sehr neugierig, was es mit dem geräuschemachenden Geschenk auf sich hatte. Stella hatte den Deckel gerade halb geöffnet, als sich aus dem Karton ein kleiner getigerter Katzenwelpe befreite und mit einem Satz aus seinem Gefängnis sprang.

„Huch", machte Stella, der es – ausnahmsweise - irgendwie die Sprache verschlagen hatte. - „Ist die aber süß", meinte Amy und stürzte sich gleich auf das Kätzchen.

„Meiner, gib, gib!", kreischte nun Stella, die ihren Besitzanspruch auf diese Weise geltend machte und ihre Arme verlangend nach der Katze ausstreckte. Wenn Amy ihr die kleine Katze nicht gleich geben würde, wäre mit einem fürchterlichen Gebrüll zu rechnen. Da Rufus dies kommen sah, forderte er seine ältere Tochter auf, das kleine Tier umgehend an seine rechtmäßige Besitzerin zu übergeben. Dazu brauchte er nicht ein Wort zu sagen. Allein sein Gesichtsausdruck und das Zucken in seinen Augen reichten aus, um sich verständlich zu machen.

„Die ist ein **er**", erklärte Rufus, „und ihr solltet euch einen hübschen Namen für ihn ausdenken."

„Was hältst du von Shirkhan, Stellamaus", fragte Amy ihre kleine Schwester zuckersüß.

„Kann sie doch gar nicht aussprechen", sagte Kee und fasste sich dabei an den Kopf.

„Schsch... Zirky, fällt mir dut", lachte Stella und klatschte in die Hände. Wenn Stella sich freute, klatschte sie immer in die Hände.

„Na bitte, da habt ihr ja ganz schnell einen tollen Namen für ihn ausgesucht. Hoffentlich wird er auch mal ein richtig großer Kampftiger", grinste Rufus. Denn Shirkhan hieß der Tiger in Amys Lieblingsfilm „Das Dschungelbuch". Rufus konnte sich nicht mehr erinnern, wie oft die Zwillinge diesen Film schon gesehen hatten. Er selbst zumindest hatte ihn so oft ansehen müssen, dass er die eine oder andere Figur hätte synchronisieren können.

„Und unsere Maus kann ihn sogar aussprechen, da staunt ihr, was", fügte Serafina hinzu.

Stella hatte den Kater inzwischen zu packen gekriegt und küsste und drückte ihn fest an ihre kleine Brust. Außerdem rief sie sofort nach Archie, damit auch er sehen konnte, was sie Tolles bekommen hatte.

„Wie wäre es jetzt mit einem richtig megatollen Geburtstagsfrühstück", schlug Serafina vor, die inzwischen auf dem Weg zur Küche war. Irgendwie musste man diesen aufgeregten Haufen doch zur Ruhe kriegen!

Da sie ihre Familie und deren Essgewohnheiten nur zu gut kannte, brauchte sie kein zweites Mal zu fragen. Mann, Kinder, Hund und das neue kleine Katerchen stürmten augenblicklich die geräumige Küche.

Auf ein Fingerschnippen hin, füllte sich der große Tisch mit dampfenden Brötchen, Marmelade, Käse, Wurst, Rühreiern, Melonen und Kuchen.

„Mami, dürfen Amy und ich auch noch etwas Eis und Marshmallows dazu zaubern", fragte Kee. - „ Aber nur, weil ihr heute Geburtstag habt", stimmte Serafina zu. Denn im allgemeinen achteten sie und Rufus schon auf eine gesunde Ernährung ihrer drei Rangen.

Der kleine Kater, der schon die ganze Zeit um Serafinas Beine schlich, machte sich kläglich miauend bemerkbar. „Na, mein Kleiner, sicherlich hast auch du großen Hunger, was?", fragte Serafina das neue Familienmitglied. Auf ein Fingerschnippen von ihr erschien vor dem kleinen, getigerten Kätzchen eine große Schale mit Milch und eine zweite mit Katzenfutter. Das kleine Tier machte sich sofort laut schnurrend über die angebotenen Speisen her, was die ganze Familie zum Lachen brachte. Welpen konnten Unmengen futtern, erinnerte sich Serafina. Das war seinerzeit mit Archie nicht anders gewesen. Archie, dachte sie voller Schreck - auch er sollte heute natürlich einen besonderen Leckerbissen bekommen. Schon erschien vor dem Hund ein riesenhaftes, blutiges Steak. Ihn brauchte man auch nicht extra zum Fressen auffordern.

Nachdem sich alle genügend bedient hatten, räumte Serafina mit einem Fingerschnipp wieder alles ab und schickte Mann und Kinder unter die Dusche, um sich für den großen Tag schön zu machen, als das Telefon klingelte: „Hallo Fina, soll ich rüberkommen und dir bei den Vorbereitungen für die Party helfen." Es war Gweneth, Serafinas Nachbarin und Freundin in der Menschenwelt. „Das ist lieb von dir, aber ich habe mit Ruf die halbe Nacht Salate gemacht und Kuchen gebacken. Ich glaube nicht, dass deine Hilfe noch nötig ist. Leg dich lieber noch ein bisschen in die Sonne und genieße den schönen Julitag. Wir sind gerade mit dem Frühstück fertig und haben soweit alles vorbereitet. Wir sehen uns dann am Mittag."

In Wahrheit hatten Serafina und Rufus noch gar nichts vorbereitet, was ja aufgrund ihrer Zauberkünste auch nicht notwendig war. Schließlich dauerte es genau nur einen Fingerschnipp lang, um die besten Köstlichkeiten herbei zu zaubern. Das konnte sie Gweneth allerdings nicht sagen.

Nun wurde es aber allmählich Zeit, dass auch Serafina aus dem Nachthemd kam. Allerdings hatte sie heute nicht die Zeit für die große Morgentoilette als schnipp... und schon stand Serafina perfekt gestylt und angezogen in der Küche. „Na, wieder geschummelt, mein Schatz", fragte Rufus, der inzwischen auch fertig angezogen war, und wie immer atemberaubend aussah. Er musste sich leise angeschlichen haben, denn Serafina hatte gar nicht bemerkt, wie Rufus die Küche wieder betreten hatte. Es sei denn, er hatte auch geschummelt, was durchaus im Bereich des Möglichen lag.

„Ja, ich überlege die ganze Zeit, was im Zauberreich wohl los sein mag, dass unsere Anwesenheit morgen dort so dringend erforderlich ist. Und weißt du was: Irgendwie freue ich mich schon sehr darauf alle wiederzusehen... und auf die Gesichter der Kinder. Schließlich ist es das erste Mal. Hast du die Kinder übrigens gefragt, wie der Speiseplan für nachher aussehen soll?"

„Grillen, Salat, Fladenbrot und tonnenweise Kuchen und Eis", antwortete Rufus lakonisch. Schließlich war es jedes Jahr dasselbe.

Der Vormittag schleppte sich dann doch noch mit einigen Vorbereitungen dahin. Während Rufus und Serafina im Garten Luftballons und Girlanden aufhingen, spielten die Zwillinge mit ihren Geburtstagsgeschenken und passten auf die kleine Stella auf, die mit ihrem neuen Spielkameraden Shirkhy die Buddelkiste bevölkerte. Schließlich wäre es unmöglich gewesen vor den Augen aller Nachbarn die Dekoration für die Geburtstagsparty in den Garten zu zaubern.

Die Witherspoones lebten nun schon über zehn Jahre hier in einem netten, gepflegten von Einfamilienhäusern besiedelten Außenbezirk von Glasgow. Rufus gab sich hier als Schriftsteller aus, damit ließ sich sein ständiger Aufenthalt im Haus gut erklären. Er hatte auch tatsächlich schon einige Kinderbücher gezaubert, die unter seinem Namen erschienen waren. Für die örtliche Zeitung verfasste er ab und an ein paar Kurzgeschichten.

Die Zwillinge besuchten wie alle Kinder hier die öffentliche Schule, trafen sich mit Freunden und wuchsen fast genauso auf, wie andere Kinder auch. Aber eben nur fast! Serafina war durch ihre hervorragenden hausfraulichen Qualitäten überall beliebt, und gern gesehener Gast auf allen Veranstaltungen. Auch ihre Mitbringsel, wie Kuchen oder Braten, wurden immer gern angenommen. Jedermann staunte immer wieder über Serafinas Kochkünste. Es konnte ja niemand im Menschenreich ahnen, dass von Serafina genau nur ein Fingerschnippen nötig war, um ein drei, vier, fünf oder mehr Gänge-Menü zu zaubern. Serafina gefiel das Leben hier in der Menschenwelt schon recht gut, weil es eine Herausforderung war, nicht als das, was sie waren entdeckt zu werden. Aber im Gegensatz zu Rufus wäre sie doch lieber auf der Insel geblieben. Dort war jeder Tag ein Sommertag. Dort gab es keine langen und eiskalten Winter. Dort gab es überhaupt nichts, was einem das Leben manchmal vermiesen konnte. Außer einem vielleicht! Aber an den dachte sie lieber nicht.

Insgesamt erweckte die ganze Familie niemandes Argwohn, sondern jeder hier in der Stadt glaubte, dass die Witherspoones eine ganz normale Familie wären.

Gegen vierzehn Uhr rollten die ersten Gäste ein, wie ein Zug, der eine ganze Reisegesellschaft ausspuckt. Rufus und Paul - ein Freund und Kollege von Serafinas Ehemann - grillten die saftigen Steaks und Koteletts. Für die Kinder gab es - wie immer - Würstchen mit Ketchup und Mayonnaise. Nachdem von dem reichlichen Mittagessen erst einmal alle gesättigt waren, wurden die kleineren Kinder, wie auch Stella, im Haus in die Betten gelegt, um das nötige Mittagsschläfchen zu halten.

Mit den anderen Kindern veranstalteten die Erwachsenen die obligatorischen Geburtstagsspiele, wie Frisbee werfen, Schatzsuche, Seilspringen, mannschaftsweise Wettrutschen und vieles mehr.

Gegen Nachmittag wurden dann Eis und Kuchen serviert - tonnenweise - wie von den Geburtstagskindern gewünscht. Die Erwachsenen saßen im Schatten auf der Terrasse, sahen den Kindern beim Spielen zu und schlürften genüsslich ihren Kaffee. Alle redeten wild durcheinander, gerade so, als ob es die letzte Gelegenheit wäre noch einmal jeden Gedanken los zu werden. Eigentlich war es ja auch so. Denn es waren Ferien und jeden verschlug es für eine Weile an ferne Orte. Und als am späten Abend die zahlreiche Gästeschar die Witherspoones verließ, bepackt mit den Resten von Kuchen, Fleisch und Salat, waren Rufus und Serafina rechtschaffen erschöpft. Zum einen war ein Kindergeburtstag immer ein anstrengendes Ereignis, zum anderen hatten sie viel Energie verbraucht. Zaubern kostete grundsätzlich ein ganzes Stück der eigenen Kraft!

„Das war vielleicht ein Tag! Aber ich glaube alle hatten ihren Spaß", meinte Serafina. „Außerdem sehen wir sie erst in ein paar Wochen wieder, wenn die Sommerferien zu Ende sind." Die meisten fuhren sowieso für ein paar Wochen mit ihren Kindern in den Urlaub. Rufus und Serafina selbst hatten ihren Freunden erzählt, dass sie ganz spontan beschlossen hätten mit den Kindern am nächsten Tag nach Italien zu fahren, um dort den Sommer zu genießen.

Während Serafina ihren Mann lächelnd ansah, meinte sie: „So Schatz, wer räumt auf, du oder ich?" - „Aye, ich mach das schon. Geh du lieber hoch und sieh mal nach den beiden Damen und dem einzelnen Herrn."

Auf ein Nicken von Rufus hin verschwanden auf zauberhafte Weise sämtliche benutzen Gläser, Teller sowie Essensreste und Krümel. Das gesamte Haus sah so sauber und ordentlich aus, als hätte niemals eine große Feier stattgefunden, die erst vor wenigen Minuten geendet hatte. Das war das Gute, wenn man mit Magie ausgestattet war. Da niemand im Menschenland von den Fähigkeiten der Witherspoones auch nur ahnte, galt Serafina in ihrem Bekanntenkreis als die perfekte Hausfrau überhaupt. Sicherlich fragte sich der eine oder andere, wie sie es schaffte mit drei Kindern immer ein perfektes Haus vorzuweisen, aber das war schließlich nicht ihr Problem. Komplimente dieser Art nahm Serafina meistens kommentarlos, lächelnd und achselzuckend entgegen.

Amy und Kee waren im Gegensatz zu ihren Eltern überhaupt nicht müde. Es war zwar ein langer, aufregender Tag gewesen, aber die größte Aufregung von allen stand noch bevor - die Reise ins Zauberreich! Dementsprechend waren die Zwillinge schon intensiv mit den Reisevorbereitungen beschäftigt, als Serafina das Zimmer der beiden betrat, natürlich nicht ohne vorher zweimal angeklopft zu haben. Allmählich kamen die Kinder in ein Alter, wo sie Wert auf eine gewisse Privatsphäre legten und ein kleines bisschen mehr vom Erwachsenenstatus verlangten. Trotzdem wollten sie immer noch gemeinsam ein Zimmer bewohnen, obwohl im Haus genug Platz war und jeder sein eigenes Reich hätte haben können. Serafina hatte nichts, rein gar nichts dagegen, nur dass es ihr manchmal so schwer fiel, in den Zwillingen nicht die beiden dicken Babies zu sehen, die lachend und plappernd über den Teppich krochen und ihrem Vater auf geradezu unheimliche Weise ähnelten. Sie riss sich von ihren Tagträumen aus vergangenen Zeiten los und sah sich im Zimmer von Amy und Kee um. Hier war das absolute Chaos ausgebrochen. Schranktüren standen offen, Kleidung lag auf dem Bett, dem Boden und was dort keinen Platz mehr gefunden hatte, war auf dem Fernsehgerät gestapelt. Was für ein Glück, dass wir alle die GABE haben, dachte Serafina erleichtert. Denn um diese Unordnung zu beseitigen, hätten normale Sterbliche wahrscheinlich Stunden gebraucht!

„Wie ich sehe, seid ihr ja schon eifrig beim Packen. Wollt ihr das nicht auf morgen früh verschieben und euch erst einmal schlafen legen?"

„Ach, Mami, ich glaube ich kann jetzt einfach noch nicht schlafen und Amy auch nicht. Schließlich ist das unsere allererste Reise ins andere Reich. Verstehst du das nicht", sagte Kee. „Ich bin so aufgeregt, wie ein Bienenstock, der von einem Bären heimgesucht wird!"

„Aye. Ich verstehe eure Aufregung sogar sehr gut. Ich selbst bin auch schon furchtbar zappelig deswegen, weil ich lange Zeit nicht mehr dort gewesen bin. Aber glaubt mir, es wäre wirklich besser, wenn ihr beide euch jetzt einfach hinlegt und versucht zu schlafen. Denn die Reise wird auch ein wenig anstrengend werden, und außerdem wollt ihr doch ausgeruht dort ankommen. Oder etwa nicht!? Eure kleine Schwester ist mit Shirkhy im Arm auf dem Boden eingeschlafen. Ich habe sie gerade ins Bett gelegt. Also Leute, gepackt wird morgen früh. Jetzt ab mit euch in die Betten!" In der Tür wandte Serafina sich noch einmal um: „Ach, eines hätte ich fast vergessen, CD-Player, Radios et cetera könnt ihr getrost hierlassen. Alle technischen Dinge funktionieren im Zauberreich nämlich nicht." - „Wieso", rief Amy hinter ihr her.

„Weil die Insel sich selbst schützt", rief Serafina zurück, und schloss die Tür hinter sich.

„Das soll einer verstehen", knurrte Kee.

Nachdem Serafina den Zwillingen gute Nacht gesagt hatte, kehrte sie ins Erdgeschoß zurück, wo Rufus sie bereits mit einem Glas Rotwein erwartete, um den Tag in Ruhe ausklingen zu lassen und den morgigen zu besprechen.

„Melde gehorsamst: Die ganz Kleine ist auf dem Teppich eingeschlafen und die beiden Großen versuchen es krampfhaft." Und mit Blick auf das Glas Wein, das Rufus ihr hinhielt: „Das ist genau das, was ich jetzt brauche. Danke, Ruf."

„Was meinst du, was drüben los ist, dass der Magierrat uns fünf Jahre vor der Zeit zu sich ruft? Die Geschichte, die Grin erzählt hat, dass die Kinder alles kennen lernen sollen, halte ich für eine ziemlich schlechte Ausrede", fragte Rufus seine Frau.

„Ich kann nur hoffen, dass die Bedrohung durch die Schattenwelt nicht weiter fortgeschritten ist. Denn hier im Menschenreich ist davon ja - Gott sei Dank - immer noch nichts zu bemerken", entgegnete Serafina und hielt ihrem Mann ihr Weinglas hin, damit er mit ihr anstoßen konnte. Klirrend stießen die Gläser aneinander und Rufus sagte: „Trinken wir einfach auf einen schönen Urlaub drüben und lassen uns überraschen!" „Darauf trinke ich gern und mit dir am liebsten", erwiderte Serafina Rufus Trinkspruch. Eine Weile saßen sie noch schweigend beisammen und starrten in das Kaminfeuer, das Serafina - der romantischen Stimmung halber - mitten im Sommer entfacht hatte. Jeder hing seinen eigenen Gedanken nach. Außerdem wollte die Zeit nicht vergehen. Ganz im Gegenteil, sie kroch dahin wie eine Schnecke.

„Dann lass uns austrinken und ebenfalls zu Bett gehen, damit wir wenigstens morgen mal einigermaßen ausgeruht sind. Es sei denn, Stella besteht wieder darauf mit den Hühnern aufzustehen. Aber mach dir darum keine Gedanken, du hast ja einen gesunden Schlaf und hörst sowieso nie etwas von uns früher als Frühaufstehern", sagte Rufus und stand auf, um die letzte Runde durch das Haus zu drehen und den Sicherungszauber für die Nacht auszusprechen, der den Zweck erfüllte, sowohl Eindringlinge aus dem Menschen- wie auch aus dem Zauberreich draußen zu halten.

Glücklich über den gelungenen Tag begab auch Rufus sich zur Ruhe. Bevor er einschlief dachte er noch, wie froh er sein konnte, eine solche Familie zu haben. Er war jetzt mit Serafina schon elf Jahre - nach menschlicher Zeitrechnung - verheiratet und hatte drei gesunde, wunderschöne Kinder, die alle nach alter Tradition im Zauberreich gezeugt und geboren worden waren. Ihre Bekannten und Freunde im Menschenreich hatten sich zwar gewundert, dass Serafina es nicht schaffte, auch nur eines ihrer Kinder hier in der Stadt zu bekommen, sondern immer genau dann, wenn sie mit Rufus „auf Reisen" war. Ihre Kinder hätten es eben jedes Mal wieder besonders eilig gehabt, begründeten Rufus und Serafina die ganze Sache leichthin, um genaueren Nachfragen vorzubeugen. Ja, ja die Menschen, dachte Rufus. Sie übten auf ihn nach wie vor eine gewissen Faszination aus in ihrer Unbeholfenheit und ihrem zwanghaften Bemühen, diese zu verbergen. Und trotzdem oder gerade deshalb fand er die Menschen liebenswert. Anders, so total anders als alle anderen Lebewesen, aber doch liebenswert. Was würde sein, wenn den Menschen eines Tages offenbart werden würde, dass es neben ihrer Welt noch viele, so unendlich viele andere gab? Oder waren sie in der Lage es eines fernen Tages von selbst herauszufinden. Was würde geschehen, wenn die Menschen auch von der dunklen Bedrohung erfahren würden. Könnten sie dann weiterhin so unbeschwert leben? Doch das würde noch lange Zeit dauern. Doch wie lang war lange? Rufus wälzte sich im Bett auf die andere Seite und sah Serafina an, die auf dem Rücken lag und mit offenem Mund schlief. Ab und an gab sie leise, röchelnde Geräusche von sich, und Rufus musste beinahe lachen. Hör auf zu grübeln und schlaf endlich ein, dachte er bei sich, und warf sich noch einmal auf die andere Seite, um eine endgültig bequeme Schlafposition zu finden. Dann zog er sich die leichte Seidendecke über den Kopf. Keine fünf Minuten später wurde auch Rufus endlich vom Schlaf übermannt.

Natürlich wurde Stella am nächsten Morgen - wie immer - sehr früh wach. Rufus allerdings hatte ausnahmsweise einmal geschlafen wie ein Murmeltier und erwachte erst, als Serafina sich aus dem Schlafzimmer schlich, um zu der Kleinen zu gehen.

„Warte, Schatz, bin gleich wach und komme mit zu unserer kleinen Nervensäge", meinte ein sehr verschlafener Rufus mit noch ganz rauher Stimme. Er rieb sich kurz den Schlaf aus den Augen und setzte sich auf, um dann mit einem Satz aus dem Bett zu springen. „Einmal, so wie früher, bis mittags im Bett liegen", stöhnte er.

„**Du** wolltest immer so viele Kinder und kannst den Hals ja immer noch nicht voll kriegen", konterte Serafina augenzwinkernd. Rufus hielt lieber den Mund und schleppte sich hinter seiner Frau her. Beim Gehen rieb er sich immer wieder kräftig die Augen, um eine klarere Sicht zu bekommen. Rufus liebte seine Kinder über alles, aber manchmal sehnte er sich nach der Zeit zurück, die er mit Serafina allein verbracht hatte. Wo ein einziger Tag achtundvierzig Stunden zu dauern schien, und ein ganzer Tag im Bett nichts Besonderes war.

Beim Betreten von Stellas Zimmer waren allerdings die Zwillinge schon da und bereits dabei, die Kleine frisch zu windeln. Die beiden hatten es ganz offensichtlich eilig, die Reise anzutreten. Denn dass sie sich um ihre kleine Schwester kümmerten, kam eher selten vor. Nur als Stella ein Baby und neu in der Familie gewesen war, brachten die zwei sich fast um, weil jeder Stella halten, wickeln oder füttern wollte. Amy mehr als Kee. Dem wäre ein Bruder lieber gewesen. Der Reiz des Neuen hatte jedoch sehr schnell nachgelassen. Heute empfanden die beiden ihre kleine Schwester eher als Belastung, denn Stella war ein aufgewecktes Kind und wollte immer an allen Aktivitäten ihrer großen Geschwister teilnehmen.

„Morgen, ihr zwei! Damit wäre ja dann schon die ganze Familie früh auf den Beinen", sagte Serafina. - „Nun ja, es gibt ja auch noch einiges zu tun, und je eher wir aufbrechen, desto lieber, denke ich, wird es euch sein", antwortete Rufus.

„Na klar, ich kann es kaum noch erwarten, endlich ins Zauberreich zu gelangen", sagte Kee. „Ich war als Baby ja wohl da, kann mich aber überhaupt nicht erinnern." Amy sah ihren Bruder schief an und fragte: „Denkst du, ich kann mich daran erinnern!" Etwas versöhnlicher, weil Kee den leicht scharfen Ton missverstanden hatte, fügte sie hinzu: „Mir geht es genauso wie dir. Jede Erinnerung an die Zauberwelt ist weg, verschwunden, ausgelöscht!" Dazu drehte sie sich um ihre eigene Achse, tat als ob sie sich voller Verzweiflung die Haare raufte, um dann in einer dramatischen Geste auf den Boden zu sinken. Serafina knuffte ihre Tochter in die Seite: „Bühnenreif! Aber würdest du jetzt bitte mit solchem Blödsinn aufhören! Überleg dir lieber, was du nun wirklich mitnehmen willst!" Dann sah sie Kee an und sagte: „Das gleiche gilt für dich, okay?"

Nun mischte sich auch Stella ein, die sich bis jetzt vor Lachen wegen Amys Showeinlage geschüttelt hatte. „Tella, will auch Toffer habi." Rufus sah Serafina an, die lachte und sagte: „Du bekommst auch einen Koffer für deine Spielsachen. Den Rest packt Mami für dich ein, ja?" Das kleine Mädchen nickte und sagte: „Otay!"

Serafina und Rufus hatten schon oft die neugierigen Fragen der Kinder um ihre Geburt und den Geburtsort beantworten müssen. Das war gar nicht so einfach gewesen. Aber im Grunde hatten die Zwillinge doch verstanden, dass sie eine ganz besondere Herkunft hatten.

„Also gut, auf geht`s Leute. Zaubert alles in die Koffer, was ihr mitnehmen wollt. Aber tut bitte nicht so, als ob wir jahrelang fortbleiben würden. Ich schnappe mir inzwischen unsere Kleine, lass Archie vor die Tür und bereite euch allen inzwischen das Frühstück zu", bot Rufus an.

Gesagt, getan! Nun flogen alle nur denkbaren Gegenstände durch das Haus und landeten dann immer hübsch ordentlich in genau dem richtigen Koffer, während Rufus mit Stella in der Küche verschwand, wo Archie mit Shirkhy schon auf ihn wartete, um vor die Tür gelassen zu werden. Nachdem Rufus den Sicherungszauber aufgehoben hatte, öffnete er für Hund und Kater die Hintertür, und beide stürmten an ihm vorbei ins Freie.

Stella hatte sich schon auf ihren Stuhl gehangelt, hatte bereits ihre Saftflasche in der Hand und verlangte nun nach ihrem Morgenbrei. „Tella mag essi!"

„Bin schon dabei, Mäuschen", entgegnete ihr Vater und nickte bereits in Richtung Stella, vor der sich dann augenblicklich ein Schälchen mit Joghurt materialisierte.

Auf ein weiteres Kopfnicken von Rufus hin, sprang die Kaffeemaschine an und der Tisch füllte sich mit Tellern, Tassen, Gläsern voller Orangensaft, frischen Brötchen, Butter, Marmelade, Eiern, Schinken, eben allem, was man zu einem kräftigen Frühstück so brauchte.

Inzwischen waren die anderen Herrschaften des Hauses mit dem Gepäck fertig und widmeten sich nun ihrer Morgentoilette. Natürlich schummelten alle, wie Rufus es immer ausdrückte, indem sie sich einfach frisch zauberten. Das sparte aber sicherlich viel Zeit. Denn Menschenfrauen neigten ja dazu, sich stundenlang zu baden sowie sich an– und wieder auszuziehen, ehe sie das passende Outfit für sich gefunden hatten und damit zufrieden waren. Rufus Frauen bildeten da keine Ausnahme. Bis auf den kleinen Unterschied, dass sie eben zaubern konnten. Bei ihnen ging das Ausprobieren der Kleidung – Gott Lob - sehr viel schneller als bei menschlichen, weiblichen Wesen. Nämlich genau so lange, wie sie brauchten, um mit den Fingern zu schnippen. Daher war Rufus mit diesem Umstand sehr zufrieden. Rufus war angenehm überrascht, dass seine Frauen praktisch gedacht und sich in Jeans und Pullis gekleidet hatten. Kee war zum Glück genau wie er selbst. Ihm war es eher egal, was er am Leib trug. Hauptsache seine Kleidung war zweckmäßig. Er hatte schon befürchtet, dass zumindest die Frauen sich richtig herausputzen würden.

Als alle dann in der Küche versammelt waren, ihr Frühstück in Windeseile zu sich nahmen und auch die Tiere gefressen hatten, wurde nur noch Stella reisefertig angezogen.

Rufus vergewisserte sich, dass seine Familie auch an alles gedacht hatte: „Die Besen und Skateboards habt ihr dabei? Auch die Geschenke für alle drüben?"

„Sicher, es ist alles fertig gepackt und schon im Van", antwortete Serafina für alle.

Der Van sah nur von außen wie ein ganz normales Auto aus. Im Inneren allerdings bot er reichlich Platz und fand ganz selbständig den Weg ins Land hinter der Wirklichkeit und auch wieder zurück. Wenn man wollte, konnte man dieses Auto durchaus als eine Art Zeitreisemaschine betrachten. Die Scheiben waren abgedunkelt, so dass niemand einen zufälligen Blick in das Zaubermobil werfen konnte. In jedem herkömmlichen Van waren hinten zwei Sitzreihen. In diesem besonderen Modell jedoch war im Fond ein regelrechtes Spielzimmer, damit sich die Kinder während der Fahrt frei bewegen und herumlaufen konnten. Im vorderen Bereich, der für Rufus und Serafina reserviert war, hatten die beiden soviel Beinfreiheit, dass sie sich gemütlich ausstrecken konnten, ohne mit den Füßen irgendwo anzustoßen. Es gab zwar der Form halber ein Lenkrad, das jedoch völlig überflüssig war, weil das Auto sein Ziel alleine fand. Im Menschenreich fuhr Rufus natürlich nicht damit herum. Dieses ganz spezielle Fahrzeug wurde nur für Fahrten ins andere Reich benutzt und ansonsten, vor den neugierigen Blicken der Menschen verborgen, in der zweiten, unsichtbaren Garage geparkt.

Nun brauchte nur noch abgeräumt und das Haus mit einem Sicherungszauber belegt zu werden - dann konnte es endlich losgehen. Archie saß bereits im Auto und machte es sich schon mal bequem. Stella mit Shirkhy auf dem Arm wurde als nächstes verladen und in ihren Laufstall zu ihren Spielsachen gesetzt. Besonders liebte sie ihr sprechendes Bilderbuch, das ständig anders aussah, immer neue Geschichten erzählte und deshalb niemals fehlen durfte. Denn trotz aller Zauberei würde die Reise ins andere Reich doch einige Zeit in Anspruch nehmen. Zuletzt bestiegen die Zwillinge, Rufus und Serafina den Wagen. Rufus nahm hinter dem Steuer Platz und ließ den Motor an. Schon erwachte das Fahrzeug zum Leben und rollte langsam die Einfahrt des Hauses hinab, um in die Straße einzufahren und nach wenigen Metern den Blicken der Menschen zu entschwinden. Denn die Straßen, die ins Zauberreich führten, waren für die Normalen unsichtbar. Das sollte hoffentlich noch sehr lange Zeit so bleiben.

Endlich waren die Witherspoones unterwegs, und die angespannte Atmosphäre wich allmählich einer zufriedenen Gelassenheit. Sie jagten über Wiesen mit Blumen, die noch niemals ein Menschenauge gesehen hatte. Es gab Tiere, die sich kaum jemand vorstellen konnte und Farben, schöner als der Regenbogen. Da die Zwillinge noch niemals bewußt hier entlang gefahren waren, drückten sie sich die Nasen an den Fenstern platt, damit ihnen auch ja nicht das kleinste Detail entging. Rufus und Serafina lächelten zufrieden vor sich hin, denn auch sie hatten diesen Weg lange Zeit nicht mehr benutzt. Nach fünf Stunden Fahrt näherte sich das Fahrzeug allmählich dem Meer. Von dort war es dann nicht mehr weit bis zur Tir nan Ogg, der Insel auf der sich das Land der Drachen, Druiden und Elfen befand. Das Eiland war nur durch eine schmale, unsichtbare Landzunge mit dem Festland verbunden. Ein geheimer Zauberspruch war nötig, um die Insel über den Landweg zu erreichen. Die Druiden hatten damit eine Art Schranke in eine andere Welt errichtet, die sich nur mit dem entsprechenden Zauberwort öffnen ließ. Drug Set war auf der Tir nan Ogg für diese Schranke verantwortlich. Außerdem gab es noch die Möglichkeit, die Insel vom Meer her oder aus der Luft zu erreichen. Auch hier galt es, den richtigen Spruch zu kennen. Natürlich bedurfte es grundsätzlich einer besonderen Einladung auf die Tir nan Ogg, denn ansonsten blieb sie zwischen den Dimensionen versteckt.

Die Aufregung im Wagen nahm wieder zu, und alle schnatterten durcheinander. Rufus und Serafina freuten sich einfach, wieder nach Hause zu kommen - die Kinder hingegen freuten sich auf das Unbekannte.

Je näher sie ihrem Ziel kamen, desto mehr hatte Rufus das Gefühl, dass irgendetwas nicht in Ordnung war. Auch Serafina wurde von einem unerklärlichen Unbehagen befallen. Die letzten Kilometer vom Festland bis zur Insel flogen sie über das Meer hinweg. Aber es war kaum etwas zu sehen, denn der gesamte Himmel war grau und wolkenverhangen, wo doch die Tir nan Ogg seit Jahrtausenden immer im Sonnenschein lag! „Schatz, was ist das? Spürst du es auch?", fragte Serafina.

„Ja, eigentlich sollten die Kinder jetzt wunderschöne Regenbögen und Farben sehen. Das satte Grün der Insel ist aber unter diesen dunklen Wolken vergraben. Ich dachte nicht, dass die dunkle Bedrohung schon bis hierher fortgeschritten ist", entgegnete Rufus.

Ganz allmählich senkte sich ihr Gefährt zur Insel hinab und endlich wurden sie der Insel selbst gewahr. Dann sahen sie es: Nahezu ein Viertel der Insel wirkte grau und abgestorben. Wo die Bäume einst grüne Blätter trugen, waren jetzt nur noch tote Äste. Wo früher bunte Blumen auf grünen Wiesen blühten, war nur noch verbrannte Erde. Selbst die Delphine und die Meermenschen, die sich rund um die Insel tummelten und normalerweise jeden Besucher begrüßten, waren verschwunden. Die Tir nan Ogg war auch im Menschenreich bekannt und gehörte, laut Glaube vieler Menschen, ins Reich der Phantasie. Allerdings hatten die Menschen einen anderen Namen für die Zauberinsel - sie nannten sie Atlantis.

„Mein Gott, was ist hier geschehen! Ich kann es einfach nicht glauben", sagte Serafina völlig entsetzt. - „Ich bin genauso erschrocken, wie du", entgegnete Rufus nicht weniger entsetzt. Nun erwachten auch die Zwillinge aus ihrer Starre und fragten entgeistert: „Was ist das? Habt ihr uns nicht immer wieder erzählt, wie schön es hier ist! Da bekommt man ja Angst."

„Tella auch Angs", quakte die Kleine.

Rufus, der mit dem Gefährt langsam zur Landung am Strand ansetzte, meinte bloß: „Wir werden es gleich wissen. Seht ihr dort unten schon das Begrüßungskomitee?"

Der Van senkte sich - wie ein Fahrstuhl im Schacht - auf den Landeplatz herab und wirbelte eine Staubwolke aus Sand auf.

Nachdem der Wagen weich aufgesetzt hatte, stieg die Familie - allen voran Archie - aus und wurde sofort von Grin, Karula - Serafinas Schwester - und einigen Elfen in Empfang genommen.

„Endlich habe ich wieder eine Schnauze zum Reden", war Archies erster Kommentar, denn nur im Zauberreich war er der Sprache mächtig und genoss es immer wieder, sie auch zu benutzen. Hier wurde der Hund jedes Mal zu einer richtigen Quasselstrippe. Er wedelte wie verrückt mit dem buschigen Schwanz und erzählte den Anwesenden, die er gut kannte, wie glücklich er war, wieder hier zu sein.

„Serafina, mein Gott, wie lange ist es her! Ich freue mich so, dich und die Familie zu sehen. Und... wir brauchen euch. Du siehst ja, wie sich unsere Insel verändert hat", rief Karula, während sie ihre Schwester Serafina in die Arme schloss und nebenbei Archies honiggelbes Fell tätschelte. „Kinder, kommt zu eurer Tante und lasst euch umarmen."

Klein Stella hing Karula sofort am Rockzipfel und quiekte fröhlich: „Tella Turst und will Brei! Hier mei Zirky, is mei Freund." Dabei hielt sie ihrer Tante den kleinen Kater vor die Nase. „Halihalo", sagte der Kater und schüttelte überrascht von seiner eigenen Stimme den Kopf.

„Natürlich bekommst du sofort etwas zu Essen und Trinken, wie ihr alle. Wir haben ein Festmahl für euch vorbereitet. Eure Großeltern und euer zukünftiger Onkel Owain sind auch schon ganz gespannt euch alle zu sehen. Dann lasst uns schnell zur Burg gehen. Um euer Gepäck kümmert sich Grin", entgegnete Karula lächelnd.

„Nun lasst mich aber mal auch meine Lieblingsschwägerin in die Arme nehmen", meinte Rufus, und kämpfte sich durch die Menschentraube. Die Schwestern standen immer noch eng umschlungen - mit Stella in der Mitte - beieinander und redeten gleichzeitig aufeinander ein. Komisch, dass sie sich trotzdem verstehen, dachte Rufus amüsiert. Karula sah so ganz anders aus als Serafina mit ihren pechschwarzen, langen Haaren und ihrer üppigen Figur. Man sah den beiden Frauen nicht an, dass sie Geschwister waren. Serafina ähnelte ihrem Vater, der in jungen Jahren auch blond gewesen war, wesentlich mehr als der einstmals schwarzhaarigen Mutter. Außerdem war Karula um einiges kleiner als die hochgewachsene, schlanke Serafina.

„Komm her Rufus!" Bei diesen Worten breitete sie die Arme aus wie ein Adler sein Gefieder und umschlang ihn fest. „Schön, dass du da bist und die Zwillinge! Amy ist ja fast eine junge Dame geworden. Und Kee erst - meine Güte bist du groß geworden. Als ich euch das letzte Mal gesehen habe, ward ihr noch viel kleiner. Kommt, ihr drei seid herzlich willkommen", sagte Karula. Jetzt redeten schon wieder alle wild durcheinander- sogar Rufus ließ sich anstecken und unterhielt sich gleichzeitig mit seinen Kindern, Grin und Karula. „Wir sind schon eine verrückte Bande", warf er belustigt in die Menge, ohne jemand Bestimmtes anzusprechen. Aber das war auch gar nicht nötig.

Mit einem letzten Blick zurück auf den Strand setzte sich die kleine Prozession in Bewegung und Kee fragte traurig: „Tante Karula, wo sind all die Delphine und Meermenschen, von denen Mami uns so viel erzählt hat? Ich hatte mich schon so sehr auf sie gefreut!"

„Aye, das ist eine lange Geschichte", antwortete Karula, während das Lächeln auf ihrem Gesicht erlosch.

Rufus drehte sich noch einmal um, in der Hoffnung doch noch einen Meermenschen zu erblicken. Aber da war nichts, nichts außer Wasser und Sand. Selbst der Van war inzwischen verschwunden.

Bis zur Burg war es nicht sehr weit, denn die Festung lag ziemlich dicht am Strand, damit man den herrlichen Ausblick auf das Meer von den Zimmern der Burg genießen konnte, und die ständige Verbindung zu den Meermenschen hielt. Nur ein schmales Waldstück trennte die Burg vom Strand. Einige alte Eichen hatten ihre einstmals jungen Wurzeln vorwitzig in den Sand geschlagen und standen etwas außerhalb des Wäldchens. Heutzutage spendeten sie dem Strandbesucher mit ihren mächtigen, belaubten Äste wohltuenden Schatten an heißen Tagen. Die kleine Gruppe erreichte die Burg nach kaum zehn Gehminuten. Die Kinder konnten so einen ersten Eindruck von der wunderschönen Landschaft, die hier noch nicht zerstört war, gewinnen. Die ab jetzt gepflasterten Wege zur Burg waren von prächtigen, duftenden Blumenrabatten gesäumt, die dem einen oder anderen einen bewundernden Laut entlockten. Alle Wege zur Burg waren sternförmig angelegt mit kleinen Teichen dazwischen, in denen sich bunte Fische tummelten. Rund um die Burg lief eine meterhohe Festungsmauer, die nur durch vier goldverzierte Türme - in jeder Himmelsrichtung einer - unterbrochen wurde.

Das große, vergoldete Flügeltor, verziert mit vier Ringen, den Zeichen der Duiden, wurde von zwei Drachenreitern mit ihren Tieren bewacht, und die Zwillinge, die noch niemals zuvor einen Drachen gesehen hatten, blieben in respektvollem Abstand stehen und erblassten leicht vor Schreck. Amy zerrte Kee am Ärmel und flüsterte: „Siehst du das auch?" Kee schüttelte sich, wie um eine Fata Morgana los zu werden und flüsterte zurück: „Wir werden ja wohl kaum beide eine Erscheinung haben, oder?"

„Sehr witzig. Ich jedenfalls bin ganz schön erschrocken!"

„Aye, ich auch. Das kannst du mir glauben", murmelte Kee.

Nur Stella kommentierte die Sache völlig furchtlos: „Oh, droße Hundis!" Dies brachte die Drachenreiter Dragen und Durkan zum schmunzeln, während sie sagten: „Seid willkommen Serafina und Rufus!" An die Zwillinge gewandt meinte Dragen: „Ihr braucht keine Angst zu haben, Raznogar und Gariak sind zahm und gehorchen - da hat eure kleine Schwester völlig Recht - wie große Hunde."

„Aber sie sind ja riesenhaft", entgegnete Amy. Daraufhin meinte Durkan, dass diese beiden noch Jungtiere wären, die wirklich großen Drachen außerhalb der Burg in den Bergen - in Höhlen - lebten, und diese dann richtig groß wären. Was war denn bitte schön richtig groß, fragte sich Amy. Allerdings würden sie diese weisen Geschöpfe nicht zu Gesicht bekommen. Obwohl Durkan und Dragen mit ihrer Körpergröße von nahezu zwei Metern bestimmt nicht als klein zu bezeichnen waren, wirkten sie auf den Rücken der mächtigen Drachen wie Spielzeugpuppen. Während Amy und Stella aus dem Staunen nicht herauskamen, gab Kee sich seinen Tagträumen hin: In Gedanken sah er sich schon als berühmten Drachenreiter.

„Die meisten von ihnen leben dort in einer großen Gemeinschaft. Wir bekommen von den Drachen alle paar Jahrzehnte ein Jungtier, damit helfen sie uns, die Burg zu schützen. Denn wir leben seit Jahrtausenden mit den Drachen in friedlicher Nachbarschaft. Wir Drachenreiter erziehen sie dann und gehen damit eine Partnerschaft für das ganze Leben ein", erklärte Dragen.

„Nun aber weiter, Leute. Eure Großeltern können es sicher kaum noch erwarten, euch zu sehen", meinte Rufus. „Für die Drachen bleibt später noch genug Zeit!"

Der Innenhof lud die Geschwister schon wieder zum Staunen ein, denn er erinnerte an einen großen mittelalterlichen Marktplatz. Es herrschte ein buntes Treiben. Überall waren Stände aufgebaut, wo die Elfen ihre Waren darboten. Ähnlich einem Markt in der Menschenwelt. Es gab Stände mit Gemüse und Obst, Kleidung, Tischdecken und Haushaltswaren wie Töpfen und Pfannen. Außerdem gab es große gusseiserne Kessel in denen Fleisch vor sich hinbrutzelte und so köstlich duftete, dass einem das Wasser im Munde zusammenlief. Amy bemerkte erstaunt, dass sie wirklich großen Hunger hatte. Jetzt jedoch wandten die meisten Händler ihre Köpfe, um den Witherspoones ein Willkommen zu zuwinken. Die Lichtelfen oder Liosalfar besaßen zwar wenig Zauberkraft, hatten aber eine besondere Beziehung zur Natur, und jede Elfe hatte besondere Fähigkeiten. Die Waldelfen zum Beispiel konnten sich ihrer Umgebung so anpassen, dass sie trotz ihrer Größe von nahezu zwei Metern im Wald fast unsichtbar waren. Außerdem waren sie Hüter von Tieren und Pflanzen. Die Wasserelfen hielten die Flüsse und Seen gesund und froren trotz ihrer durchscheinenden, zarten Haut auch bei kältesten Temperaturen niemals. Nicht selten konnte man im Winter Wasserelfen beim Bad im Fluss antreffen. Einige Elfen, in der Kampfkunst ausgebildet, waren Gestaltenwandler, das heißt, sie konnten ihre Gestalt mühelos verändern - dies war während eines Kampfes von großem Nutzen.

Serafina und Karula gingen - sich leise unterhaltend - allen voran durch die kleinen Gassen, in denen sich aus groben Steinen gefertigte Häuser in die Schatten schmiegten. Hier wohnten die meisten Lichtelfen. Rufus folgte den beiden mit der erschöpften Stella auf seinen Armen und den Zwillingen, die große Augen machten, um ja alles, was sie sahen, in sich aufzunehmen. Nach kurzer Zeit erreichten sie die große Freitreppe, die ins

Innere der Burg führte. Dort hatten schon Serafinas Eltern Aufstellung genommen, um die Reisenden zu begrüßen. Drug Fir trug einen blauen Samtumhang mit silbernen Sternen bestickt und dazu einen passenden spitzen Hut. Er wirkte wie ein Zauberer aus dem Bilderbuch, wie er so dastand – mit gestrafften Schultern und seiner Tochter schon von weitem zuwinkte. Heronia sah einfach fantastisch aus in ihrem roten Kleid. Die langen Haare, die ihr von der leichten Brise immer wieder ins Gesicht geweht wurden, umspielten ihr zartes Gesicht. Nun gab es für Rufus Frau kein halten mehr. Serafina, die ihre Eltern schon von weitem ausgemacht hatte, rannte los, immer zwei Stufen auf einmal nehmend und warf sich ihrer Mutter mit einem Schluchzen in die Arme.

„Aber Schätzchen, wer wird denn weinen", meinte Heronia, während sie ihrer Tochter den Kopf tätschelte. Heronia war, ihrem Alter zum Trotz immer noch eine schöne Frau, auch wenn ihre einstmals schwarzen Locken mit zarten Silberfäden durchzogen waren. Sie war groß gewachsen, von vollschlanker Gestalt und überragte ihren Mann sicher um zehn Zentimeter.

„Aye, Mama, ich weiß erst jetzt, wie sehr ich euch vermisst habe", entgegnete Serafina und umarmte nun auch Drug Fir, ihren Vater, der zum Ältestenrat der Druiden gehörte. Serafinas Vater sah genauso aus, wie man sich als Kind einen Druiden vorgestellt hat. Sein langes, weißes Haar fiel ihm bis auf die Brust, um sich dort mit seinem weißen Bart zu vereinen.

Rufus, der die Schwiegereltern inzwischen auch erreicht und herzlich begrüßt hatte, gab Stella gleich an die Oma weiter und ermahnte die Zwillinge: „Na, was ist! Wollt ihr eure Großeltern nicht umarmen?"

Amy und Kee kamen daraufhin vorsichtig näher und gaben den beiden zaghaft die Hände. Sie hatten ihre Großeltern erst einmal gesehen, und das war schon so lange her, dass die beiden sich kaum noch erinnern konnten. Heronia allerdings erinnerte sich nur zu gut an die Zwillinge und deren aufregende Geburt. Sie zog beide Kinder in ihre Arme und konnte ihre Freudentränen kaum zurückhalten. Amy und Kee ließen die Küsse etwas steif über sich ergehen. Denn die Großeltern waren ihnen eigentlich fremd, und daher war den Zwillingen dieses erste Wiedersehen - nach so langer Zeit - etwas unangenehm. Mit ihrer Tante Karula hingegen war es etwas ganz anderes. Denn an ihrem sechsten Geburtstag, das wusste Amy noch sehr genau, war Karula überraschend auf Besuch gekommen. Sie stand einfach mitten in der Nacht mit ihrem Besen im Wohnzimmer und ließ ein Geschenk nach dem nächsten erscheinen. Das war toll gewesen! Kee hatte damals ein „magisches Schwert" und sie selbst eine sprechende Puppe bekommen. Von allen Dingen, die Karula damals erscheinen ließ, waren Kee und Amy von dem Schwert und der Puppe am meisten beeindruckt gewesen.

Serafina blickte sich in alle Richtungen um. „Wo ist Fugan? Hat mein Brüderchen wieder Wichtigeres zu tun, als seine Schwester zu begrüßen?"

Heronia hob die Schultern: „Du kennst ihn doch! Er hat bestimmt die Zeit vergessen und streift mit Markwain durch die Wälder."

Serafinas jüngerer Bruder war ein echter Nachzügler gewesen und hatte sich - von allen verwöhnt - dementsprechend entwickelt. Er war so völlig aus der Art geschlagen. Nicht nur äußerlich unterschied er sich mit seinem roten Haar und dem eher kleinen Körperwuchs vom Rest der Familie. Ihm lag nicht viel an Verantwortung. Er konnte Tage damit zubringen, durch die Wälder zu streifen, um noch unentdeckte Arten zu suchen. Nun, dachte Serafina nachsichtig, er war ja noch sehr jung. Nicht viel älter als ihre Zwillinge. Nach menschlichen Maßstäben wäre er siebzehn Jahre alt gewesen. Kee und Fugan würden bestimmt viel Spaß miteinander haben.

„Na dann rein mit euch! Grin hat euer Gepäck schon gebracht und Frina wird euch jetzt zunächst einmal in eure Zimmer bringen, damit ihr euch frisch machen könnt nach der langen Reise. Die Kinder sind bestimmt müde. Dem war ganz und gar nicht so. Die Kinder waren viel zu aufgeregt, um auch nur einen Hauch von Müdigkeit zu verspüren.

„Wir haben, wie ihr im Menschenreich sagt, einen kleinen Imbiss zubereitet, damit ihr euch vor dem großen Mahl schon etwas stärken könnt. Wenn es euch recht ist, können wir in einer Stunde mit der Feier beginnen. Danach treffen wir uns mit dem ganzen Rat, um zu besprechen, warum wir euch vor der Zeit haben kommen lassen", sagte Drug Fir und schob Rufus und die Kinder vor sich her ins Innere der Burg. Etwas leiser nur für Rufus hörbar flüsterte er: „Glaub mir, es steht wirklich schlimm!"

War das Bauwerk von außen mit seinen vier hohen Türmen und den vielen Wehrgängen schon eindrucksvoll, so war der Prunk im Inneren mit nichts, was je ein menschliches Auge gesehen hatte, zu vergleichen. Alle Wände in der großen Eingangshalle waren in Pastelltönen gehalten auf denen sich die vielen, goldgerahmten Bilder wundervoll hervorhoben. Ahnenreihen bedeutender Druiden blickten auf den Besucher herab und vermittelten einen Eindruck von nicht greifbarer Lebendigkeit. Der Fußboden bestand aus weißem Marmor und wurde nur durch vier Kreise unterbrochen, die sich golden davon abhoben. An den Seiten standen viele mannshohe Vasen, in denen wunderschöne duftende Blumensträuße arrangiert waren. Durch die hohen bogenförmigen Fenster fiel soviel Licht in die Halle, dass man beinahe glauben konnte, die Sonne schiene hier drinnen. Die Elfen, wie auch die Druiden, liebten das Licht und alles Helle. Dies kam anhand der Innenausstattung deutlich zur Geltung. Rechts und links der großen Eingangshalle führten lange Gänge direkt zu den Rittersälen. Rechter Hand lag der große, der für Feierlichkeiten jeder Art diente. Für Ratsversammlungen wurde zumeist der kleinere Saal, weiter hinten gelegen, benutzt.

Serafina Eltern bewohnten den Südflügel der Burg. Das war schon seit Generationen so. Der Nordflügel wurde von Drug Mer und seiner Sippe bewohnt. Drug Mer war der älteste Zauberer auf der ganzen Insel. Im Ostflügel hatte sich seit Jahrhunderten die Familie von Drug Hut breitgemacht, während im Westflügel Drug Set mit den Seinen residierte. Vor Jahrhunderten waren die mächtigsten Zauberer auf der Burg zusammengekommen, um das Reich und ihre Familien besser vor der dunklen Bedrohung schützen zu können. Man fand Gefallen an dem Zusammenleben und außerdem war die Burg für nur einen Zauberer und seine Ahnen sowieso viel zu groß. Deshalb lebten bis heute die größten Zauberer des Nordens, Südens, Ostens und Westens in harmonischer Gemeinschaft auf der Burg. Ein weiterer Vorteil war, dass dringende Zusammenkünfte mehr oder weniger sofort stattfinden konnten. Gab es etwas zu feiern, so wie heute, dann tat man dies gemeinsam.

Frina, eine über neunhundert Jahre alte Lichtelfe, nahm nun Stella aus Heronias Arm und begleitete die ganze Familie in den Südflügel zu den Gemächern von Drug Fir. Dort angekommen staunten die Kinder nicht schlecht, denn auch hier gab es eine große

Empfangshalle, in deren Mitte sich majestätisch ein Springbrunnen erhob, mit einem Delphinkopf als Wasserspeier, aus dem sich goldenes Wasser in die Schale ergoß.
„Doldene Wasser, nich nie geseht", staunte klein Stella.
„Das hat auch nie jemand außer den Bewohnern der Burg gesehen. Denn dieses Wasser entspringt einer Jahrtausende alten unterirdischen Quelle und hat besondere Heilkräfte. Es vermag Wunden innerhalb kürzester Zeit zu schließen. Wenn man es trinkt, lindert es alle Schmerzen", erklärte Serafina ihren Kindern. „Deshalb dürft ihr dieses Wasser auch nicht nur zum Spaß trinken oder berühren, da es überaus kostbar ist! Es hat uns in den Elfenkriegen sogar zu manchem Sieg verholfen."
„Mach Tella nich", versprach die Kleine voller Ehrfurcht.
Nachdem dies für alle geklärt war, öffnete Frina eine große vergoldete Flügeltür, die dem äußeren Burgtor glich, um die Witherspoones in ihre vorbereiteten Zimmer zu führen. In dem großen Vorflur, von dem drei weitere Türen abgingen, ein Zimmer für Serafina und Rufus, eines für Stella und ein gemeinsames für Amy und Kee, war wie von Serafinas Eltern angekündigt ein großer Tisch aufgestellt worden und reichlich mit den herrlichsten Leckerbissen gedeckt, damit die Reisenden sich ein wenig stärken konnten.
Die Zwillinge wollten zunächst ihr Zimmer in Augenschein nehmen und waren von dem riesigen Himmelbett, welches das halbe Zimmer einnahm, völlig begeistert. Auch die große Terrasse, von wo aus sie einen Überblick über den ganzen Burghof hatten, fand ihre Zustimmung. Während Stella sich sofort ein paar Früchte vom Tisch heranschweben ließ und genüsslich in den kleinen Mund stopfte, bestaunten die Zwillinge immer noch ihr neues Domizil. Stella konnte immer essen. Serafina fand es daher erstaunlich, dass ihre Jüngste dabei trotzdem kein Pummelchen wurde.
Frina gefiel offensichtlich was sieh sah, denn als sie Stella schmunzelnd beobachtete meinte sie gutgelaunt: „Schon stark die Gabe in so kleines Kind sein."
„Aye, das kann sie schon, seit sie ein Baby war", entgegnete Rufus, voller Vaterstolz.
Frina wollte nur noch wissen, ob sie noch irgendetwas bräuchten, was aber alle einstimmig verneinten. Nur Serafina bat Frina noch zu warten, um ihr eines von den mitgebrachten Geschenken zu überreichen. Sie ging schnell in ihr Zimmer, öffnete den Koffer und suchte das Päckchen für Frina heraus. Da sie wusste, dass Lichtelfen Schmuck aus Naturprodukten überaus liebten, hatte sie für Frina Ohrringe aus kleinen Eicheln mitgebracht, die zur Hälfte mit Blattgold überzogen waren. Darüber würde sich Frina, die im Dienste ihrer Eltern war, seit sie denken konnte, sicherlich freuen.
Nachdem Frina sich überschwänglich bedankt hatte, das Auspacken aber auf später verschieben wollte, da noch so viel zu richten war, genehmigten sich Rufus und Serafina ein Elfenbier. Das Bier war schwarz, leicht und hatte einen feinen erdigen Geschmack, von dem am Ende noch ein Zimtaroma auf der Zunge blieb. Die Braukunst dieser besonderen Flüssigkeit war bei den Elfen seit Generationen ein wohlgehütetes Geheimnis.
„Willkommen daheim," meinte Rufus, während er seiner Frau zuprostete.
„Aye, ein gutes Gefühl wieder zu Hause zu sein. Weißt du was, ich nehme jetzt noch schnell ein Bad. Behältst du die Kinder im Auge?", erwiderte Serafina. „Mach ich! Entspann dich noch ein wenig, mein Schatz!" Rufus war schon fast aus der Tür, als er sich noch einmal umdrehte... „Eigentlich würde ich gerne mit dir baden!"
„Raus", rief Serafina und grinste.

Während Serafina mit den Fingern schnippte und der Inhalt der Koffer sich selbständig in die Schränke verteilte, ging sie ins Bad und sagte nur: „Wasser und Rosen!" Daraufhin füllte sich die im Boden versenkte große, runde Badewanne ganz automatisch mit herrlich heißem Wasser und Rosenblüten, die einen märchenhaften Duft verströmten. Das müsste sie den Kindern wie so vieles andere noch erklären, dachte sie schmunzelnd.

Die Zwillinge hatten inzwischen längst ausgepackt und genossen den Blick von ihrer Terrasse, als ihr Vater das Zimmer betrat. Dadurch wurde Kee aus seinen Träumen gerissen. In Gedanken sah er sich bereits als edlen Ritter, der die Burg gegen imaginäre Gegner verteidigte. Dass er damit gar nicht so ganz falsch lag, konnte er zu diesem Zeitpunkt nicht wissen.

„Nun, Mylady, Mylord, wie gefällt es euch im Palastgemach? Wo sind eigentlich Archie und Shirkhy abgeblieben?" Ohne eine Antwort abzuwarten, fuhr er fort: „Eure kleine Schwester schläft noch ein bisschen. Frina war so lieb und hat sie ins Bett gelegt", begrüßte Rufus Amy und Kee.

„Archie ist gleich in Richtung Stallungen - wo immer die auch sind - verschwunden, um alte Freunde zu begrüßen, wie er sagte. Und den Kater hat er mitgenommen", antwortete Amy. - „Ich find es einfach super hier und kann den großen Empfang kaum erwarten. Wir dürfen uns doch später noch alles ansehen oder", fragte Kee nun voller Erwartung.

„Na, ob das heute noch was wird, müssen wir abwarten. Die Feierlichkeiten dauern hier immer sehr lange, weißt du. Außerdem ist im Anschluss an das Essen noch die Ratsversammlung. Könnte verdammt spät werden. Ich wollte euch aber jetzt schon mal ein bisschen in die Geheimnisse der Burg einweihen. Hier funktioniert nämlich alles etwas anders als bei uns", erwiderte Rufus. „Außerdem muss ich euch von der dunklen Bedrohung erzählen. Ihr habt auf dem Flug zur Insel ja gesehen, dass die halbe Insel verdorrt ist wie eine alte Pflaume, und sich auch die Meermenschen mit den Delphinen zurückgezogen haben. Wie ihr ja nun schon gehört habt, leben hier auf der Burg die vier größten Druiden des Universums zusammen, um die Natur und deren Geheimnisse gemeinsam zu studieren und vor allem, um über die Zauberinsel zu wachen. Wenn die Insel in die falschen Hände fiele, wäre das eine unvorstellbare Katastrophe. Außerdem unterrichteten die Druiden in früheren Zeiten immer Schüler, denen sie ihr Wissen weitergaben und ihnen halfen, ihre Zauberkünste sowie die Naturgewalten zu beherrschen. Ich selbst war auch einmal einer von ihnen. Ihr werdet nach Ablauf eures fünfzehnten Geburtstages selbst einige Zeit hier verbringen." Amy und Kee sahen sich erstaunt an.

„Ihr müsst wissen, dass die letzten Druiden - damals waren es fünf - ihr Leben lang nach dieser Insel gesucht haben. Auch Druiden waren früher nicht unsterblich, sondern sind über ihre Suche alt geworden oder sogar gestorben. Sie haben nicht immer hier gelebt. Vielmehr sind sie aus Irland, Island und Schottland hier zusammengekommen, als Drug Ten - heute nennt er sich Darkas - die Zauberinsel, versteckt zwischen den Dimensionen, entdeckt hat. Es war zwischen ihnen immer abgesprochen gewesen, dass alle Druiden hier gemeinsam leben, studieren und herrschen sollten, falls es einem von ihnen gelingen würde, das Tor in diese Dimension zu entdecken.

Auch Darkas war ein mächtiger Zauberer, vielleicht sogar der Mächtigste von allen. Nachdem es ihm gelungen war, das Tor in diese Dimension zu öffnen, holte er stolzerfüllt den Druidenrat hier zusammen. Leider wollte er von den früheren gemeinschaftlichen Ratsbeschlüssen nichts mehr wissen, sondern beanspruchte - sozusagen als Entdecker der Tir nan Ogg - die Insel mitsamt der Burg für sich allein. Das konnten die anderen Druiden einfach nicht zulassen. Denn erstens war es ihr gemeinsames Ziel gewesen und zweitens hielt man sich an sein Wort. Bei einer erneuten Ratsversammlung, wo dieser Punkt abschließend geklärt werden sollte und man hoffte, dass Darkas zur Vernunft kommen würde, blieb er jedoch stur. Also wurde er von den anderen Druiden überstimmt, weil letztlich kein Druide allein Anspruch auf die Burg erheben konnte und außer Darkas auch wollte. Denn diese Insel ist von unschätzbarem Wert für alle, die darauf leben. Denkt nur einmal an die Meermenschen, die übrigens schon vor den Druiden hier waren - genau wie die Drachen. Die Zauberkraft der Druiden hat hier erheblich an Stärke gewonnen und alle Kinder, die wir hier im Wasser zeugen, erben auf wundersame, unerklärliche Weise dadurch die Zauberkraft. Das haben Drug Mer seinerzeit die Meermenschen verraten. Bevor die Insel entdeckt worden war, musste die Zauberkraft durch ellenlange Rituale an die Kinder weitergegeben werden. Der goldene Brunnen mit seiner heilenden Quelle ist allein schon von unschätzbarem Wert für das gesamte Universum. Es gibt hier praktisch keine Krankheiten mehr. Und auf dieser Insel ist immer Sommer. Hinzu kommt, solange man sich auf dieser Insel aufhält, altert man nur sehr, sehr langsam, um nicht zu sagen fast gar nicht mehr. Einige Tage Aufenthalt hier genügen, um einem zehn zusätzliche Lebensjahre zu schenken, in menschlichen Maßstäben gerechnet. Das ist auch einer der Gründe, weshalb Kinder aus Zauberfamilien niemals vor dem fünfzehnten Lebensjahr hierher kommen sollen, die wie wir das Exil gewählt haben. Die Gründe für diese Zeitpause haben die Druiden bis heute nicht herausgefunden. Deshalb müssen wir auch irgendwann in der Menschenwelt den Ort wechseln, weil sich die Menschen sonst natürlich wundern würden, warum alle in unserer Familie nicht altern. Ich selbst bin nach Zeitrechnung der Menschen schon sehr alt. Aber jeder hält mich für einen Mann von höchstens dreißig Jahren. Mit eurer Mutter ist es genauso.

Aber zurück zu Darkas! In der alles entscheidenden Ratsversammlung kam er nicht zur Vernunft, sondern bestand weiter auf seinem - aus seiner Sicht - Entdeckerrecht. Das hatte zur Folge, dass er von den anderen Druiden, die heute hier leben, für immer von der Tir nan Ogg verbannt wurde. Darkas wehrte sich verzweifelt mit aller ihm zur Verfügung stehenden Zauberkraft, wurde aber letztlich gemeinschaftlich geschlagen. Auch hier trugen die Drachen einen großen Teil zum Gelingen bei. Leider kannte er aber von da an, als Entdecker, auch das Tor zu dieser Dimension. Die eigentliche dunkle Bedrohung bestand seinerzeit aus ein paar Stämmen von Dunkelelfen oder Dökalfar, die sich - nach den Elfenkriegen - zusammengetan hatten, um die Tir nan Ogg zu erobern. Es war damals nicht anders als heute: Neuigkeiten sprachen sich schnell herum. Alle Druiden hatten inzwischen ihre Familien, die freien Pferde und viele Lichtelfen oder Lisolfar hierher geholt, um gemeinsam hier zu leben. Dadurch hatten auch einige Dunkelelfen den Weg zur Insel gefunden. Denn die Umsiedlung gestaltete sich ziemlich hektisch und chaotisch. Jeder wollte hier leben. Das war aber weder möglich noch erlaubt, weil man befürchtete, dass zu viele Bewohner der unerforschten Insel schaden könnten. Außerdem sollte dies ein Ort des Friedens bleiben, den nur die Druiden sicherstellen konnten. Seitdem kommt es immer wieder zu neuen Übergriffen, wie wir ja schon aus der Luft deutlich gesehen haben. Die Dunkelelfen waren schon immer ein kriegerisches Volk. Allein durch ihre Körpergröße, die über zwei Meter beträgt, und durch ihre Waffenkünste sind die Dunkelelfen ernst zu nehmende Gegner. Jetzt halten sie sich irgendwo im irischen Hinterland versteckt, wo sie ihre Lager aufgeschlagen haben."

„Aber was hat dieser Darkas denn mit den Dunkelelfen zu tun", fragte Amy, die bisher wie ihr Bruder Rufus Erklärung atemlos gelauscht hatte.

„Aye, Drug Ten, oder besser Darkas, musste nach der Ratsversammlung sofort die Insel verlassen, und betonte immer wieder wütend, dass es den anderen Druiden noch furchtbar leid tun würde, dass er nicht der alleinige Herrscher der Burg geworden war", erzählte Rufus weiter.

„Darkas schloss sich den Dunkelelfen an, kämpft seitdem als deren Anführer gegen uns und versucht nach wie vor die Herrschaft über die Insel zu erlangen. Das ist offenbar nunmehr sein einziger Daseinszweck. Denn die Burg ist inzwischen, dank der vier mächtigen Druiden, so gut durch weiße Magie geschützt, dass Darkas ohne Hilfe der Dunkelelfen keine Chance hat, sie zu erobern. Was ich vielleicht noch erwähnen sollte ist, dass die Dunkelelfen keinerlei Liebe kennen, weder zu anderen Lebewesen noch zu Dingen. Alles ist bei Ihnen nur Mittel zum Zweck. Sie haben keinerlei Sinn für Schönheit und sind selbst hässlich wie die Nacht. Aber zurück zu Darkas: Wie wir jetzt von euren anderen Großeltern hörten, ist er wohl inzwischen größenwahnsinnig geworden und versucht nun auch die restliche Zauberwelt zu erobern. Deshalb sind meine Eltern auch in Irland geblieben. Denn die Lage ist wohl kritischer als wir dachten", fuhr Rufus in seinen Erklärungen fort. Kee brannte darauf mehr von den Drachen zu erfahren, aber Rufus winkte ab und erklärte ihm, dass dies etwas länger dauern würde. Amy hatte ganz andere Sorgen: „Ich dachte, Oma Selena und Opa Vobius kommen heute Abend auch zu der Feier," sagte sie leicht enttäuscht.

„Aye, Schätzchen, das dachten wir auch. Aber ich habe mir fest vorgenommen mit euch beiden zu euren Großeltern zu reiten. So ein Tagesritt zu Pferd gefällt euch doch bestimmt! Außerdem bleiben wir ja eine Weile hier und können die beiden dann besuchen", entgegnete Rufus. Er ahnte nicht, dass er schon sehr bald würde aufbrechen müssen.

Natürlich fanden die Zwillinge die Vorstellung, einen ganzen Tag zu Pferd unterwegs zu sein, richtig aufregend. Amy war besonders angetan von der Idee, da sie Pferde schon immer geliebt hatte und sagte nun aufgeregt: „Das ist ja super, Daddy, aber erzähl noch schnell weiter, wie es mit Darkas steht". Kee sah einem Ritt eher skeptisch entgegen, denn nach ein paar Stunden Reitunterricht - im Menschenreich - hatte er aufgegeben. Dieses ganze Theater, was die Mädchen um die Pferde abgezogen hatten, war ihm schnell auf die Nerven gegangen. Hinzu kam, dass er seinerzeit der einzige Junge im Reitunterricht gewesen war. Daraufhin hatte er beschlossen, dass die Reiterei Weiberkram war. Jetzt wünschte er fast, er hätte mehr Durchhaltevermögen gehabt. Denn Ritter bewegten sich ausschließlich hoch zu Ross fort. Oder etwa nicht?

Rufus sah seinen Sohn an und bemerkte, dass der mit seinen Gedanken schon wieder ganz woanders war. Deshalb fragte er: „Kee, sag mal, hörst du überhaupt noch zu?"

„Aye, bin ganz Ohr." - „Also gut. Wenn es Darkas gelingt, große Gebiete im Hochland von Irland zu erobern, im Feenreich also, dann kann es ganz leicht geschehen, dass sich der Krieg ins Menschenreich ausweitet, und das müssen wir unbedingt verhindern", fuhr Rufus in seiner Rede fort.

Inzwischen war Serafina mit ihrem Entspannungsbad fertig und auf dem Weg zu Stella, um zu schauen, ob ihre Jüngste inzwischen aufgewacht war. Als sie nun das Kinderzimmer betrat, sah sie, dass Frina die Kleine bereits festlich gekleidet hatte. Scheint wohl Liebe auf den ersten Blick zu sein, dachte Serafina erfreut. Denn sowohl ihr Baby als auch Frina schienen sich prächtig miteinander zu amüsieren. Stella versuchte Frina aus ihrem Zauberbilderbuch vorzulesen - offenbar erzählte das Buch heute die Geschichte von Schneeweißchen und Rosenrot -, denn gerade ließ Frina für die Kleine ein lebensgroßes Hologramm des Bären im Zimmer erscheinen. Frina besaß zwar keine echte Zauberkraft im eigentlichen Sinn, konnte aber auf wundersame Weise Illusionen erzeugen. Stella jauchzte vor Vergnügen und als ihr Blick auf ihre Mutter fiel, rief sie: „Frina gaaans liebi, makt schön Paß für Tella!"

„Aye. Das sehe ich Schatz!" Und mit einem Seitenblick auf Frina sagte Serafina: „Verwöhne sie bloß nicht zu sehr. Denn sie ist schon so anstrengend genug! Du weißt doch, dass meine Eltern früher auch immer behauptet haben, dass du mich zu sehr verwöhnt hast."

„Ach was, wenn Kind sein klein, brauchen Spaß. Lernen dadurch schneller GABE zu beherrschen. Du an dich selbst erinnern dich", konterte Frina. „Du sehen in lange Brokatrobe übrigens zauberhaft aus. Die Perlen, die aufgestickt, lassen dein weiße Haar noch leuchten schöner." Mit einem Fingerzeig auf ihre spitzen Ohren, an denen schon die mitgebrachten neuen Ohrringe baumelten, sagte Frina: „Sieh mal, ich mich auch schon schön gemacht habe. Dir sei noch mal Dank."

In dem Moment flog die Tür auf: Fugan platzte ins Zimmer und wirbelte Serafina herum. „Schwesterchen, wie geht es dir. Ich bin gerannt, als ob Darkas höchstpersönlich hinter mir her wäre." Dann lachte er selbst am meisten über seinen schlechten Scherz. Frina verzog missbilligend das Gesicht. Wann würde der Junge endlich erwachsen werden!

„Fugan, wie er leibt und lebt", lachte Serafina. Sie schob ihn ein Stück von sich und betrachtete ihn kritisch. „Zerlumpt siehst du aus, wie immer."

„Dafür siehst du um so schöner aus", erwiderte Fugan und drehte sich zu Stella um. - „Und du bist also die Stella, die ich erst einmal gesehen habe." Das kleine Mädchen wirkte irritiert und sah hilfesuchend seine Mutter an.

„Schatzilein, das ist dein berühmt, berüchtigter Onkel Fugan, der immer noch wild wie ein junges Fohlen überall auf der Insel herumspringt."

„Dut", sagte Stella und bot ihm artig die kleine Hand zur Begrüßung. „Wie brav", spöttelte Fugan. „Ein Kuss wäre mir aber lieber." Er hielt Stella seine Wange hin und wartete mit geschlossenen Augen. - „Du tinkst und has Pittel", sagte Stella. Damit war klar, dass ein Kuss nicht in Frage kam.

„Das Kind völlig Recht hat, mein Junge", mischte sich Frina ein. „Geh und dich waschen."

„Du hast wohl vergessen, dass ich zaubern kann, was, du alte Nörgelelfe." Unter Stellas kritischen Blicken drehte Fugan sich einmal im Kreis, war in ein edles Gewand gekleidet, sah sauber aus und roch nach Mandelholz. Gegen seine dämlichen Pubertätspickel konnte er im Augenblick nichts tun. Hier half leider auch alle Magie nicht. Bei passender

Gelegenheit würde Fugan sich heimlich ein wenig von dem Heilwasser abzapfen. Das war zwar verboten, aber Fugan hielt sich grundsätzlich nicht an irgendwelche Verbote!

„Nun, bekomme ich jetzt meinen Begrüßungskuss, edles Fräulein?"

„Na dut", kicherte Stella und ging auf ihren Onkel zu.

Serafina gab daraufhin auch Frina einen Kuß (Fugan hatte sie in ihrem Vorhaben unterbrochen) und betonte, dass es jetzt wirklich Zeit wäre nach den anderen zu sehen, denn bis zum Festmahl war nicht mehr viel Zeit. Im Gefolge von Stella, Frina und Fugan ging Serafina nun zu den Zwillingen, um zu prüfen, ob auch die beiden fertig für den großen Abend waren. Zu ihrem Erstaunen waren die beiden und auch Rufus längst angezogen und standen Arm in Arm bereit, um ihren ersten großen Auftritt zu genießen. Wie schön sie doch aussehen. In dem roten Seidenkleid sah Amy fast wie eine Prinzessin aus. Und auch Keenan, in seinem dunklen Umhang, wirkte großartig, fast wie eine Miniaturausgabe von Rufus. Sie sagte sich wieder einmal im Stillen, was sie doch für ein Glück hatte, eine solche Familie zu haben. Serafina blieb nicht viel Zeit, sich am Anblick ihrer Familie zu freuen, denn Fugan verschaffte sich - ungestüm wie er nun einmal war - Zutritt. „Rufus, alter Junge, schön dich zu sehen. Ach herrje, das sind doch nicht wirklich Amy und Kee!" Damit schob er die anderen vollends aus dem Weg und schüttelte Rufus und den verdutzten Kindern die Hände.

„Fugan, du hast dich kein bisschen verändert. Immer noch mit dem Kopf durch die Wand, was", begrüßte Rufus seinen Schwager.

„Bist du auch ein Drachenreiter", wollte Kee wissen. - „Ich, um Himmels Willen nein", lachte Fugan. „Wie kommst du denn darauf?" - „Weißt du, mein Bruder ist, seit er die Drachen gesehen hat, völlig aus dem Häuschen. Er sieht sich in Gedanken wahrscheinlich selbst als Drachenreiter", erklärte Amy.

Fugan kicherte und klopfte Kee auf die Schulter. „Wenn das mal so einfach wäre. Ich glaube, ich muss dir bei Gelegenheit so einiges über die Drachen erzählen."

„Aber nicht jetzt", ermahnte Rufus. „Wir werden unten erwartet". Kee nickte zwar sein Einverständnis, hätte sich aber viel lieber weiter mit Fugan unterhalten, als zu einem wahrscheinlich langweiligen Essen zu gehen.

„Na, dann mal los, meine schönen Damen und Herren: Es ist Showtime", konstatierte Rufus. Während Serafina mit einem leichten Knicks Rufus ihren Arm bot, sagte sie: „Gern, mein edler Herr. In eurem blauen Umhang seht ihr heute auch wieder umwerfend aus." - „Ha, ha, umferfend aus," äffte Stella. Die Zwillinge und Fugan schüttelten den Kopf und grinsten sich an.

Als die Witherspoones nun am großen Goldbrunnen vorbeigingen und Frina ihnen die Flügeltür zur Treppe öffnete, drang bereits leise Musik und Stimmengemurmel zu ihnen herauf. Demnach hatten sich wohl doch schon eine Menge Leute unten in der großen Haupthalle versammelt.

Als Serafina und Rufus, gefolgt von ihren drei Kindern, die Treppe hinunter schritten, hielt die Musik kurz inne und auch die leisen Unterhaltungen brachen abrupt ab.

Grin verkündete stolz: „Serafina und Rufus von den Wizzards (Witherspoone war ihr Name in der Menschwelt) und ihre Töchter Amalie, Stella und ihr Sohn Keenan. Wir alle sein hocherfreut! Und Fugan... ihr kennt alle sowieso." Die Gäste in der Halle lachten, als Fugan beide Hände zum Gruß hob. Dann konzentrierte man sich wieder auf die Witherspoones und nun brach ein wahrer Beifallssturm los, der Serafina jedes Mal wieder, wenn sie hierher kam, irgendwie verlegen machte. Aber sie lächelte freundlich und ging, wie auch Rufus, händeschüttelnd von einem zum anderen, um alle Burgbewohner gebührend zu begrüßen. Besonders freute sich Serafina Rikolfar, die älteste Tochter von Drug Mer, wiederzusehen. War sie doch, als beide Kinder waren, Serafinas liebste Freundin und beste Spielkameradin gewesen. Jetzt war Rikolfar hochschwanger und schob ihren prallen Bauch stolz vor sich her. Ihr erstes Kind sollte in den nächsten Tagen das Licht der Welt erblicken und Serafina war schon sehr gespannt, ob sie einem Jungen oder Mädchen das Leben schenken würde. Die beiden Frauen wurden in ihrer Unterhaltung unterbrochen, als Druig Fir zu Tisch bat. Königlicher Empfang, dachte Rufus leise in sich hineinschmunzelnd.

Stella sorgte sogleich wieder für die Unterhaltung aller, indem sie versuchte, ihren Eltern würdevoll hinterherzulaufen, was mit dem langen Kleid und den kurzen Beinen noch schwieriger als gewöhnlich war, und dazu ständig vor sich hinmurmelte: „Oh, oh, viel Leute, viel Lich, viel Essi." Nun schritten die Burgbewohner in einer langen Prozession - allen voran Heronia und Drug Fir - den Flur entlang zum großen Rittersaal. Rufus, Serafina und die Kinder nahmen rechts und links von Druig Fir und Heronia ihre Plätze ein. „Kann ich mit Amy den Platz tauschen", fragte Kee seinen Großvater. „Ich würde gerne neben Onkel Fugan sitzen." Drug Fir lächelte milde und nickte zustimmend. „Das habe ich schon erwartet."

Fugan grinste Kee an und sagte: „Das Onkel kannst du getrost weglassen. Ich bin ja noch nicht so ein alter Greis wie Grin." - „Aye, zu Befehl", flüsterte Kee .

Amy und Kee waren nur am Staunen, denn der Rittersaal, auf den sie eingangs nur einen kurzen Blick erhaschen konnten, hatte sich in der Zwischenzeit stark verwandelt. Es waren lange Tischreihen aufgestellt worden, die alle zusammen die Form eines riesengroßen Quadrates bildeten und bestimmt hundert Menschen Platz boten. Die Tische waren festlich gedeckt mit goldenen Tischläufern, goldenen Tellern, goldenem Besteck und wunderschönen Weinkelchen. Um jeden Teller lagen bunte Blüten, die einen herrlichen Sommerduft verströmten und über den Tischen schwebten tausend kleine Lichter, welche die goldenen Utensilien noch heller erstrahlen ließen. Hier wusste man wirklich angemessen zu feiern.

Drug Fir bat alle auf den - natürlich - goldenen Stühlen Platz zu nehmen. Selbst der Kinderstuhl für klein Stella, in dem auch schon Serafina und Karula als Kleinkinder gesessen hatten, war aus purem Gold und mit zauberhaften Verzierungen versehen. „Tschick Tuhl für mir!", bemerkte Stella auch prompt.

„Aye. Für dich nur das Beste", flüsterte Karula der Kleinen ins Ohr. Was bei Stella natürlich wieder zu einem kleinen Kicheranfall, wie Rufus das immer nannte, führte. Mit einem Seitenblick auf ihren zukünftigen Ehemann Owain - einen Elfenkrieger - dachte sie daran wie ihre eigenen Kinder später wohl sein würden. Sie hoffte inständig, genauso süß wie Stella. Auf jeden Fall aber würden die Kinder Halbelfen sein, was eher selten vorkam. Denn nicht oft vermählten sich Elfen mit Hexen oder umgekehrt. Aber schon alleine dadurch würden Karulas zukünftige Kinder etwas ganz Besonderes sein. Ihre Zauberkraft würde bei dem Ritual auf sie übergehen und dazu noch Owains Fähigkeiten als Gestaltenwandler!

Da setzte Serafinas Vater auch schon zu seiner Begrüßungsrede an: „Drug Mer, Drug Hut, Drug Set, meine lieben Freunde! Seid willkommen zu unserem heutigen Festmahl, das ich zur Ankunft von Serafina und ihrer Familie gebe." Und an Serafina, Rufus und die Kinder gewandt: „Ich freue mich, dass ihr jetzt wieder hier zu Hause seid. Ich will auch gar keine lange Rede halten, reden tun wir später noch viel, sondern sage einfach: Genießt das Essen!"

Daraufhin füllten sich die Tische mit goldenen Schüsseln und Platten voll der köstlichsten Gerichte. Es gab auf dem Spieß gebratenes Wildschwein, Rehrücken mit Wildpreiselbeeren, Kaninchen und Hasen. Nur auf jegliche Speisen aus dem Meer wurde - zu Ehren der Meermenschen - verzichtet. Dazu wurden herrliche rote, süße Kartoffeln, jede Art von Gemüse, Wildreis und schmackhafte sahnige Soßen gereicht.

„Da weiß man ja gar nicht, was man zuerst nehmen soll", flüsterte Kee seiner Schwester zu. - „Aye. Ich fange mit dem Wildschweinspieß an", erwiderte Amy auch im Flüsterton und griff auch sogleich nach dem Spieß.

„Gute Wahl", ergänzte Fugan. „Ich war dabei, als wir das Wildschwein erlegt haben". Kee nickte seinem Onkel anerkennend zu.

Karula legte Stella, an der sie, wie fast jeder der Anwesenden, einen regelrechten Narren gefressen hatte, Kaninchenfilet, Kartoffeln und Gemüse zurecht. Durch einen kleinen Fingerschnipp wurde alles püriert und Stella konnte nun mit ihrem goldenen Löffel anfangen sich alles vom Teller in den Mund zu schaufeln. Dabei war sich sogar die Kleine des besonderen Mahls bewusst, denn zum allerersten Mal in ihrem Leben ging nichts daneben und sie verzog anerkennend ihr Gesichtchen, um allen kundzutun, dass das Essen einfach köstlich war.

Während des Essens spielte das kleine Orchester, das überwiegend aus Lichtelfen und einigen wenigen angehenden Hexen bestand, leise Musik und auch die Tafelnden unterhielten sich gedämpft mit ihren jeweiligen Tischnachbarn.

Als Rufus und auch Serafina glaubten, nichts aber auch rein gar nichts mehr essen zu können, erschienen auf den Tischen die Desserts und Stella vergaß nun doch, dass sie sich auf einem großen Diner befand und fing an zu klatschen. Die Erwachsenen stimmten daraufhin mit ein, denn die Küche hatte wirklich ein Lob verdient. Mit den Eisbomben und Fruchtarrangements wurden die Hauptgerichte fast noch übertroffen. Auf den Eisbomben zischelten Wunderkerzen und über den Früchten schwebten kleine Marzipanbienen, die völlig lebensecht wirkten. Ja, was man mit Zauberei doch alles zustande bringen konnte, dachte Serafina.

Wie Rufus schon vorher angekündigt hatte, dauerte allein das Essen viele Stunden, wobei der Wein und das helle, stärkere Elfenbier in Strömen flossen, was natürlich zur allgemein gelösten Stimmung beitrug. Auch die Kinder der Witherspoones amüsierten sich köstlich, denn jeder erzählte ihnen kleine Anekdoten aus der Kindheit ihrer Eltern und Stella wanderte von einem Schoß zum anderen und ließ sich verwöhnen. Kee hatte den Geschichten über seine Eltern nur halbherzig zugehört. Ihm brannten einfach zu viele Fragen betreffs der Schlachten auf der Seele. Fugan versprach, Kee am nächsten Tag alles Wissenswerte über die Elfenkriege zu erzählen. Weit nach Mitternacht stellte Serafina entschieden fest, dass es für alle Kinder nun an der Zeit sei, ins Bett zu gehen und auch sie sich zurückziehen wolle. Sofort war Frina zur Stelle und sagte: „Werde bringen ich deine Kinder zu Bett, damit du können noch kurz reden mit Eltern deinen."

„Danke, aber ich glaube, dass nun der Rat untereinander reden möchte. Außerdem bin ich so müde, dass ich mich jetzt auch sofort zurückziehen werde", erwiderte Serafina entschieden, wünschte allen eine gute Nacht, klemmte sich die protestierende Stella unter den Arm und verließ im Gefolge von Frina, Amy und Kee den Saal. Hast du überhaupt kein Durchhaltevermögen mehr, Schwesterherz", witzelte Fugan. „Ich dachte wir zwei machen heute noch richtig einen drauf". Serafina zerzauste Fugan das Haar und antwortete: „Gute Nacht, Kleiner. Geh schlafen! Morgen ist auch noch ein Tag." Als sie die Halle durchquerten, war nichts mehr von den vielen Stehtischen und Getränkeständen zu sehen. Damit löste sich die Abendgesellschaft dann langsam auf. Nachdem sich jeder nochmals bei Drug Fir für das wundervolle Essen bedankt hatte, blieb nur der eigentliche Rat, bestehend aus Drug Hut, Drug Set, Drug Mer und Drug Fir - Serafinas Vater -, zurück und natürlich Rufus.

„Ich denke, wir ziehen uns am besten in meinen Besprechungssaal zurück", schlug Drug Fir vor. Daraufhin erhob sich zustimmendes Gemurmel und die fünf Männer verließen nun als letzte den Rittersaal.

„Tja, mein lieber Rufus, wie du selbst feststellen konntest, steht es mit der Tir nan ogg nicht zum Besten! Darkas hat weitere Armeen von Dunkelelfen eingesetzt, um unser Land zu erobern, und wie mir zu Ohren gekommen ist, soll er inzwischen auch Dämonen beschwören. Deshalb haben wir dich und Serafina gerufen, denn sollte Darkas mit Unterstützung von Dämonen bis zur Burg vordringen, brauchen wir alle Hilfe, die wir bekommen können", eröffnete Drug Fir die Sitzung.

Rufus kratzte sich nachdenklich am Kopf: „Tja, ich hatte sowieso vor mit Kee und Amy einen Tagesritt zu meinen Eltern ins Feenreich nach Irland zu unternehmen. Dort werde ich dann auch bei Shagala, der Feenkönigin vorsprechen und um Unterstützung bitten. Außerdem unterhält Shagala nach wie vor Kontakte zu den Zwergen", und mit einem Blick auf Drug Hut, der Rufus gerade unterbrechen wollte, sagte er: „Ich weiß, dass Elfen und Zwerge noch nie die besten Freunde waren, aber ich glaube in diesem Fall sollten wir uns die Unterstützung der Zwerge sichern! Sicherlich hat auch König Boral von den Zwergen einen Heidenrespekt vor Darkas. Denn wenn er erst einmal die Tir nan Ogg erobert hätte, dann würde er sicherlich auch nicht Halt machen, in die tiefen Berge der Zwerge vorzudringen, um deren Reichtümer zu stehlen und damit neue Armeen zu finanzieren."

Nun räusperte sich Drug Mer und erhob seine helle Stimme, die für so einen großen Druiden sehr ungewöhnlich war, aber er war schließlich derjenige, der mit allen Meeresbewohnern sprechen konnte, deren Stimmfrequenzen weit höher lagen als die der Menschen. „Ich glaube, dass Rufus Vorschlag durchaus akzeptabel ist, denn die dunkle Bedrohung ist inzwischen doch sehr weit fortgeschritten. Deshalb sollten wir auf den Notfall gut vorbereitet sein, da wir allein mit unserer Magie wahrscheinlich keinen Kampf gewinnen können. Ich selbst habe vor drei Tagen die Meermenschen und Delphine ausgeschickt, um die Küsten rund um Irland zu überprüfen. Eigentlich sollten morgen alle zurück sein und Bericht erstatten." Rufus dachte daran, wie er als Kind die Druiden erstmals kennen gelernt hatte; mit ihren langen weißen Bärten, ihren blauen goldbestickten

Umhängen, den spitzen samtenen Hüten entsprachen sie genau dem Klischee eines Zauberers. Jetzt musste er feststellen, dass sich alle Druiden überhaupt nicht verändert hatten und er, nicht länger Schüler, saß mitten unter ihnen. Als ob er Gedanken lesen könnte, nickte Drug Set wohlwollend in Rufus Richtung. Drug Set, der alte Druide besaß seit jeher Rufus besonderen Respekt. War er doch derjenige, der die Drachen dazu gebracht hatte, sich mit den Bewohnern der Tir nan Ogg zu verbrüdern. Das war damals wohl sehr schwierig gewesen. Denn die Drachen bewohnten die Insel, genau wie die Meermenschen, lange bevor die Druiden hier aufgetaucht waren. Aber auch Drug Hut hatte eine besondere Fähigkeit: Er konnte sich die Naturgewalten von allen hier Anwesenden am besten zu Nutze machen. Für ihn war es ein leichtes, einen Wirbelsturm oder ähnliches heraufzubeschwören. Ja, dachte Rufus für sich: *Ich bin hier wirklich in einer erlesenen Gesellschaft!*

„Dann sind wir uns soweit also alle einig. Ich denke, dass unsere Besprechung hier und heute beendet ist", schloß Serafinas Vater. „Ich wünsche euch allen eine gute und erholsame Nacht!" Als sich alle entfernt hatten und nur noch Rufus und Drug Fir zurück blieben, um sich gemeinsam in den Südflügel zu begeben, kam ihnen Archie, der Golden Retriever der Witherspoones entgegen und berichtete ganz aufgeregt, dass er rund um die Burg Massen von Fledermäusen gesehen hätte, was absolut außergewöhnlich war.

Rufus wünschte nun seinerseits Drug Fir eine gute Nacht, sah noch nach den Kindern, die alle den Schlaf der Erschöpften schliefen und schlich sich leise in sein Schlafzimmer, um Serafina nicht zu wecken. Er selbst lag noch lange wach und dachte über den Abend und die Fledermäuse nach. Schließlich schlief auch er über seine Grübeleien ein.

„Daddy, du alte Schlafmütze", wurde Rufus Stunden später von Amy geweckt. Während er noch blinzelte, um den Schlaf endgültig zu vertreiben, plapperte Amy munter weiter: „Wir haben schon alle gefrühstückt und Stella ist mit Frina spazieren. Mami ist mit Karula an den Strand gegangen, um nach den Meermenschen Ausschau zu halten. Kee und Fugan probieren die Skateboards aus und kommen später nach. Es ist heute ein herrlicher Tag. Ich warte schon die ganze Zeit, dass du endlich aufwachst, damit wir zu den Pferden gehen können."

Rufus stöhnte und setzte sich auf: „Halt mal die Luft an. Darf ich erst einmal richtig wach werden, bevor du weiter redest und vielleicht solltest du zwischendurch auch mal Luft holen!" Amy warf sich zu ihrem Vater auf das Bett und fing an ihn zu kitzeln. „Ja, ja, ist schon gut. Ich weiß, dass ich zuviel rede."

Rufus nahm seine Tochter und sprang mit ihr zusammen aus dem Bett. „Dann wollen wir mal, Prinzessin. Ist eine Dusche erlaubt?" - „Klar, aber beeil dich ein bisschen", entgegnete Amy. Rufus ging pfeifend ins Bad und sagte: „Zähneputzen!" Daraufhin wurden seine Zähne von einer unsichtbaren Zahnbürste geputzt und am Ende auch gespült, so dass er nur noch ausspucken musste.

„Bist du fertig", fragte Amy hinter der Tür. - „Natürlich nicht", erwiderte Rufus und dachte bei sich: *Man kann nicht mal in Ruhe auf`s Klo. Ach, wie liebe ich doch meine Kinder!* Auf seinen Befehl hin „Dusche" begann heißes Wasser aus einem goldenen Wasserspeier zu laufen. Rufus schloß die Augen und stellte sich mitten darunter.

Nach kaum einer Minute fragte Amy schon wieder, ob er endlich fertig sei und Rufus hatte keine Wahl als zu „schummeln", damit er Ruhe vor seiner Tochter hatte. Also trat er

Sekunden später fertig angezogen und rasiert zu seiner Tochter, die locker kommentierte: „Na bitte, geht doch!"

Amy zauberte ihrem Vater auf dem Weg nach unten ein Frühstück: Kaffee, ein Muffin und einen Apfel. Dieses Kind denkt wirklich an alles, nur um ja keine Zeit zu verlieren, dachte Rufus schmunzelnd.

In der großen Eingangshalle, der von der Feier am gestrigen Abend nichts mehr anzusehen war, begegneten die beiden Grin, der ausrichtete, dass die anderen am Strand auf ihn und Amy warten würden.

„Du dir ruhig lassen Zeit, Serafina gesagt hat", erklärte Grin.

„Aye, mein Freund, dann können wir ja vorher noch einen kleinen Abstecher zu den Stallungen machen", bot Rufus an. „Wenn du Lust hast Grin, dann geh doch mit uns."

Grin deutete eine Verbeugung an und folgte Vater und Tochter ins Freie.

Auf dem Weg zu den Ställen, die unweit hinter der Burg lagen und von saftigen Wiesen umgeben waren, trafen sie auf viele Elfen, die ihr Tageswerk kurz unterbrachen, um Rufus, Amy und Grin zu begrüßen.

Rufus pfiff schon von weitem und vom Ende der großen Koppel kam ein wunderschöner, großrahmiger weißer Hengst mit einer langen wallenden Mähne angaloppiert. „Serano, mein treuer Freund. Wie geht es dir", fragte Rufus, während er den Hals des Tieres tätschelte. - „Gut. Es ist schön, dass du wieder hier bist," wieherte Serano.

Serano war der Leithengst einer freien Herde, der vor vielen, vielen Jahren mit seinen Pferden freiwillig auf der Burg geblieben war, um die Magier dort zu unterstützen und ihnen zu Diensten zu sein. Rufus und Serano waren gute Freunde geworden und Serano war das Reittier von Rufus, immer wenn er sozusagen in der Gegend war. Die freien Pferde taten immer alles nur aus freien Stücken, wenn ihnen gerade der Sinn danach stand. Niemals ließen sie sich etwas befehlen, konnten sprechen und waren wesentlich größer als normale Pferde. Daher war es üblich und ein Gebot der Höflichkeit, um ihre Dienste zu bitten, sollte man sie in Anspruch nehmen wollen. Die normalen Pferde hingegen waren genau solche wie im Menschenreich. Amy war sofort ganz hingerissen von dem wunderschönen Hengst und fragte zaghaft: „Darf ich dich auch anfassen?"

„Nur zu, ich beiße doch nicht," entgegnete Serano. Daraufhin musste Amy lächeln und beteuerte immer wieder wie schön Serano sei, der nun seinerseits wissen wollte, ob Rufus und seine Familie länger bleiben würden.

„Ja mein Freund", sagte Rufus, „Es sieht ganz danach aus, dass unser Aufenthalt hier doch etwas länger dauern wird! Ich stelle dir bei Gelegenheit noch den Rest meiner Familie vor." - „Doch die seien am Strand gerade", fiel Grin Rufus ins Wort.

„Serano, ich wollte dich sowieso fragen, ob du Zeit für einen Ausritt zu meinen Eltern hättest. Ich habe Amy und ihrem Zwillingsbruder Kee versprochen mit ihnen ins Feenreich zu reiten, zumal ich dort sowieso Shigala aufsuchen will. Außerdem wollte ich um Pferde für die Kinder bitten."

Serano warf seinen mächtigen Kopf zurück und wieherte laut. Daraufhin kamen zwei braune Stuten angetrabt, gefolgt von einem tollpatschigen schwarzem Stutfohlen.

„Wie süß," rief Amy und war auch schon mit einem Satz in der Koppel.

Serano schnaubte und erklärte: „Das sind Angyralit und Kasiopeia und die ungestüme schwarze, junge Dame ist Geisha, die Tochter von Angyralit. Die beiden werden deinen

Töchtern zu Diensten sein. Und vielleicht hat deine Kleinste Lust, derweil wir weg sind, mit Geisha zu spielen."

„Komm ruhig näher, mein Kind, damit wir uns kennenlernen", wieherte Angyralit an Amy gewandt. „Und nenn mich einfach nur Angy, das tun alle hier."

„Du bist aber freundlich," staunte Amy. „Darf ich dein Fohlen auch streicheln. Das ist ja ganz ganz süß. Wie alt ist die Kleine denn ?"

„Natürlich, Seranos Freunde sind auch meine Freunde. Geisha ist heute genau fünf Monate alt," erwiderte die Stute. Das Fohlen seinerseits schnupperte neugierig an Amys Rücken und schubste sie mit der Nase an, so dass Amy einen Satz nach vorne machte.

„Na, du bist ja ganz schön frech, du Kleine", meinte Amy lächelnd.

Grin wies nun mit einem Räuspern darauf hin, dass es doch Zeit wurde an den Strand zu gehen, um zu den anderen zu stoßen. Also verabschiedeten sich die drei von den Pferden und machten sich auf den Weg zum Strand, jedoch nicht ohne vorher versprochen zu haben, später noch einmal vorbei zu schauen.

Während Grin, Rufus und Amy gemütlich zum Strand der Tir nan Ogg schlenderten, hielt Darkas in seinem Lager Kriegsrat und ließ sich von seinen Spähern, den vielen Fledermäusen, die Archiebald in der Nacht zuvor auf der Burg gesehen hatte, Bericht erstatten. Darkas Lager bestand zur Zeit aus mehreren Blockhütten, welche die Dunkelelfen in Rekordzeit versteckt im Hochland Irlands errichtet hatten. Seine Festung in Island, verborgen vor menschlichen Augen hatte er schon vor langer Zeit verlassen, um nahe bei der Tir nan Ogg zu sein und jederzeit zuschlagen zu können. Darkas Festung war zwar prächtig, hielt aber einem Vergleich mit der Burg nicht stand. Waren auf der Tir nan Ogg alle Räume der Burg hell und lichtdurchflutet, war auf Darkas Festung alles in schwarz gehalten. Teilweise lagen die Räume unterirdisch und waren nur durch Geheimgänge erreichbar. Die Festung hatte er vor Jahrhunderten aus groben Felsblöcken errichten lassen und mit Magie verdichtet. Er hatte sich einen Thron aus schwarzem Granit geschaffen, von wo er Hof gehalten hatte. In den Zeiten, als Darkas noch Drug Ten war, bot er einen imposanten Anblick. Er war ein großer, breitschultriger Mann mit leuchtend blauen Augen und pechschwarzem langen Haar gewesen. Inzwischen war Darkas fast kahl und dermaßen von Hass verzehrt, dass sein weites schwarzes Gewand um seinen Körper schlackerte. Das Leuchten in seinen Augen war fast gänzlich erloschen und einem stechenden, durchdringenden Blick gewichen, der es selbst seinen Untertanen schwer machte, ihm in die Augen zu sehen.

„Also haben sie Rufus und Serafina zu ihrer Unterstützung geholt", hob Darkas mit tiefer Stimme an. „Das hätte ich mir schon denken können. Rufus ist nicht zu unterschätzen, denn auch er ist, obwohl noch jung an Jahren, ein mächtiger Zauberer. Aber ich werde trotzdem eines nicht allzu entfernten Tages Herrscher über die Burg sein, wie es mir als dem mächtigsten Druiden überhaupt zusteht." Dabei schlug er so hart mit der Faust auf den vor ihm stehenden Kupfertisch, dass es Funken schlug, und einige niedere Dunkelelfen, die zur Bedienung der Versammlung abgestellt waren, ängstlich zurückwichen.

Und an Kruellagh, eine mächtige Dunkelelfin und rechte Hand von Darkas gewandt, fragte er: „Wie sieht es in Irland, im Feenreich aus?"

Kruellagh war ganz anders als die zarten und großen Lichtelfen mit ihrer weißen, fast durchscheinenden Haut gebaut. Sie hatte ihren durchtrainierten Körper mit den kräftigen Muskeln unter einem Brustharnisch verborgen; ihre strammen Beine steckten in Hosen, die eng anlagen und an den Schienbeinen gepanzert waren. Ihr schwarzes Haar war zu Zöpfen gebunden, die ihr über den freien Rücken auf die dunkle Haut fielen.

„Herr, wie meine Kundschafter mir heute morgen berichteten, gibt es dort bisher keinerlei kriegerische Aktivitäten, die sich gegen Eure Majestät richten", antwortete Kruellagh. Sie lachte ihr kehliges Lachen und und fügte hinzu: „Was sollen die kleinen Geister denn auch gegen unsere mächtigen Armeen ausrichten! Schließlich haben wir über eintausend Dunkelelfenstämme zusammengezogen, die nur auf ihren Einsatz warten", fügte sie hinzu.

„Allerdings stehen einige unserer Truppen vor Irland bereit, um jederzeit eingreifen zu können, falls sich dort irgendetwas ändern sollte."

„Gut, gut. Aber unterschätzte nie den Feind, Kruellagh. Wie oft soll ich dir das noch sagen... und sei er noch so klein", murmelte Darkas geistesabwesend, denn in Gedanken plante er schon den nächsten Zug gegen die Druiden.

Bevor Rufus den Strand überhaupt sehen konnte, hörte er schon von weitem ein durchdringendes Stimmengewirr. Am deutlichsten war Stella zu vernehmen, die sich offenbar angeregt mit Archie unterhielt. Dazu kamen Serafinas, Karulas, Heronias Stimmen und... die der Meermenschen. Rufus fing an zu laufen!

Als er völlig atemlos den Strand erreichte, bot sich ihm ein altvertrauter, herrlicher Anblick: Im Wasser wimmelte es nur so von Meermenschen und Delphinen. Rufus hielt nicht an, sondern rannte weiter ins Wasser hinein, bis es seine Hüften umspielte. „Marinus, Oktavia, Levitana, Aquarius", rief er und ließ sich bäuchlings ins Wasser fallen. Die Delphine schubsten Rufus freundlich mit ihren Nasen an und schwammen so dicht an ihm vorbei, dass sie ihn jedes Mal berührten.

„Dada, nass", kommentierte Stella die Einlage ihres Vaters trocken.

Nach einer kleinen Weile kam Rufus triefnass aus dem Wasser und ging verlegen lächelnd auf die anderen zu. Serafina nickte ihm wissend zu, schließlich hatte er ihr einst erzählt, wie sehr er die Meermenschen liebte, besonders da sie ihm als Kleinkind im Alter von drei Jahren das Leben gerettet hatten. Rufus war damals mit seinen Eltern auf einer Bootsfahrt gewesen und kopfüber ins Wasser gefallen, weil er sich in einem unbeobachteten Augenblick über die Reeling gelehnt hatte. Da er damals noch nicht schwimmen konnte, war er untergegangen wie ein Stein. Aber zufällig war Marinus in der Nähe gewesen, neugierig auf das Boot und die Leute darin, und hatte den kleinen Rufus wohlbehalten wieder ins Boot gesetzt. Seit diesem Tag waren Rufus und Marinus Freunde fürs Leben.

„Hallo Daddy", begrüßte Kee seinen Vater, „ich war auch schon im Wasser - mit Fugan. Es war herrlich warm und die Delphine haben mich durchs Wasser gezogen." An ihre Schwester gewandt sagte er: „Amy, du hast wirklich etwas verpasst."

„Na und du erst", konterte Amy. „Wir waren im Stall bei den Pferden, bevor wir zu euch gekommen sind. Es sind wunderschöne Tiere dabei und sogar ein Fohlen. Aber Daddy meinte, wir gehen vielleicht später alle noch einmal hin." Kee verstand sich mit Amy ausgezeichnet, aber diese Pferdebesessenheit ärgerte ihn immer mehr, zumal er bessere Reitkünste hier wirklich gut würde gebrauchen können. Vielleicht würde Fugan ihm zeigen, wie man sich am besten auf einem Pferd hielt.

„Aber Herrschaften, beruhigt euch doch bitte. Wie ich verstanden habe, so hattet ihr wohl alle einen schönen Morgen", stellte Rufus fest und sagte, dass er vor dem Mittag noch mit Drug Fir sprechen wolle. Owain, Karulas zukünftiger Ehemann, erbot sich mit Rufus gemeinsam zur Burg zurück zu gehen.

„Lass uns einfach noch eine Stunde hier am Strand sein, es ist ja noch relativ früh. Dann gehen wir schon mal vor, um kurz mit meinem und bald auch deinem Schwiegervater zu reden", schlug Rufus vor.

Fugan, der sich bisher zurück gehalten hatte, wollte wissen, ob er bei der Besprechung mit seinem Vater dabei sein könne. Owain und Rufus sahen sich an und lachten. Fugan reagierte einigermaßen säuerlich auf die Abfuhr. *Halten mich immer noch alle für den kleinen, dummen Jungen?*

Dann legte sich Rufus zu Serafina auf die Decke, schloss die Augen und ließ sich von der warmen Sonne bestrahlen. Bald war Rufus eingeschlafen und träumte.

Rufus war 17 Jahre alt und besuchte mit seinen Eltern die Tir nan Ogg. Weil ihm die Gespräche bald zu langweilig waren, ging er an den Strand, um die Meermenschen, besonders aber Marinus zu sehen. Im Wasser tollte eine weißblonde Schönheit mit den Delphinen und ihr glockenhelles Lachen war weit über den Strand zu hören. Als sie ihn sah, winkte sie ihm zu, doch näher zu kommen. Rufus watete ins Wasser und beschattete seine Augen vor dem hellen Sonnenlicht. Da wurde er auch schon von den Füßen gerissen und unter Wasser gezogen. Als er prustend wieder an die Oberfläche kam und sich gerade wütend beschweren wollte, blickte er in die größten braunen Augen, die er jemals gesehen hatte - Serafinas Augen.

„Rufus, ich wollte dich nicht wirklich erschrecken", lachte Serafina ihr herrliches Lachen. Rufus kam sich vor wie ein Idiot, weil er unfähig war auch nur ein Wort zu sagen, sondern Serafina nur weiter anstarrte. „Hast du zuviel Wasser geschluckt, oder warum hat es dir die Sprache verschlagen", fragte Serafina stirnrunzelnd.

Ich habe mich gerade unsterblich in dich verliebt, weil du das schönste Geschöpf bist, was ich jemals gesehen habe, hätte Rufus am liebsten gesagt. Statt dessen antwortete er: „Äh, ich war nur überrascht, dich ausgerechnet hier zu treffen. Wir haben uns seit, ach, ich weiß auch nicht wann, gesehen."

„Wer als erster wieder am Strand ist...",rief Serafina und stürmte aus dem Wasser. Rufus, noch immer verwirrt, folgte ihr und ließ sich neben ihr auf den warmen Sand fallen. Serafina rollte sich zur Seite, sagte, er solle nicht böse sein und gab ihm einen schnellen Kuß auf den Mund.

„Es freut mich auch dich wiederzutreffen", brachte Rufus lächelnd hervor. Es würde mich noch mehr freuen, wenn du den ganzen Tag mit mir verbringen würdest."

„Nichts lieber als das", entgegnete Serafina. „Hast du Lust mit mir zu den Pferden zu gehen?", sagte sie und zog Rufus auch schon hoch. Hand in Hand liefen sie zu den Stallungen. Am Abend, nach einem langen Ausritt und einem herrlich gemeinsam verbrachten Tag, küssten sie sich leidenschaftlich im Stroh und gestanden sich bereits gegenseitig ihre Liebe. „Du bist einfach zauberhaft", murmelte Rufus und... erwachte.

„Wer ist zauberhaft", wollte Serafina wissen. „Du, mein Schatz. Ich hatte einen herrlichen Traum von unserem ersten Beisammensein", antwortete Rufus leicht verlegen. „Komisch, ich habe auch gerade daran denken müssen. Offenbar weckt das Strandleben hier unsere Erinnerungen", schmunzelte Serafina, wobei sie Rufus in die Seite knuffte. Während Serafina und Karula weiterhin die Sonne und den wolkenlosen Himmel genossen und die Kinder mit den Meermenschen im Wasser tollten, machten Rufus und Owain sich auf den Weg zurück zur Burg. Fugan hatte sich verärgert zurück gezogen, saß nun etwas abseits der anderen und sah den Kinder zu. Wären die Sorgen um die dunkle Bedrohung nicht gewesen, hätten die Witherspoones sich leicht der Illusion von einem herrlichen Familientag am Strand hingeben können. Aber Rufus gingen einfach zu viele Dinge durch den Kopf als dass er hätte total abschalten können. Er wollte möglichst am nächsten Morgen ins Feenreich reisen, um mit Shagala zu sprechen. Deshalb musste er auch noch vor dem Mittagessen mit Drug Fir reden, der schon einen Boten vorausschicken sollte, um Rufus bei der Feenkönigin anzumelden. Außerdem könnte der Bote auch gleich feststellen, ob der Weg dorthin sicher wäre, weil er ja Amy und Kee mitnehmen wollte, damit sie ihre anderen Großeltern besuchen könnten. Wer weiß, vielleicht hatte ja auch Fugan Lust, Rufus zu begleiten.

Nachdem Rufus Drug Fir seinen Vorschlag bei einem Glas kühlen Elfenbier unterbreitet hatte, schickte dieser sofort Markwain, einen Waldelfenläufer los, um bei der Feenkönigin eine Audienz für Rufus zu erbitten. Markwain war der schnellste aller Waldläufer überhaupt und er war niemals ohne seinen treuen Wolf Xabou unterwegs, den er einst als Welpen aus einer Dunkelelfenfalle befreit hatte. Xabou war seinerzeit schwer verletzt gewesen und verdankte es nur der aufopfernden Pflege von Markwain und Monaten voller Geduld, dass er zu einem riesigen schwarzen Tier herangewachsen war. Der kräftige Wolf hätte sein Leben gegeben, um Markwain zu beschützen. Für einen Waldläufer war es kein Problem, eine Entfernung von fast hundert Kilometern an einem Tag zurückzulegen. Von Kind an wurden die Muskeln eines Läufers trainiert und ein spezielles Lauftraining musste täglich über mehrere Stunden absolviert werden. Markwain wollte noch am Abend zurück sein, um zu berichten. Nachdem dies geklärt war, kehrte Rufus an den Strand zurück, um mit Serafina zu sprechen. Außerdem wollte er Amy und Kee abholen, um mit beiden ein zweites Mal zu den Pferden zu gehen. Schließlich musste er Serano bitten, am nächsten Morgen abreisefertig zu sein.

„Also soll ich wirklich hier bleiben, während du mit den Zwillingen ins Feenreich reitest", wollte Serafina nun von Rufus wissen. „Warum musst du denn schon morgen los. Ich dachte, wir machen uns hier gemeinsam vorher ein paar schöne Tage", nörgelte Serafina.

„Aye Frau, du siehst doch was hier los ist. Aufgrund der derzeitigen Lage duldet mein Gespräch mit Shagala einfach keinen Aufschub und Amy und Kee finden es bestimmt toll, einen Tagesritt zu unternehmen. Du weißt doch, wie ungeduldig die beiden schon sind, besonders Amy", konterte Rufus.

„Außerdem hast du mit Karula sicherlich noch viel zu besprechen wegen der bevorstehenden Hochzeit. Deine Eltern freuen sich bestimmt auch, dich für ein paar Tage mal für sich zu haben", meinte Rufus etwas versöhnlicher. Dann fiel ihm noch etwas ein. „Was meinst du, soll ich Fugan fragen, ob er uns begleiten möchte?"

„Ist ja gut, dein Entschluss steht fest und ist ja auch richtig. Aber ich habe irgendwie ein ungutes Gefühl, mich hier von dir zu trennen. Nenn mich hysterisch oder dumm, aber so ist es nun mal", entgegnete Serafina beinahe weinerlich. Sie wurde von unerklärlichen Vorahnungen gequält. Es war jedoch müßig, ihrem Mann alle ihre Ängste zu erklären, denn sein Entschluss stand fest. „Fugan mitzunehmen halte ich übrigens für eine gute Idee. Dann hat vielleicht auch Kee ein bisschen mehr Spaß an der Sache. Du weißt doch, wie seine Einstellung zum Reiten ist." Rufus zog die Stirn kraus, gab seiner Frau einen Kuss auf den Mund und dachte: Frauen!

Damit war also alles geklärt und der Abreise für den nächsten Tag stand nichts mehr im Wege.

Rufus behielt sein Vorhaben den Kindern gegenüber erst einmal für sich, denn sonst wäre aus dem herrlichen Familientag, den Rufus Serafina noch versprechen musste, nichts geworden, weil Amy und Kee vor lauter Aufregung die ganze Zeit genervt hätten. Es wäre immer noch Zeit genug, den Zwillingen am Abend von seinem Vorhaben zu erzählen. Für Fugan galt genau dasselbe.

So verbrachte die ganze Familie nebst Karula und Owain, Drug Fir und Heronia einen wundervollen, heiteren, letzten gemeinsamen Tag am Strand der Tir nan Ogg. Außer Serafina glaubte niemand, dass das Unheil bald schon über sie hereinbrechen könnte.

Beim ganz privaten Abendessen im Südflügel der Burg, an dem auch Grin und Frina teilnahmen, ließ Rufus die sprichwörtliche Katze aus dem Sack, indem er Amy und Kee ankündigte, dass er mit ihnen am nächsten Tag zu Pferd ins Feenreich nach Irland aufbrechen würde. Ian, ein Neffe von Grin und Krieger der Lichtelfen, würde Rufus und die Kinder begleiten. Auch Fugan, der bisher lustlos in seinem Essen herumgestochert hatte, weil ihn alle immer noch als Kind behandelten, war überrascht, dass Rufus ihn mitnehmen wollte. Seine Stimmung schlug von einer Sekunde zur anderen um. „Na Kee, da können wir ja richtige Abenteuer erleben, was? Ich war noch nie in Irland." Mit einem vorwurfsvollen Blick auf seine Eltern fuhr er fort: „Man hat mich ja nie gelassen!"

Während Rufus` Unterredung mit Shagala sollten die Zwillinge bei den Großeltern in Irland bleiben. Fugan durfte ihn vielleicht begleiten. Aber das musste sich Rufus noch genau überlegen. Er wollte zunächst sehen, wie Fugan sich in „der Wildnis" anstellte. „Aye Wahnsinn", hauchte Amy völlig überrascht, während Keenur meinte, dass es okay sei. Er war immerhin zufrieden, dass sein Onkel mit von der Partie war. An die lange Reiterei dachte er lieber nicht. Klein Stella fand es natürlich nicht so lustig, dass ausgerechnet sie nicht dabei sein sollte. „Tella auch reiten", war der Kommentar der Kleinen zu der ganzen Sache. Frina, die Stella die ganze Zeit auf dem Schoß hatte, versprach ihr, dass sie Geisha, Angys Tochter reiten dürfe. Damit war Stella erst einmal zufrieden. Archie, der treue Hund, sollte Rufus und die Kinder ebenfalls begleiten, während Stellas kleiner Kater auf der Burg blieb.

Gegen Ende des Mahls wurde Markwain mit Nachricht aus dem Feenreich angekündigt und berichtete, dass Shigala Rufus am übernächsten Tag empfangen würde und der Weg dorthin sicher sei. Als die Nacht hereinbrach, erhoben sich alle vom Tisch und gingen in ihre Schlafräume. Serafina brachte Stella zu Bett, nahm ein Bad und kroch zu Rufus unter die Decke. Auf Serafinas Befehl hin, „Licht aus", erloschen die Kerzen und sie schmiegte ihren schlanken, gebräunter Körper an den ihres Mannes. Amy und Kee unterhielten sich noch leise miteinander über den bevorstehenden Ritt." So schlimm wird es schon nicht werden", tröstete Amy den von Zweifeln erfüllten Kee. „Du hattest ja wenigstens ein paar Reitstunden." Gerade als Kee etwas erwidern wollte, stand urplötzlich Fugan im Zimmer der beiden. Mit einer Geste gebot er den Zwillingen leise zu sein. Er vermutete, dass seine Anwesenheit hier in der Nacht nicht gerne gesehen wurde.

„Was willst du denn hier", flüsterte Kee verwundert.

„Ich dachte, du wolltest etwas mehr über die Drachen wissen. Am Strand heute warst du ja mit anderen Dingen beschäftigt", antworte Fugan vorwurfsvoll. - „Tut mir leid. Aber die Meermenschen haben mich völlig in ihren Bann gezogen", erwiderte Kee reumütig.

„Schon gut Kleiner. Wir haben schließlich jetzt Zeit. Oder wollt ihr die Nacht mit Schlaf vergeuden?" Natürlich wollten die Zwillinge das nicht und Fugan begann zu erzählen:

„Ihr wisst ja schon, dass die Drachen und Meermenschen noch vor den alten Zauseln, Entschuldigung Druiden, hier waren. Warum das so ist, weiß bis heute keiner. Und wenn, dann sagen sie es, ausgerechnet mir, natürlich nicht. Hier sagt mir keiner etwas. Immer ist alles große Geheimnistuerei. Von wegen ich bin zu jung und so. Aber ich schweife ab! Die Drachen leben in Höhlen jenseits der Berge, die ihr von eurem Balkon aus sehen könnt. Und die Höhlen sind riesig kann ich euch sagen. Größer als die größte Kathedrale, die ihr jemals gesehen habt. Ich weiß das natürlich auch nur vom Hörensagen, denn außer dem alten Set hat noch kein anderer die Höhlen betreten. Aber es sind riesige Viecher - soviel steht schon mal fest! Die zwei, die hier immer am Burgtor Wache halten, sind ja noch fast Babies.

Die richtig großen Drachen sind so steinalt, dass ich glaube, sie kommen deshalb nie aus ihren Höhlen hervor. Wahrscheinlich können sie vor Altersschwäche nicht mehr fliegen. Aber eines kann ich euch sagen: Heutzutage sind diese Biester so selten geworden und jeder hier macht um die Dinger einen riesigen Aufstand."

Amy und Kee, die bisher atemlos Fugans Erzählung gelauscht hatten, mussten ihn nun doch unterbrechen. „Wieso wird denn um die Drachen so ein Aufstand gemacht. Und wieso sind sie so selten? Waren es denn früher mehr?", fragte Amy.

„Nun seid doch nicht so ungeduldig. Ich komme ja sofort drauf", fuhr Fugan fort. - „Also hört zu: Es heißt, dass die Drachen seit Anbeginn der Zeit die Hüter der Welt waren. Sie sollen angeblich die weisesten und mächtigsten Geschöpfe aller Dimensionen sein. Sie sollen immense Zauberkräfte besitzen und außerdem steinreich sein. Ich selber weiß nicht so recht, ob das stimmt." Amy und Kee starrten ihn ungläubig an. Aber bevor sie Fugan mit weiteren Fragen unterbrechen konnten fuhr der bereits fort: „Es heißt, dass die Drachen von Ungläubigen gejagt wurden. Ihr müsst euch das so ähnlich vorstellen wie die Hexenjagden im Mittelalter. Nur, dass das Ganze lange, lange bevor überhaupt an uns alle zu denken war, stattgefunden hat". Kee runzelte die Stirn und kaute aufgeregt an seinen Fingernägeln. Er konnte sich den Anbeginn der Zeit einfach nicht bildlich vorstellen. Lag das Ereignis nun Tausende oder gar Jahrmillionen zurück? Fugan ließ sich jedoch nicht ablenken, sondern wollte weiter mit seinem Wissen prahlen. Also fuhr er unbeirrt fort: „Als die Drachen derartig dezimiert waren, dass sie keine Chance mehr für ihr Überleben sahen, zogen sie sich in diese, unsere Zauberwelt zurück. Es heisst sogar, dass **sie** die Tir nan Ogg mit ihren mächtigen Zauberkünsten erschaffen haben. Sie versteckten die Insel zwischen den Dimensionen, damit sie nie wieder verfolgt werden konnten. Nur die, die reinen Herzens waren, sollten diese Welt entdecken können. Leider war es Darkas, dem es als erstem Druiden gelungen war, sich Zutritt - natürlich gewaltsam - zu verschaffen. Ihr habt doch sicher gehört, dass alle Druiden diese Insel gesucht haben, wie die Nadel im Heuhaufen. Wenn ihr meine Meinung hören wollt, so habe ich den Eindruck, dass die Drachen es waren, die entdeckt werden wollten. Vielleicht wurde es ihnen hier so ganz allein ja zu langweilig. Denn was nützen alle Reichtümer, wenn ihr sie niemandem zeigen könnt. Nun ja, den Rest kennt ihr. Nun konnte der alte Set, nachdem sie alle zusammen Darkas verscheucht hatten, unheimlich gut mit den Drachen. Seitdem bekommen wir in Abständen einige Jungtiere, die uns helfen sollen, den Frieden auf der Tir nan Ogg zu erhalten. Ach, was ich fast vergessen hätte: Die Viecher können auch unheimlich gut quatschen. Nur dass sie niemand außer dem alten Set versteht. Die, die wir allerdings kriegen, können nichts als Feuer spucken und einem im Weg rumstehen!" Kee hatte an Fugans Lippen gehangen und gierig jedes Wort von ihm eingesaugt wie ein trockener Schwamm das Wasser. Jetzt sprudelten die Fragen nur so aus ihm heraus.

„Sag mal, warum haben sie Darkas damals nicht einfach erschossen. Es gibt in unserer Welt doch jede Menge Waffen: Bomben, Pistolen, Gewehre, Panzer und jede Menge anderes Kriegsspielzeug."

Jetzt war Fugan um eine Antwort verlegen. Sichtlich unbehaglich rieb er sich das Kinn und kniff die Augen zusammen. In verschwörerischen Tonfall sagte er dann: „Ja, das wäre noch so eine Sache. Als Serafina und Rufus sich gerade in der Menschenwelt eingerichtet hatten, habe ich sie besucht. Schließlich wollte ich wissen, wo mein Schwesternherz abgeblieben war. Ich kann Euch sagen, dass mich die viele Technik in Eurer Welt fast aus den Stiefeln gehauen hat. Natürlich bin ich in den nächsten Laden und habe mir die Waffen angesehen. So etwas fehlte mir hier. Ich bin übrigens auch Auto gefahren. Na ja, was soll ich sagen: Als es Zeit wurde zur Tir nan Ogg zurückzukehren, hatte ich ein Jagdgewehr dabei. Ich wollte damit hier bei uns auf die Jagd gehen. Und, was soll ich Euch sagen - als ich das Ding auspacke, zerfällt es zu Staub."

„Du meinst, dass Waffen aus unserer Welt hier nicht funktionieren?", fragte Kee entgeistert.

„Ganz genau. Du siehst doch, wie mittelalterlich wir hier noch leben, zwar nicht gerade ärmlich, wenn du dir mal die Burg ansiehst, aber dennoch ohne jede Technik."

„Hm, hm", machte Kee.

„Einmal habe ich meinen Vater und die anderen Druiden belauscht und gehört, dass wir hier wieder bei Null anfangen mussten. Angeblich wollten die Drachen das so. Leider konnte ich nicht alles verstehen, was gesprochen wurde, aber sie quatschten irgendwas davon, dass wir uns würdig erweisen müssten, hier leben zu dürfen und dieses Privileg nicht durch sinnlose Gewalt vergeuden sollten. Vielleicht können wir zwei (dabei sah er Kee herausfordernd an) irgendwann einmal selber nachschauen, was die Drachen in ihren Höhlen so treiben!"

Als Fugan geendet hatte, war die Nacht fast vorüber und Amy rieb sich müde die Augen. Einzig für Kee hätte es die ganze Nacht so weitergehen können. Er war so aufgeregt, über Fugans Vorschlag, dass er am liebsten gleich losgezogen wäre. Kee grübelte noch eine Weile vor sich hin, war jedoch auch bald eingeschlafen. Fugan schlich einer Katze

gleich vorsichtig zum Brunnen. Zeit etwas gegen die lästigen Pickel zu unternehmen! Um diese Zeit würde ihn schon niemand erwischen.
Eine tiefe Stille senkte sich über die Burg. Nur Shirkhy, der bei Stella im Bett lag, sah durch das Fenster die vielen Fledermäuse, die über der Burg kreisten.

Noch vor Morgengrauen stand Rufus auf und zauberte Reiseproviant und Kleidung zum wechseln für sich und seine Kinder herbei. Grin, der schon immer ein Frühaufsteher gewesen war, brachte alles in den Hof, wo die Pferde, angeführt von Serano, schon warteten und ungeduldig auf ihren Gebissen herumkauten.
Goro, der Stallknecht hatte die normalen Begleit- und Packpferde schon mit Satteltaschen und Zaumzeug ausgestattet. Sie trugen das Gepäck und den Hafer. Die freien Pferde hingegen trugen einzig einen Sattel, damit die Reiter bequemer sitzen konnten.
„Guten Morgen Serano, Angy, Kasiopeia, ihr alle gut geschlafen habt und seid frisch und munter", begrüßte Grin die Pferde. „Danke ja", wieherte Serano.
Da trat auch schon Rufus in den Hof und tätschelte allen Pferden den Hals und sagte, dass sie alle in ungefähr einer halben Stunde abreisefertig wären.
Nach einem kurzen Frühstück war es dann endlich soweit. Serafina verabschiedete sich mit Stella auf dem Arm unter Ermahnungen, ja vorsichtig zu sein, von ihren Lieben und schaute zu, wie Amy auf Angy aufsaß und Kasiopeia in die Knie ging, damit Kee besser aufsteigen konnte. Inzwischen war es ihm geradezu unangenehm, wie blöd er sich anstellte. Er wünschte sich zum wiederholten Mal, den angefangenen Reitunterricht beendet zu haben. Kee sah sich nach allen Seiten um, konnte Fugan aber nirgends entdecken. Als Letzte schwangen sich Rufus und Ian auf ihre Pferde, winkten zum Abschied und ritten im Schritt, angeführt von Rufus auf Serano, auf das offen stehende, doppelflügelige Burgtor zu. Gerade als Kee dachte, sein Onkel hätte es sich anders überlegt und käme nicht mit ihnen, stürmte in wildem Galopp eine glänzende Gestalt durch das Burgtor und jagte hinter ihnen her.
„Morgen allerseits. Hätte ich wohl fast den Anschluss verpasst"!, rief Fugan den anderen Expeditionsteilnehmern zu und zwinkerte in Kees Richtung.
„Schön, dass du es geschafft hast", bemerkte Rufus ironisch. „Ich würde dich bitten, hier draußen etwas mehr Vernunft an den Tag zu legen. Du weißt zu gut, wer und was sich hier überall herumtreibt". Fugan machte ein zerknirschtes, aber pickelfreies Gesicht. Kaum dass Rufus sich umgedreht hatte, zog er eine Grimasse. Kee gefiel sein Onkel immer besser. Außerhalb der Burg ließen die Reiter ihre Pferde antraben und waren bald nur noch winzige Punkte in der Morgendämmerung. Einzig das fröhliche Bellen von Archie, der neben den Pferden hersprang, war noch eine Weile zu hören.
Je weiter sich die Reiter von der Burg entfernten, desto mehr veränderte sich die Landschaft. Waren sie anfangs noch von grünen, saftigen Wiesen umgeben, gab es zwischenzeitlich immer mehr Abschnitte verbrannten Landes, wo Darkas und seine Dunkelelfen gewütet hatten.
Als die Sonne gegen zehn Uhr schon etwas höher stand und die kommende Hitze des Tages bereits erahnen ließ, kamen die vier an einen kleinen Bach und Rufus schlug vor hier eine kurze Rast einzulegen, damit Pferde und Menschen trinken und etwas verschnaufen konnten.

Der Vorschlag wurde von allen, besonders aber von Kee, der ein wenig geübter Reiter war, dankbar angenommen. „Ist das Wasser herrlich", bemerkte Archie als erster, während er sich im Wasser wälzte. Plötzlich erhob sich in dem zuvor ruhigen Bach eine große Welle, und daraus hervor trat ein lachender und zu Späßen aufgelegter Wassergeist. „Guten Morgen, ihr Wanderer. Möchtet ihr euch an meinem Wasser erfrischen", fragte er mit Spott in der Stimme, während er Archie kräftig mit Wasser bespritzte. Als Rufus sich und die anderen vorstellte, murmelte Archie „albernes Volk" vor sich hin. Wassergeister waren immer für einen Spaß zu haben, denn oft lebten sie allein in Bächen und Seen und freuten sich daher, wenn ihnen andere Lebewesen begegneten. Sie hielten die Gewässer sauber und sorgten dafür, dass ihr Lebensraum ausgewogen blieb. Rufus hatte als Kind allerdings schon einmal einen furchtbar zornigen Flussgeist erlebt, der einen dahinplätschernden, ruhigen Fluss in Sekundenschnelle in einen reißenden Strom verwandelt hatte. Amy und Kee staunten nicht schlecht und wurden von ihrem Onkel aufgeklärt. „Diese albernen Geister, da gebe ich Archie Recht, gibt es hier überall. Kommen sich sehr schlau und mächtig vor."

Der Wassergeist machte Fugan auf seine Bemerkung hin von oben bis unten nass. Rufus grinste Fugan herausfordernd an. „Ach, was soll`s", lachte der mit den anderen. Ian führte nun die Packpferde an den Bach und ließ alle ausgiebig trinken, derweil Rufus den freien Pferden die Sättel abnahm und sie alleine zum Wasser gehen ließ.

Serano kam als erster ans Ufer zurück und bat um etwas Hafer. Amy sprang sofort los und holte eine Satteltasche, die randvoll mit Hafer und Gerste gefüllt war. Dann zauberte sie einige Tröge herbei und freute sich, wie die Pferde ihr zweites Frühstück genossen. Als Serano und die Stuten gesättigt waren und in der Nähe das Baches friedlich grasten, bereiteten Rufus und Ian auch für die Menschen einen kleinen Imbiss. Fugan fragte Kee im Flüsterton: „Ist deine Schwester immer so eifrig? Da haben wir nicht viel zu tun und können es uns gutgehen lassen." Dann wurde alles wieder zusammengeräumt und erneut aufgesessen. „Mir tut jetzt schon mein Hintern weh", jammerte Kee. „Ich weiß gar nicht, ob ich heute Abend überhaupt noch sitzen kann!" Dann besann er sich auf Fugan. Vor seinem Onkel und neu gewonnenen Freund wollte Kee auf gar keinen Fall Schwäche zeigen. Deshalb setzte er murrend nach: „Na ja, wird schon gehen. Ich bin es nicht gewohnt, so lange Strecken zu reiten". Amy bekam einen Lachanfall. Aber nach dem bösen Blick, den sie von ihrem Bruder zugeworfen bekam, hielt sie lieber den Mund. Kasiopeia wieherte dazu freundlich und meinte, dass es später sicherlich besser werden würde, wenn Kee sich an ihre Bewegungen gewöhnt hätte.

„Sei tapfer Kee! Du reitest doch sehr gut. Pass dich einfach Kasiopeias Bewegungen an, dann machst du es dir und ihr leichter", meinte Rufus an seinen Sohn gewandt. Beinahe hätte er noch etwas gesagt, hielt sich aber zurück. Er hatte gemerkt, daß es Kee unangenehm vor Fugan war, dass er sich so umständlich anstellte.

Mit einem Seitenblick auf Amy stellte Rufus erleichtert fest, dass seine Tochter einfach nur glücklich auf Angys Rücken war, sich locker über den Hals des Pferdes gebeugt hatte und ihr irgendetwas ins Ohr flüsterte.

„Aye, weiter geht es. Wir wollen schließlich noch vor Einbruch der Nacht in Irland sein", sprach Rufus und drückte Serano sacht die Hacken in die Flanken, woraufhin dieser in einen leichten Trab verfiel und sich an die Spitze der kleinen Kolonne setzte. Im Davonreiten rief die kleine Gruppe dem freundlichen Wassergeist ein Lebewohl zu und machte sich auf den noch weiten Weg nach Irland. Bald ließen sie die Pferde eine schnellere Gangart einlegen und so ging es in wildem Galopp über Felder und Wiesen. Amiga hatte Kee angeboten sich an ihrer Mähne festzuhalten, damit er sich sicherer fühlte. Was Kee auch dankbar annahm. „Aber behalte es bitte für dich", flüsterte Kee dem Pferd ins Ohr. Am späten Nachmittag, als sie gerade die hüglige, grüne Landschaft Irlands erreichten, gebot Serano mit hoch aufgestellten Ohren Einhalt.

„Was ist los, mein Freund", wollte Rufus wissen. „Still, ich höre Reiter", wieherte Serano aufgeregt. „Am besten, wir versuchen ganz schnell den Waldrand zu erreichen, denn der bietet uns ein wenig Deckung", mischte Ian sich ein.

„Los Kinder, wir wissen noch nicht wer da angeritten kommt. Also hat Ian Recht. Wir traben die dreihundert Meter jetzt ganz schnell zu dem Wald dort drüben und ziehen uns vorsichtig und lautlos ins Unterholz zurück", bestimmte Rufus.

„Was, wir sollen davonrennen wie feige Hunde", widersprach Fugan. Ohne auf solchen Unsinn zu antworten, gab Rufus Fugans Pferd den Befehl zur Flucht. Das Tier war schlauer als sein Reiter und rannte los. Auf sein Zeichen hin, stürmten alle los. Nur Archie brauchte eine Sonderaufforderung, weil der sonst so gutmütige Hund sich schützend vor die Pferde der Zwillinge gestellt hatte.

Sie erreichten den Wald gerade rechtzeitig, um vor den Reitern, die von einer riesigen Staubwolke umgeben waren, in Deckung zu gehen. Es waren viele, furchtbar viele. Rufus zog sich mit den Kindern und den Pferden nahezu lautlos weiter ins Unterholz zurück, wobei er den beiden durch Zeichen Anweisung gab, ja kein Geräusch zu machen, was sie den nahenden Reitern verraten könnte. Selbst Fugan hatte den Ernst der Lage erkannt und war still. Denn die Reiter waren zweifelsohne Dunkelelfen, die auf einem ihrer Patrouillenritte waren, was im Grunde nichts weiter bedeutete, als dass sie plündernd und raubend durch die Lande zogen. Rufus verhängte schnell einen Unsichtbarkeitszauber über seine kleine Gruppe, der sie in ihrer Deckung zusätzlich schützen sollte. Denn die einfachen Dunkelelfen mochten zwar erbarmungslose Kämpfer sein, waren aber ansonsten ziemlich dumm. Außerdem rechneten sie sicher nicht damit, Inselbewohner hier zu treffen. Je näher sie dem Wald kamen, desto besser konnte Rufus die einzelnen, furchterregenden Gestalten erkennen, Amy und Kee natürlich auch. Kee`s Träume vom tapferen Helden, der er so gerne gewesen wäre, zerrannen beim Anblick der finsteren Schergen wie Sand in einer Stundenuhr. Die Dunkelelfen waren, genau wie die Lichtelfen, von riesiger Statur, aber nicht so überirdisch schön, sondern mit fleckiger Haut und vielen Narben versehen. Außerdem trugen sie groteske, zerrissene Gewänder um ihre muskulösen Körper. Unter ihnen waren auch einige hässliche, behaarte Trolle, die laut kreischend auf ihren ebenso hässlichen und ungepflegten Reitechsen saßen. Gerade als der letzte Dunkelelf, der offenbar nur ein Auge hatte, an ihnen vorbei ritt, sog Amy mit vor Angst geweiteten Augen scharf die Luft ein. Der Dunkelelf wendete sein Reittier und ritt mit aufgestellten, spitzen Ohren dichter an das Waldstück heran.

Seranos Flanken zitterten, wie Rufus, der neben ihm und nur wenige Meter von dem Krieger entfernt stand, spürte. Auf einen Fingerzeig von Rufus sprang ein kleiner Fuchs aus dem Waldstück und lief dem kriegerischen Dunkelelf genau vor seine Reitechse. Dieser fing an zu lachen und rief einem herbeigeritten Kameraden zu, dass die Fuchs-

jagd eröffnet sei. Daraufhin wendeten beide ihre Echsen und jagten den anderen Elfen-
reitern hinterher.

„Das war knapp", stöhnte Ian auf. - „Das kannst du wohl sagen", bemerkte Rufus
erleichtert. An seine Kinder und die Pferde gewandt: „Alles in Ordnung mit euch? Das
war ein schöner Schreck in der Abendstunde, was!" Fugan wich Rufus vorwurfsvollem
Blick aus und sagte: „Tut mir leid, du hattest Recht."
Amy fing an zu weinen: „Ich hatte solche Angst. Was waren das nur für grässliche
Geschöpfe?" - „Dunkelelfenpack", antworte Ian an Rufus Stelle und verzog angeekelt
das Gesicht. Kee zitterte genauso wie seine Stute am ganzen Leib, unfähig auch nur
einen Satz herauszubringen. Außerdem sollte Fugan nicht sehen, wie er sich fühlte. Dem
ging es aber nicht anders. Er streichelte Kee über den Kopf und meinte freundlich:
„Schon gut, Kleiner, ich hätte mir auch fast in die Hosen gemacht."
„Aye. Lasst uns zusehen, dass wir so schnell wie möglich von hier verschwinden und
nach Dub Linh kommen, zum Haus meiner Eltern", schlug Rufus vor.
Den Rest des Weges legten sie unbehelligt und problemlos zurück und erreichten mit
Anbruch der Abenddämmerung die kleine Stadt Dub Linh, von wo ihnen bereits Elfen-
reiter auf ihren fast durchsichtigen Pferden entgegenkamen, weil sie von der Patrouille
gehört und sich Sorgen um Rufus und seine Begleiter gemacht hatten.
Vobius und Selena eilten ihrem Sohn und den Enkelkindern durch die schmalen Gassen
der kleinen Stadt entgegen. Beide waren sichtlich erleichtert und hoch erfreut ihre Fami-
lienangehörigen unversehrt in die Arme schließen zu können.
„Rufus, nun haben wir uns so lange nicht gesehen und dann muss ich gleich solche
Angst um euch ausstehen", jammerte Selena, den Tränen nahe und an die Zwillinge gewandt: „Gott, seid ihr beide groß geworden!" Dann entdeckte Selena Fugan und Ian.
„Fugan, wer sagt`s denn. Bist du endlich mal zu etwas nutze!"
Leider wusste nämlich jedermann im ganzen Zauberreich, dass Fugan ein Herumtreiber
und Traumtänzer war. Fugan starrte betreten zu Boden und dachte: *Du kannst mich
mal..., du alte Hexe.*
„Aber Mutter, du weißt doch, dass du ein schlaues Kerlchen in die Welt gesetzt hast, mir
passiert so schnell nichts", antwortete Rufus grinsend und seiner Mutter einen Kuß auf
die Wange drückend. „Vater sei gegrüßt", sagte Rufus, während er ihm herzlich die Hand
schüttelte.
„Ian, schön, dass du die vier begleitet hast. Dann kommt doch erst einmal zum Haus, damit wir uns nach der Aufregung alle stärken können", sprach Vobius und schob die Kinder vor sich her.
Da Irland schon immer ein armes Land gewesen war, gab es in der kleinen Stadt nicht
den Prunk, der auf der Tir nan Ogg üblich war. Das drückte schon Selenas einfache
Kleidung aus. Sie trug ein ausgeblichenes Wollkleid, das sich unter einem Mohairum-
hang zu verstecken versuchte. Auch Vobius lief in einem scheinbar uralten Gewand
herum.
Rufus Eltern bewohnten ein großes Bauernhaus mit zehn Zimmern und angebautem
Stall nebst Scheune, am Rande der kleinen Stadt Dub Linh. Das Haus war von einem
gepflegten Garten umgeben, der im vorderen Teil ausschließlich aus Blumenrabatten
bestand, die gerade in voller Blüte standen. Im Garten hinter dem Haus hatte Selena ihre

zahlreichen Kräuterbeete angesiedelt. Hier hing ein schwerer Duft von Lavendel, Thymian und Basilikum in der Luft.

Die anderen Häuser der kleinen Ansiedlung waren weniger groß und prächtig, aber da Vobius der einzige Magier in der Gegend war, stand es ihm auch zu, das größte Haus zu bewohnen. Außerdem unterrichtete Vobius immer noch Zauberschüler aus anderen Gegenden, so dass er auch einige Gästezimmer brauchte. Nicht selten blieben seine Lehrlinge über mehrere Monate, wenn nicht gar Jahre bei ihm.

Ansonsten lebte die kleine Stadt, wie jede andere besonders vom Handel. Zudem wurden hier Zauberwaffen von Glen, dem besten Schmied in ganz Irland, hergestellt. Jeder Elf, der etwas auf sich hielt, bestellte seine Dolche oder Schwerter bei Glen, deren Klingen Dank der Magie auch niemals brachen oder gar stumpf wurden.

„Großmutter, wo sollen wir die Pferde hinbringen", wollte Amy als erstes wissen.

„Aye, Serano findet den Weg zum Stall allein", und mit Seitenblick auf den Hengst: „Nicht wahr, du kennst dich hier doch gut aus!" - „Unsere kleinen hilfreichen Feen werden die Pferde dann gut versorgen", sprach Selena weiter.

„Ihr habt hier richtige Feen", wollte Amy überaus erstaunt wissen.

„Wir haben hier einiges, was es bei euch im Menschenreich nicht gibt", antwortete die Großmutter lächelnd. „Aber lasst uns doch nicht weiter draußen herumstehen, sondern kommt endlich ins Haus." Kee und Fugan folgten mit großen Augen. „Das kann ja heiter werden", flüsterte Fugan Kee zu.

Beim Betreten des Hauses wurden die Nasen der Besucher durch köstliche Gerüche verwöhnt. Es roch nach frisch gebackenem Brot, gebratenem Fleisch und Gewürzen. Den Kindern lief bereits das Wasser im Munde zusammen, noch ehe sie die große Küche überhaupt erreicht hatten. Ein knisterndes Torffeuer beherrschte den Raum. Davon hatten die Zwillinge schon gehört. Auch hier gab es natürlich keine Elektrizität. Man kochte über Feuern, weil der Torf überall zu finden war. Über dem Feuer hing gerade ein riesiger Kupferkessel, der offenbar die Quelle des herrlichen Essensduftes war.

Rufus sog die Luft tief ein und fragte: „Mutter, hast du extra für uns deinen weltberühmten Wildschweinschmortopf gekocht?"

„Na, was dachtest du wohl. Ihr müsst doch etwas Anständiges essen, nach dem anstrengenden Ritt. Außerdem gefällt mir diese sogenannte Schnellernährung in der Menschenwelt nicht. Als du noch hier gelebt hast, bist du von mir immer vernünftig und gesund ernährt worden. Solange du mit den Kindern hier bist, wird richtig gegessen", bestimmte Selena.

„Es heißt Fastfood, Mutter. Erstens essen wir so etwas gar nicht so häufig und zweitens lieben es alle Kinder", konterte Rufus. - „Das müsst ihr mir erklären", forderte Fugan die Zwillinge auf. So ein Essen kannte er ebenfalls nicht.

„Aye, mein Sohn, wie auch immer. Nehmt Platz und lasst uns essen!"

Vorher rief sie den Hund zu sich. „Komm Archie, du bekommst einen besonderen Leckerbissen. Lassen dich armen Hund so weit laufen. Pfui Teufel." Dass Rufus mit Zauberei etwas nachgeholfen haben könnte, kam seiner Mutter in ihrer Aufregung nicht in den Sinn. Gehorsam nahmen Rufus, die Kinder, Fugan und Ian an dem wuchtigen runden Holztisch, der ein Drittel der Küche einnahm, ihre angewiesenen Plätze ein.

Selena, die im Laufe ihres Lebens einiges an Gewicht zugenommen hatte, ließ sich schwer auf den Stuhl gegenüber ihrem Mann nieder und klatschte in die Hände. Wie von Geisterhand bewegten sich nun Teller, Gläser und Löffel auf den Tisch zu, gefolgt von Krügen mit Elfenbier und Apfelsaft für die Kinder und Fugan. Der beschwerte sich sofort und Rufus ließ sich erweichen, dass auch Fugan - zur Feier des Tages - ein Bier haben dürfte. Weiße Stoffservietten flogen hinterher. Jeder bekam eine, nur Kee nicht, der auch prompt fragte: „Warum bekomme ich keine Serviette?"

„Aye, das ist Brringh, sie ist mal wieder zu Scherzen aufgelegt", entgegnete Selena und an die kleine Fee gewandt: „Laß den Unsinn und hol bitte noch eine Serviette"!

„I... ich hab` aber gar keine Fee gesehen", stotterte Kee. - „Sie ist zuerst immer etwas schüchtern und zeigt sich nicht", sagte die Großmutter und schon leicht ungeduldig in den Raum sprechend: „Könnten wir dann **bitte** auch noch das Essen haben!"

Schon kam es angesegelt und jeder bekam zwei große Kellen von dem Wildschweinschmortopf aufgetan.

„Hast du was gesehen", flüsterte Kee seiner Schwester zu. Amy schüttelte unmerklich den Kopf, während sie sich schon den ersten Löffel mit Essen in den Mund schob. Fugan, der seinen Krug Bier auf einen Zug geleert hatte, sah ebenfalls nichts. Er aber dachte, daß es daran lag, dass das Bier seine Wirkung bereits getan hatte. Um einen klaren Kopf zu bekommen, schüttelte er diesen ein paar mal. Inzwischen war auch ein knuspriges, warmes Brot auf dem Tisch gelandet und jeder der Anwesenden brach sich ein großes Stück davon ab. Als man einigermaßen gesättigt war, sprachen alle durcheinander.

Vobius wollte wissen, wie denn die Menschenschulen so seien und ob man dort auch sinnvolle Dinge lernen würde. Selena hingegen war wichtig zu wissen, was Serafina ihren Kindern zu essen gab und wieviel, weil sie die Zwillinge viel zu mager fand. Außerdem erkundigte sie sich ausgiebig nach der kleinen Schwester, die sie als Neugeborenes das letzte Mal gesehen hatte. Im übrigen nörgelte Selena während des gesamten Essens an der modernen Welt herum, was Rufus beinahe zum Platzen und Fugan zum Lachen brachte. Als dann alle auch die letzten Brocken von ihren Tellern gewischt hatten und es ans Abräumen ging, zeigten sich endlich die kleinen Feen. Den Kindern blieb der Mund offen stehen, als sie neben dem schweren, durch die Küche schwebenden Topf drei winzige, geflügelte Gestalten sehen konnten. „Donnerwetter", entfuhr es Fugan. Da er noch nie hier gewesen war, hatte er - genau wie Amy und Kee - soeben seine erste Fee erblickt. Ian und Vobius lächelten einander wissend zu.

Als Kee seine Fassung einigermaßen wiedererlangt hatte, wollte er nun doch wissen: „Welche von euch ist denn nun Brringh?"

„Och, das bin ich", sagte die eine kleine durchscheinende Gestalt, deren Flügel am grünlichsten schimmerten. „Möchtest du noch eine Serviette", kicherte sie.

„Nein danke", lachte nun auch Kee. Brringh hatte eine so zarte Stimme, was bei ihrer Größe ja auch nicht weiter verwunderlich war, dass man schon genau hinhören musste, um sie überhaupt zu verstehen.

„Aber ihr seid so zart. Wie könnt ihr einen so schweren Topf überhaupt tragen", wunderte sich Amy.

„Och, gemeinsam sind wir stark", antwortete Brringh. „Darf ich euch beiden gleich meine Geschwister vorstellen!? Hier neben mir, der hübsche Kerl mit den blauen Flügeln ist mein Bruder Llingh. Die Dame mit den vielen Glockenblumen um den Hals ist meine Schwester Rringh. Sie liebt das Klingeln der Glockenblumen über alles. Daher hat sie auch ihren Namen", erklärte die kleine, freche Fee.

„Schluss jetzt mit dem Unsinn", gebot Selena. „Räumt endlich fertig ab und dann zeigt ihr den Zwillingen ihr Zimmer." Sie sah Amy und Kee an und fragte vorsichtshalber nach: „Ihr schlaft doch immer noch in einem Zimmer, oder?"

„Nichts lieber als das", konterte Brringh vorlaut. „Dann haben wir endlich Spaß und müssen uns nicht länger..." Den Rest konnten Amy und Kee trotz aufmerksamen Lauschens schon nicht mehr hören, denn die drei waren mit dem Topf zwischen sich schon zu weit vom Tisch entschwebt, als dass bei den zarten Stimmchen noch etwas zu verstehen gewesen wäre.

„Daddy, dürfen wir aufstehen und uns von den Feen alles zeigen lassen", fragten die Zwillinge. „Natürlich nur, wenn die Großeltern nichts dagegen haben". Kee räusperte sich und begann verlegen zu fragen: „Äh, wo wir gerade über die Zimmerverteilung gesprochen haben, kann Fugan auch bei uns schlafen?" Die Erwachsenen sahen sich achelzuckend an, bis Rufus entschied, dass das in Ordnung gehe. „Aber", ermahnte er Fugan, „kein Unfug, wenn du verstehst, was ich meine."

Fugan grinste verschmitzt und antwortete: „Aye, geht klar, wenn **du** verstehst, was **ich** meine." - „Dürfen wir dann gehen", fragte Amy, die schon voller Ungeduld auf ihrem Stuhl herum gerutscht war.

„Aye sicher doch, solange ich hier nur sitzen und mir noch ein Elfenbier genehmigen darf", sagte Rufus leicht erschöpft. Gespräche mit seiner Mutter waren schon immer und seit jeher nervenverzehrend gewesen, dachte Rufus bei sich und fragte sich bei der Gelegenheit auch im Stillen, wie sein Vater diese ständigen Diskussionen um Alles und Nichts aushielt.

Schon war Selena wieder im Gespräch, indem sie nörgelte, ob Rufus seine Kinder nicht selbst zu Bett bringen wollte, zumal es ja längst Schlafenszeit war.

„Mutter, die beiden sind keine Babys mehr. Außerdem haben die zwei Ferien, da nehmen wir die Zu- Bett-Geh-Zeit nicht so genau", versetzte Rufus.

„Na, du musst es ja wissen. Es sind ja deine Kinder, nicht wahr", schnappte Selena.

„Genau, Mutter." Und damit war die Diskussion beendet. Amy und Kee, denen das Gezanke um ihre Personen unangenehm war, hatten sich inzwischen mehr oder weniger aus der Küche geschlichen und waren nun gerade auf dem Weg in das dunkle Wohnzimmer, als sie von der Treppe her ein leises „psst, kommt hierher" hörten. Brringh, Llingh und Rringh schwebten über der Treppe und geboten den Kindern ihnen zu folgen. Brringh, die offensichtliche die Frechste von allen war, flüsterte: „Die Alte ist heute mal wieder ganz schlecht gelaunt, weil sie ja soo viel mit den Vorbereitungen für euren Besuch zu tun hatte; Betten beziehen, putzen, kochen und so weiter. Dabei haben wir sowieso das meiste erledigt, wie immer. Sie hat im Laufe der letzten Jahre ohnehin so viel zugenommen, dass sie sich nur schwer bewegen kann."

„Das kommt vom vielen Kuchen essen", ergänzte Rringh kichernd, wobei sie ihre kleinen Hände vor den noch kleineren Mund schob. Fugan, der den anderen gefolgt war, lachte laut auf.

„Seid bloß leise", mahnte Llingh. „Ihr wisst doch, dass sie Ohren wie ein Luchs hat." Das brachte alle zum kichern und gemeinsam erstiegen Feen und Kinder die Treppe ins Obergeschoss. Wo Amy, Kee und Fugan je einen Schritt machten, brauchten die Feen drei. Also erhoben sie sich wieder in die Luft und flatterten den Mädchen voraus ins nächste Stockwerk.

Das Zimmer, das für Amy und Kee hergerichtet worden war, ließ sich von der Einrichtung her in nichts mit dem Zimmer der beiden in der Burg vergleichen. Es war zwar auch relativ geräumig, es gab aber anstelle des wunderbaren Himmelbettes nur zwei einzelne Betten, die mehr wie Pritschen wirkten. Zwar breit genug, damit die Zwillinge dort beide bequem liegen konnten, aber anstatt mit Seide waren die Betten mit ziemlich verwaschenen Baumwolllaken bezogen. Auch gab es kein Badezimmer, sondern lediglich einen Krug mit kaltem Wasser und eine Waschschüssel dazu. Daneben lagen ein paar grobe Handtücher aus Leinen, an denen man sich problemlos die Haut wundreiben konnte. Amy sah ihren Bruder finster an. Der aber zuckte nur die Achseln und sah sich weiter um. Fugan, der wie erstarrt in der Tür stand, bemerkte trocken: „Um die Bude wohnlich zu machen, müssen wir wohl eine ganze Menge zaubern. Wo schlafe ich übrigens?"

Das war eine gute Frage und die beiden Jungs entschieden sich, das Bett, das für Kee vorgesehen war, etwas zu verbreitern. Der Blick aus dem geöffneten Fenster auf den nächtlichen Kräutergarten mit seinen Gerüchen war allerdings wunderschön.

Amy bat zunächst einmal die drei Feen, die brav an der Türschwelle gewartet hatten herein und fragte auch gleich: „Was meint ihr, wollen wir es uns hier ein bisschen gemütlicher machen?"

„Allerdings wenn Oma noch mal raufkommt, um gute Nacht zu sagen und sieht, dass wir gezaubert haben, bekommen wir bestimmt Ärger", meinte Amy mit fragendem Blick zu den drei Feen.

„Die kommt heute bestimmt nicht noch mal extra rauf, wo der ganze Tag so beschwerlich für sie war", sagte Rringh.

„Aye gut, dann wollen wir mal", sprach Amy und fing vor den staunenden Augen der Feen an, sich zunächst eine kleine Wanne mitten ins Zimmer zu zaubern. Dann sah sie kurz Fugan an und fügte einen Vorhang hinzu.

Kee hatte derweil schon ein kleines Mitternachts-Buffet mit Unmengen von Süßigkeiten und Coca Cola gezaubert. „Was ist das für eine dunkle Flüssigkeit", fragte Brringh. „Die schmeckt ja scheußlich und kitzelt auch noch im Mund. Wir trinken ausschließlich Blütennektar." Kee war verlegen und entschuldigte sich. „Das wusste ich nicht, ehrlich." Dann schnippte er mit den Fingern und ließ verschiedene Fläschchen für die Feen erscheinen. „Wird das reichen?" - „Für die ganze Nacht", kicherte Brringh.

Fugan, der inzwischen auch einen Schluck Cola probiert hatte, befand das ihm gänzlich unbekannte Getränk - im Gegensatz zu den Feen - für absolut köstlich.

„Lasst uns zunächst den Staub und Schmutz des Tages abwaschen und dann erzählt uns alles von euch, ja", bat Amy.

Als alle die Kinder und Fugan ausgiebig nacheinander gebadet hatten und die Wanne wieder verschwunden war, fingen die Feen aufgeregt an vom Feeneich und deren Königin Shagala zu berichten. Zwischendurch stärkten sie sich immer wieder an dem Blütennektar, der eine ähnlich berauschende Wirkung auf die kleinen Lebewesen hatte wie Alkohol auf Menschen.

Rringh erzählte von dem gläsernen Palast von Shagala, der sich seit Jahrtausenden in einem uralten, von Dorngestrüpp überwucherten Felsen verbarg, von wo auch schon die früheren Feenköniginnen regiert hatten. Llingh wusste von den vielen Blumen und exotischen Pflanzen darum herum zu berichten, die den Feen Nahrung und Materialien für ihre prächtigen Kleider spendeten. Die Feen seien ein ausgesprochen scheues und zurückgezogen lebendes Völkchen, hörten die Kinder weiter. Brringh erzählte ausgiebig von ihrer Jugend, wo sie manchen Unsinn angestellt hatten. Außerdem erfuhren die staunenden Geschwister und Fugan, dass Feen von anderen Personen nur gesehen werden konnten, wenn diese das ausdrücklich selbst wünschten.

„Wenn es dort so schön ist, warum seid ihr drei dann eigentlich hier", wollte Fugan neugierig geworden wissen.

„Och, wir haben vielleicht ein bisschen zuviel Unsinn gemacht", druckste Brringh herum.

„Heißt das, ihr seid rausgeflogen", fragte Amy schon ziemlich schläfrig.

„Kann man schon so sagen", wisperte Rringh trocken. - „Aye, das tut mir aber leid", murmelte Amy noch und schlief ein. Die drei Feen zogen die groben Decken schützend über die Kinder, denn selbst im Sommer waren die Nächte in Irland kühl, und verließen dann lautlos das Zimmer. Fugan kämpfte noch eine Weile mit Kee um das Laken, ließ es dann sein und zauberte sich ein eigenes.

Am nächsten Morgen wurden die Zwillinge von den ersten wärmenden Sonnenstrahlen, die ins Zimmer fielen, geweckt. Während sich Amy noch im Bett räckelte, hatten die Jungs bereits ihre Morgentoilette erledigt, als auch schon Rufus mit einem schiefen Grinsen im Gesicht ins Zimmer trat.

„Hier sieht es ja nach einer wilden, nächtlichen Party aus", war sein erster Kommentar. Durch ein Kopfnicken ließ er alle Überreste der vergangenen Nacht, die nicht ins Zimmer gehörten, verschwinden.

„Aye, Gott sei Dank, dass du es bist, Daddy", stöhnte Amy. „Wir müssen wohl über die Geschichten der Feen eingeschlafen sein. Ich stell mir lieber nicht vor, wie Oma reagiert hätte, wenn sie unser Büffet gesehen hätte." - „Solange ihr bei mir seid, wird vernünftig gegessen", äffte Fugan die Großmutter der Zwillinge nach.

Rufus musste unweigerlich lachen. Erklärte den dreien aber, dass seine Mutter nun so schlimm auch nicht sei. Sich aber einfach zu viele Sorgen und Gedanken um aller Wohlergehen mache und dies manchmal in dem ihr so eigenen nörgelnden Tonfall vorbrachte.

Die drei Witherspoones und Fugan begaben sich nach unten, um in der Küche gemeinsam mit Selena und Vobius das Frühstück einzunehmen. Natürlich war Selena schon wieder am stöhnen, das sie schon seit geraumer Zeit in der Küche am arbeiten war. Amy stocherte lustlos in ihrem Rührei herum, weil sie wusste, dass ihr Vater heute seine Audienz bei der Feenkönigin Shagala hatte, um sie, falls es wirklich zum Kampf mit Darkas kommen sollte, um Unterstützung zu bitten. Das bedeutete, dass sie mit ihrem

Bruder alleine bei den Großeltern zurück bleiben musste. Gut, Fugan war auch noch hier, aber aus Amys Sicht eher eine Belastung. Doch Kee schien sich mit ihrem jungen Onkel ausgesprochen gut zu verstehen. Also würde sie ihn - Kee zuliebe - ertragen.

Plötzlich spürte Amy ein leichtes Kitzeln an ihrem Ohr und vernahm gleich darauf die zarte, flüsternde Stimme von Brringh. „Wir wollen heute versuchen frei zu nehmen, damit wir mit euch beiden ein wenig durch die Gegend streifen können."

„Du kannst dich ruhig zeigen. Ich habe auch schon daran gedacht, euch heute ausnahmsweise einmal frei zu geben, damit ihr mit den Mädchen die Stadt erkunden könnt", sagte Selena, der offenbar wirklich nichts entging.

„Wirklich? Das wäre ja toll, Großmutter", entgegnete Amy. - „Aye, ich bin ja kein Unmensch. Meinst du ich merke nicht, dass du ganz vernarrt in die drei Plagegeister bist. Ich denke für heute schaffe ich den Haushalt auch ausnahmsweise einmal allein", lächelte Selena. Nun mischte auch Rufus sich in das Gespräch ein: „Ihr bleibt aber auf jeden Fall in der Stadt. Kommt nicht auf die Idee, außerhalb der Stadt herumzustromern. Es ist im Augenblick einfach nicht sicher genug. Ihr hört bitte auf das, was eure Großeltern euch sagen, nur damit das auch klar ist."

„Aye sicher, machen wir. Und wann kommst du zurück?", sprachen die Zwillinge im Chor. - „Ich hoffe morgen Abend", sagte Rufus und verabschiedete sich von allen, um sich sofort auf den Weg zum Feenschloß zu machen. Serano erwartete ihn bereits vor der Tür.

Drug Set hatte sich an diesem Morgen früh auf seinen Weg in die Berge gemacht, wo tief im Inneren verborgen, die Drachenhöhlen lagen. Eine schwierige Aufgabe erwartete ihn, denn er musste die Drachen wieder einmal um einen Gefallen bitten. Dabei waren es eigentlich die wenigen, überlebenden Drachen, denen **er** einen Gefallen schuldig war. Diese ehrfurchterregenden und gleichermaßen furchterregenden weisen Lebewesen, älter als alles Leben auf dem Planeten, hatten ihn und seine Gefährten damals auf der Tir nan Ogg willkommen geheißen. Und sie hatten - Dank ihrer mächtigen Zauberkraft - geholfen, Darkas zu vertreiben. Die Drachen waren es auch gewesen, die neuen Lebensraum für Feen, Elfen und Zwerge geschaffen hatten, da diese von den Menschen, ebenso wie sie selbst, wegen ihrer Andersartigkeit gejagt und fast ausgerottet wurden. Und trotzdem liebten sie die Menschen. Genau wie Rufus, waren sie gespannt, ob die Erdbewohner jemals das Tor in eine andere Dimension entdecken würden. Bis dahin würde aber noch viel Zeit vergehen und man konnte einfach weiter beobachten, wo die Entwicklung hinging. Denn tief in ihrem Herzen, wusste die Menschheit, dass es noch etwas anderes gab, als die von ihnen selbst aufgestellten Naturgesetze. Nur hatten sie infolge des Fortschritts vergessen, auf ihre Sinne zu hören. Zwar waren sie Tüftler, Bastler und überaus erfinderisch, da standen sie den Zwergen in nichts nach, aber die elementarsten Dinge taten sie als Legenden ab. Sie flogen zum Mond und wer weiß wohin, aber sie waren nicht in der Lage, eine andere Dimension zu entdecken. Dabei gab es einen Tag im Jahr - Beltane, den Maifeiertag - wo die Grenzen nicht ganz so fest verschlossen waren wie gewöhnlich.

Die weisen Drachen hatten neben dem Irland, das die Menschheit kannte, ein gleiches Eiland in einer, für die Menschen unzugänglichen Dimension erschaffen. Drug Fir bezeichnete Irland immer als eine Parallelwelt. Hier durften sich die Feen und Zwerge aufhalten. Die Tir nan Ogg war für die kämpferischen Zwerge von jeher verboten, da die Drachen den Frieden über alles liebten. Als die großen Elfenkriege vorüber waren, in denen es um nichts anderes als um Ländereien und Besitztümer ging, hatten sich die Elfen in zwei Lager gespalten: In Liosolfar (Lichtelfen) und Dökolfar (Dunkelelfen). Da die Dunkelelfen nicht bereit waren nachzugeben und sich friedlich zu verhalten, hatten die Drachen sie mit einem unumkehrbaren Zauber belegt, der sie für alle Zeiten gebrandmarkt hatte: Ihnen wurde die überirdische Schönheit genommen und sie wurden für alle Zeiten von der Tir nan Ogg verbannt!

Wehmütig dachte Drug Set an das Versprechen, die letzten Drachen und die Insel mit seinem Leben schützen zu wollen. Nun bat wieder einmal **er** um Schutz und Hilfe. Über seine Grübeleien hatte er gar nicht gemerkt, daß er fast an seinem Ziel angekommen war.

Erst der Gestank, nach Schwefel und verdorbenen Überresten einer Fleischmahlzeit rissen ihn aus seinen Gedanken. Die Hitze, die ihm schon hier draußen vor dem Höhleneingang entgegenschlug, war gewaltig. Seine Anwesenheit war natürlich längst bemerkt worden und er wurde von dem jungen Drachen Zarkigar, der aber trotzdem unglaubliche Ausmaße hatte, zu dem ältesten lebenden Drachen gebracht. Hier gab es ähnlich wie bei den Druiden einen Rat der Ältesten, die über Glück oder Unglück anderer Lebewesen zu entscheiden hatten. In der Drachensprache, die nur Drug Set verstand, gebot Zarkigar ihm zu folgen. Tiefer und tiefer ging es in die riesige Höhle hinein. Die Hitze hier drinnen wurde für den Druiden immer unerträglicher und das Atmen fiel ihm zunehmend schwerer. Obwohl die Vulkane längst erloschen waren, spendeten die unterirdischen heißen Quellen diese Wärme. Die Drachen hatten diesen Platz gewählt, weil sie sich, je wärmer es war, umso wohler fühlten. Außerdem brauchte die Drachenbrut die hohen Temperaturen, um zu gedeihen. Drug Set hatte die Bruthöhle allerdings noch niemals betreten dürfen.

Als Zarkigar, gefolgt von dem Druiden, seinen Gebieter, Drago, erreicht hatte, beugte er die mächtigen Vorderbeine und verneigte sich. Drug Set folgte seinem Beispiel und ließ sich bäuchlings auf den felsigen, heißen Boden fallen. Die Drachensprache, die kehlig klang und nur aus Grunzlauten zu bestehen schien, aber dennoch so deutlich und alle Begriffe umfassend war, fiel Drug Set immer noch schwer.

„Gebieter Drago", fing Drug Set an, „bitte verzeiht mein unangemeldetes Erscheinen. Aber wichtige Entwicklungen führen mich hierher."

Drago, dessen grüne Schuppen alt und knittrig wirkten, wie die vertrockneten Blütenblätter einer verwelkten Blume, zwinkerte kaum sichtbar mit seinen gelben Augen. Daraufhin klatschte Drug Set ein kalter Lufthauch ins Gesicht, der einer Ohrfeige gleichkam.

„Danke", murmelte der Druide. Drago schien noch einmal zu blinzeln und vor Drug Set erschien eine Karaffe Wasser, denn der Drache wusste, wie schnell andere Lebewesen in dieser Höllenglut, die dem Drachenvolk so angenehm war, austrockneten.

„Trink erst einmal, alter Freund", sprach Drago mit tiefer Stimme, die sich an den Felswänden brach, mehrfach zurückschallte und den Druiden jedes Mal wieder erschreckte.

Drug Set bedankte sich und nahm einen kräftigen Schluck, bevor er fortfuhr. Seine Hände zitterten so sehr, dass er den Krug kaum halten konnte. Drago runzelte die Stirn, soweit dies bei einem Drachen überhaupt möglich war. Bei jeder Bewegung, die Drago machte, schien seine trockene Haut zu rascheln wie Blätter im Wind. Während er sprach, quoll ein ganz klein wenig Rauch aus seinen Nasenlöchern und Drug Set fühlte sich noch unangenehmer.

„Wir waren immer Freunde", hörte er Drago sagen. „Also hab keine Furcht und lass mich endlich wissen, warum du den weiten Weg auf dich genommen hast."

Der Druide räusperte sich und trug dann vor, um welchen Gefallen es sich dieses Mal handelte.

„Du weißt", donnerte der Drache, „dass Darkas uns schon immer ein Dorn im Auge war. Wir werden alles tun, damit wir ihn uns gemeinsam vom Hals schaffen können."

Drug Set war erleichtert und starrte zur Decke, die sich kilometerweit über ihm befand. Die Decke war wunderschön mit Edelsteinen verziert. Diese funkelten wie Sterne im Auge des Betrachters. Man konnte sich beinahe, aber nur beinahe der Illusion hingeben sich in einem Palastgemach zu befinden. Nur dort war es nicht so erstickend heiß! Dazu kam der Schwefelgeruch, den die Drachen absonderten, wenn ihnen eine Rauchfahne entwich. Dem alten Druiden lief das Wasser mittlerweile in Strömen über das Gesicht.

„Du weißt, dass es nur noch wenige Exemplare meiner Art gibt und auch wir nicht unverwundbar sind. Aller Magie zum Trotz. Ich habe sowohl die Pflicht als auch die Bürde, meine Art zu erhalten. Daher werde ich dir einige weitere Jungtiere zur Verfügung stellen. Für die Reiter musst du sorgen."

Drug Set verneigte sich dankend und murmelte alte Beschwörungsformeln. Er wollte dem Drachen unbedingt ein Geschenk machen - das wurde so erwartet und war so Sitte.

Endlich erschien vor dem wartenden Drachen eine große Flasche mit einer wohlriechenden Flüssigkeit. Damit konnte er seine Schuppen ölen.

Drug Fir wandte sich zum Gehen. Doch Drago ließ noch einmal die Höhlenwände erzittern, als seine kräftige Stimme durch die Höhle donnerte wie eine Kanonenkugel.

„Wenn ihr in den Kampf zieht, so lass es mich auf telepathischen Wege wissen. Dann werde ich dir die Drachen schicken." Dann stieß er, von einer Feuersalve begleitet, so etwas wie ein kehliges Lachen aus und fügte hinzu: „Dann brauchst du dich nicht wieder hierher zu bemühen."

Damit war die Audienz beendet und Drug Set unendlich froh, als er die Höhle hinter sich ließ und ins Freie trat. Seine Lungen schienen in Flammen zu stehen und jeder Atemzug bereitete ihm Schmerzen. In tiefen Zügen sog er gierig - wie ein Baby, das an der Mutterbrust trinkt - die frische, saubere Luft der Insel ein.

Auf der Burg indessen saß Serafina mit Karula bei einer Tasse Tee zusammen und hörte sich deren Schwärmereien über Owain und die geplante Hochzeit an. „Du kannst dir gar nicht vorstellen, wie lieb Owain immer ist. Er kommt niemals ohne Blumen oder ein kleines Geschenk zu mir. Wenn er mich küsst, fühle ich mich dem Himmel um einiges näher. Na ja, und alles andere, du weißt schon, ist auch ganz toll mit ihm", erzählte Karula gerade. Serafina, die gar nicht richtig zugehört hatte, weil sie ihren eigenen Gedanken nachhing, musste nun doch schmunzeln. Ihre jüngere Schwester war eindeutig schwer verliebt. Es war einfach schön, wenn man den richtigen Mann für ein ganzes

Leben gefunden hatte. Das wusste Serafina aus eigener Erfahrung nur zu gut. Sie hatte Rufus damals auch schon von Kindheit an gekannt, sich aber erst als sie achtzehn Jahre alt war Hals über Kopf in ihn verliebt. Rufus liebte sie zum Glück genauso stark und hatte in den Augen ihrer Eltern Respekt gefunden. Das war bis heute so geblieben. Heute vermisste sie ihn ganz besonders. Karula plapperte indessen munter weiter und erzählte gerade, dass fünf Elfen schon seit Wochen damit beschäftigt waren, ihr Brautkleid zu nähen. Das war so Tradition. Brautkleider durften nicht gezaubert werden, sondern mussten von Hand angefertigt werden. „Mein Kleid ist aus cremefarbener Seide und hat eine zehn Meter lange Schleppe. Außerdem möchte ich es mit Perlen und goldüberzogenen Blättern bestickt haben, Frina zuliebe. Du weißt doch, wie sehr sie Blätter liebt", erklärte Karula eben. „Ja, die gute Frina ist schon ein richtiger Schatz. Sie ist ganz vernarrt in Stella. Gleich heute Morgen hat sie meine kleine Nervensäge abgeholt und ist mit ihr zu den Ställen gegangen, um ihr das Fohlen von Angy zu zeigen", antwortete Serafina. „Wenn ihr einmal Kinder habt, brauchst du dir um einen Babysitter keine Gedanken mehr zu machen", fügte sie hinzu.
„Weißt du noch, wie sie immer mit uns gespielt hat? Und auf der Wiese hinter der Festung hat sie uns beigebracht, wie man mit dem Besen fliegt", fragte Karula.
„Als ob ich das je vergessen könnte. Mein erster Start war doch die reinste Katastrophe. Ich hatte im Unterricht überhaupt nicht aufgepasst und dachte fliegen kann ja wohl jeder. Dabei hatte ich völlig die Grundregeln außer Acht gelassen. Weißt du noch, dass der Besen frei von Staub und Schmutz zu sein hat und so weiter. Ich habe einfach vorschriftsmäßig dreimal über den Stiel gestrichen und *erhebe dich* gesagt. Das hat er dann ja auch bockend getan und mich zwei Meter über dem Boden abgeworfen. Mutter hatte auch immer wieder gesagt, dass Besenpflege das Entscheidende am Fliegen wäre. Frina hat mich dann heulend vom Boden aufgelesen und meine Wunden mit ihren zahlreichen Salben und Tinkturen versorgt", erinnerte sich Serafina. „Aye, das waren schon schöne Zeiten", sagten beide unisono und mussten darüber lachen.
Serafina erhob sich vom Tisch und meinte, dass es nun Zeit wäre einmal nach Frina und Stella zu schauen. „ Kommst du mit rüber zum Stall", fragte sie ihre Schwester.
„Ja, eigentlich wollte ich mich jetzt mit Owain treffen, aber ich glaube, der läuft mir nicht mehr davon", erwiderte sie kichernd.
Stella spielte auf der großen Wiese an den Stallungen mit Geisha fangen. Als sie ihre Mutter kommen sah, rief sie schon von weitem: „Mami, tuck ma, Fohli tann danz nell renni. Tella aber auch!"
„Hallo, ihr beiden. Habt ihr Spaß miteinander", und an Frina gewandt: „Soll ich dich nicht mal ablösen. Du hast doch bestimmt noch andere Dinge zu tun, als dich um Stella zu kümmern." - „Gerne ich bin mit deiner Kleinen beisammen. Wollte fragen, ob ich darf mit ihr bisschen Kräuterkunde machen und die Natur zeigen."
„Alles, was du willst, Frina. Ich dachte, wir gehen noch zusammen an den Strand", antwortete Serafina.
„Du machen dir einen schönen Tag, ich mich kümmern um die Kleine, ja", bot Frina an.
„Aye gut, wie du möchtest. Dann gehe ich zurück zur Burg und sehe, wie ich mich dort nützlich machen kann. Mutter wird sich freuen, sich einmal in Ruhe mit mir unterhalten

zu können. Macht es gut ihr zwei. Sei lieb zu Frina, Stellamaus", sagte Serafina im Weggehen.

Darkas ließ sich gerade Bericht erstatten. Von den Fledermäusen wusste er auch, dass sich Rufus mit den Zwillingen und Fugan in Irland aufhielt.
„Das ist ja höchst interessant. Kruellagh, schick sofort einige Spione aus, damit wir wissen, was die vier außer einem Familienbesuch dort treiben", donnerte Darkas.
„Wie ihr wünscht, Herr", sagte Kruellagh sich verbeugend und gab sofort drei Spähern den Auftrag sich auf den Weg zu machen. „Am besten, du schickst einen der Gestaltenwandler mit. Der kann sich unters Volk mischen, ohne dass sie es bemerken werden", befahl Darkas. Dann kam ihm noch ein teuflischer Gedanke!

Amy und Kee liefen nun schon einige Zeit durch die Straßen der kleinen Stadt Dub Linh, begleitet von den drei Feen, die es vorzogen unsichtbar zu bleiben. Fugan hatte sich schon vor einer Weile abgesetzt, weil er keine Lust hatte, sich weiter wie eine Monstrosität aus einer fernen Galaxie anstarren zu lassen. Amy und sogar Kee war es egal gewesen, denn für sie war es schon erstaunlich, dass sie so nah an der Wirklichkeit, in eine fast mittelalterliche Stadt geraten waren. Hier gab es keine geteerten Straßen, keine Rohrleitungen, keine Supermärkte und natürlich auch keine Autos. Insgesamt lebten hier vielleicht zweihundert Menschen in etwa halb so vielen Häusern. Als Ladengeschäft diente meist ein Raum im Erdgeschoß eines Hauses. Oder die Waren wurden in einer eigens angebauten Scheune dargeboten. Die meisten Geschäfte hatten sich rund um den großen Dorfplatz, der von einem Brunnen beherrscht wurde, angesiedelt. Die Einwohner trugen einfache, manchmal zerrissene Kleidung, die jedoch teilweise ordentlich geflickt war.
Die Hauptstraßen waren nur teilweise mit groben Steinen gepflastert. In den kleineren Gassen hingegen war der Lehmboden einfach festgestampft und bot so eine relativ ebene Fläche. Die Bewohner der kleinen Stadt bewegten sich zu Fuß oder zu Pferd durch die schmalen Gassen. Die Zwillinge wurden immer wieder von freundlichen Leuten begrüßt oder auch in die Verkaufsräume eingeladen, um Töpferwaren zu begutachten oder die mundgeblasenen Kelche und Vasen zu bestaunen. Außerdem mussten sie noch warmes Brot probieren oder vom Käse kosten. Am Ende waren sie beladen mit Kostproben der einzelnen Händler und machten sich mit Fisch, Saft, Brot, Gemüse und vielem mehr auf den Heimweg.
Ihre Großmutter erwartete die beiden schon vor dem Haus.
„Aye, ich glaube, dass Mittagessen kann heute wohl ausfallen. Ihr musstet offensichtlich viele Waren probieren, wie ich es mir dachte", begrüßte Selena die beiden.
„Ich bin wirklich ziemlich satt, Großmutter", antwortete Kee. - „Wo ist Großvater", wollte Amy wissen. - „Der hält hinten im Garten sein Mittagsschläfchen", erklärte Selena. „Das werde ich jetzt auch tun, wenn ihr nichts dagegen habt."
Natürlich hatten Amy und Kee nichts dagegen, ganz im Gegenteil waren sie froh, sich zurückziehen zu können, weil sie von den Feen mehr Geschichten aus deren Reich hören wollten. In ihrem Zimmer angekommen, fragte Brringh als erstes, ob sie es sich wieder gemütlich machen könnten.

„Aye, warum nicht", sagte Amy und zauberte wieder einige Leckereien, besonders Nektar für die Feen auf den Tisch. Denn sie selbst und ihr Bruder waren von den vielen Kostproben in der Stadt gesättigt. Nachdem sie das Fenster vorsichtshalber geschlossen hatten, weil die Großmutter immer alles hörte - wahrscheinlich sogar wenn sie schlief -, fragte Amy, warum die drei Geschwister aus Shagalas Reich verbannt wurden. Brringh seufzte tief und fing an zu erzählen: „Ihr müsst wissen, dass das Feenreich ähnlich einem Ameisenstaat aufgebaut ist. Jeder von uns hat seinen bestimmten Aufgabenbereich. Viele von uns arbeiten rund um den Felsen, um Blüten zu sammeln, die Pflanzen und Bäume zu pflegen. Andere fungieren als Torwächter, damit der Eingang zu unserer geheimen Welt nicht ungeschützt bleibt. Wie schon gesagt, die Feen sind ein scheues Völkchen. Sehr viele bilden die Leibwache für die Königsfamilie. Wir haben richtige Putzkolonnen, die ausschließlich den Palast sauber halten. Dann gibt es viele Gärtner, die innerhalb unserer Welt die Grünanlagen pflegen. Es gibt Hunderte von Fensterputzern, denn wie ihr wisst, ist der Königspalast gläsern und dementsprechend müssen dort täglich alle Glasflächen gereinigt werden. Bei uns gibt es sowohl einen öffentlichen Kindergarten als auch eine Schule. Die Königskinder allerdings werden gesondert betreut und unterrichtet. Dafür gibt es verschiedene Räume innerhalb des Palastes. Wir drei waren für die Betreuung und den Unterricht der Königskinder verantwortlich. Dazu sollte ich vielleicht noch erzählen, dass Shagala, solange sie gebärfähig ist - das ist nur zehn Jahre so -, alle zwei Jahre ein Kind zur Welt bringt, damit der Fortbestand der Königsfamilie gesichert ist. Vor ungefähr zwei Jahren brachte Shagala ihr letztes Kind zur Welt. Da ihre Zeit, um Mutter zu werden, damit abgelaufen war, hing ihr Herz ganz besonders an dem kleinen Shumo. Natürlich liebte sie ihre älteren Kinder auch von ganzem Herzen, aber ein Baby ist für eine Mutter, zumal es das Letzte war, immer etwas ganz Besonderes. Könnt ihr euch vorstellen, wie klein ein Elfenbaby ist? Wahrscheinlich eher nicht. Shumo war einfach entzückend - er hatte wie Llingh seltene blaue Flügel - die meisten von uns haben grüne Flügel - und dazu auch ein sonniges Gemüt. Elfenbabys können genauso laut schreien wie Menschenkinder, sollte ich vielleicht noch dazu sagen. Aber Shumo lachte immer. Als er ungefähr ein Jahr alt war, planten wir mit den Königskindern einen Ausflug zum nahe gelegenen See, der sich außerhalb unseres Felsens befand. Das war keine große Sache, denn wir taten so etwas öfter. Auch Königskinder müssen wissen, dass es außerhalb ihrer Welt noch eine andere gibt. Normalerweise wäre der Kleine im Palast geblieben, weil er noch nicht so gut fliegen konnte wie die älteren Kinder. Außerdem war ein Ausflug für ein so kleines Kind doch recht anstrengend, zumal wir den ganzen Tag fortbleiben wollten. Er bettelte aber so inständig, mitgehen zu dürfen, dass wir letztendlich nicht nein sagen konnten. Hättet ihr Shumo gekannt, würdet ihr besser verstehen, dass man ihm einfach nichts abschlagen konnte.

Shagala sagten wir nichts davon. Nach dem Frühstück brachen wir drei also mit den fünf Königskindern auf. Zuerst ging auch alles gut. Shumo flog eine ziemliche Strecke ganz allein und freute sich über seinen Erfolg. Er bestaunte, wie die anderen Kinder auch, die große Welt. Als wir im Laufe des frühen Vormittags am See ankamen, war Shumo ziemlich erschöpft, obwohl Rringh und ich den Kleinen schon die letzte Strecke zwischen uns getragen hatten. Die älteren Kinder wollten unbedingt im See baden, dazu waren wir ja unter anderem dorthin gekommen. Llingh und Rringh setzten sich mit den vier Kindern auf ein Seerosenblatt und hielten die Füße in das kühle Wasser, während ich mit Shumo am Ufer blieb und mir ein schattiges Plätzchen für uns suchte, um dem Kleinen ein Fläschchen zu geben. Noch beim Füttern schlief Shumo ein, und ich legte ihn in eine Glockenblumenblüte zum Schlafen. Die anderen riefen, ich solle doch nun auch endlich ins Wasser kommen, weil es so herrlich erfrischend sei. Das tat ich auch und genoss wie alle anderen das Spiel mit den Kindern.

Wir lagen alle auf dem Seerosenblatt und taten so, als ob wir auf einem Floß wären und von den riesigen Monstern, die in Wirklichkeit Frösche waren und den Feen niemals etwas zu leide taten, bedroht werden würden. Die wirkliche Bedrohung kam in Form von Dunkelelfen in wilder Horde ans Ufer geprescht. Der absolute Albtraum: Fünf riesige Gestalten auf ihren noch größeren fürchterlichen Reitechsen.

Schnell versteckten wir uns am Uferrand im Schilf und machten uns unsichtbar. Nur Shumo konnten wir nicht mehr aus seinem Blütenkelch holen - dafür blieb uns einfach keine Zeit. Er war ja gut verborgen und wir konnten nur hoffen, dass die Bösen den Kleinen nicht entdecken würden. Ihr wisst ja aus eigener Erfahrung, dass die Dunkelelfen ein lautes, dummes und kämpferisches Volk sind.

Als sie grölend und lärmend den See erreicht hatten, hielten wir in unserem Versteck wie ein Mann die Luft an.

Shumo leider nicht! Aus seinem Mittagsschlaf gerissen und durch das Geschrei der Dunkelelfen geweckt, fing er das erste Mal in seinem Leben furchtbar an zu schreien. Ein Mensch hätte ihn sicherlich nicht gehört. Aber Dunkelelfen haben leider ein sehr gutes Gehör, fast so gut wie eure Großmutter. Spaß beiseite, denn spaßig war die ganze Situation nun wirklich nicht!

Ein riesiger, ungepflegter Dunkelelf, offenbar der Anführer der Gruppe, hob seine hässliche, platte Nase in den Wind und stellte seine spitzen Ohren auf. Er fing an zu schnuppern wie ein Hund, wobei er sich ständig im Kreis drehte und schrie, er rieche Feenfleisch. Wir mussten etwas tun, bevor die Mistviecher - entschuldigt den Ausdruck – unseren kleinen Shumo entdeckten.

Also baten wir ein paar Hornissen, die am Ufer herumschwirrten uns als Flugtiere zu dienen und einen Angriff zu fliegen. Rringh, Llingh und ich nahmen auf den Rücken der Hornissen Platz und stürzten uns in einen aussichtslosen Kampf. Die verängstigten Kinder ließen wir in der Deckung des Schilfgrases zurück. Die Hornissen stachen den einen oder anderen auch ein paar Mal, bis sie einfach selbst erschlagen wurden. Da wir uns unsichtbar gemacht hatten, konnten die Elfen unsere verzweifelten Versuche am Leben zu bleiben, und nicht gleich mit erschlagen zu werden, nicht sehen. Ich schwöre euch, wir haben alles versucht, um die wilde Horde von dem schreienden Shumo abzulenken. Leider ohne Erfolg! Einer hatte ihn entdeckt und grabschte ihn mitsamt dem Blütenkelch, in dem er geschlafen hatte. Er hielt den zarten, kleinen Shumo an den winzigen Flügeln und brüllte und lachte, wie sehr sich Darkas doch über so eine Rarität freuen würde. Dann stopfte er Shumo, der inzwischen tot oder ohnmächtig war, denn er gab keinen Laut mehr von sich, in einen Lederbeutel und verschloss ihn. Danach bestieg er seine hässliche, graue Reitechse und gebot allen anderen es ihm gleich zu tun. Dann ritten sie wild durcheinander von dannen - mit unserem Shumo! Wir waren wie gelähmt. Erst das

Weinen der anderen Kinder holte uns in die Wirklichkeit zurück. Was sollten wir nur der Königin sagen! So schnell uns unsere Flügel trugen, flogen wir zu unserem Felsen zurück, um Shagala die schreckliche Nachricht zu überbringen, dass ihr Baby durch unsere Schuld von Dunkelelfen entführt worden war. Ich brauche wohl nicht näher zu erklären, dass Shagala außer sich war. Auch Virom, der König tobte vor Wut, obwohl die Frauen seit Jahrhunderten die Regentschaft inne hatten. Na, ihr wisst schon, warum wir den Kleinen überhaupt dabei hatten und so weiter. Der ganze Hofstaat, das heißt, alles was Flügel hatte, bis auf die ganz Alten, denen die Flügel schon ausgegangen waren, suchte volle fünf Tage und Nächte nach Shumo. Wir wagten uns sogar bis in die Lager der Dunkelelfen vor. Nur wurde der Kleine bis heute nicht gefunden. Obwohl wir die Königin auf Knien um Verzeihung und Vergebung baten, wurden wir ins Exil geschickt und dürfen uns bei Hofe nie wieder blicken lassen.

Nachdem wir wochenlang durch die Gegend geirrt waren, schon halb verhungert und erfroren, fand uns euer Großvater bei einem Spaziergang im Wald, außerhalb von Dub Linh. Rringh war zu der Zeit sehr krank. Sie hatte eine schlimme Erkältung, konnte nicht mehr fliegen und sich nicht mehr unsichtbar machen. Dadurch hat euer Großvater uns überhaupt entdeckt. Er bot an, uns mit in sein Haus zu nehmen und Rringh gesund zu pflegen. Wir willigten ein, denn mit der kranken Rringh blieb uns gar keine andere Wahl. So sind wir also bei euren Großeltern gelandet", schloß Brringh ihre traurige Geschichte.

Amy wischte ein paar Tränen fort und schniefte: „Das ist ja ganz schrecklich. Was ist wohl mit dem armen, kleinen Shumo passiert?"

„Das weiß bis heute niemand", flüsterte Rringh. - „Meint ihr, sie haben ihn getötet", fragte Kee. Vor seinem geistigen Auge stand bereits wieder das Bild eines edlen Ritters.

„Darüber denken wir lieber nicht nach", sagte Llingh traurig.

Über die Erzählung hatten alle total die Zeit vergessen und wurden durch die Stimme der Großmutter in die Realität zurückgeholt, als diese von unten hochrief, dass es längst Zeit für das Abendessen wäre. Tatsächlich war es draußen schon dunkel geworden, wie Amy durch einen Blick aus dem Fenster feststellte. „Aye, wir kommen", rief sie und entfernte schnell die Reste ihres kleinen Gelages.

Die drei Feen, die während der Erzählung von Brringh reichlich Blütennektar getrunken hatten, waren leicht beschwipst und hofften, dass Selena davon nichts merken würde.

In der Küche erwartete Selena die Kinder bereits mit Vobius. Nur war der Tisch nicht gedeckt und es hing auch kein Topf über dem Torffeuer.

„Was gibt es denn zu essen", fragte Kee. - „Was immer ihr aus euren Fingerspitzen zaubert. Ich habe sehr lange geschlafen und hatte keine Zeit mehr zum Kochen", antwortete Selena. Kee warf seiner Schwester einen fragenden Blick zu.

„Dann lasst doch mal sehen, was ihr könnt", forderte Vobius seine Enkelkinder auf. In dem Moment kam Fugan durch die Tier gestürzt. „Einen schönen Abend, euch allen. Habe ich das Essen schon verpasst?" - „Nein, wir wollten gerade anfangen", erwiderte Kee. „Setz dich und genieße das Essen aus der Menschenwelt!"

Das mussten sie Fugan nicht zweimal sagen. Er war neugierig auf das Essen aus dem Menschenreich. Die Zwillinge schnippten mit den Fingern und zauberten für ihre staunenden Großeltern und einen nicht weniger staunenden Fugan ein typisches Essen aus der Menschenwelt herbei. Selena und Vobuis waren beeindruckt, weil die Zwillinge auch die Kerzen und die Tischdekoration nicht vergessen hatten. Außerdem aßen die beiden Alten das erste Mal in ihrem langen Leben eine Pizza mit Tunfisch und Artischocken und tranken die erste Cola ihres Lebens. Als letztlich noch die Spaghetti mit Fleischsoße die Gaumen der Großeltern erfreut hatten und sie eben bei Cappuccino und Tiramisu saßen, befand Selena das Menschenessen als sehr schmackhaft und entschied, dass die Zwillinge während ihres Aufenthalts von jetzt an für die Mahlzeiten verantwortlich wären. „Das machen wir wirklich gern", sagte Amy. „Ich dachte, wir dürfen hier nicht zaubern", fügte Kee hinzu.

„Aye, sind wir hier im Zauberreich oder nicht", erwiderte Selena schmunzelnd. Fugan war mit der Absprache mehr als zufrieden. Die Mahlzeit war wirklich köstlich gewesen. Aber jetzt musste er noch einmal hinaus in die Nacht. Ihm war da etwas aufgefallen!

Zur gleichen Zeit saß Rufus in dem prunkvollen Palast von Shagala bei einem köstlichen Essen und sprach mit der Feenkönigin. Rufus selbst hatte sich auf Feengröße schrumpfen lassen, weil er sonst nicht in der Lage gewesen wäre das Feenreich zu betreten, geschweige denn mit Shagala zu sprechen, da diese niemals ihr Refugium verließ. Nur einige wenige Auserwählte hatten die Feenkönigin jemals zu Gesicht bekommen. Die Pracht hier und die Liebe zum Detail ließen selbst Rufus staunen. Er trank Blütennektar aus Blumenkelchen und aß Walnussauflauf von Blütentellern. Das winzige Besteck war aus Holz gefertigt. Einigen Feen, abgesehen von den drei kleinen hilfreichen Geistern seiner Mutter, war er schon begegnet, aber noch niemals der Königin. Shagala war größer als alle anderen Feen. Sie trug das fast durchsichtige Goldhaar zu einem aufgetürmten Knoten, der über und über mit Blütenblättern verziert war. Ihre zarten, rosa Flügel vibrierten unentwegt, während sie mit ihrer glockenhellen Stimme sprach. Shagalas bodenlanges Kleid, das aus einem Rufus völlig unbekannten Material bestand, würde so manchen Modedesigner vor Neid erblassen lassen, dachte Rufus bei sich. Shagala sagte gerade, dass sie alles tun würde, um ihren kleinen Sohn von den Dunkelelfen wieder zu bekommen.

„Du kennst unseren Leitspruch: Gemeinsam sind wir stark", fragte sie. Rufus nickte stumm, um sie in ihrer Rede nicht zu unterbrechen, denn offenbar war sie mit ihren Erklärungen noch nicht fertig.

„Nun zu deinem Anliegen! Ich habe während unseres Gespräches nachgedacht, ob ich es verantworten kann, viele Feenleben zu opfern, um die Zauberwelt im Kampf gegen Darkas zu unterstützen." Rufus war erstaunt, wie schnell Shagala auf den Punkt und ganz offenbar auch zu einer Entscheidung kam. Wenn er an frühere Gespräche mit Boral, dem Zwergenkönig zurückdachte, der immer und immer wieder neu verhandeln wollte und zu immer anderen Bedingungen, war das, was er hier erlebte, eine richtige Wohltat.

„Ich denke", fuhr Shagala in ihren Erläuterungen fort, „mir bleibt eigentlich keine andere Wahl, als euch meine Unterstützung hier und jetzt zuzusagen, obwohl wir ein friedliebendes Volk sind und keine Krieger. Denn erstens sind auch wir betroffen, sollte Darkas die Herrschaft über die Tir nan Ogg erringen. Keiner meiner Untertanen wird sich dann je wieder nach draußen wagen können und unsere Kinder werden nichts mehr von der großen Welt erfahren. Vielleicht versucht Darkas uns auch völlig zu vernichten. Wer weiß das schon. Zweitens habe ich ein ureigenes Interesse daran, meinen Sohn aus den Klauen der Dunkelelfen befreit zu wissen. Falls er noch am Leben ist", fügte sie niedergeschlagen hinzu.

„Ich danke dir, meine Majestät", sagte Rufus, deutete eine Verbeugung an und fuhr fort: „Wie du selbst sagtest, gemeinsam seid ihr stark. Und ihr seid viele! Durch eure Gabe, euch unsichtbar machen zu können, seid ihr in einem Kampf von unschätzbarem Wert. Wir hoffen alle immer noch, dass Darkas zur Besinnung kommt und einen alles entscheidenden Kampf vermeiden wird. Leider sieht es nach Erzählungen des Druidenrates nicht danach aus, weil es in jüngster Zeit immer wieder zu Überfällen auf die Insel gekommen ist. Darkas ist offenbar völlig größenwahnsinnig geworden. Wir können die Lage auch nur schwer einschätzen, wollen aber auf den schlimmsten Fall vorbereitet sein", endete Rufus.

„Nun, so sei es", sagte Shagala, während sie sich vom Tisch erhob und Rufus anbot, die Nacht im Palast zu verbringen.

Rufus wünschte eine gute Nacht und nahm den Vorschlag der Königin dankbar an, zumal der nächste Tag, der Besuch bei Boral, furchtbar anstrengend werden würde. Denn Zwerge taten nichts, aber auch absolut nichts aus Nächstenliebe. Es musste immer etwas für sie dabei herauskommen. Er dachte mit Schrecken an die endlosen Verhandlungen über Edelsteinverkäufe mit den Zwergen zurück. Tief in den Bergen Irlands, dem Reich Zwergenkönig Borals, gab es riesige Edelsteinvorkommen, die von den Zwergen gefördert wurden und ihren sehr speziellen Preis hatten. Außerdem stellten die Zwerge gute Streitäxte her, die sie ebenfalls überteuert als Handelsware anboten.

Rufus dachte sehnsüchtig an Serafina, die jetzt sicherlich auf der Burg in ihrem Himmelbett lag und ihn genauso vermisste wie er sie. Darüber schlief Rufus schließlich ein und träumte: *Serafina war heute seine Frau geworden! Er konnte sein Glück kaum fassen, als er jetzt mit Serafina am Strand war und die Ehe auch noch von den Meermenschen gutheißen ließ. Außerdem sollte das erste Kind in der neuen Verbindung noch in der Hochzeitsnacht, im Wasser und bei vollem Mond gezeugt werden. Dies brachte lebenslanges Glück und vor allem ging damit die Zauberkraft auf die noch ungeborenen Kinder über. Serafina und Rufus schwammen noch berauscht vom vielen Wein und der herrlichen Hochzeitsfeier mit den Meermenschen um die Wette, bis sie sich in die Lagune zurückzogen, um das vorgeschriebene Ritual zu vollziehen. Erst im Morgengrauen kehrten beide zufrieden auf die Burg in ihre Gemächer zurück, wo sie den ganzen Tag verschliefen. Serafina trug bereits ein Kind unter dem Herzen - eigentlich zwei, wie sich später herausstellen sollte.*

Rufus erwachte erfrischt und ausgeruht im Morgengrauen vom Klang der vielen zarten Feenstimmen, die bereits ihrem Tagewerk nachgingen. Noch immer erfüllt von seinem glückseligen Traum machte er sich auf den Weg zum großen Speisesaal, um ein kurzes Frühstück einzunehmen und sich dann von Shagala zu verabschieden. Kaum dort angekommen, wurden ihm auch schon die verschiedensten Marmeladen sowie Hirsebrei gebracht. Dazu gab es Blütenmilch in einer gläsernen Karaffe. Das war nun nicht unbedingt, ein Standardfrühstück, weil Rufus sich nach einem schwarzen Kaffee und Toast sehnte. Aber um die Feen nicht zu beleidigen, aß er brav die auf ihre Weise durchaus schmackhaften Speisen. Einen Kaffee konnte er sich später immer noch zaubern.

Rufus hatte sein Frühstück gerade beendet, als Shagala sich an seinen Tisch setzte.
„Rufus, ich bin gekommen, um dir Lebwohl zu sagen und dir eine gute gefahrlose Weiter-
reise zu wünschen", stellte die Feenkönigin fest.
„Das ist überaus freundlich von dir, meine Majestät. Ich wollte dich auch eben aufsuchen,
um mich zu verabschieden und dir für deine Gastfreundschaft zu danken", erwiderte
Rufus. Beide versprachen, sich Boten zu senden, um so in Verbindung zu bleiben. Rufus' Bote würde Archie sein, der die ganze Nacht außerhalb des Felsens mit Serano verbracht hatte, um von dort über Rufus zu wachen. Außerdem mochten die Feen zu viele
Fremde in ihrem Staat nicht. Und Pferde und Hunde gehörten eindeutig in diese Katego-
rie. Shagala würde, wenn nötig einen Schmetterlingsreiter schicken.
Erleichtert verließ Rufus den Felsen der Feen und ließ sich außerhalb sofort auf seine
normale Größe anwachsen. Jedes Mal, wenn er wieder seine volle Größe erlangt hatte,
befiel ihn ein ziemlich schlimmer Muskelkater. Er fühlte sich, als hätte er die letzte
Nacht in völlig verkrümmter Haltung verbracht. Archie und Serano begrüßten ihn freudig
und erzählten, dass die Nacht außerhalb des Felsens absolut ruhig verlaufen war.
„Aye, dann lasst uns von hier verschwinden", sagte Rufus, während er sich auf Seranos
Rücken schwang. „Mal sehen, ob es mit Boral auch so gut läuft wie mit Shagala."
Da der Weg zu den Zwergen nicht sehr weit war, machte Rufus nach einer halben
Stunde Ritt eine kleine Rast, um sich nun endlich seinen Morgenkaffee zu gönnen sowie
auch Archie und den Hengst mit Nahrung zu versorgen. Der Rastplatz war eine saftig
grüne Wiese unweit der Zwergenberge, auf der Serano friedlich grasen konnte und
Archie seinen eigens für ihn herbeigezauberten Futternapf geräuschvoll leerte. Rufus
selbst trank schweigend seinen Kaffee und genoss die wunderschöne, hügelige grüne
Landschaft und deren Ruhe. Ab und an erhob sich ein Vogel in die Lüfte oder kleine
Lebewesen raschelten durch das Gras. Die Sonne wärmte seinen verspannten Körper
und gab ihm das Gefühl von Geborgenheit. Wenn Serafina jetzt hier bei ihnen sein
könnte, dachte Rufus, wäre es ein nahezu perfekter Augenblick. Er war noch nie länger
als zwei Tage von Serafina und den Kindern getrennt gewesen und vermisste seine
Familie sehr. Während Rufus noch seinen Gedanken nachhing, spürte er plötzlich, dass
der Boden, auf dem er saß, stark vibrierte. Alarmiert sprang Rufus auf, doch Serano
wieherte: „Passt mal auf, was gleich dort drüben aus dem Wald kommt!" Kaum hatte
Serano zu Ende gesprochen, kam auch schon ein Rudel Rehe in Panik auf sie zugerannt. Die offensichtlich verängstigten Tiere rasten wild durcheinander springend an
ihnen vorbei. „Was die wohl so erschreckt hat", überlegte Rufus laut. „Nun", entgegnete
Serano, „ich gehe mal davon aus, dass die Zwerge auf der Jagd sind. Und wer will von
dem wilden Völkchen schon gerne zum Frühstück erlegt werden."
„Aye, da magst du schon recht haben. Ich denke, wir sollten uns jetzt besser auf den
Weg machen, denn Boral erwartet uns sicherlich schon ungeduldig. Mal sehen, was er
dieses Mal von uns fordert", antwortete Rufus. „Ich mag die Zwerge nicht", knurrte
Archie. - „Ich weiß, ich weiß", sagte Rufus, während er Archie den Kopf steichelte.
Die letzte Strecke zum Reich der Zwerge legten die drei schweigend zurück.

Darkas war morgens schlecht gelaunt erwacht. Das heißt, noch schlechter gelaunt als
sonst. Er bellte schon den ganzen Morgen Befehle durch das Lager. Kruellagh, seine

rechte Hand, war schon mehr als genervt zu dieser noch relativ frühen Stunde. Darkas hatte die Nacht mit mehreren Frauen verbracht. Aber offenbar hatten die Dunkelelfinnen nicht seine Billigung gefunden.

„Heute Nacht, will ich mein Lager aber mit richtig hübschen Frauen teilen und nicht mit solchen mageren", schrie er gerade. Es wurde immer schwieriger, Elfen zu finden, die bereit waren, freiwillig eine Nacht mit Darkas zu verbringen, denn er war grausam und gemein. Die wenigen Lichtelfen, die Darkas so gerne benutzte und die sie in Gefangenschaft hielten, hatten die Nächte mit Darkas gerade noch am Leben aber meistens besinnungslos überstanden. Jetzt zog er sich gerade in seine Blockhütte zurück, um noch ein wenig Ruhe zu finden. Denn später wollte er ein weiteres Mal versuchen einen Dämon heraufzubeschwören. Bisher war ihm das nie ganz gelungen, was seine Unzufriedenheit weiter steigerte. Außerdem verlor er bei jedem Beschwörungsversuch viel von seiner Kraft. Aber heute nahm er sich vor, sollte es endlich gelingen.

Kruellagh war froh, dass Darkas sich endlich in seine Hütte zurückgezogen hatte. So konnte sie in dem kleinen Lager in Ruhe ihrer Arbeit nachgehen, was heute bedeutete, dass sie sämtliche Waffen überprüfen musste. Durch die lange Wartezeit auf den alles entscheidenden Angriff, waren die Dunkelelfenkrieger einigermaßen nachlässig geworden. Sie verbrachten ihre Zeit lieber damit, sich sinnlos zu besaufen und untereinander Prügeleien anzufangen, als ihre Schwerter zu schleifen.

Auch die Reitechsen waren aggressiver als sonst, denn sie waren für schnelles Laufen geschaffen und nicht um eingeengt in einem kleinen Pferch ihr Dasein zu fristen. Nach der allmorgendlichen Besprechung mit ihren Truppenführern hatte Kruellagh sich fest vorgenommen, mit ihrer Reitechse, die sie nun schon so viele Jahre besaß, einen langen Ritt zu unternehmen. Vielleicht konnte sie sogar ihren Liebsten, den riesigen Kaiolor, überreden, sie zu begleiten. Sie war schon zu lange nicht mehr mit ihm zusammengewesen, weil Kaiolor einer der besten Krieger überhaupt war und meistens die Patrouillen durch Irland anführte. Heute Nacht aber war er ins Lager zurückgekehrt, und sie hatte noch keine Zeit gefunden, mit ihm zu sprechen. Auf ihrem Weg zu ihrer Reitechse machte sie deshalb abrupt kehrt, um Kaiolor in seiner Hütte aufzusuchen. Nach den Echsen konnte sie auch noch später sehen. Kruellagh nahm einen kurzen Umweg zur Gemeinschaftshütte, um sich von den niederen Dunkelelfen, die zum Kochen und Putzen dort lebten, ein kräftiges Frühstück und Wein bereiten zu lassen. Sie lud alles auf ein Tablett und machte sich auf, um Kaiolor zu überraschen. Sie selbst, Darkas und auch Kaiolor bewohnten jeder eine Hütte für sich allein. Natürlich war Darkas Hütte die größte mit drei Räumen. Sie hingegen bewohnte nur einen und Kaiolor ebenso. Alle anderen Krieger schliefen zu acht oder manchmal auch zehnt in einem Blockhaus. Sie hatten Matten rund um das Feuer gelegt, welches sie niemals ausgehen ließen und trugen ihre wenigen Habseligkeiten am Körper. In diesen Hütten stank es ständig wie in einem Schweinestall, hatte Kruellagh immer wieder angewidert feststellen müssen. Die Krieger nahmen es nicht so genau mit der Körperpflege und fühlten sich offenbar wohl in ihren stinkenden, abgerissenen Kleidern. Sie selbst badete jeden Morgen in dem kleinen, rauschenden Gebirgsbach. Das eisige, klare Wasser auf der Haut war jeden Tag aufs Neue ein Genuss. Als sie nun die Tür zu Kaiolors Hütte mit einer Hand öffnete und in der anderen das Tablett balancierte, fand sie ihn tief schlafend in seinem Bett. Geräuschvoll stellte sie das Tablett auf dem niedrigen Tisch ab.

Kailor sprang auf und fasste sofort sein Schwert, das ständig griffbereit neben seinem Bett lag.

„Schscht, ganz ruhig", gurrte sie. „Ich bin gekommen, um dir ein herzhaftes Frühstück und Wein zu bringen.

Kailor, zwar ganz wach, aber zu faul, um aufzustehen, ließ sich wieder in das Bett fallen.

„Nun steh schon auf, es gibt viel zu bereden", sagte Kruellagh. Derweil sie Wein trank hörte sie seinen Berichten von den letzten Tagen gespannt zu.

„Rufus ist mit zweien seiner Kindern und Fugan nach Dub Linh geritten. Offensichtlich macht er dort nicht nur einen Familienbesuch, denn wie meine Späher mir berichten, hat er auch der hochverehrten Feenkönigin einen Besuch abgestattet", erzählte Kaiolor.

„Was soll das nun wieder bedeuten", fragte Kruellagh.

„Ich weiß nicht recht. Aber irgendetwas braut sich auch auf der anderen Seite zusammen, das weiß ich so sicher, wie meine Mutter eine Hure war", lachte er brüllend.

„Ich werde nachher sowieso mit unserem Herrn und Meister sprechen", fuhr er fort.

„Interessant", kommentierte Kruellagh seine Überlegungen. „Dann sollten wir unser Augenmerk doch genauer auf Rufus richten. Ich werde gleich dementsprechende Anweisungen geben!" Darauf verabschiedete sich Kruellagh und hoffte, dass Kaiolor auch wirklich später am verabredeten Ort erscheinen würde. Sie trafen sich immer mehr oder weniger heimlich. Schließlich waren in diesem Lager recht wenige Frauen und Kruellagh wollte nicht Gefahr laufen, von anderen Kriegern belästigt zu werden. Nicht, dass sie sich nicht verteidigen konnte, aber ihre Freunde suchte sie sich immer noch selbst aus!

Stella saß heute das erste Mal auf Geisha und kreischte laut vor Vergnügen. Frina hatte die Betreuung der Kleinen übernommen und ging ganz darin auf. Fohlen und Kind waren, seit sie sich das erste Mal gesehen hatten, unzertrennlich geworden. Am liebsten hätte Stella das Pferd mit in ihr Bett genommen. Da das nicht ging, war der erste Gang nach dem Aufstehen immer sofort zum Stall. Frina konnte kaum glauben, was sie sah. Das ungestüme Fohlen trug die kleine Stella ganz vorsichtig auf ihrem Rücken über die Wiese. *Das Kind einen guten Draht zu den Tieren hat*, dachte Frina voller Freude.

„Stella, wir nun aber müssen gehen. Deine Mama schon warten auf dich", sagte Frina gerade. „Mei Mami läuf schon nich weg", konterte die Kleine. „Eimal noch, ja!"

Frina ließ Serafinas Jüngste noch eine kleine Runde über die Wiese drehen. Sie hatten heute schließlich viel vor. Frina wollte mit ihr auf die nahen Wiesen gehen, um ihr die vielen bunten Schmetterlinge zu zeigen. Außerdem hoffte sie, dass am kleinen Bach eine Wasserelfe anzutreffen war. Denn diese bekam man selten zu Gesicht. Wasserelfen waren noch schöner als die gewöhnlichen Lichtelfen und immer zu Späßen aufgelegt. Mit ihrer durchsichtigen Haut waren sie im Wasser kaum auszumachen, da sie sich ihrer Umgebung nur zu gut anpassen konnten. Stella würde bestimmt ihren Spaß haben!

Rufus allerdings hatte überhaupt keinen Spaß. Er saß seit Stunden in den unterirdischen Höhlen von Boral, schon halb betäubt von der schlechten Luft im Berg. *Lange halte ich das nicht mehr aus,* dachte er. Die vielen Torffeuer und Fackeln nahmen noch zusätzlich die Luft zum Atmen.

Rufus war ewig lange Wege in der unterirdischen Stadt gegangen; tiefer und immer tiefer in den Berg hinein, bis er endlich die ersten Häuser erreichte. Auch hier war die Beleuchtung nur unwesentlich besser als auf den unebenen - nur durch Fackeln beleuchteten Wegen -, die hierher geführt hatten. Zwerge sahen, bedingt durch ihr unterirdisches Leben, viel besser als andere Lebewesen. Außerdem liebten sie dieses Schummerlicht. So konnte man beim Handeln den anderen besser übers Ohr hauen, wenn der die Ware nicht so genau betrachten konnte. Rufus kam es vor, als warte er hier schon seit Stunden in der einzigen Kneipe, die der Dreh- und Angelpunkt der unterirdischen Welt war. Es gab nur acht runde Tische in dem stickigen Raum, völlig zerschrammt von den vielen Dolchhieben. Er schlürfte sein Bier, was stark und warm war, und nicht unbedingt zu seinem Wohlbefinden beitrug. Anderseits war seine Kehle von der schlechten Luft dermaßen ausgedörrt, dass ihm das Schlucken schwer fiel. Zum wiederholten Male bot ihm ein einäugiger Zwerg, der sein Auge offenbar im Kampf eingebüßt hatte, weil auch sein Gesicht über und über mit Narben versehen war, einen ziemlich großen Rubin an. „Das wäre genau das passende Geschenk für deine Frau. Vielleicht zum Hochzeitstag? Oder nach einer netten Nacht", griente er anzüglich. „Ich verlange doch auch nur fünf Goldstücke dafür. Damit kann ich meine Kinder nicht mal den kommenden Winter über ernähren", schlug er nun eine neue Taktik an. Rufus winkte müde ab. Daraufhin ließ der Zwerg Rufus erst einmal in Ruhe und ging weiter zum nächsten Tisch. Rufus war sicher, dass er, wenn er seine Runde beendet hatte, wieder bei ihm auftauchen würde. Zwerge waren dermaßen goldgierig, dass es schon fast an Besessenheit grenzte. Selbst ihre Waffen - Dolche und Streitäxte - hatten über dem Eisen noch eine Goldlegierung. Die Griffe der Waffen waren zudem oft noch mit Edelsteinen verziert, die die Zwerge Tag und Nacht aus den Edelsteinminen schürften. Hinzu kam, dass er kein Volk kannte, welches seine Ziele - wie auch immer geartet - dermaßen hartnäckig verfolgte. *Je kleiner die Lebewesen, desto größer das Geltungsbedürfnis,* dachte Rufus gerade, als eine alte bucklige Zwergin an seinen Tisch kam, um ihre Künste als Wahrsagerin anzubieten. Natürlich wollte auch sie nur das Beste für ihn, für wenig Gold. Niemand konnte in die Zukunft sehen, nicht einmal die Druiden und Rufus wusste nur zu genau, dass die Alte hoffte, er wäre betrunken genug, um ihr alles mögliche über sich zu erzählen, damit sie sich dementsprechend seine Zukunft ausdenken konnte. „Ich spendiere dir ein Bier, wenn du mich endlich in Ruhe lässt", knurrte Rufus und die Alte schlich von dannen. Da Rufus schon öfter in den Zwergenbergen gewesen war, hatte er sein Geld und seinen Schmuck, der nur aus Ehering und einem Amulett bestand, unsichtbar für andere Augen in einer Tasche an seiner Brust verborgen. Nicht selten wurden Besucher in der Stadt für weniger als einen Silberling überfallen, ausgeraubt oder gar getötet. Hier musste man immer auf der Hut sein, denn es gab so viele dunkle, verwinkelte Gassen und Gänge, dass es nicht weiter schwierig war, nach einem Überfall unerkannt zu entkommen.

Endlich betraten fünf in rote Umhänge gekleidete Zwerge die Kneipe. Rufus wusste sofort, dass es sich um die Leibgarde Borals handelte. Einer trat auch sofort an seinen Tisch, während die anderen an der engen Eingangstür Posten bezogen.

„Tschuldige, dass du so lange warten musstest, aber unser König war noch mit wichtigen Amtsangelegenheiten beschäftigt", lispelte deren Anführer, der sich als Ugar vorstellte. Klar, dachte Rufus, weichklopfen wollte mich das alte Schlitzohr nichts weiter. Er erhob sich schwankend zu voller Größe und sagte: „Danke, dass dein König mich nun empfangen kann." Rufus überragte die Zwergengarde um mehrere Köpfe, unterschätzte aber deren Kraft trotzdem nie, denn auch die Zwerge waren verbissene, starke und vor allem taktisch schlaue Kämpfer. Genau deshalb war er schließlich hier. „Wie fühlst du dich", wollte Ugar lispelnd wissen, reckte die Brust und versuchte sich ein klein wenig größer zu machen. Aber ein klein wenig größer war immer noch nicht groß genug. Ugar reichte Rufus gerade bis zur Brust.

„Ich hoffe, dir hat niemand etwas in dein Bier getan. Diesem Pack hier in der Stadt kann man nicht trauen!" - „Aye, keine Sorge, ich war schon öfter hier und stand daneben, als der Wirt mein Bier gezapft hat", entgegnete Rufus.

„Wir sollten jetzt gehen", zischelte Ugar und stieß fluchend mit der Hüfte gegen einen Tisch, „und du bleibst immer in unserer Mitte. Wie du weißt, ist es noch ein ziemlicher Weg bis zum Schloss."

Rufus musste innerlich lachen, denn was Ugar als Schloss Borals bezeichnete, war in Wahrheit nichts als ein riesiges, fünf Etagen umfassendes Haus, etwas außerhalb der Zwergenstadt. Prächtig zwar - jeder Raum war mit Samt an den Wänden und einer Art Parkett, über dem wertvolle Teppiche lagen, ausstaffiert - aber kein Schloss. Boral liebte, wie alle Zwerge, nichts mehr als den Prunk. Er hatte im Laufe seines Lebens seinen „Palast" mit den herrlichsten Gegenständen, sei es durch Raub oder Kauf, ausgestattet. Der kleine Zwergenkönig wirkte geradezu lächerlich auf seinem mächtigen, goldenen Thron, auf dem ein riesiger Elfenkrieger noch verloren gewirkt hätte. Rufus hatte bei seinem ersten Besuch bei Boral eine Führung durch dessen Gemächer nicht vermeiden können und kannte daher jeden Raum. Bei dem Gedanken, wie Boral mit seinen Besitztümern geprahlt hatte, musste Rufus beinahe laut lachen. Gold- und Edelstein-verzierte Säulen schmückten die große Empfangshalle, zur Empore in den ersten Stock führte eine geschwungene Treppe aus schwarzem Marmor und alle Räume waren über und über mit Kunstgegenständen und seltenen, ausgestopften Tieren bestückt. Darunter auch einem Einhorn, das Boral auf einem Marsch durch die Wälder angeblich von seinen Qualen erlöst hatte. Man konnte Boral zwar niemals nachweisen, dass er das Einhorn getötet hatte, um es als Ausstellungsstück für sein Haus zu bekommen, aber der Verdacht lag nahe und hatte unter anderem zu den Streitigkeiten zwischen Feen und Zwergen geführt. Rufus bekam jedes Mal eine Gänsehaut, wenn er an das arme, überaus seltene Tier dachte. Er selbst nahm auch an, dass Boral sich zu Fuß, denn Zwerge hassten nichts mehr als Pferde, seinerzeit auf Einhornjagd begeben hatte. Deshalb waren Serano und Archie auch wieder außerhalb der unterirdischen Stadt geblieben. Wer ein Einhorn tötete, wurde normalerweise selbst mit dem Tod bestraft, egal ob von königlichem Geschlecht oder nicht. Aber Boral konnte kein Verschulden nachgewiesen werden.

Während Rufus schweigend zwischen der Leibgarde Borals einherging und seinen Gedanken nachhing, hatten sie ihr Ziel beinahe erreicht. Er konnte von weitem schon die fluoreszierenden Gärten rund um den Königspalast erkennen. Da unter der Erde und ohne Sonne keine Pflanzen existieren konnten, und die Zwerge überhaupt keine Zauberkraft besaßen und sogar gegen jegliche Magie immun waren, hatte Boral sich einen Garten aus leuchtenden Pilzen und Algen, die in rosa und grün schillerten und in der Feuchtigkeit des Berges gut gediehen, angelegt. Über dem Ganzen schwebten leuchtende Kleinstlebewesen, die dem Garten das gewisse Etwas gaben. Rufus kam nicht umhin, dieses eigenartige Biotop zu bewundern.

Endlich gingen sie über die Brücke, die ihn schwer bewacht von den Zwergenkriegern zu Boral führen würde.

Rufus wurde ins Innere des Hauses geführt, wo ein junges Zwergenmädchen sich seiner annahm und ihm einen bequemen, gepolsterten Sessel in der Bibliothek und Wein anbot. Während Rufus sich in den Sessel fallen ließ und dankbar den dargebrachten Wein annahm, bezogen vier Leibgardisten Borals vor der Tür Stellung. Beinahe hätte er laut aufgelacht, als sich Ugars Umhang in einem Kerzenleuchter, der neben der Tür stand, verfing. Mit einem lauten Knirschen gab der Stoff den Fängen des Leuchters nach und Ugar schrie: „Verdammt, schon wieder ein Umhang ruiniert!"

Rufus wusste aus Erfahrung, dass er hier die nächsten zwei Stunden verbringen würde, da es zu Borals Taktik gehörte, seine Verhandlungspartner warten zu lassen. Danach kam immer die Vorstellung der vielen Frauen und Kinder des Königs. Rufus war schon gespannt, wie viele neue Kinder in der Zeit, die sie sich nicht gesehen hatten, zu der reichlichen Kinderschar hinzugekommen waren.

Nach vier Stunden Wartezeit, die Rufus vor sich hindösend zugebracht hatte, wurde er endlich in den Thronsaal geleitet. Boral saß auf seinem riesigen Thron, wie immer, prächtig in roten Samt gehüllt und die goldene, edelsteinbesetzte Krone auf dem Haupt. Hinter ihm an der Wand war fein säuberlich eine Karte in den Stein gemeißelt, die sämtliche Höhlengänge und das unterirdische Reich im Ganzen darstellte. Als erstes fiel Rufus auf, wie alt der König inzwischen geworden war. Sein langes, einst feuerrotes Haar, das ihm locker und glatt auf die Schultern fiel, wurde von ersten grauen Strähnen durchzogen. Sein roter Bart, der zu zwei Zöpfen geflochten war, die ihm locker über das Kinn fielen, zeigte ebenfalls vorwitziges Grau. Die Falten um seine wachsamen Augen waren mehr geworden und um den Mund hatten sich tiefe Furchen eingegraben. Nichtsdestotrotz lächelte er ein fast jungenhaftes Lächeln und lud Rufus ein, näher zu treten. Wie alt mochte Boral wohl inzwischen sein, überlegte Rufus. Vielleicht zweihundertachtzig Jahre? Er wusste es nicht genau. Aber Zwerge konnten durchaus vierhundert Jahre und älter werden. Somit war Boral im besten Mannesalter.

„Sei gegrüßt, König Boral. Ich danke dir, dass du trotz deiner vielen Geschäfte die Zeit genommen hast mich zu empfangen", tat Rufus sich verneigend der Etikette Genüge.

„Nun denn. Wir haben uns viele Winter und Sommer nicht gesehen. Ich möchte dir, bevor wir zum Geschäft kommen, gerne meine Familie vorstellen", sagte Boral mit seiner tiefen, wohlklingenden Stimme . Alles lief genau wie von Rufus erwartet. Der König war stolz auf seine große Familie, stolz auf seine neuesten Errungenschaften, stolz auf seine meist erfolgreichen Kämpfe, stolz auf sein Gold und seine vielen Besitztümer und nicht zuletzt stolz auf seine Manneskraft. Wenn Rufus Pech hatte, musste er noch dessen neues Beförderungssystem innerhalb der Berge ausprobieren. Dabei handelte es sich um eine Art Monorailbahn - eingleisig und für die Beförderung von Zwergen gedacht -, damit sie sich in den unterirdischen Gängen schneller fortbewegen konnten. Eines musste man dem kleinen Volk lassen: Es war überaus erfinderisch sowie zäh und geduldig in seinem Vorhaben.

Das kann jetzt eine Weile dauern, dachte Rufus. Nickte dem König aber freundlich zu und betonte, wie neugierig er doch schon auf dessen Kinder sei.

Boral klatschte gebieterisch in die Hände und die große Tür zum Thronsaal öffnete sich und herein strömte eine muntere Kinderschar, genauso prunkvoll und rot gekleidet wie ihr Vater. Die Farbe Rot, war ganz offensichtlich, da sehr auffällig, die Lieblingsfarbe bei Hof. Rufus konnte sich kaum entsinnen Boral jemals anders als in rot gekleidet gesehen zu haben.

Die Kleinsten, fünf an der Zahl, stürmten zuerst in den Saal und rannten direkt zu ihres Vaters Thron, um sich dort zu seinen Füßen niederzulassen. Dann kamen die sechs älteren Kinder, die Rufus von früher her kannte. Einige von Ihnen waren bereits im heiratsfähigen Alter und warfen sich ihrem Vater ebenfalls zu Füßen. Als letztes betrat eine junge wunderschöne Zwergin mit einem Säugling in den Armen den Saal und brachte das Kind, sich mehrmals verbeugend, direkt zu Boral, der das Baby lächelnd in Empfang nahm.

„Sieh, Rufus, dies ist mein jüngster Sohn. Prinz Grador. Er wird einmal ein starker Krieger werden. Schau dir nur seine kräftigen Arme und Beine an", betonte Boral voller Vaterstolz.

„Ein wunderschönes Kind. Meinen Glückwunsch, Majestät", sagte Rufus. „Deine anderen Kinder sind aber auch prächtig gediehen", fügte er noch schnell hinzu. Denn nichts war schlimmer, als nicht alle Kinder Borals ausreichend zu bewundern.

„Ja, ich bin stolz auf alle zwölf", antwortete Boral, wobei er schnell mit einer Hand über alle Köpfe strich und an die Kinder gewandt: „Ihr dürft euch jetzt wieder entfernen, da unser Gast euch nun gesehen hat. Geht spielen oder tut was immer ihr sonst so tut. Du Firame, halte dich von Egado fern", sagte er lachend. Daraufhin errötete das extra angesprochene Mädchen bis unter die Haarwurzeln, was ihrer blassen Haut einen sehr hübschen lebendigen Schimmer verlieh.

„Man kann es ihr nicht oft genug sagen", keuchte Boral, der immer noch über seine eigene Spitzfindigkeit lachte. „Ist deine Tochter auch schon so am männlichen Geschlecht interessiert", wollte er nun von Rufus wissen.

„Nein, mein König, die Zwillinge sind erst zehn Sommer alt. Nein, ich glaube nicht. Und meine kleine Stella ist gerade mal ein Jahr. Für sie sind nur ihre Spielsachen und ihr Kater wichtig", antwortete Rufus, um nach kurzer Überlegung hinzuzufügen, dass, sollten sich diesbezüglich Probleme ergeben, er gerne den Rat von Boral einholen wolle.

„Ich habe übrigens Geschenke für deine Kinder und Frauen und natürlich für dich selbst mitgebracht", sagte Rufus, nickte mit dem Kopf und schon erschienen Unmengen an Paketen und Päckchen.

Boral erhob sich vom Thron und kam mit gierigem Blick die Stufen herunter.

„Welches ist für mich", wollte er aufgeregt wissen. - „Aye, für dich nur das Beste, Majestät", entgegnete Rufus und reichte Boral ein großes Paket.

Der König riss, neugierig wie ein Kind, den Deckel von dem Karton und klatschte entzückt in die Hände, als er die goldene, mit Saphiren besetzte Spieluhr sah.

„Oh, wie herrlich. Wie funktioniert sie? Muss ich sie aufziehen?"

„Nein, sie ist Zauberwerk. Du sagst einfach welche Melodie du hören willst, und die Uhr wird sie für dich spielen", schmunzelte Rufus. Es war immer leicht den König mit Geschenken zu beglücken. Hauptsache sie waren golden und reichlich verziert, und aus Sicht von Boral unermesslich wertvoll. Boral liebte eben das Besondere. Bei einem anderen Anlass hatte Rufus ihm einmal eine Art Tarnumhang geschenkt, der natürlich über und über mit Gold und Edelsteinen besetzt war und seinen Träger, wenn er die Rubinschließe am Kragen schloss unsichtbar machte. Boral schwärmte heute noch von seinem Umhang und betonte oft, dass er ihm im Kampf schon unaussprechliche Dienste erwiesen hatte. Für Rufus war es eine Leichtigkeit solche Dinge zu erschaffen. Deshalb waren für ihn diese Sachen auch nicht besonders wertvoll, zumal er sich selbst unsichtbar machen konnte, wann immer er wollte.

„Du triffst doch immer wieder meinen erlesenen Geschmack, Rufus. Ich danke dir vielmals!"

Nachdem er seine Uhr ausprobiert hatte, begab man sich in den Speisesaal. Dort warteten bereits die drei Frauen von Boral, um sich bei seinem Eintreten artig zu erheben und sich einzeln von ihm begrüßen zu lassen.

„Sind nicht alle immer noch wunderschön", wollte Boral von Rufus wissen.

„Eine schöner als die andere", sagte Rufus ehrlich und begrüßte die drei Damen. „Und die wunderschönen Gewänder kommen durch die hübschen Damen erst richtig zur Geltung", fügte er hinzu. Darauf sahen die drei Zwergenköniginnen einander an und kicherten lauthals.

Die Tafel war üppig gedeckt. Goldene Teller und Besteck waren hübsch mit - eigens für seinen Besuch - gesammelten Blumen von der Oberfläche arrangiert. Es musste jetzt in etwa Mittag sein, stellte Rufus aufgrund seines knurrenden Magens fest. Gerade trugen Diener goldene Platten beladen mit Wildschweinbraten und Rehrücken auf. Dazu gab es Maronen und eine Pfifferlingsart, die nur hier in den unterirdischen Bergen gedieh und sehr schmackhaft war. Das Essen - für fünf Personen gedacht - hätte auch locker für dreißig gereicht. Aber eine weitere Eigenart der Zwerge war, dass sie trotz ihrer geringen Körpergröße, die durchschnittlich bei ungefähr einem Meter und vierzig lag, Unmengen essen konnten. Trotzdem war weder Boral noch eine seiner Frauen als dick zu bezeichnen.

„Wie ich an den erlesenen Speisen sehe, war deine Jagd erfolgreich", stellte Rufus fest. „Wie immer. Aber bitte greift zu und genießt das Mahl", forderte Boral Rufus und seine Frauen auf. Das Mahl war zwar königlich, aber nicht die Tischsitten. Nachdem der König sich seinen Teller mit der – selbstverständlich - größten Hirschkeule beladen hatte, fielen die drei Frauen über die anderen Teile her und fingen an zu streiten, wem das nächstgrößte Stück zustand. Boral ließ sich davon nicht stören, sondern kaute genüsslich und zwischendurch laut rülpsend auf seinem Fleisch herum. Gierig ließ er den Wein in seinen Mund laufen und teilweise auch auf seine Kleider. Alle paar Minuten bedeutete er einem Diener ihm nachzuschenken. Rufus stellte angewidert fest, dass sich hier nichts geändert hatte: die Zwerge waren nach wie vor maßlos. Das würde seine Verhandlungen um so schwieriger machen, dachte er missmutig auf einem Stück zähen Wildschwein kauend. Aber bis es überhaupt zum geschäftlichen Teil kam, würde noch sehr viel Zeit vergehen. Heute Abend würde er auf keinen Fall zurück bei Amy und Kee sein.

Markwain hatte sein tägliches Lauftraining bereits absolviert und für die Druiden einige Botschaften überbracht. Jetzt streifte er zu seinem ganz persönlichen Vergnügen, begleitet von dem treuen Wolf, durch die nahegelegenen Wälder. Hier und da traf er arbeitende Waldelfen, die damit beschäftigt waren die Wege für die Läufer sauber zu halten. Denn ein Elfenläufer und besonders einer wie Markwain legte ein ganz gewaltiges Tempo vor und es konnte einem Läufer leicht zum Verhängnis werden über abgebrochene Äste oder im Weg liegende Steine zu stürzen. Er kannte jeden der Waldbewohner nur zu gut und freute sich, den einen oder anderen zu treffen. Man tauschte Erfahrungen und alte Erinnerungen bei einem Schluck Quellwasser aus und ging dann wieder getrennt seiner Wege. Xabou, sein großer schwarzer Gefährte, liebte diese Spaziergänge genauso wie Markwain selbst. Er hatte seine Nase ständig im Wind, damit ihm auch ja kein Geruch drohender Gefahr entging. Jetzt blieb er knurrend stehen und sah sich nach allen Richtungen um. Markwain war sofort alarmiert und tätschelte trotzdem beruhigend das gesträubte Fell des Tieres.

„Aye, was ist los, mein Großer", fragte Markwain, ohne wirklich eine Antwort zu erwarten. Schließlich war Xabou ein ganz gewöhnlicher Wolf.

Was konnte das Tier nur so aufgebracht haben, dachte er bei sich. Gut, sie hatten sich weiter von der Burg entfernt als beabsichtigt und waren schon tief in die Hinterlandwälder vorgedrungen. Aber sollten sie wirklich hier und jetzt auf Dunkelelfen stoßen, fragte er sich besorgt. Er hatte eigentlich, wie fast alle Elfen, ein gutes Gehör, konnte aber beim besten Willen keinerlei Geräusch vernehmen, obwohl er seine spitzen Ohren aufgestellt hatte und angestrengt lauschte. Auch auf dem Waldboden sah er keinerlei Spuren von einer Reitechse oder einem Pferd.

Plötzlich sprang Xabou ohne vorherige Ankündigung über Markwain hinweg und stürzte sich auf einen mächtigen Dunkelelfenkrieger, der gerade im Begriff war, seinem Herrn mit einem Dolch von hinten die Kehle durchzuschneiden. Markwain, der seine Überraschung innerhalb einer Sekunde überwunden hatte, drehte sich in einer fließenden Bewegung um und hatte dabei schon sein Weidmesser gezogen, welches seine einzige Waffe war.

Der hinterhältige Krieger versuchte gerade wieder auf die Füße zu kommen, denn offenbar hatte er den Wolf, der wirklich riesig, war nicht gesehen. Xabou hatte solche Kraft, dass es für ihn nicht weiter schwierig war auch einen Gegner von der Größe eines Dunkelelfen, das Überraschungsmoment ausnutzend, von den Beinen zu reißen. Das mächtige Tier - nur noch wütendende Muskelmasse - wog gut und gerne an die vierhundert Pfund. Immer wieder stach der Krieger fluchend auf Xabou ein, ohne ihn jedoch genau zu treffen, denn der Wolf entwand sich geschickt dem Dolch. Während der Angreifer verzweifelt versuchte, sich von dem Tier zu befreien, entdeckte Markwain einen weiteren Dunkelelfen, der gerade dabei war, sich auf ihn selbst zu stürzen. Er warf sich mit einem Aufschrei in den Kampf, riss den gewaltigen Dunkelelf dabei von den Füßen, landete durch seinen eigenen Schwung getragen auf dem Körper des anderen und zog sein überdurchschnittlich scharfes Weidmesser in einer einzigen fließenden Bewegung durch die Kehle seines Gegners. Dieser riss in ungläubigem Entsetzen die Augen auf und brachte nur noch ein paar gurgelnde Laute aus seinem blutenden Mund zustande, ehe sein Kopf kraftlos auf die Seite fiel. Markwain stand bereits wieder auf den Füßen, als das letzte bisschen Leben aus dem Dunkelelf gewichen war und sein braunes Blut im Waldboden versickerte. Nun wandte er sich dem anderen Gegner zu, der immer noch mit dem Wolf ringend am Boden lag. Xabou hatte inzwischen die Schulter des Dunkelelfen zu packen bekommen und sich regelrecht darin verbissen, seine eigenen Verletzungen ignorierte er in seiner Raserei völlig. Denn auch der Wolf blutete heftig aus der Flanke. Markwain warf sich auf den gegnerischen Elfen, wobei er dem Wolf zubrüllte von dem Feind abzulassen und schlitzte dem Angreifer den Bauch auf. Verzweifelt versuchte dieser seine herausquellenden Eingeweide mit seinen blutigen Händen festzuhalten. Nach zwei qualvollen, letzten Atemzügen schloss auch dieser Dunkelelf seine Augen für immer. Markwain rollte sich auf den Rücken, um zu Atem zu kommen. War aber beinahe sofort wieder auf den Beinen, um sich möglicherweise weiteren Angreifern zu stellen. Doch der Kampf war vorbei! Elf und Wolf waren wieder allein.

„Xabou, lass dich mal ansehen. Dich hat es ja ganz schön erwischt", sagte Markwain. Er hatte bereits seine Wasserflasche geöffnet, um die Wunde des Tieres zu säubern.

Der Wolf leckte sich seine Wunde und ließ sich geduldig von seinem Herrn untersuchen. Wie Markwain feststellen konnte, war die Stichverletzung zwar tief und blutete heftig, war aber nicht lebensbedrohlich. Wahrscheinlich würden sich erst später Schmerzen einstellen, wenn der Adrenalinspiegel des Tieres wieder auf normal gesunken war. Noch war er sehr erregt, denn er atmete immer noch heftig. Markwain spülte die Wunde mit Wasser aus und trug anschließend eine Paste aus Heilkräutern auf, die er in seiner Umhängetasche immer bei sich trug. Später, wenn sie wieder auf der Burg waren, würde er Xabou zu einem der Druiden bringen und um etwas Heilwasser aus dem goldnen Brunnen für seinen Gefährten bitten. Nachdem Markwain sich vergewissert hatte, dass tatsächlich keine weiteren Dunkelelfen durch den Wald schlichen, bereiteten die beiden sich auf den Rückweg in Richtung Burg vor. Schließlich musste Xabou so schnell wie möglich versorgt werden und die Druiden sollten sofort von dem eben Erlebten erfahren. Es würde ohnehin bis zum Abend dauern, ehe sie zurück in der sicheren Burg waren, denn er konnte aufgrund von Xabous Verletzung kein hohes Tempo vorlegen. Der Wolf sollte nicht unnötig viel Blut verlieren. Froh, den Angriff relativ heil überstanden zu haben, traten Elf und Wolf ihren langen, langen Rückweg an. Dennoch war es erschreckend, dass die Dunkelelfen überhaupt auf die Tir nan Ogg vordringen konnten, trotz aller Sicherheitsvorkehrungen.

Stella und Frina hatten einen wundervollen und für die Kleine aufregenden Tag verbracht. Sie hatten tatsächlich eine Bachelfe getroffen und Stella hatte einige Zeit mit ihr planschend im Bach verbracht. Frina war erstaunt, dass die Kleine in dem kalten Wasser nicht gefroren hatte. Später jedoch gestand Stella: „Hab Wassi warm demacht." Ja, wie sie schon bei der ersten Begegnung voller Freude festgestellt hatte, war die GABE stark in dem kleinen Mädchen. Die beiden hatten zur Mittagszeit eine Decke auf der Wiese ausgebreitet und ein von Frina mitgebrachtes Picknick genossen. Nach dem Essen hatte Stella ihr Zauberbuch aufgeschlagen und ließ sich eine Geschichte erzählen. Der kleine getigerte Kater, der nun nicht mehr von Stellas Seite wich, hörte leise schnurrend aufmerksam zu, denn die Geschichte vom Gestiefelten Kater schien ihm besonders zu gefallen. Stella war über die Geschichte eingeschlafen und schlummerte friedlich auf Frinas Schoß im Schatten einer großen Ulme. „Schöne Geschichte", flüsterte er leise, um die Kleine nicht zu wecken. Frina hatte Stella zwei Stunden schlafen lassen und war dann mit ihr ein Stück weit in den Wald gegangen, um einige Waldelfen zu besuchen und ihnen den jüngsten Spross der Witherspoones vorzustellen. Denn nicht alle Elfen wohnten auf der Burg, sondern lebten nach wie vor im Wald. Es wäre genug Platz auf der Burg gewesen, um die Waldelfen in die Gemeinschaft dort aufzunehmen. Aber sie waren einfach zu sehr naturverbunden und hätten sich innerhalb von Steinmauern nicht wohlgefühlt. Manche hatten sich auf den riesigen Bäumen eingerichtet und andere wieder bewohnten Laubhütten auf dem Boden.

Jetzt war es Zeit zur Burg zurückzukehren. Stella war erschöpft von den vielen neuen Eindrücken und auch der kleine, verspielte Kater, der die ganze Zeit über Schmetterlinge gejagt hatte, lief nun müde neben ihnen her. Frina trug Stella nun schon eine ganze Weile auf ihren schmalen Schultern. Ab und an rannte sie ein Stück und gab vor, Stellas Pferd zu sein. „Mehr Hoppe deiter", rief das Mädchen dann entzückt.

Sie waren inzwischen aus dem Wald heraus und eben wieder auf der Wiese, wo sie den Vormittag verbracht hatten, angelangt, als ihnen Serafina entgegeneilte.

„Kommt schnell! Frina, deine Hilfe wird dringend gebraucht. Bei Rikolfar haben die Wehen eingesetzt und sie wird demnächst ihr Kind zur Welt bringen", keuchte sie atemlos, weil sie offenbar die ganze Strecke über die Wiesen bis zum Bach gerannt war.

„Sie Drug Mer`s und Siragais Tochter ist. So schnell die bekommen ihre Kinder nicht", antwortete Frina gelassen. „Nicht jede ihr Kind bekommt so schnell wie du deine!"

„Na ja, da magst du recht haben. Aber wir sollten uns trotzdem beeilen. Ich war bis jetzt die ganze Zeit bei ihr, aber ich bin bei der Geburtshilfe nicht so geschickt wie du", sagte Serafina zu ihrer alten Kinderfrau. „Soll ich dir meine kleine Maus nicht mal abnehmen", fragte sie noch. Frina schüttelte den Kopf: „habe ich geschafft bis hier, schaffe auch ich bis nach Hause." - „Tenau, Fina is mei Hoppi", mischte Stella sich ein.

Serafina schüttelte verwundert den Kopf. Was hatte Frina bloß an sich, dass kleine Kinder, wie sie selbst und ihre Schwester damals auch, so auf die alte Elfe abfuhren. Ihre Tochter war ja geradezu vernarrt in Frina. Sie liebte Frina natürlich ebenso. Und Frina hatte ganz offensichtlich einen Draht zu den Kindern und Kindeskindern von Drug Fir. Aber dass sie bei der kleinen Stella, die ihr zu Hause in der Menschenwelt ständig am Rockzipfel hing, nun total abgemeldet war, konnte Serafina kaum glauben. Aber sei es drum, sie hatten jetzt ein Kind auf die Welt zu holen, ermahnte Serafina sich in Gedanken. Stella musste heute ausnahmsweise einmal von Karula oder Heronia zu Bett gebracht werden. Was sicherlich auch kein Problem werden würde.

Heronia erwartete die drei schon in der großen Halle, um ihr Enkelkind in Empfang zu nehmen.

„Aye Schätzchen, hattest du einen schönen Tag draußen mit Frina", fragte sie und küsste Stella auf die Wange.

„Ja, wir Waldelfis geseht und im Bach, hat tella badi mit Nixe. Wassi doll talt dewest, aber Tella hat warmi demacht. Tella will jetzt essi und mei Zirky auch", sprudelte es aus der Kleinen nur so hervor.

„Das wird sich alles einrichten lassen, aber vorher werden wir dich baden. Du bist ja ganz schmutzig" und an ihre Tochter und Frina gewandt sagte Heronia: „Geht nur gleich in den Nordflügel. Ich schaffe das schon. Wir sehen uns dann später."

Frina und Serafina eilten daraufhin den Gang entlang, der sie zum Nordflügel der Burg bringen würde. Unterwegs kleidete Serafina mit einem Fingerschnippen die alte Elfe in frische Gewänder, damit sie keine Zeit verloren. Frina nickte dankbar und beide erreichten das Gebärzimmer und wären fast gleichzeitig durch die geschlossene Tür gestürmt, wäre Serafina nicht im letzten Moment stehen geblieben und hätte Frina den Vortritt gelassen.

Rikolfar kommentierte das Erscheinen der beiden mit einem flüchtigen Lächeln, denn schon wieder wurde ihre ganze Aufmerksamkeit von einer neuen Wehe in Anspruch genommen. Siragai hielt ihrer Tochter die Hand, und eine junge Elfe tupfte Rikolfars schweißnasse Stirn mit einem Tuch ab.

Frina untersuchte die junge Frau schnell und geschickt. „Du haben alles bald überstanden. In spätestens einer Stunde du werden eine Mama von eine süße Baby sein", erklärte Frina fachmännisch. Auf Frinas Urteil konnte man sich verlassen, denn sie hatte in ihrem langen Leben schon sehr viele Kinder auf die Welt geholt. Gerade gab sie Anweisung frisches Wasser zu holen und das Fenster im Zimmer zu öffnen. Serafina nahm auf Rikolfars Bett Platz und fing an ihr den Rücken zu massieren. Das hatte der werdenden Mutter auch während der letzten Stunden gut getan. Trotz aller Zauberei mussten die Kinder hier leider - genau wie in der Menschwelt - auf die schmerzhafte Art und Weise geboren werden.

Aber gleich war es soweit. Frina forderte Rikolfar nach einer weiteren Untersuchung auf nun kräftig zu pressen. Die Stille im Raum wurde nur durch Rikolfars kräftige Atemzüge unterbrochen als endlich der erste Schrei des neuen Tir nan Ogg-Bewohners ertönte.

„Du einen hübschen, kräftigen Sohn hast, meine Liebe", gratulierte Frina und reichte Rikolfar ihr Kind. Noch während alle das neue Leben gebührend bewunderten und Freudentränen vergossen, durchtrennte Frina die Nabelschnur.

Serafina nahm Rikolfar in die Arme und freute sich an deren Glück. Wusste sie selbst nur zu gut, wie man sich fühlte, wenn man nach neun langen Monaten des Wartens endlich sein gesundes Kind in den Armen hielt.

Nun wurde der kleine Junge in ein weiches Tuch gewickelt und im Raum herumgereicht, denn alle wollten ihn einmal kurz in den Armen halten. Die junge Mutter wurde durch Zauberei auf frische Laken gebettet und neu eingekleidet. Sie sollte für ihren Ehemann und die gleich erscheinenden Besucher schließlich schön aussehen. Die junge Elfe wurde aus dem Zimmer geschickt, um die frohe Botschaft auf der Burg zu verkünden. Serafina bürstete Rikolfar noch das lange rote Haar und verabschiedete sich, ihren Dank entgegennehmend, zusammen mit Frina. Hier war jetzt alles getan und die Familie sollte nun in Ruhe ihr Glück genießen, denn bis zur nächtlichen Geburtsfeier blieb nicht mehr allzuviel Zeit.

Arm in Arm gingen Serafina und Frina zurück in den Südflügel, ihren Teil der Burg, um sich zu Heronia und Drug Fir zu gesellen und die glückliche Geburt zu verkünden. Gerade als sie die große Halle ein weiteres Mal durchquerten, stießen sie überrascht auf Markwain und den immer noch stark blutenden Wolf. Serafina fand als erste ihre Sprache wieder: „Mein Gott, Markwain! Was ist euch beiden denn passiert?"

„Wir sind von Dunkelelfen überfallen worden - im Wald im Hinterland. Kannst du bitte sofort deinen Vater holen, damit er die Stichwunde von Xabou behandelt. Sie ist zwar tief, aber nicht lebensbedrohlich. Das eigentliche Problem ist inzwischen der starke Blutverlust. Ich hätte ihn gerne zurück getragen, aber dafür ist er einfach zu schwer", stöhnte Markwain. Frina hatte die Situation sofort begriffen und war bereits auf dem Weg zu Serafinas Vater.

Serafina zauberte schnell eine Unterlage herbei, damit der Wolf sich darauf niederlassen konnte. Denn er stand immer noch tapfer und aufrecht neben seinem Herrn.

„Komm Xabou, leg dich dort drauf", lockte Serafina und griff ihm vorsichtig in sein dickes, schwarzes Fell. Allein daran, daß der verletzte Wolf ihre Berührung duldete, merkte Serafina dass es mit ihm nicht zum Besten stand. Normalerweise war das große Tier friedfertig, ließ sich aber von keinem der Burgbewohner berühren. „Du wirst schon wieder gesund", sagte sie gerade, als sie hinter sich eilige Schritte hörte. „Vater, komm schnell, er blutet sehr stark", rief Serafina aufgeregt.

„Geh mal beiseite Kind, damit ich ihn mir ansehen kann", sagte Drug Fir und ließ sich auf die Knie neben dem Verletzten nieder.

Von Markwain wollte er wissen, ob der Wolf schon die ganze Zeit über so blutete.

„Zuerst floß das Blut ganz stark, dann wurde es weniger und nun, ich denke durch den langen Rückweg, wieder mehr. Er wird doch wieder gesund, nicht wahr", fragte Markwain unsicher.

„Frina, reich mir meinen Beutel", forderte der Magier die alte Elfe auf, die ihm wieder hierher gefolgt war. Drug Fir entnahm seinem Beutel ein kleines Fläschchen und steckte seinen Zeigefinger kurz in die Öffnung. Dann benetzte er die Zunge des Wolfes mit der Flüssigkeit.

„Das ist Heilwasser aus dem goldenen Brunnen und sollte ihn ganz schnell wieder auf die Beine bringen", erklärte er den Umstehenden. Dann goß er ein paar weitere Tropfen von dem kostbaren Nass auf ein Tuch und legte es dem Tier auf die verletzte Stelle. Wie von Zauberhand schloss sich die Wunde im Bruchteil einer Sekunde vor aller Augen. Markwain ließ ein erleichtertes Seufzen vernehmen und dankte dem Druiden für seine Heilung. Xabou war schon wieder aufgesprungen und winselte freudig. Dabei leckte er dankbar die Hand des Magiers.

„Aye, ist ja gut, alter Junge. Geh in die Küche, erschrecke die Elfen dort ein bißchen und laß dir vor allem etwas zu essen geben", lachte Serafinas Vater. „Du hast es dir wirklich verdient. Du auch Markwain. Wenn du fertig bist, erwarte ich dich in meiner Bibliothek, damit du mir genau von dem Vorfall berichtest. Es wäre gut, wenn du heute ausnahmsweise auf der Burg übernachten würdest." Schon halb im Weggehen drehte er sich noch einmal um und sagte: „Übrigens, die gute Nachricht ist, dass Rikolfar gerade einen kräftigen Jungen geboren hat. Heute Abend gibt es also noch etwas anderes zu feiern, außer dass du noch am Leben bist." Markwain nickte stumm und entfernte sich dankbar in

Richtung Küche. Gut, würden sie ihr Lager eben heute Nacht hier aufschlagen. Was machte eine Nacht hier schon aus. Denn eigentlich lebten Markwain und sein Wolf in den Wäldern. Sie blieben zwar immer in der Nähe der Burg, weil die Druiden Markwains Dienste als Läufer oft in Anspruch nahmen. Aber sie schliefen immer unter freiem Himmel. Das allerdings konnten sie hier auch haben - und zwar ohne jede Schwierigkeit. Markwain hatte schon einen Schlafplatz ins Auge gefasst: ganz oben auf den Zinnen. Dort konnte man die Sterne wunderbar sehen!

In der Küche würde man nicht schlecht staunen, wenn unerwartet der schwarze Wolf in die Küche trottete. So etwas hatte er nämlich noch nie getan. Jeder auf der Burg kannte ihn und hatte gehörigen Respekt vor ihm, seit er sich im Laufe der Jahre vom niedlichen verspielten Welpen zum Kampfwolf gewandelt hatte. Markwain mußte bei dem Gedanken, was die Küchenhelfer gleich für Gesichter machen würden, lachen.

Serafina, Druig Fir und Frina waren inzwischen in den Südflügel der Burg zurückgekehrt. Serafina hatte die ganze Zeit geredet, weil sie wollte, dass Markwain am nächsten Tag nach Irland gehen sollte, um Rufus zu warnen. Schließlich mußte er mit den Kindern und Fugan auch wieder hierher zurück. Und die Wege waren ganz offensichtlich nicht mehr sicher. Sie machte sich furchtbare Sorgen um ihren Mann, ihre Zwillinge und natürlich um ihren Bruder. Warum war Rufus auch nur so eigensinnig gewesen, dachte sie gerade. Es musste ja unbedingt ein Ausflug zu Pferd sein. Er hätte genauso gut die Besen nehmen können. Dann bräuchte sie sich jetzt nicht so viele Sorgen zu machen. Aber Rufus war schon immer ein Draufgänger gewesen und genau dafür liebte sie ihn ja - oder? Drug Fir versprach, dass Markwain am nächsten Tag Richtung Irland aufbrechen werde, um Rufus die Botschaft von dem Überfall zu überbringen.

„Ich hoffe, du beruhigst dich jetzt ein wenig. Rufus und deinen Kindern passiert schon nichts. Ich wünschte, ich könnte da genauso sicher sein, was Fugan betrifft. Du weißt doch wie er ist."

Der Druide schüttelte den Kopf. „Na, wie auch immer: Sieh lieber zu, dass du dich hübsch zurecht machst für die Geburtsfeier heute Abend", verlangte Drug Fir.

„Bin schon neugierig, wie sie den Kleinen nennen werden", ergriff nun Heronia das Wort.

Serafina tat wie geheißen und zog sich in ihr Schlafzimmer zurück, nicht ohne vorher noch einen Blick auf Stella geworfen zu haben, die mit dem Kater in ihrem Bett lag. Beim Öffnen der Tür hob der kleine Shirkhy kurz den Kopf und sagte nur ein Wort: „Schläft!"

„Aye, schlaf du auch", flüsterte Serafina und zog die Tür wieder zu.

„Wasser und Rosmarin", rief sie, während sie sich schon entkleidete und die Sachen einfach zu Boden fallen ließ. Aufräumen kann ich später noch, dachte sie. Zuerst aber einmal in die Wanne. Das war vielleicht ein Tag. Ich brauche unbedingt ein wenig Entspannung.

Kee und Amy saßen zu der Zeit mit ihren Großeltern in Irland an dem großen Küchentisch, stocherten lustlos in dem von ihnen gezauberten Essen herum und ahnten nichts Böses. Nicht einmal die Scherze der drei Feen konnten sie fröhlicher stimmen.

„Aye, was ist denn mit euch beiden los", wollte Selena nach einer Weile wissen.

„Ihr seid ja heute gesprächig wie ein alter Karpfen." - „Euer Essen war wieder köstlich. Wie hieß das nochmal? Spargelgetti?"

„Nein, Großmutter. Es heißt Spaghetti", antwortete Amy.

„Also, was ist los. Kommen wir doch mal zum Thema", mischte sich nun Vobius ein.

„Na ja", druckste Kee herum. „Es ist wegen Daddy. Er wollte doch heute Abend zurück sein und ist immer noch nicht wieder hier. Ich mache mir allmählich Sorgen."

„Aha", sagte Selena nur. Dann jedoch holte sie tief Luft und setzte zu einer längeren Rede an.

„Nun passt mal auf, ihr beiden. Erstens sind die Verhandlungen, die euer Daddy (das Wort betonte sie so, als ob es etwas wäre, was absolut nicht aus ihrem Mund wollte) zu führen hat, sehr schwierig. Besonders mit Boral, dem alten Raffzahn, und können schon mal länger dauern als erwartet. Zweitens kann euer Vater sehr gut auf sich aufpassen. Er hat außerdem Archie und Serano dabei. Das Schlimmste, was ihm passieren kann, ist ein fürchterlicher Kater von zuviel warmen Bier", schloß Selena und mußte über ihren Witz selbst am meisten lachen. Aber wenigstens schmunzelten nun auch die Kinder.

„Wollt ihr weiter hier herumsitzen und Trübsal blasen, während es eurem Vater sicherlich hervorragend geht, oder wollt ihr die Zeit nutzen und uns heute Abend einmal zeigen, wie es um eure Zauberkünste steht", fragte Selena bestimmt an.

„Meinst du das ernst. Wir sollen hier - außer dem Essen - für euch zaubern", staunte Amy ungläubig.

„Aye, warum denn nicht. Wir sehen euch doch so selten und wissen daher natürlich nicht, was ihr schon so könnt. Wie wäre es mit einem kleinen Wettbewerb. Wir vergeben Punkte. Wer am Ende des Abends die meisten Punkte hat, ist der Sieger. Was denkt ihr. Wollt ihr es wagen", schlug Vobius vor.

Die Geschwister waren sprachlos. Sie hatten immer geglaubt ihre Großeltern seien so furchtbar streng. Doch da hatten sie sich offensichtlich ganz gewaltig getäuscht. Freudig stimmten sie dem Vorschlag ihres Großvaters zu. Und damit waren dann bald die Sorgen um ihren Vater vergessen. Brringh, Llingh und Rringh waren von der Idee völlig hingerissen. Endlich gab es in diesem Haus mal richtig Spaß! Die drei kleinen Feen sollten die Punkte der Teilnehmer am Wettzaubern zählen. Brringh entschied sich für Kee den Punktzähler zu machen, Rringh für Amy und für die Großmutter blieb nur noch Llingh übrig.

Selena legte als erstes die Regeln fest. Es durften keine großen und gefährlichen Tiere herbei gezaubert werden - dafür war die Küche nicht groß genug. Man durfte nicht schummeln oder gar aus einem Buch zaubern. Es war strikt verboten, jemanden aus dieser Runde in irgend etwas anderes zu verwandeln. Vobius sollte immer vorgeben, was gezaubert werden sollte. Wer als erster das Gewünschte erscheinen ließ, sollte einen Punkt gewinnen. Selena schnippte mit den Fingern und sämtliche Fensterläden schlossen sich. Die Nachbarschaft sollte ja wohl nicht mitbekommen, was hier im Hause vorging.

Und schon ging es los. Vobius verlangte zuerst eine Schildkröte. Amy war als erste fertig. „Eins zu null für uns", rief Rringh aufgeregt. Selena war offenbar etwas eingerostet, denn statt einer Schildkröte erschien vor ihr auf dem Tisch ein Laubfrosch. Das brachte alle so sehr zum Lachen, dass sie sich die Bäuche halten mußten und Vobius energisch um Ruhe bat, damit der Wettbewerb weitergehen konnte.

„Jetzt eine grüne Ente mit blauem Schnabel", verlangte Vobius weiter.

Das war schon etwas schwieriger für die Teilnehmer. Amy hatte zwar schon eine grüne Ente vor sich, aber der Schnabel war immer noch gelb. „Mist", schimpfte sie und schnippte nochmals mit den Fingern. Leider war Kee vor ihr fertig geworden. Brringh jubelte, hatten sie doch nun auch einen Punkt. Die beiden Kinder grinsten sich an, als Vobius wiederum um Konzentration bat. „Du konzentriere dich besonders, Selena. Du beschämst mich ja. Ich hatte nicht gedacht, dass du so sehr aus der Übung bist", frotzelte er. Insgeheim wußte er natürlich, dass seine Frau eine gute Magierin war und nur den Kindern, ganz gute Großmutter, ihren Spaß gönnen wollte.

„Nun möchte ich einen silbernen Dolch von jedem", erklärte Vobius weiter.

Schnipp und Amys Dolch lag vor ihr auf dem Tisch. „Du bist schnell, Amy. Aber zu ungeduldig. Sagte ich schon, dass der Dolch einen roten Griff aus Glas haben soll?", fragte der Großvater. Dadurch war Kee schneller. Brringh war außer sich, dass sie nun mit einem Punkt in Führung gegangen waren.

„Als letztes möchte ich von euch ein Straußenei. Das Küken darin soll in dem Moment schlüpfen, wenn das Ei hier erscheint, verstanden", fragte Vobius.

Das war schon schwieriger. Selenas Ei erschien als erstes auf dem Tisch. Nur leider enthielt es kein Straußenküken, sondern ein Babykrokodil. Damit war Selena raus.

Kee schaffte es in zwei Versuchen nicht, dass das Küken aus der Schale brach, als das Ei erschien. Amy schaffte es als einzige und war sehr stolz auf sich.

„Na, damit haben wir wohl ein unentschieden", bemerkte Vobius.

„Ja, ja, ja", freuten sich die drei Feen und die Kinder klatschten ihre Handflächen gegeneinander und waren zufrieden. Sie ließen das ganze Getier wieder aus der Küche verschwinden. „Aye, das war ein schöner Abend", bemerkte Kee. „Dürfen wir dann jetzt zu Bett gehen", fragte seine Schwester.

„Natürlich, geht nur. Uns hat es auch Spaß gemacht, nicht wahr mein Lieber", sagte Selena mit Blick auf ihren Mann. Der war mit seinen Gedanken aber schon woanders, denn er nickte nur abwesend und wünschte eine gute Nacht.

Die Zwillinge waren wirklich müde und erklärten den enttäuschten Feen, dass sie heute zu müde für weitere Geschichten waren, forderten die kleinen Geister aber auf, mit in ihr Zimmer zu kommen, falls ihnen der Sinn danach stand. Sollten die drei doch ruhig bei ihnen im Zimmer übernachten.

Darkas war bei Einbruch des Abends erfrischt erwacht und nun auf seinem Weg tiefer in den Wald hinein. Dort kannte er eine verborgene Lichtung, die ihm für seine Zwecke genau passend erschien. Sie lag sehr versteckt im schon dunklen Wald und hierher konnten ihm die Dunkelelfen nicht folgen, da er diese Lichtung für andere mit einer unsichtbaren Schranke gesperrt hatte. Sollte ihm irgend jemand gefolgt sein, würde er einfach durch den Wald hindurchgehen, ohne die Lichtung zu bemerken. Für das Gelingen seines Vorhabens brauchte er absolute Ruhe und Konzentration. Denn heute sollte die Dämonenbeschwörung endlich gelingen. Zuerst rief Darkas sich ein Feuer herbei und ließ sich davor nieder. Er hatte inzwischen schon so lange in die Flammen gestarrt, dass er beinahe von einer Art Trance ergriffen war. Jetzt fielen ihm die uralten Beschwörungsformeln wieder ein. Darkas murmelte wieder und wieder die verbotenen Worte: „Arruhdeh, arruhmeh! Gehorche und erscheine mir!"

Einstmals gab es eine Art Ehrenkodex unter den Druiden, der da lautete: „Beschwöre niemals einen Dämonen!" Einen Dämonen zu beschwören, war schon an sich eine gefährliche Sache. Es kostete den, der die Beschwörung durchführte, sehr viel von seiner eigenen Lebenskraft. Vergaß man sich dabei, konnte dies leicht den Tod bedeuten. Außerdem konnte niemand wissen, ob man das, was man aus einer anderen, dunklen Dimension herbeirief, auch wieder dorthin zurückschicken konnte. Darkas jedoch war sich ganz sicher, dass er einen Dämon schon würde beherrschen können. Da er aus der Druidengemeinschaft ausgestoßen worden war, fühlte Darkas sich natürlich an keinerlei Versprechen gebunden. Und Ehre konnte er sich schon überhaupt nicht leisten, wollte er endlich - wie es ihm aus seiner Sicht zustand - die Burg für sich erobern. Darkas war der Erschöpfung schon ziemlich nahe, als die Farbe des Feuers sich von rot auf grün änderte. Aus zusammengekniffenen Augen betrachtete er fasziniert, wie sich aus dem grünlichen Schimmer über dem Feuer eine Gestalt formte. Schwach zuerst und kaum erkennbar. Aber immerhin war er im Begriff, etwas herbeizurufen. Er verstärkte seine Anstrengungen ein letztes Mal und schrie die Worte aus seiner bereits schmerzenden Kehle: „Arruhdeh, gehorche und... arruhmeh... erscheine mir!"
Darkas fiel vornüber mit dem Gesicht auf den feuchten Waldboden. Als er seine brennenden Augen vorsichtig öffnete, lag ihm gegenüber ein kleiner grüner Dämon, der verwirrt und mit roten Augen wie zwei glühende Kohlen zu ihm herübersah. Als erstes fiel ihm auf, dass der Kopf, auf dessen Stirn ein einzelnes schwarzglänzendes Horn saß, von einer Seite zur anderen wackelte. Offenbar fiel es dem Ding schwer, seinen übergroßen Kopf im Gleichgewicht zu halten. Der grüne, schuppige Körper war relativ klein; nicht größer als ein normal gewachsener Zwerg. Als der Dämon sich nun aufrichtete und schwankend auf zwei stämmigen kurzen Beinen, die in Füßen mit nur drei Zehen endeten, zum Stehen kam, bemerkte Darkas, dass die Arme des Dinges bis auf den Boden reichten. Seine Hände waren wie kleine Schaufeln, ähnlich denen eines Maulwurfs und gingen unablässig auf und zu. Jetzt fing das Ding an zu zischeln und gurgelnde kehlige Laute auszustoßen. Darkas erhob sich schwerfällig vom Waldboden und ging einen Schritt auf den Dämon zu. Dieser sprang blitzschnell zurück.
„Komm her zu mir", befahl Darkas mit seiner tiefen Stimme. „Ich bin dein Meister und habe dich gerufen!" Das Ding kam zischelnd näher. „Du wirst mir ab jetzt gehorchen und meine Befehle befolgen", fuhr Darkas fort. Denn mit seiner Beschwörungsformel hatte er den Kleinen gebannt und ihn zu Gehorsam verpflichtet. Der Dämon kam zögernd noch etwas näher.
„Du verstehst meine Worte doch, oder?", vergewisserte sich Darkas.
Der Grüne versuchte ein Kopfnicken. Offensichtlich geriet sein riesiger Kopf dabei wieder aus dem Gleichgewicht. Hatte er sich doch in den letzten Minuten bemüht, sein immer noch schwankendes Haupt ruhig zu halten. „Na, komm näher. Offenbar hast du Probleme mit deinem hässlichen Schädel. Mal sehen, ob wir das ändern können", sagte der dunkle Magier. Darkas wartete nicht bis der Dämon den letzten Schritt, der sie noch trennte, endlich tat, sondern griff nach dem Hals des Grünen, murmelte ein paar Worte und der Kopf hörte augenblicklich auf zu rotieren. Daraufhin wich das Ding ängstlich wieder zurück.

„Wirst du mir gehorchen?", vergewisserte Darkas sich jetzt. Natürlich war er sicher, dass sein Bannspruch gewirkt hatte, aber es konnte nicht schaden, dies noch einmal ausdrücklich festzuhalten.

„Grr", war die Antwort. „Dann wirst du zuerst einmal das Feuer löschen", befahl Darkas. Daraufhin schaufelte der Dämon mit seinen komischen Baggerhänden das Feuer fast in Lichtgeschwindigkeit zu. Die letzten Flammen waren bereits erloschen, bevor Darkas auch nur einmal blinzeln konnte. Na, das war ja für den Anfang gar nicht schlecht, dachte er. Eigentlich hatte der Magier gehofft, dass etwas Größeres aus dem Reich der Dämonen erscheinen würde. Aber dieser kleine komische Kerl war doch immerhin ein Anfang. Schließlich hatte er es geschafft, ein Tor in eine andere Dimension zu öffnen. Das würde ihm beim nächsten Mal sicher wieder gelingen. Und dann würde er es auch schaffen, ein richtig großes Ungeheuer zu rufen. Da war er sich ganz sicher. Nun würde er sich mit dem Dämon zunächst begnügen müssen und sehen, was der kleine Grüne für Fähigkeiten hatte, denn es hatte ihn wieder einmal furchtbar viel Energie gekostet, die Beschwörung, die endlich erfolgreiche Beschwörung, durchzuführen. Darkas überlegte, ob es nicht besser wäre, den Kleinen vorerst hier im Wald zu verstecken, entschied sich jedoch dagegen. Er würde ihn mit ins Lager nehmen. Sollten seine Krieger doch ruhig das Beispiel seiner Macht mit eigenen Augen sehen. Außerdem war es besser, den Besucher aus einer anderen Dimension jederzeit unter Kontrolle zu haben. Es war Zeit, sich auf den Rückweg ins Lager zu machen. Ohne ein weiteres Wort folgte der grüne, schuppige Dämon seinem neuen Meister.

„Warum soll ich mich in einen Kampf einmischen, der nicht meiner ist", fragte Boral zum wiederholten Male an diesem nicht enden wollenden Abend. Rufus saß nun schon seit Stunden mit Boral in dessen Thronsaal und hoffte, dass er den Zwergenkönig endlich dazu bringen konnte, ihn von dem Ernst der Lage im Zauberreich zu überzeugen. Dass Boral stur und auf seinen Vorteil bedacht war wusste Rufus nur zu gut. Und dass diese Verhandlung schwierig werden würde, war ihm schon vorher bewusst gewesen, aber so schwierig?

„König Boral", hub Rufus erneut an, „ich weiß, dass du hier in deinen Bergen relativ sicher vor den Dunkelelfen bist. Aber wenn es Darkas wirklich gelingen sollte größere Landabschnitte Irlands und der Zauberwelt zu erobern, kann niemand mehr für eure Sicherheit hier garantieren. Ich bin sicher, dass er dann auch vor den Zwergenbergen nicht halt machen wird und sei es nur, um deine unermesslichen Schätze zu rauben und damit neue Armeen zu finanzieren", fuhr Rufus entschieden fort. Denn nur wenn er Boral vor Augen führte, dass seine über alles geliebten Schätze in Gefahr geraten könnten, hatte er eine Chance, sich die Unterstützung der kampfstarken Zwerge zu sichern.

„Du bist doch so stolz auf deinen jüngsten Sohn und deine anderen Kinder natürlich auch", sagte Rufus gerade. „Willst du deinen Kindern später vielleicht nur eine verfallene Ruine hinterlassen? Oder schlimmer, die Zwerge vielleicht aus der Geschichte der Zauberwelt ausgelöscht wissen", bohrte Rufus weiter. Er war schon ziemlich erschöpft. Es war spät geworden und an die schlechte Luft hier tief unter der Erde würde er sich nie gewöhnen. Außerdem hatten seine Vorahnungen sich bestätigt und das Gespräch war in eine Richtung gegangen, die ihm überhaupt nicht gefiel. Aber offenbar hatten seine letzten verzweifelten Worte doch etwas bewirkt. Boral hing inzwischen mehr auf seinem Thron, als dass er saß und strich sich gedankenverloren den langen Bart. Auch er wirkte inzwischen einigermaßen abgespannt.

„Was würde dabei für mich herausspringen, sollten meine Krieger euch in einem möglichen Kampf unterstützen", wollte der König endlich wissen. Na bitte, dachte Rufus, kommen wir doch noch auf den Punkt. Natürlich hatte Boral sich die ganze Zeit geziert, nur um seine Kampfzusage so interessant wie möglich zu gestalten, und dann das Bestmögliche für sich herauszuschlagen. Rufus kannte die Mentalität der Zwerge nur zu gut, um zu wissen, dass diese liebend gern in die Schlacht zogen und sich ihr Leben lang mit ihren Taten rühmten. Tatsache war und blieb, dass die Zwerge starke, verbissene und gute Kämpfer waren. Hinterhältig und teilweise auch unfair, aber würde Darkas fair kämpfen?

„Sage du mir doch, was du verlangst", unterbrach Rufus sich in seinen Gedanken.

„Hm, hm. Ich wüsste da schon einiges", grinste Boral.

„Und das wäre", wollte Rufus ungeduldig wissen. - „Es gibt da eine goldene Truhe, die soll angeblich einmal im Besitz von Merlin dem Zauberer gewesen sein. So ein Schmuckstück würde meinen Palast sicherlich zieren", dachte Boral laut.

„Gut, diese Truhe gibt es wirklich. Sie befindet sich zur Zeit auf der Burg der Tir nan Ogg. Ich denke, die Druiden haben kein Problem sich davon zu trennen," antwortete Rufus.

„Ich nehme an, du hast noch mehr Wünsche. Also fahre bitte fort", forderte Rufus den kleinen König auf.

„Dann gibt es da noch den hundert Karat Rubin aus dem Schatz der Königin von Saba. Der würde sich in einem Ring an meinem Finger traumhaft gestalten, sinnierte Boral.

„Auch den sollst du bekommen", sagte Rufus, der damit schon gerechnet hatte.

Rufus unterdrückte ein Gähnen und gebot dem Zwergenkönig mit einer Handbewegung fortzufahren, wohlwissend, dass diese Forderungen noch längst nicht alle waren.

„Ich möchte ein für alle Mal von dem Verdacht, das Einhorn getötet zu haben, freigesprochen werden", fuhr dieser fort. „Du solltest in dieser Angelegenheit noch einmal mit Shagala sprechen", fügte er hinzu.

„Ich werde mit Shagala sprechen, aber diesbezüglich kann ich keine Zusagen machen, wie du selbst weißt", bedauerte Rufus. Er selbst hegte ja in dieser Angelegenheit auch einen ganz bestimmten Verdacht. *Ist das ermüdend*, ächzte Rufus innerlich. *Hoffentlich erklärt er bald, was er wirklich will, damit ich endlich aus diesem verdammten Berg rauskomme. Draußen musste es beinahe Nacht sein und die Mädchen würden sich sicherlich Sorgen machen, dass er immer noch nicht zurück war.* Rufus konnte natürlich nicht wissen, dass seine Töchter bereits friedlich und von ihren Großeltern beruhigt schlummerten.

Als die Gesprächspause beinahe unerträglich wurde, ließ Boral endlich die Katze aus dem Sack: „Dann wäre da noch eine letzte Kleinigkeit. Ich hätte furchtbar gerne eine Art Sommersitz auf der Tir nan Ogg!" Rufus verschlug es die Sprache. Mit soviel Dreistigkeit hatte er dann doch nicht gerechnet. Das kam überhaupt nicht in Frage! Die Insel war den letzten Druiden und den Lichtelfen vorbehalten. Zwerge hatten dort nichts zu suchen. Das wäre ja noch schöner, dachte er, wenn der König und sein Gefolge aus der Zauberinsel einen riesigen Maulwurfshügel machen würden. Außerdem herrschte auf der Insel eine friedliche Ruhe. Diese durfte durch so ein lautes Völkchen wie die Zwerge auf keinen Fall gestört werden. Die Drachen wären niemals damit einverstanden.

„Aye. Boral, du weißt genau, dass das unmöglich ist", protestierte Rufus bestimmt. Er wusste nur zu gut, dass Boral furchtbar darunter litt, die Insel noch niemals betreten zu haben. Aber notfalls mussten sie sich ohne Unterstützung der Zwerge mit Darkas auseinandersetzen. Was zu weit ging, ging einfach zu weit.

„Vielleicht kann ich mit meiner Familie wenigstens eine Weile dort zu Besuch kommen", unterbrach Boral die Gedanken von Rufus schon kleinlauter. - „Darüber ließe sich eventuell reden. Aber versprechen kann ich hier nichts", presste Rufus leicht verstimmt hervor. - „Würdest du wenigstens für mich fragen", wagte Boral noch einmal zu fragen. „Aye."

Rufus versprach bei den Druiden ein gutes Wort für den kleinen König einzulegen. Vielleicht war es ja machbar, dass er mit seiner Familie eine Audienz bei den Magiern – verbunden mit einem kurzen Aufenthalt bekam. Davon würde die Insel nicht gleich im Meer versinken, dachte Rufus erheitert. Aber das hatte Drug Set zu klären, nicht er!

„Um zum Abschluss zu kommen", fragte Rufus, „bist du mit Zusicherung von Rubin und Truhe zufrieden? Diese Dinge kann ich dir hier und jetzt sicher zusagen. Deine anderen Forderungen müssen besprochen werden."

Der Zwerg zierte sich noch einen Moment und meinte dann: „Nun gut, wenn du noch zwei Säcke Goldmünzen dazu legst, am besten gleich, und noch ein wenig edles Geschmeide für meine Frauen, dann würde ich euch im Kampf mit Darkas zur Seite stehen. Falls es wirklich so kommen sollte, wie du sagst, kann es nicht schaden, sich untereinander zu verbünden. Die Kosten für Waffen und Verpflegung meiner Leute tragt natürlich auch ihr", fügte er noch hinzu.

Rufus seufzte innerlich erleichtert auf. Aber laut sagte er: „Nun gut, so sei es. Obwohl du mich ja wieder einmal geschickt um vieles mehr erleichtert hast, als ich dir eigentlich geben wollte." Damit war alles gesagt und der Ehrerbietung genüge getan.

„Ach, Rufus, eins noch", sagte Boral. „Könnte ich noch ein paar von den weißen Stäbchen bekommen, die du dir ab und zu in den Mund steckst und anzündest. Die sind so aromatisch."

Aye, Zigaretten will der kleine König. Sieh mal einer an. Wo hat er mich denn rauchen sehen?

Auf ein Kopfnicken von Rufus hin erschienen vor dem Zwergenkönig zwei große Säcke voller Goldmünzen, auf die dieser sich sofort gierig stürzte. Rufus kommentierte, dass dies als Anzahlung zu betrachten sei. Dazu ließ er ein paar Päckchen der **weißen Stäbchen** erscheinen, die Boral eins nach dem anderen einsammelte und unter seinem Thron versteckte. Jetzt sei es an der Zeit, die erfolgreiche Verhandlung und den Kontrakt gebührend zu feiern, stellte Boral glücklich fest und steckte sich sofort eine Zigarette zwischen die gelben, schiefen Zähne. Sofort befahl er einigen Dienern den besten Wein zu bringen. Um den Anstand zu wahren, willigte Rufus ein. Er war zwar todmüde und ausgelaugt, aber Boral durfte man nicht so ohne weiteres eine Einladung abschlagen. Wehmütig, an seine Familie denkend, machte er sich bereit für eine sehr, sehr lange Nacht.

Zur gleichen Zeit war Serafina der goldenen Badewanne entstiegen und trug sich gerade eine Körperlotion, bestehend aus Ananas und Melone auf. Die Elfen stellten diese Lotion nach alter Überlieferung eigenhändig her. Serafina liebte den Geruch, der sich tagelang in den Poren hielt. Sie genoss die Zeit für sich, die sie im Menschenreich allzu selten fand. Wäre nur Rufus hier, dachte sie traurig. Sie hätte ihn zu gerne heute Nacht bei der Geburtenfeier an ihrer Seite gehabt. Denn solche Feiern waren immer ausgelassen und lustig. Es wurde gegessen, viel getrunken, getanzt und ganz am Ende einer jeden Geburtenfeier gab es einen Umzug mit Fackeln hinunter an den Strand. Die von allen geliebten Meermenschen mussten den neuen Erdenbürger letztlich auch willkommen heißen. Das Kind wurde dann Marinus gereicht und im Wasser gebadet, was einer Taufe im Menschenreich gleichkam.

Trotz aller Sorgen und Ängste um Rufus, ihre älteren Kinder und Fugan, freute sich Serafina mit fast kindlichem Vergnügen auf die gleich beginnende Festlichkeit. Später in der Nacht wollte sie auch Stella wecken, damit sie auch an dem Umzug zum Strand teilnehmen konnte. Nicht selten artete eine Taufe in einem Gemeinschaftsbad aller Burgbewohner aus. Stella würde sicherlich ihren Spaß haben. Außerdem war heute ein guter Zeitpunkt, die Kleine mit weiteren Besonderheiten hier vertraut zu machen. Schließlich war ihr Baby, wie sie Stella insgeheim immer noch nannte, wissbegierig und aufgeweckt. Blieb zunächst nur noch die Kleiderfrage. Wie jede normale Frau auch, wollte Serafina so gut wie möglich aussehen und konnte sich nicht entscheiden, was sie anziehen sollte. Sie stand nun bald eine halbe Stunde vor dem großen Spiegel, der vom Boden bis zur hohen Decke reichte und hatte immer noch nicht das Richtige gefunden. Jetzt hatte sie gerade eine lange schwarze Robe mit silbernen Perlen an und betrachtete sich kritisch. „Na", fragte sie ihr Spiegelbild. „Wie steht mir schwarz?"

„Zu traurig für den freudigen Anlass", antwortete der Spiegel.

„Da hast du auch wieder recht", und schnipp schon war Serafina in ein leuchtend rotes Seidenkleid mit Goldstickerei gewandet. Darin gefiel sie sich und auch ihr Spiegelbild war zufrieden. Auf ein weiteres Fingerschnippen türmten sich Serafinas weiße Locken zu einer wundervollen Hochsteckfrisur auf, die durch kleine rote Spangen in Rosenform gehalten wurden. Aye, dachte sie zufrieden: rot symbolisiert die Liebe. Und Liebe sollte dieser neue Tir nan Ogg-Bürger sein Leben lang erfahren. Jetzt dachte sie über ein Geschenk für den Kleinen nach. Denn ein Geschenk durfte auf keinen Fall fehlen. Es war auch hier üblich, dem Kind zu seiner Geburt ein Geschenk zu machen - genau wie in der Menschenwelt. Aber was sollte sie einem Kind schenken, das eh schon die wundervollste GABE von allen geerbt hatte: nämlich die Zauberkraft! Serafina wollte dem Kleinen etwas ganz Besonderes schenken, zumal sie bei seinem Erscheinen auf dieser Welt auch mitgeholfen hatte.

Während sie noch grübelte, klopfte es an die Tür und Serafina rief laut: „Herein."

„Du siehst wunderschön aus, mein Schatz", sagte Heronia bewundernd.

„Danke Mama, es hat auch eine Weile gedauert", lachte Serafina. Auch Heronia sah wundervoll aus. Sie trug, genau wie ihre Tochter, eine bodenlange Robe mit hochaufgestelltem Spitzenkragen. Das anthrazitfarbene Kleid passte wunderbar zu den Silbersträhnen, die sich in Hernoias einst schwarze Locken geschlichen hatten. Sie sah wahrhaft königlich aus. Serafina staunte immer aufs Neue, was für eine vitale Frau ihre Mutter doch immer noch war.

„Es wird allmählich Zeit", sagte Heronia gerade. „Karula und Owain sind auch gleich soweit. Dein Vater ist schon unten in der großen Halle."

„Aye, Mama, ich brauche nur noch ein Geschenk. Mir will so recht nichts einfallen. Und ich will dem Kleinen schon etwas Besonderes schenken", erklärte Serafina.

„Nun, wie wäre es mit einem Geschenk aus dem Menschenreich", schlug Heronia vor.

„Womit spielen denn dort kleine Kinder", hakte sie nach.

„Natürlich, du hast ja so Recht", jubelte ihre Tochter. Schnippte mit den Fingern und schon materialisierte sich vor Heronias erstaunten Augen ein kleines, buntes Holzschaukelpferd. Mit dem konnte sich der kleine Junge später, wenn er Stellas Alter erreicht hatte, amüsieren. Serafina sah noch schnell nach Stella, die nach wie vor tief und fest schlief und verließ voller Vorfreude mit ihrer Mutter die Gemächer. Stella würde, bis Serafina sie wecken wollte, sehr fest schlafen. Dafür hatten die beiden Frauen mit einem kleinen Zauber gesorgt.

Der Rittersaal war wieder wunderschön geschmückt! Zur Feier einer Geburt war es Tradition, den riesigen Raum mit wunderschönen, farbigen Muscheln aller Größen zu schmücken. Damit wollte man die Meermenschen ehren, die ja schließlich verraten hatten, dass im Meer gezeugte Kinder, die Zauberkraft ihrer Eltern erbten. Eine große Tafel in Hufeisenform war wieder aufgestellt worden und am Kopfende hatten bereits Rikolfar und ihr Gemahl Argentus Platz genommen. In der Mitte der vielen Tische stand die goldene Wiege der Druidenfamilie mit dem neugeborenen Kind. Damit jeder, bevor er Platz nahm, das Baby, bewundern und seine Geschenke darbringen konnte, die sich schon reichlich um die Wiege mit dem schlafenden Kind türmten. Serafina war nun an der Reihe, dem Kleinen die Ehre zu erweisen. Sie hauchte dem Kind einen Kuss zu und ließ das Spielzeug, das die ganze Zeit hinter ihr hergeschwebt war neben der Wiege anhalten. Rikolfar hatte sich bereits vom Tisch erhoben und eilte Serafina entgegen, um sie in die Arme zu schließen, und sich noch einmal vor allen für ihre Hilfe bei der Geburt zu bedanken. Serafina errötete leicht und ließ sich zu ihrem Ehrenplatz gleich neben Rikolfar führen.

Dann kamen zunächst eine Reihe von Reden: Dankesworte an Frina gerichtet, an die Meermenschen, die man später noch aufsuchen würde, und zuletzt bedankte sich Argentus, dass Rikolfar ihm einen so wunderbaren Sohn geschenkt hatte. Rikolfar verlieh ihrer Freude über die vielen wunderbaren Geschenke für ihren Sohn Ausdruck, besonders Serafinas Geschenk aus dem Menschenreich gefiel ihr gut. Endlich wurde auch das Geheimnis um den Namen des Kleinen gelüftet. Drug Mer verkündete stolz, dass sein erster Enkel ab heute Oggalus heißen sollte, der auf der Tir nan Ogg Geborene. Die Anwesenden befanden den Namen für gut und würdevoll und bekundeten durch lauten Beifall ihre Zustimmung. Serafina beobachtete ihre Schwester, die Owain gerade einen sehnsüchtigen Blick zuwarf, der sagen sollte: *Ach wäre es doch bei uns schon so weit!* Nachdem nun alles gesagt war, erschien durch Zauberei das wundervollste Essen auf den Tischen. Wie immer, wenn hier groß gefeiert wurde, sehr vielfältig und üppig. Man aß, trank und unterhielt sich angeregt mit seinen Tischnachbarn. Die Lautstärke im Raum erweckte den kleinen Oggalus aus seinem Schlaf. Weinend fing er in seiner Wiege an zu strampeln. Rikolfar war sofort auf den Beinen, um sich ihres kleinen Sohnes anzunehmen und dem Kind ihre Brust anzubieten. Sein kleiner rosa Mund schloss sich sofort um die Warze und er begann kräftig zu trinken. Dies löste einen weiteren Beifallssturm der Gäste aus und Rikolfar genoss ihre Mutterschaft unter den Augen der Anwesenden.

Inzwischen hatte die Musik eingesetzt und Drug Mer eröffnete mit Lioma, seiner Ehefrau den Tanz. Bald folgten ihm die anderen Gäste nach und Serafina schwebte gerade in Owains Armen über das Parkett, das eigens für heute herbeigezaubert worden war. Denn normalerweise bestand der Boden der großen Rittersäle aus Marmor. Es war bis jetzt eine wunderschöne perfekte Feier, die bald ihren Abschluss am Meer finden würde. Deshalb entschuldigte sich Serafina, noch ganz erhitzt vom Tanz, bei Owain, um Stella zu wecken und für das große Ereignis abzuholen. Karula löste ihre Schwester nur zu gerne ab und verschwand mit ihrem Liebsten schnell in der tanzenden Menge.

Stella saß ganz verschlafen in ihrem Bett und rieb sich die Augen. „Tella heia matten", sagte die Kleine und fiel auf den Rücken. Auch der kleine Shirkhy, der die ganze Zeit mit in Stellas Bett gelegen hatte, blinzelte und beschwerte sich über die nächtliche Ruhestörung.

„Nein, Mäuschen. Wir ziehen dich jetzt schön an und dann machen wir etwas ganz Tolles", lockte Serafina ihre Tochter und hob Stella aus dem Bett.

„Weißt du, Rikolfar hat vor kurzem ein Baby bekommen. Da hast du schon geschlafen. Jetzt wird der kleine Junge bald getauft. Bald gehen wir alle an den Strand zu den Meermenschen, um das Baby zu taufen", erklärte Serafina.

„Is doch danz dunkel", war Stellas Kommentar dazu. Und mit einem Baby wusste sie auch nicht so recht etwas anzufangen. - „Das stimmt, aber alle werden Fackeln tragen. Wie beim Laternenumzug. Das wird ganz schön", fuhr Serafina fort.

„Tella auch badi mit Marikus", fragte Serafinas Jüngste. - „Aye, klar, Stella kann auch mit Marinus baden", schmunzelte Serafina.

Mit der Zusage, dass Stella auch mit Marinus, Oktavia, Levitana und Aquarius ins Wasser durfte, wurde die Kleine hellwach und plapperte munter weiter, wie *liebi* doch die Meermenschen wären. Jeder hier liebte sie und auch Stella machte da keine Ausnahme.

„Mei Fina, tommt auch mit", fragte Stella besorgt.

„Laß mir doch entgehen nicht solche Fest! Natürlich gehen ich mit", sagte Frina, die Serafina gefolgt war und gerade das Zimmer betrat. Die alte Elfe hatte ihr Kleid aus Wolle gegen ein leichteres Gewand getauscht und stellte sich kokett vor Stella hin. Damit war Serafina abgemeldet. Denn ihre Tochter strahlte über das ganze Gesicht und streckte Frina ihre kurzen Ärmchen entgegen, damit diese sie auf den Arm nahm. Frina, die kurz mit den Schultern zuckte, nickte ihrer einstigen Ziehtochter entschuldigend zu, während sie das Kind aus Serafinas Armen nahm. Sofort schlang Stella ihre Arme um Frinas Hals und küsste sie auf die runzlige Wange.

„ Gehen du ruhig schon runter wieder. Ich kommen nach mit Kleine", bot Frina an.

„Nein, wir machen unseren Schatz jetzt gemeinsam hübsch und dann gehen wir drei gemeinsam wieder auf das Fest", stellte Serafina ein wenig eifersüchtig klar.

Sie schnippte kurz mit den Fingern und Stella war augenblicklich in einen roten, goldbestickten Anzug gekleidet, der ihrem eigenen Kleid genau glich. Nur dass Serafina entschieden hatte, dass eine Hose mit Jacke praktischer für ihre Tochter war, als ein langes Kleid. Frina bürstete schnell Stellas weiße Locken. Die kleine betrachtete sich kritisch im Spiegel und tippte sich an die Stirn. Daraufhin zierte ein rotes Samtband ihr Haar. Frina hielt beeindruckt die Luft an. Denn sie war wieder einmal beeindruckt, wie stark die GABE in dem kleinen Kind bereits war.

„So, jetzt Tella schicki", sagte Serafinas Tochter nicht ohne Stolz und ließ ihre Saftflasche auf sich zu schweben. „Aye, dann können wir wohl oder?", lachte Serafina. „Die Flasche lassen wir aber hier, wenn du getrunken hast", fügte sie hinzu. „Du bist doch schon ein großes Mädchen!"

Als die drei wieder den festlich geschmückten Saal betraten und Stella die vielen tanzenden Leute sah, war ihr erster Kommentar: „Tella auch tanze!" Owain, der die drei hatte kommen sehen, nahm Stella auf den Arm und sagte: „Darf ich bitten, Prinzessin", und schon tanzte er mit der fröhlich quiekenden Stella davon. Karula reichte ihrer Schwester einen Becher Wein und forderte sie auf, ihr zu folgen. Während die beiden wieder an der großen Tafel Platz nahmen und sich leise unterhielten, blieb Frina an der Tanzfläche stehen, um die vielen Tanzenden zu beobachten - besonders aber Owain und Stella. Gott, sie liebte dieses Kind. War es doch ihrer Serafina wie aus dem Gesicht geschnitten. Nach mehreren Tänzen, die Stella auf vielen Armen verbracht hatte, weil jeder gerne einmal mit dem kleinen Lockenkopf tanzen wollte, verkündete Drug Mer, dass es nun Zeit sei an den Strand zu gehen.

Die Gesellschaft begab sich nach draußen, wo sich jeder eine von den bereits bereitgestellten Fackeln griff und an einem eigens dafür angefachtem Feuer entzündete. Stella ging zwischen Serafina und Karula und trug sehr stolz und ehrfürchtig ihre Fackel. Angeführt wurde die Prozession von Rikolfar und Argentus, der stolz seinen Sohn in den Armen hielt. Hinter dem glücklichen Paar gingen die vier Druiden und alle anderen folgten in lockerer Reihe und sangen ein uraltes Lied von Liebe, Glück und dem Meer. Am Strand angekommen, steckte jeder seine Fackel in den Sand und ging einige Schritte ins Wasser, wo die Meermenschen schon warteten, um das neugeborene Kind in Empfang zu nehmen und zu taufen.

Argentus, ganz stolzer Vater, überreichte Marinus seinen Sohn und bat feierlich um dessen Segen und den aller Meermenschen. Marinus hielt das Kind hoch über seinen Kopf und bat die Elemente Wind und Wasser, dieses Neugeborene zeitlebens zu schützen. Dann verschwand er mit dem Baby unter die Wasseroberfläche. Kurz darauf tauchten alle Meermenschen, die das nun schreiende Kind in ihrer Mitte hielten, aus dem dunklen Wasser auf. Jetzt brach ein wahrer Jubel am Strand aus und die ersten der Inselbewohner stürzten sich in die warmen Fluten.

Auch für Stella und Serafina gab es kein Halten mehr. „Marikus, Tella auch da", schrie die Kleine über die laute Menge hinweg.

„Ich sehe dich doch, mein Kind", rief Marinus zurück und schwamm Stella entgegen. Marinus galt hier auf der Insel als der Stammvater der Meermenschen überhaupt und wirkte trotzdem so unglaublich jung. Sein wallendes braunes Haar war nur leicht von Silberfäden durchzogen und fiel in nassen Strähnen über seinen kräftigen Rücken. Marinus schönes Gesicht zeigte nicht ein einzige Falte. Wie alle Meermenschen hatte er strahlend grüne Augen, die von besonderer Güte zeugten. Auch Oktavia, seine Gefährtin, sah atemberaubend aus. Sah man nur ihr feingeschnittenes Gesicht, das von den glatten blonden Haaren umschmeichelt wurde, aus dem Wasser ragen, hätte man sie für eine ganz normale Frau beim Schwimmen halten können. Die Meermenschen unterschieden sich lediglich durch ihr schuppiges Unterteil von den Menschen. Denn an Stelle von Beinen hatten alle Meermenschen eine kräftige Schwimmflosse, die im Wasser, ihrem Lebensraum, ein schnelles Vorankommen gewährleistete. Es war schon erstaunlich, wie jung die Meermenschen wirkten, wenn man bedachte, dass sie lange vor den Druiden hier auf der Tir nan Ogg gewesen waren. Aber das Alter der Meeresbewohner blieb immer noch eines der vielen Geheimnisse.

Mutter und Tochter hatten inzwischen Marinus und Oktavia erreicht. Und Stella streckte dem Meermann schon freudig die Arme entgegen. „Marikus und tella badi, ja", fragte die Kleine.

„Darf ich deine Tochter eine Weile mit mir nehmen", fragte Marinus in Serafinas Richtung. Ohne die Antwort abzuwarten griff er sich das Kind, und Serafina rief nur noch hinterher, er solle gut aufpassen, da Stella noch nicht schwimmen könne.

Serafina mischte sich fröhlich unter die anderen Badenden und beteiligte sich an der gerade stattfindenden Wasserschlacht. Alle planschten wild durcheinander und bespritzten sich gegenseitig mit dem herrlich warmen Wasser, bis auch wirklich das letzte Gewand triefnass war. Ach, könnte nur Rufus jetzt hier sein, dachte Serafina. Wenn sie gewusst hätte, dass das Unheil - in Form von Darkas - bereits seinen Lauf nahm, hätte sie sich Rufus noch sehnlicher herbeigewünscht.

Rufus hatte inzwischen einen schweren Kopf von dem vielen Wein, den er mit Boral in den letzten Stunden getrunken hatte. Aber allmählich schien die lange Zecherei doch ein Ende zu nehmen, denn der Zwergenkönig schlief zwischen seinen Erzählungen von glorreichen Schlachten immer wieder ein, wobei sein Kopf auf den Tisch sank. Jetzt schnarchte er ziemlich laut und völlig unköniglich vor sich hin. Rufus gebot einem Diener sich seines Herrn anzunehmen und ihn zu Bett zu schaffen. Er selbst zog sich in das für ihn hergerichtete Schlafgemach zurück. Endlich geschafft, dachte Rufus und ließ sich auf sein Bett fallen. Voller Vorfreude, seine Kinder am nächsten Tag wiederzusehen, fiel er bald in einen traumlosen Schlaf, aus dem er erst spät am nächsten Morgen erwachte.

Nach einem kurzen Abschied von Boral, der seinen Rausch offenbar noch nicht richtig ausgeschlafen hatte und dementsprechend schlecht gelaunt war, wurde Rufus von der Leibgarde des Königs die endlos langen Wege aus dem Berg geleitet. Nicht aber ohne Boral vorher das Versprechen abgenommen zu haben in Verbindung zu bleiben. Ugar stolperte ungeschickt durch die Gänge und kam sich dabei auch noch wichtig vor. Aber da er Borals Schwager war, hatte der König ihn in seinen Hofstaat aufnehmen müssen. Aber warum ausgerechnet in die Leibgarde? Nach ewiger Zeit, wie es Rufus vorkam, erreichte er endlich den Ausgang des unterirdischen Reiches. Gierig sog er die frische, reine Luft ein und ließ sich von der inzwischen hochstehenden Sonne blenden. Serano und Archie, die die ganze Zeit über auf ihn gewartet hatten, waren sichtlich erleichtert, Rufus wohlbehalten wiederzusehen, denn bei den Zwergen konnte man nie wissen, wie Serano betonte. Rufus berichtete seinen beiden Freunden auf dem Weg zu Amy und Kee, wie erfolgreich er gewesen war. „Wir werden noch ein bis zwei Tage in Dub Linh bleiben, um ein paar Freunde zu treffen, und dann zur Tir nan Ogg zurückkehren," sagte Rufus. „Ich werde lan bitten, voraus zu reiten, um unsere Rückkehr anzukündigen und die guten Nachrichten zu überbringen" fügte er an. Archie und Serano war alles recht, solange sie nur so bald als möglich zur Insel zurück konnten.

Gegen Abend erreichten sie die kleine Stadt, unbehelligt und ohne weitere Zwischenfälle. Amy und Kee rannten ihrem Vater entgegen und freuten sich unbändig, ihn wieder bei sich zu haben. Rufus stieg von Serano, bedankte sich bei ihm und entließ den Hengst damit in seine wohlverdiente Ruhe. Beide Kinder schlangen die Arme um ihren Vater und tätschelten auch den Hund, der laut bellend um sie herumsprang. „Daddy, Daddy, wir durften zaubern", keuchte Amy – noch immer atemlos. „Na, das ist doch mal was", antwortete Rufus und nahm auf jeden Arm einen Zwilling, um ihn ins Haus zu tragen.

Selena war ebenfalls erleichtert, ihren Sohn wieder gesund bei sich zu haben und schloss ihn glücklich in die Arme. Vobius jedoch konnte seine Wissbegier kaum zügeln und fing sofort an Fragen über den Erfolg der Mission zu stellen. „Nun lass den Jungen doch erst einmal zu Atem kommen. Du siehst doch, dass er völlig erschöpft ist", ermahnte Selena ihren Mann. „Ist ja gut Mutter", sagte Rufus. „So schlimm ist es nicht."

„Ich bin zwar müde und habe einen Bärenhunger, aber wir können uns später noch unterhalten", erklärte Rufus an seinen Vater gewandt.

Essen war **das** Stichwort für Amy und Kee. „Oma, dürfen wir", fragten beide wie aus einem Mund. - „Aye, unsere Abmachung gilt noch immer", lächelte Selena. „Aber achtet darauf, dass ihr eurem Vater etwas richtig Stärkendes vorsetzt", fügte sie fröhlich hinzu.

„Ich habe hier offenbar einiges verpasst", bemerkte Rufus nun stirnrunzelnd.

„Ja, hast du. Und nun setz dich und ruhe dich aus", antwortete Amy. - „Bringh, Llingh, Rringh", rief Amy, „würdet ihr bitte den Tisch decken?!" Sofort schwebten die kleinen Feen mit Tellern und Besteck herbei und fingen eifrig an alles auf dem Küchentisch zu platzieren. Natürlich brachte die freche Bringh wieder alle - bis auf Selena - zum Lachen, indem sie Rufus so kräftig ins Haar blies, dass ihm einzelne Strähnen zu Berge standen. „Lass den Unsinn und bring Rufus besser schnell etwas zu trinken", ermahnte Selena die Fee. Diese verzog hinter Selenas Rücken das Gesicht zu einer Grimasse und tat wie ihr geheißen. Rufus jedoch verlangte erst einmal einen großen Krug Wasser. Bevor er das Elfenbier trank, wollte er seinen Durst nach dem langen Ritt mit dem herrlich schmeckenden Quellwasser löschen. Außerdem hatte er immer noch leichte Kopfschmerzen von dem vielen schweren Wein der letzten Nacht.

„Du musstest bei Boral wohl wieder einmal deine Trinkfestigkeit unter Beweis stellen", bemerkte Selena trocken, nachdem Rufus den Wasserkrug in einem Zug geleert hatte.

„Aye. Kann man so sagen", kommentierte Rufus seinen Durst mit einem Grinsen.

„Dann können wir jetzt wohl essen", fragte Kee in die Runde. Und los ging es! Die Zwillinge schnippten mit den Fingern und ließen vor den Augen ihres erstaunten Vaters - denn eigentlich wurde im Haus seiner Mutter alles von Hand und ohne Zauberei zubereitet - ein dampfendes Spanferkel mit Kartoffeln und verschiedenen Gemüsebeilagen erscheinen. Für die Großeltern gab es Spaghetti mit Meeresfrüchten, denn Selena und Vobius liebten diese Speise aus dem Menschenreich ganz besonders. Während des Essens erzählte Rufus, wie es ihm bei Shagala und dem Zwergenkönig ergangen war.

Als die Sprache näher auf die Feenkönigin kam, seufzten die drei kleinen Feen und machten betretene Gesichter. Sehnten sie sich doch so sehr nach ihrer herrlichen Heimat. Rufus Kinder staunten nicht schlecht, als sie hörten, dass Boral zwölf Kinder und drei Ehefrauen hatte.

„Du nimmst dir aber nicht noch mehr Frauen, oder", wollte Amy wissen. „Das würde ja vielleicht ein Durcheinander geben", lachte Kee. - „Um Himmels willen, nein! Wie kommt ihr denn auf so etwas. Eure Mutter ist die einzige Frau, die ich jemals wollte und noch immer will", stellte Rufus klar. Am Ende des Abendessen ließen die Geschwister die Überreste wieder verschwinden, damit der Capuccino, an dem die Großeltern auch Gefallen gefunden hatten, Platz auf dem Tisch hatte.

Als die ganze Familie fertig gegessen und getrunken hatte und der Hund gefüttert war, ging Rufus mit seinen Kindern noch einmal zum Stallgebäude hinüber, um Serano eine gute Nacht zu wünschen. Der Hengst knabberte genüsslich an einer großen Portion Heu und unterbrach sich nur, um auch Rufus und den Kindern eine angenehme und erholsame Nacht zu wünschen. „Bis morgen", wieherte er den dreien hinterher. Dann erst fiel Rufus auf, dass er Fugan noch gar nicht gesehen hatte. „Wo ist eigentlich euer Onkel?"

Kee druckste eine Weile herum, bis er schweren Herzens gestand: „Auf Dunkelelfenjagd!" - „Was!", entfuhr es Rufus.

„Er hat uns heute erzählt, dass es hier im Ort vor Dunkelelfen nur so wimmelt. Aber wir sollten es für uns behalten. Bitte sag ihm nicht, dass wir dir etwas verraten haben." Rufus versprach es.

Ian, der inzwischen von Rufus erfolgreicher Heimkehr erfahren hatte, saß schon in der Küche bei Selena und Vobius, als die Zwillinge und ihr Vater aus dem Stall zurückkamen. Die beiden Männer schüttelten sich herzlich die Hand und Rufus fragte Ian sogleich, ob dieser am nächsten Morgen zur Tir nan Ogg aufbrechen könne. Er sollte Serafina Grüße und das Versprechen überbringen, dass er und die Kinder binnen zwei Tagen zurückkehren würden. Außerdem sollten die Druiden vorab wissen, dass seine Verhandlungen im Feen- wie auch im Zwergenreich erfolgreich verlaufen waren. Natürlich würde Ian Rufus Bitte am frühen Morgen nachkommen. Dann betrat ein über das ganze Gesicht grinsender Fugar die Küche durch die Hintertür. Rufus sah Fugan an und sagte: „Du bleibst jetzt bitte hier. Wir unterhalten uns später."

Fugan maulte eine Weile herum . „Was soll ich denn nun schon wieder verbrochen haben", verlangte er zu wissen. Rufus teilte ihm den Ablauf des Abends mit. Aber jetzt waren zunächst die Zwillinge dran.

Heute jedoch, später am Abend, wollten Ian und Rufus sich mit Vobius noch eine Zeit lang zusammensetzen und über alte Zeiten plaudern. Schließlich hatte sich auch hier in Dub Linh einiges verändert. Und Ian hatte schon mit vielen gemeinsamen Bekannten gesprochen. Einige Bewohner waren gestorben, andere hingegen hatten geheiratet und Kinder bekommen. Rufus wollte auf den neuesten Stand gebracht werden und nach den beiden anstrengenden Tagen einfach entspannen.

Vorher jedoch musste er Amy und Kee heute höchstpersönlich zu Bett bringen und noch einige Geschichten aus den anderen Reichen zum Besten geben, denen auch die drei kleinen Feen still lauschten. Als er den Zwillingen und Feen - unter deren Protest - gute Nacht sagte, denn sie konnten sich gar nicht satt hören an seinen Erzählungen, ging

Rufus hinunter in den Garten, wo er schon von seinem Vater und Ian erwartet wurde. Voller Elan nahm er auf der Bank Platz und freute sich auf die erste erholsame Nacht seit Tagen. Doch daraus wurde nichts, da Vobius anfing zu erzählen, dass die Zeichen auf Sturm standen. Und als Fugan mit seiner Geschichte fertig war, waren Rufus und Ian blass bis unter die Haarwurzeln geworden.

Darkas war erstaunt, welche Fähigkeiten sein kleiner Dämon besaß. Vor den staunenden Augen seiner Elfenkrieger hatte der kleine Grüne mit seinen Schaufelhänden gerade in Windeseile einen tiefen Graben rund um Darkas Lager ausgehoben. Dazu hätten selbst zehn starke Dunkelelfen einen ganzen Tag gebraucht. Darkas hatte dem Dämon befohlen diesen Graben anzulegen, damit er beschäftigt war. Und so ein Graben konnte auf keinen Fall schaden, falls sich irgendjemand dem Lager nähern sollte. Im Dunkeln würde jeder, ob Elf oder Tier in das Erdloch stürzen. Außerdem war dies eine weitere Prüfung in puncto Gehorsam gewesen. Jetzt stand der komische Kerl vor Darkas Hütte und kühlte seine glühenden Schaufeln in einem Eimer Wasser.
„Wo bleibt mein Bier", rief Darkas ungeduldig. Ein niederer Dunkelelf bahnte sich daraufhin seinen Weg durch die Krieger, um dem Herrn endlich sein Getränk zu bringen. Bei Darkas musste man immer auf der Hut sein, und warten ließ man ihn am besten nie, denn er war ein furchtbar grausamer und strenger Gebieter. Das hatten einige schon zu spüren bekommen. Manche hatten ihren Ungehorsam oder auch nur eine lapidare Verspätung sogar mit dem Tod bezahlt.
„Kruellagh, lass mir Shumo zu meiner Unterhaltung bringen. Ich will heute feiern", donnerte er. „Gib mir jetzt endlich das Bier", setzte er an den Diener gewandt hinzu.
Doch als der Dunkelelf mit dem Krug Bier auf Darkas zuging, wurde er von dem Dämon angesprungen. Der Grüne krallte sich in dessen wirrem Haar fest und versengte dem völlig überraschten Elf sämtliche Haare mit seinen immer noch heißen Schaufelhänden.
„Zurück", brüllte Darkas und lachte innerlich. Interessant, dachte er. Spielt sich der Kleine doch tatsächlich als mein Leibgardist auf! Da müssen wir nur noch üben, wer zu meiner Truppe gehört und wer nicht. Gar nicht mal so schlecht, sinnierte er und gebot Kruellagh und Kaiolor ihm in seine Hütte zu folgen. Er forderte frisches Bier an, weil das eben gebrachte gerade im Sand versickerte. Dann schloss er die Tür hinter sich, um sich in Ruhe mit seinen beiden besten Kriegern zu beraten. Er richtete ein paar - für die anderen unverständlichen Worte - an den Grünen. Sollte der Dämon ruhig neben der Hütte Wache halten.

Serafina hatte an diesem Tag lange geschlafen, wie fast alle Bewohner der Burg. Denn jeder hatte bis in die frühen Morgenstunden die Geburtenfeier mit Abschluss im Meer genossen. Aber jetzt fühlte sie sich ausgeruht und voller Tatendrang. Nun saß sie mit ihrer Familie auf der Terrasse beisammen und nahm die Aussicht über die Burg in sich auf. Karula plapperte schon wieder die ganze Zeit über ihre bevorstehende Hochzeit. Serafina verstand ja die Aufregung ihrer jüngeren Schwester, aber langsam ermüdeten sie die ständigen Wiederholungen. Sie hatte ganz andere Sorgen! Nämlich die um Rufus und ihre Kinder. Sie waren jetzt schon drei Tage weg und noch hatte sie nichts von ihnen gehört. Außer, dass die Packpferde zurückgeschickt worden waren mit der Botschaft, dass die drei gut in Irland angekommen waren. Nicht mehr und nicht weniger. Serafina nippte gerade an ihrem Tee, als Frina mit Stella auf dem Arm erschien. „Ist mein Mäuschen also doch noch erwacht", sagte sie fröhlich. - „Mami", rief Stella. "Tella schon gefürstück. Brei und Obs", fügte sie hinzu und lief in die offenen Arme ihrer Mutter.

„Aye, das ist ja toll, Schatz", meinte Serafina und drückte ihrer Jüngsten einen Kuß auf den Mund. - „Ich schmecke sogar noch die Himbeeren", lachte sie.

Plötzlich verzog sich Stellas kleines Gesicht in Falten. „Wo is mei Zirky", fragte sie. Als man ihr versicherte, dass ihr Kater sich irgendwo ganz in der Nähe herumtrieb, war sie zufrieden und erzählte, dass sie einen schönen Traum gehabt hätte. Darin sei sie mit den Meermenschen im Wasser gewesen und hätte mit einem Baby, viel kleiner als sie selbst, gespielt.

„Das war kein Traum, meine Süße. Weißt du nicht mehr, dass ich dich nachts geweckt habe und du mit Owain getanzt hast", erinnerte Serafina.

„Dann sind wir mit Fackeln an den Strand gegangen und haben zugeschaut, wir Rikolfars Baby getauft wurde. Weißt du noch", wollte Serafina wissen.

„Ja", jubelte die Kleine. „Hab mit Marikus badi demacht. Will dleich zu Marikus", forderte Stella. Serafina willigte ein, aber nur wenn sie vorher noch mit Karula zur wohl tausendsten Anprobe des Hochzeitskleides gehen würden. Damit war Stella zufrieden. Heronia begleitete ihre Töchter und ihr Enkelkind, das artig - die kleine Hand in ihre gesteckt - auf kurzen Beinen neben ihr herwatschelte und mühsam versuchte Schritt zu halten.

Das Brautkleid war bis auf einige Verzierungen fast fertig und saß nahezu perfekt. Stella klatschte Beifall, als ihre Tante sich vor ihr in dem wunderschönen Kleid drehte. „Tella mag auch so Kleid", war der einzige Kommentar.

„Streust du bei meiner Hochzeit Muscheln", fragte Karula. „Das würde mir sehr gefallen und du würdest ein ähnliches Kleid tragen."

„Au wei", antwortete Stella. „Darf Tella nix hinfall, sonst tippen alle Muskeln aus", sagte sie voller Ernst. Das brachte die Frauen so zum Lachen, dass sie sich kaum wieder beruhigen konnten und Stella lachte lauthals mit, obwohl sie nicht recht verstand warum sich die Erwachsenen so albern aufführten. Karula schälte sich schon wieder aus ihrem Brautkleid und entschied spontan, mit an den Strand zu gehen. „Ach wisst ihr, ich gehe auch mit. Es ist so ein herrlicher Tag und wer weiß wie lange ihr noch hier bleibt", beschloss Heronia.

Stella freute sich, dass nun alle ans Wasser gingen und rief, kaum dass sie den Strand erreicht hatten schon laut Marinus Namen. Dieser winkte von weitem und versprach der Kleinen später mit ihr zu schwimmen.

Später am Nachmittag, als Serafina schon einen leichten Sonnenbrand verspürte, kam Frina aufgeregt an den Strand gelaufen und wedelte schon von weitem mit einem Umschlag. „Hier, sein Brief von Rufus für dich. Ian gerade gebracht hat", keuchte die alte Elfe. - „Was schreibt er? Los mach schon auf", forderte Karula.

„Darf ich mich erst einmal bei Frina bedanken, Miss Neugier", schmunzelte Serafina und bat Frina, sich zu ihnen zu setzen.

„Aye,Stella, komm mal her", rief sie ihrer Tochter zu, die gerade am Wasser mit ihren Händen Sand schaufelte. „Daddy hat geschrieben."

Daraufhin kam das kleine Mädchen, so schnell es ihre Füße zuließen, zu den Frauen gelaufen und starrte auf den Brief in Serafinas Hand. Denn sie hatte täglich mehrmals nach ihrem Dada gefragt. Alle hörten gebannt zu, als sie zu lesen begann: „Mein lieber Schatz, bin wohlbehalten bei meinen Eltern zurück. Alles ist gut gelaufen!! Sowohl mit Shagala als auch mit Boral. Hierzu Genaueres, wenn ich wieder bei Dir bin. Amy und Kee amüsieren sich prächtig. Stell Dir vor, sie zaubern hier jeden Tag das Essen für alle. Und das im Haus meiner Mutter! Außerdem sind sie von den drei Feen begeistert. Ist das auch ein Wunder? Fugan hat eine Entdeckung gemacht, die mich fast von den Füßen geholt hätte. Das erzählen wir euch später. Ich vermisse Dich sehr! Wir kommen übermorgen zurück. Ich freue mich auf Euch.

Gib Stella einen Kuss von mir. In Liebe

Dein Rufus"

„Na, das ist doch herrlich", sagte Heronia als erste. „Dein Vater wird sich freuen, davon zu hören." - „Ich werde ihm..., oh das ist ja schon morgen, mit Stella entgegenreiten. Das wird vielleicht eine Überraschung für Rufus und die Zwillinge", dachte Serafina laut. „Außerdem weiß er noch nichts von dem Angriff auf Markwain. Es ist besser, den äußeren Wald zu umgehen", spann Serafina den Faden weiter.

„Das kommt überhaupt nicht in Frage", stoppte Heronia die Überlegungen ihrer Tochter.

„Es ist viel zu gefährlich da draußen", fiel auch Karula ein.

„Ach was! Habt ihr vergessen, dass ich - im Gegensatz zu Markwain - zaubern kann", sagte Serafina übermütig.

Daraufhin machte sich unter den Frauen leichter Unmut breit und jede versuchte auf ihre Weise Serafina von ihrem Vorhaben abzubringen. Heronia meinte, dass dies unbedingt mit Drug Fir besprochen werden müsste und gab nicht eher Ruhe, bis ihre Tochter zustimmte. Nur Stella war völlig aus dem Häuschen weil ihr „Dada" wiederkommen sollte. Auch Serafina hatte nicht die Absicht, sich ihre gute Laune und die Vorfreude auf ihre Familie verderben zu lassen. Sollten doch alle reden. Sie würde ihrem Mann entgegenreiten. Das stand schon mal fest. Wenn ihr Vater sich dadurch besser fühlte, sollte er ihr doch ein paar Krieger zum Schutz mitgeben. Damit könnte sie leben. Der restliche Nachmittag zog sich aus Serafinas Sicht quälend langsam dahin. Sie hatte keine Lust mehr, weiter im Sand zu liegen und in die Sonne zu gucken. Sie war jetzt kribbelig und wollte, dass der Tag möglichst schnell verging. Außerdem hatte sie keine Lust, sich weitere Ermahnungen von ihrer Mutter anzuhören. Also spielte sie mit Stella halbherzig im Wasser und war erfreut, als Marinus kurz vor Sonnenuntergang auftauchte, um mit ihrer Tochter das versprochene Bad zu nehmen. So konnte sie ihren Gedanken ohne Störung nachhängen.

Marinus verschwand mit der Kleinen hinter den Felsen, die zu einer weiteren Bucht der Insel führten. Serafina wusste nicht, was die beiden dort hinzog, aber Stella war bei dem Meermann in den allerbesten Händen. Sicherlich würden die beiden eine Menge Spaß zusammen haben. Während Serafina wartete, dass Marinus Stella zurückbrachte, gingen ihr tausend Gedanken durch den hübschen Kopf. Wann würde Rufus wohl zurückkommen? Wahrscheinlich erst spät am nächsten Abend, beantwortete sie ihre eigene Frage im Stillen. Wo würde sie ihn am besten treffen. Welches Pferd könnte sie nehmen? Und würde ihr Vater überhaupt erlauben, dass sie sich weit von der Burg entfernte? Ach Blödsinn, dachte sie. Heute Abend beim Essen würde sie ihm ihr Anliegen vortragen. Und hatte ihr Vater seiner Tochter je etwas abschlagen können! Serafina wurde aus ihren Gedanken gerissen, als Stella schon von weitem nach ihr rief: „Marikus hat Teschenk für mir."

Sie ging den beiden im Wasser entgegen und sah im schwindenden Tageslicht, dass ihre Tochter eine Kette aus gleichmäßigen kleinen weißen Perlen um den noch schmalen Kinderhals trug. - „Sieh ma! Is schicki, was", sagte Stella vergnügt.

„Aye, wirklich. Du siehst ganz chic mit der Kette aus", antwortete Serafina. An Marinus gewandt bedankte sie sich: „Lieb von dir, dass du sie noch einmal mitgenommen hast. Sie erzählt pausenlos von dir."

„Aber jetzt ist es Zeit zur Burg zu gehen. Sag Marinus gute Nacht", forderte Serafina ihre Tochter auf. Diese schlang noch ein letztes Mal die Arme um seinen Hals, küsste den Meermann auf die nasse Nasenspitze und sagte brav: „Nachti Marikus und danteschön", wobei ihre Hand an den Hals wanderte und die Kette suchte.

„Tella danz nassi", bemerkte sie ihrer Mutter gegenüber unnötigerweise und schnippte mit den kleinen Fingern. Serafina war überaus erstaunt, als ihre Tochter eben noch triefnass und nackend auf ihrem Arm, jetzt einen knallroten Bademantel trug.

„Wie hast du das gemacht", wollte Serafina wissen.

„Na so", antwortete die Kleine und schnippte nochmals mit den Fingern - nun trug auch Serafina einen Bademantel, der die genaue Kopie von Stellas war, nur ein paar Nummern größer. Das ist ja Wahnsinn, dachte Serafina bei sich. Ein paar Tage hier und das Kind kann richtig zaubern. Und das, obwohl sie noch so klein ist. Amy und Mandy brauchten damals sehr lange, bis sie - zaubermäßig - richtige Dinge erscheinen lassen konnten. Aber die waren auch nicht auf der Insel gewesen! „Verstärkte Zauberkraft hier", murmelte Serafina vor sich hin. Scheint ja doch zu stimmen, fügte sie in Gedanken hinzu. Das musste sie sofort ihren Eltern und Karula erzählen. Vielleicht konnte Stella ja beim Abendessen auch noch eine kleine Probe ihres Könnens geben, dachte sie übermütig.

„So", unterbrach sie sich in ihren Gedanken, „dann wollen wir mal zurückgehen, was."

„Es wird Zeit. Die anderen warten sicher schon auf uns. Außerdem habe ich Hunger", lächelte Serafina an ihre Kleine gewandt.

„Tella auch essi", sagte sie und schlang die Arme fester um den Hals ihrer Mutter.

Auch Amy und Kee machten sich gerade für das Abendessen zurecht. Da heute ihr letzter Tag hier auf der grünen Insel war, wollte Amy zur Feier des Tages richtig hübsch aussehen. Kee war da weniger wählerisch, aber seiner Schwester zuliebe, machte er mit.

Sie waren den ganzen Vormittag über mit Rufus in Dub Linh gewesen und hatten viele Bekannte ihres Vaters kennen gelernt. Das waren alles lustige Gesellen gewesen, die erzählt hatten, was ihr Vater doch als Junge so alles angestellt hatte. Am besten gefiel Amy die Geschichte vom Lehrer mit dem Kuhkopf. Rufus war seinerzeit ungefähr zwölf Jahre alt gewesen und hatte sich im Unterricht gelangweilt. Rufus hatte sich eigentlich immer im Unterricht gelangweilt. Daher hatte er sich die meiste Zeit mit seinem Freund unterhalten, und die endlosen Tiraden seines Lehrers nicht wirklich verfolgt. Trotz mehrerer Ermahnungen des Lehrers quasselten die beiden unermüdlich weiter. Rufus sollte deshalb eine Stunde nachsitzen. Darüber war Rufus so wütend geworden, dass er den Kopf seines Lehrers, mit einem einzigen Fingerzeig, in den Schädel einer Kuh verwandelte. Alle Klassenkameraden brüllten vor Lachen. Der Lehrer wunderte sich über die plötzliche Unruhe in seiner Klasse und wollte alle als einen ungezogenen Haufen beschimpfen. Unglücklicherweise entrang sich seiner Kehle nur ein lautes Muhen. Zu Rufus weiterem Unglück kratzte er sich genau in dem Moment seinen - normalerweise - kahlen Schädel. Leider konnte Rufus´ Lehrer keinen Spaß an seiner Verwandlung finden, und zog Rufus an seinen Ohren grob aus der Bank. Rufus wünschte sich in diesem Moment verzweifelt überall hin, nur weg von hier. Also riß er sich los, rannte wie von Furien gehetzt aus der Klasse und ließ einen verzweifelten muhenden Lehrer und vor Freude brüllende Kameraden zurück. Am Ende der Geschichte hatten alle Tränen gelacht und Amy schmunzelte immer noch vor sich hin, wenn sie daran dachte. Besonders in Anbetracht dessen, was wohl passieren würde, wenn sie sich so etwas im Menschenreich erlauben würde. Wahrscheinlich war, dass jede Menge Mitschüler in Ohnmacht fallen würden. Aber zaubern vor Menschen war ja absolut verboten. Schade, dachte Amy.

Was Amy und Kee jedoch nicht wussten, war dass Rufus rannte und rannte. Über Felder und Wiesen, bis in den Wald hinein. Als er endlich anhielt, um zu Atem zu kommen, fand er sich in einer völlig fremden Umgebung wieder. So war Rufus das erste Mal in seinem Leben, eher zufällig, im Menschenreich gelandet. Seither wusste Rufus, dass es noch viele andere Wege in die Zauberwelt und hinaus gab, als den, den er und seine Familie gewöhnlich nahmen. Später, als er mit Serafina zusammen kam, hatte er ihr sein Geheimnis offenbart und sie mit in die Menschenwelt genommen, die er seit seiner Kindheit immer wieder sporadisch besucht hatte. Rufus war seit dem ersten Augenblick von den Menschen und ihrer Welt fasziniert gewesen - mehr als jeder andere in seiner Familie. Er betrachtete sich in seiner Kindheit gern als „Weltenbummler". Auch wenn Rufus etwas anderes glaubte, wussten seine Eltern über seine Ausflüge sehr wohl Bescheid. Nur ließen sie ihn stets gewähren. Schließlich hatten sie großes Vertrauen zu ihrem Sohn. Und er war ein begabter Zauberer. Als später ein Beobachter für das Menschreich gesucht wurde, stand außer Frage, dass Rufus der geeigneteste Mann dafür wäre. Schließlich hatte er die meisten Kenntnisse über diese Welt sammeln können.
Brringh, Llingh und Rrringh waren den ganzen Tag über bedrückt gewesen, weil die Abreise ihrer neuen Freunde so kurz bevorstand. Auch die Zwillinge würden die kleinen Plagegeister vermissen, aber sie freuten sich doch schon sehr auf ihre Mutter, Stella und vor allem auf die freundlichen Meermenschen. Jetzt war aber keine Zeit, um Trübsal zu blasen, entschied Amy und fing schon einmal an, alles in die Reisetasche zu zaubern, was sie mitnehmen wollte. Kee war schon lange fertig und überlegte gerade laut: „Wollen wir den Feen noch ein wenig Blütennektar da lassen, sozusagen als Vorrat?"
„Aye, Superidee, da werden sie sich bestimmt freuen", meinte Amy dazu. Gesagt, getan! Schnell zauberten die Geschwister verschiedene Fläschchen herbei, gefüllt mit den köstlichsten Blütensäften. Dann kleideten sich beide in lange Unhänge - Amy trug darunter ein Samtkleid in blau und Kee ein gelbes Hemd mit passender Hose - und machten sich auf den Weg in Großmutters Küche. Dort saß man bereits am Tisch und wartete sich

angeregt unterhaltend auf Amy und Kee. Selbst Fugan hatte sich der Idee der Zwillinge unterworfen und kam ganz in blauen Samt gehüllt. Allerdings wollten seine Wildlederstiefel, die bis zu den Knien geschnürt waren, nicht so recht dazu passen.

Rufus war inzwischen auch von seinem letzten noch ausstehenden Besuch in der Stadt zurück und blickte jetzt auf, um seine Kinder zu bewundern: „Da habt ihr euch ja noch mal richtig in Schale geworfen."

„Aye, wir dachten, weil es doch heute unser letzter Abend hier ist, dass wir noch einmal ein ganz besonderes Galadiner veranstalten. Da sollte man auch angemessen angezogen sein", sagte Amy unsicher. - „Das ist ja eine tolle Idee. Die hätte von mir stammen können", nahm Selena ihrer Enkelin die Verlegenheit.

„Vielleicht sollten wir uns auch dementsprechend kleiden", fügte sie augenzwinkernd hinzu. Auf ein Kopfnicken von ihr waren in Sekundenschnelle alle festlich gekleidet und auch die Räumlichkeiten hatten sich verändert. Die Küche glich jetzt eher einem Salon. Auf dem Tisch standen bereits silberne Kerzenleuchter, die dem Raum zusätzlich etwas Elegantes verliehen. Selbst die kleinen Feen, die sich gerade sichtbar machten, trugen silberne Festkleider. Selena hatte an alles gedacht. Jetzt fehlte nur noch der Wein und das Essen.

„Wir warten", forderte Rufus die Zwillinge auf. - „Es geht gleich los. Aber vorher möchten wir noch ein paar Abschiedsgeschenke überreichen", verriet Amy.

„Brringh, Llingh und Rringh, kommt mal näher, bitte", verlangte Kee. Die Feen nahmen mit großen Augen die vielen Fläschchen mit Nektar entgegen und bedankten sich überschwänglich.

Auch an die Großeltern hatten an Amy und Kee gedacht. „Großmutter, Großvater", eröffnete Amy feierlich, „da euch beiden das Essen aus der Menschenwelt ja so gut geschmeckt hat, haben wir einen kleinen Vorrat für euch angelegt. In der Kammer steht ein riesiger Schrank - leider kein Tiefkühlschrank, wie wir ihn im Menschenreich kennen -, denn unsere Technik funktioniert hier ja komischerweise nicht, aber trotzdem haben wir unseren Zauber so hinbekommen, dass er den Vorrat an Pizzen und Spaghetti für ein ganzes Jahr frisch hält. Immer, wenn euch der Sinn danach steht, könnt ihr euch daraus etwas nehmen und an uns denken."

Selena bekam feuchte Augen und damit das niemand sah, beugte sie ihren Kopf unter den Tisch, um nach etwas Heruntergefallenem zu suchen.

Rufus und Vobius grinsten sich an und forderten endlich ihr wohlverdientes Essen. Und die Zwillinge fingen an zu zaubern, wie sie noch niemals zuvor gezaubert hatten. Alles was ihre Fingerspitzen an Köstlichkeiten hergaben, landete auf dem Tisch. Natürlich immer in kleinen Mengen, damit jeder von allem probieren konnte, ohne zu schnell satt zu sein. Es war fast wie in einem sehr teuren Restaurant in der Menschenwelt. Bei einem letzten cremigen Capuccino, den Selena und Vobius lieben gelernt hatten, bereitete auch Selena ihren Enkelkindern eine ganz besondere Abschiedsüberraschung.

„Hört zu", setzte sie an: „Zunächst einmal sind die Pizzen und Shaghetti eine sehr nette Idee von euch." Während sie sprach, versuchte sie ihre Rührung zu verbergen, indem sie sich immer wieder ein imaginäres Haar aus den Augen strich.

„Irgendwie sitzt meine Frisur heute nicht richtig." Selenas Frisur saß eigentlich nie richtig, sah man einmal davon ab, dass sie ihr langes graues Haar einfach zu einem Knoten im Nacken zusammendrehte.

Rufus sah seine Mutter überrascht an. Denn eigentlich gehörte sie nicht zu der Art von Frauen, die nah am Wasser gebaut hatten.

„Euer Großvater und ich haben uns lange überlegt, wie wir euch beiden eine Freude machen können", fuhr sie unbeirrt fort. „Es war nun nicht zu übersehen, dass ihr an gewissen Personen (das Wort zog sie ordentlich in die Länge) hier im Haushalt ein starkes Interesse gezeigt habt! Nüchtern betrachtet komme ich auch ohne sie zurecht..."

„Großmutter, du meinst doch nicht etwa...", fiel Amy ihr ins Wort. - „Aye, genau das meine ich. Brringh, Llingh und Rringh dürfen mit euch gehen, falls sie es möchten und euer Vater es erlaubt."

Daraufhin brach eine regelrechte Wortlawine los, die sich in den Raum ergoss. Amy und Kee bedankten sich bei den Großeltern, fragten aber gleichzeitig die Feen, ob sie überhaupt wollten. Vobius und Selana unterhielten sich miteinander und den Zwillingen. „Daddy, ist das nicht schön. Stella wird auch voll begeistert sein", sagte Amy gerade, sein Einverständnis voraussetzend. Denn Rufus war noch gar nicht gefragt worden. Die kleinen Geister ihrerseits spielten völlig verrückt: Schlugen in der Luft Purzelbäume, flatterten mit den zarten Flügeln, die jetzt - offenbar vor lauter Aufregung - dunkler schienen und unterhielten sich wild durcheinander. Rufus war froh, daß die Feen so zarte Stimmen hatten, denn zu dem Krach, der inzwischen in der Küche herrschte, hätten drei weitere laute Schreihälse gerade noch gefehlt. Allmählich wurde er ganz kribbelig. „Ruhe doch mal! Man versteht ja sein eigenes Wort nicht mehr", brüllte er. Vobius, der im Gespräch kurz inne gehalten hatte, sah seinen Sohn über den Rand seiner Brille an - gerade als wollte er fragen, ob Rufus noch alle Tassen im Schrank hatte - um dann in seiner Unterhaltung mit den anderen fortzufahren. Brringh wollte jetzt wissen, ob sie und ihre Geschwister dann auch mit ins Menschenreich dürften oder ob sie, wenn die Witherspoones die Tir nan Ogg verließen, wieder zu Selena zurückkehren sollten.

„Das liegt ganz bei euch. Ihr drei seid doch nicht unsere Gefangenen! Ich dachte, ihr habt immer davon geträumt eines Tages im Feenreich wieder aufgenommen zu werden. Vorausgesetzt Shagala verzeiht euch", erinnerte Selena die kleinen Geister.

„Och, wenn wir wirklich dürfen, würden wir zu gerne erst einmal mit Amy und Kee gehen", beschloss Brringh für alle drei. - „Da ich sowieso nicht gefragt werde, denke ich, das geht dann so in Ordnung", grummelte Rufus etwas verstimmt. „ Scheint ja sowieso beschlossene Sache zu sein".

„Na, na, mein Sohn", mischte Vobius sich ein, „du warst doch noch nie ein Spielverderber." Da fiel Kee noch etwas ein. Vorsichtig fragte er: „Die Drachen werden doch nichts dagegen haben, oder?"

Rufus sah Fugan an, aber der zuckte nur mit den Schultern. *Was hast du den beiden bloß wieder erzählt?*, dachte Rufus. Laut sagte er: „Ich glaube kaum."

Und natürlich hatte Vobius Recht. Nur wäre Rufus wirklich gerne nur der Form halber gefragt worden. Denn irgendwie schien ihm die Erziehung seiner Töchter hier im Zauberreich aus den Händen zu gleiten. Kaum war man mal zwei Tage weg, durfte im Haus seiner Mutter gezaubert werden. Das konnte er immer noch nicht glauben. Denn das hatte es wirklich noch nie gegeben. Das Leben hier hielt doch tatsächlich immer neue Überraschungen bereit, dachte Rufus schon etwas versöhnt.

Und die nächste folgte schon, indem Selena verkündete, dass sie die Absicht hatten in ein paar Tagen zur Insel nachzukommen. Sie wollten auch Serafina und die kleine Stella sehen. Die Zwillinge und auch Rufus freuten sich sehr, weil damit aus ihrem Besuch hier, im Land hinter der Wirklichkeit, doch noch ein richtiges Familientreffen werden konnte. Und nach menschlicher Zeitrechnung hatten sie noch viele Wochen, die sie miteinander verbringen konnten. Als auch die letzten Gläser ausgetrunken waren, und alles wieder in den ursprünglichen Zustand versetzt war, beschlossen alle, heute früher als gewöhnlich schlafen zu gehen. Zum einen waren die Kinder müde, da sie den ganzen Tag unterwegs gewesen waren und zum anderen wollten alle gut ausgeruht sein, wenn es am nächsten Morgen zurück zur Insel ging. Bei Anbruch des Tages wollten sie losreiten, um noch vor der Abenddämmerung die sichere Burg zu erreichen.

Fugan saß mit untergeschlagenen Beinen auf dem Bett und wollte noch ein paar Geschichten zum Besten geben, aber die Zwillinge winkten ab. Für heute hatten sie genug erlebt. Die Feen schliefen - wie immer - bei den Zwillingen auf den Kopfkissen. Für Rufus war es die letzte Nacht ohne seine Frau. Er konnte es kaum erwarten, sie endlich wieder in seine Arme schließen zu können.

Auf der Burg indessen saßen alle immer noch staunend beieinander auf der großen Terrasse und begutachteten Stellas willkürliche Zaubereien. Gerade verschwand ein riesiger Teddybär, den die Kleine hatte erscheinen lassen.

„Ich euch gesagt habe, dass die GABE in Stella sehr stark", bemerkte Frina wohl gerade zum zehnten Mal in der letzten Stunde. - „Aber jetzt ist Schluss. Für heute haben wir genug gesehen und Stella muß nun ins Bett", stellte Serafina entschieden fest.

Prompt kam der zu erwartende Protest ihrer Tochter: „Tella nich müdi." Obwohl sie sich schon seit einer halben Stunde immer wieder die Augen rieb. Ein sicheres Zeichen, dass es allerhöchste Zeit zum Schlafen war.

„Na komm, Süße, Oma bringt dich ins Bett und wir hören uns noch eine Geschichte aus deinem Buch an. Was meinst du?" Damit hatte Heronia das kleine Mädchen schon überredet. Karula und Owain verabschiedeten sich unter dem Vorwand eines nächtlichen Strandspaziergangs. „Bleibt aber nicht zu lange", ermahnte Drug Fir die beiden. „Nein, nein", rief Karula noch beim Hinausgehen ihrem Vater zu - und weg waren sie.

„Sie sind bis über beide Ohren verliebt. Lass sie doch! Beide sind außerdem alt genug", lachte Serafina, die froh war, mit ihrem Vater allein zu sein. Denn sie musste ihm unbedingt noch ihr Vorhaben für den nächsten Tag unterbreiten.

„Papa, wie du weißt, kommt Rufus morgen zurück. Ich dachte, es wäre eine hübsche Idee, wenn ich ihm mit Stella entgegenreite. Vielleicht nehme ich auch den Flugbesen. Ich weiß noch nicht."

„Was, du allein? Kommt überhaupt nicht in Frage", stellte Serafinas Vater nüchtern fest.

„Du weißt doch genau, was Markwain und Xabou passiert ist. Oder hast du das völlig vergessen." - „Aye, Papa, das ist es ja gerade. Ich möchte nicht, dass Rufus den Weg durch den äußeren Wald nimmt. Vielleicht sind da noch mehr Dunkelelfen. Er weiß doch noch nicht was passiert ist. Deshalb will ich ihn ja unterwegs treffen, damit wir den Wald umgehen können. Viele Wege führen zur Burg."

„Glaubst du wirklich, ich würde Rufus nicht eine kleine Truppe Krieger entgegenschicken", bemerkte Drug Fir nun irritiert. „Aber du und Stella - ihr bleibt hier!"

Das Gespräch nahm überhaupt nicht den Verlauf, den Serafina sich vorgestellt hatte. Deshalb schlug sie nun eine andere Taktik an: „Papa, ich bitte dich. Glaubst du, dass ich Stella in Gefahr bringen würde? Aber ich freue mich auf meinen Mann, sehr sogar! Ich will den Weg am Wasser entlang benutzen und so den Wald umgehen. Dann könnte ich Rufus und die anderen lange vor der gefährlichen Zone treffen."

Drug Fir rieb sich den weißen Bart und dachte angestrengt nach. Seine Tochter hatte ja irgendwie Recht. Sie würde sich letzten Endes wirklich nur ein paar Meilen von der Burg entfernen. Wurde er langsam alt und übervorsichtig, fragte Drug Fir sich im Stillen. Nach etlichen Minuten des Schweigens, das beinahe unangenehm zwischen ihnen wurde, schien er zu einem Entschluss gekommen zu sein.

„Also gut, du Dickkopf. Ich verstehe deine Sorge um deinen Mann. Und sicherlich ist es eine Überraschung, wenn du deine Familie unterwegs triffst. Aber ich mache mir trotzdem Sorgen. Denn die Zeiten haben sich leider geändert. Ich werde dir Markwain sowie vier weitere Elfenkrieger mit auf den Weg geben. Und das nur, wenn du mir versprichst, dich nicht weiter als ein paar Meilen von der Burg zu entfernen." Damit war Serafina zufrieden und fiel ihrem Vater um den Hals. „Glaub mir, ich passe gut auf Stella und mich auf. Außerdem kann ich im Gegensatz zu Markwain zaubern. Schon vergessen?" Da das Gespräch zwischen Vater und Tochter damit beendet war, wünschte man sich gegenseitig eine gute Nacht und verabschiedete sich bis zum Frühstück. Einzelheiten konnten auch morgen früh noch besprochen werden. Denn Serafina wollte erst am späten Nachmittag aufbrechen. Rufus und die Kinder würden bestimmt erst gegen Abend die nähere Umgebung der Burg erreichen. Gut gelaunt, weil sie ihren Willen durchgesetzt hatte, ging sie schlafen und ahnte nicht, dass dies ihre letzte ruhige Nacht werden sollte.

Zur selben Zeit lauschten Darkas und Kruellagh sehr aufmerksam den Ausführungen Luzikars, einem ihrer Späher. Luzikar war einer der wenigen Gestaltenwandler in Darkas Truppe. Das hieß, er konnte sich unbemerkt unter andere Lebewesen mischen und deren Gestalt annehmen, ohne dass er in irgendeiner Weise auffiel. Heute hatte er sich den Tag über in Dub Linh herumgetrieben, in der Gestalt eines ganz normalen Bauernburschen und hatte Rufus und seine Kinder dabei unauffällig beobachtet. Rufus war zu beschäftigt gewesen, als dass er ihn bemerkt hätte. Hier und da hatte Luzikar ein paar Gesprächsfetzen aufgeschnappt und war Rufus bis kurz vor das Haus seiner Eltern gefolgt. Zu gerne hätte Luzikar gehört, was dort drinnen gesprochen wurde. Aber näher an Vobius Haus hatte er sich nicht herangewagt, denn der Zauberer war durchaus in der Lage einen Gestaltenwandler als solchen zu enttarnen. Außerdem war ihm den ganzen Nachmittag lang, der Sohn des Druiden nachgeschlichen. Aber was Luzikar wissen musste, hatte er ohnehin erfahren, nämlich dass Rufus und die Kinder am nächsten Tag zur Burg zurückreiten würden. Die halbe Nacht war er mit seiner Reitechse, die außerhalb der Stadt versteckt gewesen war, geritten, um seinem Herrn zu berichten. Vor einer halben Stunde etwa war er ins Lager zurückgekehrt mit der Nachricht, dass Rufus bei

Boral vorgesprochen hatte. Was das bedeutete, konnte Darkas sich nur zu gut denken.
„Rufus wird morgen zur Burg (das letzte Wort spie Luzikar dabei fast verächtlich aus)
zurückkehren", erzählte er gerade mit schnarrender Stimme.
„Ich glaube, wir sollten Rufus einen gebührenden Empfang bereiten", sinnierte Darkas.
„Kruellagh, suche zwanzig Krieger aus, die Rufus kurz vor der Burg eine kleine Demon-
stration unserer Stärke geben. Wenn jemand dabei ums Leben kommt, soll es mir Recht
sein", lachte er gehässig sein tiefes Lachen.
Kruellagh erhob sich, verneigte sich kurz vor Darkas, um sofort die entsprechenden
Krieger auszuwählen. Sie war schon fast aus der Tür, als er ihr hinterher rief: „Ich habe
gerade noch eine andere Idee. Drug Fir wird doch sicherlich seine Enkelkinder wiedersehen wollen. Nehmt die Kinder als Geiseln! Damit besteht eine größere Chance, die
Druiden zur Vernunft zu bringen. Vielleicht räumen sie dann endlich **meine** Burg." Damit
gebot Darkas allen Anwesenden mit einer Handbewegung, ähnlich der mit der man
lästige Fliegen verscheucht, seine Hütte zu verlassen.
Wieder allein, rieb er sich seine knotigen Hände und dachte laut: „Nun scheint die Zeit
gekommen, meine ehemaligen Freunde, dass der Kampf beginnt!"

Serafina hatte eine unruhige Nacht verbracht. Zu aufgeregt um wirklich schlafen zu können. Mehrmals war sie aufgestanden, hatte nach Stella gesehen und - wie es ihr schien -
stundenlang aus dem Fenster gestarrt, in der unsinnigen Hoffnung, dass die Sonne dadurch schneller aufgehen würde. Nun war sie mit ihrer jüngsten Tochter am Strand und
wartete darauf, dass es endlich Nachmittag wurde und sie sich auf den Weg - Rufus
entgegen - machen konnten. Mit Owain hatte sie verabredet, dass sie sich am späten
Nachmittag im Burghof treffen wollten. Aber bis dahin waren es fast noch drei Stunden.
Stella war inzwischen auch sehr aufgeregt und fragte immer wieder, wann es denn endlich losgehen würde. Sie wollte ihrem „Dada" und ihren Geschwistern doch unbedingt
ihre Zauberkünste vorführen.
„Weißt du was, wir gehen jetzt nach oben, essen eine Kleinigkeit und legen uns dann
zusammen noch ein bisschen hin", schlug Serafina vor. „Da vergeht die Zeit dann ganz
schnell."
Stella, die immer Hunger hatte, fand den Vorschlag sehr gut und zog schon am Arm ihrer
Mutter, kaum dass diese die Worte überhaupt ausgesprochen hatte.

Rufus und die Zwillinge hatten derweil gerade ihre zweite Rast beendet. Selena hatte es
sich nicht nehmen lassen ihnen reichhaltige Körbe voller Nahrungsmittel mitzugeben.
Auch für die Pferde hatte sie mit einem großen Korb voller Äpfel und Möhren gesorgt. Als
ob niemand zaubern könnte! Fugan war heute außergewöhnlich still. In seinem Kopf saß
die Vorstellung fest, dass der Dunkelelf, den er in Dub Linh gesehen hatte, ihnen ganz
bestimmt folgen würde. Die anderen wollten allerdings nicht so recht daran glauben.
Aber für Fugan stand fest, dass ein Gestaltenwandler nicht so ohne weiteres in der Gegend herumlief. Deshalb versuchte er seine Augen überall zu haben. Jetzt saßen alle gerade wieder auf, um den letzten Abschnitt des Rittes hinter sich zu bringen. Die kleinen
Feen hatten in winzigen Sätteln Platz genommen, die Rufus eigens für ihren sicheren
Transport gezaubert hatte. Diese hatten sie an den Mähnen der Pferde befestigt. Die drei

kleinen Geister hatten sich unsichtbar gemacht und die Reiter merkten nur an deren ununterbrochenem Geplapper, dass sie überhaupt noch da waren. Brringh staunte die ganze Zeit über, wie groß die Welt außerhalb ihres Reiches doch war. Es war zwar noch ein ganzes Stück bis zur Burg, aber Rufus lag es fern, Serano und die Stuten übermäßig zu hetzen. Sie lagen gut in der Zeit und würden noch vor Abend wieder zu Hause sein. Kee rieb sich verstohlen das Hinterteil, als er sich unbeobachtet fühlte. Aber er würde sich hüten auch nur einen Schmerzenslaut von sich zu geben. Er wollte nicht wieder die guten Ratschläge der anderen ertragen müssen. Über die Hälfte des Weges lag - Gott sei Dank - hinter ihnen. Der schlimmste Teil aber stand ihnen noch bevor!

Auch Darkas Krieger, angeführt von Kaiolor, waren nicht untätig gewesen. Sie waren im Morgengrauen aufgebrochen und hatten bereits den äußeren Wald der Tir nan Ogg erreicht. Der geheime Zauberspruch war wieder einmal kein Problem gewesen, dafür hatte Darkas gesorgt. Da die Reitechsen viel schneller laufen konnten als Pferde, blieb den Dunkelelfen genügend Zeit, um ihren Hinterhalt für Rufus vorzubereiten. Die Reitechsen waren heute noch schneller als gewöhnlich gelaufen, froh darüber, endlich einmal wieder gefordert zu werden. Waren sie anfangs noch aggressiv und zappelig gewesen nach der langen Zeit im Pferch - eine war sogar hoch auf ihre Hinterbeine gestiegen, als ihr Reiter im Sattel Platz nehmen wollte -, so fielen sie mit jeder Meile, die sie zurücklegten in einen schnelleren gehorsamen Trapp. Kaiolor war zufrieden mit den Reitern und ihren Tieren.

Da Rufus, behindert durch seine Kinder, frühestens in zwei Stunden hier vorbei kommen würde, ordnete er zunächst eine halbstündige Pause für alle an. Diese war wohlverdient und würde der Vorbereitung auf den Überfall keinen Abbruch tun. Kaiolor streckte gerade seine langen, sehnigen Glieder, als einige Fledermäuse aus Richtung der Burg herangerauscht kamen. Er war nicht schlecht erstaunt, als die kleinsten aller Späher berichteten, dass man auch auf der Burg Vorbereitungen für einen Ausritt traf. Das wird ja immer besser, dachte Kaiolor mehr als zufrieden. Je mehr wir von dem Lichtelfenpack erwischen, desto besser. Denn daran, dass sie Rufus und seine Kinder und dazu nun auch noch ein paar Elfenkrieger überrumpeln würden, bestand für ihn nicht der geringste Zweifel. Beinahe zärtlich strich Kaiolor in einer unbewussten Bewegung über sein mächtiges Schwert, das er in einer schmucklosen Lederscheide über den Rücken trug. Er war bereit!

Auch Serafina war inzwischen bereit, sich auf den Weg zu machen. War sie doch wider Erwarten für eine Stunde eingeschlafen und wurde nur durch leises Gemurmel aufgeweckt. Dafür war Stellas Buch verantwortlich, das immer noch die Geschichte vom „Kleinen Muck" erzählte. Sie klappte das Buch zu und damit war Ruhe. Stella schlummerte immer noch friedlich an ihrer Seite.

„Zeit, Daddy entgegen zu reiten, mein Spatz", weckte sie ihre Tochter voller Tatendrang. Stella war mit einem Schlag wach und kommentierte trocken: „Tella is fertig." Dazu schnippte sie mit ihren kleinen Fingern und saß perfekt angezogen mit Reithose und Pulli neben ihrer erstaunten Mutter. Serafina stand ihrem Kind in nichts nach und zauberte sich selbst auch die passende Reisekleidung: Reithose, Lederweste und eine Wollbluse.

In den langen Lederstiefeln wirkten Serafinas Beine noch länger als gewöhnlich. Dann ging sie mit Stella auf dem Arm zu den Räumen ihrer Eltern, um sich kurz zu verabschieden. Denn in spätestens zwei Stunden würden sie ohnehin alle gemeinsam zurück sein. Dass es ganz anders kommen würde, ahnte niemand.

Owain erwartete Serafina und Stella mit vier weiteren Elfenkriegern am vereinbarten Punkt im Hof. Die Pferde standen bereit, so dass Serafina nur noch aufzusteigen brauchte. Owain hob Stella vor sich in den Sattel. Sein schwarzer Hengst trippelte nervös auf der Stelle, da er noch relativ jung und ungestüm war. Der Kleinen machte das aber nichts aus. Sie freute sich einmal auf einem „richtig droßen Hoppa" reiten zu können und zwitscherte dem großen Tier ein paar freundliche Worte ins Ohr, während sie seinen muskulösen Hals tätschelte. „Du bist also Stella", wieherte das Pferd. „Tenau", kam die Antwort. „Na, dann kann es ja wohl losgehen - deiner Familie entgegen", sagte Owain und an Stella gewandt: „Mein Hengst heißt übrigens Flamenco und gehört auch zu den freien Pferden. Er ist ein Sohn von Serano, dem Pferd von deinem Daddy."

Stella nickte gedankenverloren, sie war viel zu sehr damit beschäftigt, sich am Sattelknauf festzuhalten.

Auf Owains Zeichen setzte sich die kleine Gruppe in Bewegung. Für einen kurzen Moment war der Klang der Pferdehufe auf dem Bankett zu hören, dann war es wieder still im Burghof. Die Elfen hatten schon längst ihre Stände verlassen und würden erst am nächsten Morgen in aller Frühe wieder ihre Waren anbieten, daher war es in den Abendstunden sehr ruhig im Hof. Bald waren die Reiter außer Sicht und hinter den Bäumen verschwunden. Sie nahmen - wie versprochen - den Weg am Strand entlang und ließen sich die abendliche Meeresbrise ins Gesicht wehen. Die Pferde, die im leichten Trab vorwärts bewegt wurden, schnaubten leise angesichts der hereinbrechenden Dämmerung. Kein Pferd war gerne im Dunkeln unterwegs.

Viel lieber wären die Reittiere jetzt in ihrem gemütlichen Stall gewesen und hätten sich die Bäuche mit Hafer und Heu vollgeschlagen.

Nach kurzer Zeit hatte die kleine Gruppe um Owain und Serafina den Strandweg hinter sich gelassen, der sich um stille Felsbuchten oberhalb des Wassers in Richtung freies Feld schlängelte. Von hier oben hatte man einen wundervollen Blick über das Meer. Auch jetzt spiegelten sich die letzten Strahlen der untergehenden Sonne auf dem blauen Wasser. Diesen romantischen Anblick nahm Serafina jedes Mal wieder gerne in sich auf. Als sie das Feld erreicht hatten, ließen die Reiter ihre Pferde in eine schnellere Gangart verfallen. Owain galoppierte vorne weg, da er sehr scharfe Augen hatte und auch im jetzt einsetzenden Zwielicht außergewöhnlich gut sehen konnte. Ihm folgte Serafina, die angestrengt in die Weite starrte, um nach anderen Reitern Ausschau zu halten. Die Nachhut bildeten die vier Elfenkrieger, die paarweise nebeneinander ritten. Bald hatten die sechs den äußeren Wald, wo Markwain überfallen worden war, rechts hinter sich gelassen und ritten jetzt auf die ein paar Meilen entfernten Hügel zu, die sich um diese Zeit nur als schwarze Silhouetten vom dunkler werdenden Himmel abhoben. Markwain zügelte als erster seinen Flamenco und hob die Hand, um auch den anderen Reitern Einhalt zu gebieten. „Ich glaube, da hinten kommen sie. Vier Reiter auf dem Hügelkamm kann ich ausmachen und einen Hund". Serafina fielen vor lauter Starren in die einsetzende Dunkelheit fast die Augen aus dem Kopf, aber sie konnte beim besten Willen nichts erkennen. Doch ihr Herz machte einen Freudensprung. „Ich sehe absolut nichts", sagte sie an Owain gewandt. „Aber du hast ja auch die Adleraugen und nicht ich."

„Aye, dann wollen wir deine Familie mal angemessen begrüßen", schlug Owain vor und drückte seinem Pferd die Absätze in die Flanken. Der Hengst trabte daraufhin gehorsam an und alle anderen folgten. Als sie etwas dichter an die Hügel heran geritten waren, konnte auch Serafina endlich die drei Reiter erkennen, die gerade den Hügelkamm passiert hatten und sich vorsichtig nach unten tasteten. Nun gab es für sie kein Halten mehr. Sie preschte mit ihrem Pferd an Owain vorbei und jagte in wildem Galopp ihrer Familie entgegen, dass ihre weißblonden Locken nur so flogen.

Auch Rufus hatte die ihnen entgegenkommenden Reiter inzwischen bemerkt und traute seinen Augen kaum als Serano auch schon wieherte: „Typisch Serafina. Ich hab mir fast gedacht, dass ein Begrüßungskomitee erscheinen wird."

Amy und Kee kreischten wie aus einem Mund: „Da ist Mama. Ihre Haare sind unverkennbar!" Rufus hatte sein Augenmerk so sehr auf den steilen Weg gerichtet gehabt, damit die Pferde sicheren Tritt hatten und sich nicht verletzten, dass er Owains Gruppe erst sah, als sie fast heran war. Außerdem hatte er nicht damit gerechnet, dass ihnen jemand entgegen kommen würde - und schon gar nicht seine Frau. Am Fuße des kleinen Hügel trafen die beiden Gruppen aufeinander. Serafina war als erste vom Pferd gesprungen und rannte ihrem Mann entgegen, der sich gerade von Serano quälte. Serafina warf sich mit einem Freudenschrei in seine ausgebreiteten Arme.

„Na, ist das eine Überraschung", fragte sie und küsste ihren immer noch erstaunten Ehemann. „Ist dir gelungen, mein Schatz. Wenigstens hast du Owain und ein paar Reiter mitgenommen. Denn das ist nun wirklich nicht die Zeit für eine Frau allein unterwegs zu sein", lachte Rufus. „Aye, und die kleine Maus ist sogar auch dabei", freute er sich und hob die jauchzende Stella aus dem Sattel. „Dada, Tella kann zaubi", plapperte die Kleine fröhlich drauf los und hielt sich am Hals ihres Vaters fest.

Fugan räusperte sich, um auf sich aufmerksam zu machen. Serafina nahm nun auch ihren „kleinen" Bruder in die Arme. *Immer noch ein Kind*, dachte Serafina.

Rufus klopfte Owain auf die Schulter und bedankte sich auch bei den anderen, dass sie Serafina begleitet hatten. Amy und Kee drängten sich gleichzeitig an ihre Mutter und erzählten im Telegrammstil, was sie alles erlebt hatten. Dann baten sie die Feen sich zu zeigen und Stella machte große Augen. Serafina lachte: „Hat Selena euch also die Feen mitgegeben. Das hätte ich mir denken können." Archie lief fröhlich wedelnd von einem zum anderen und entschied sich letztlich für Serafinas Hand, die er einmal schmatzend leckte. „Ist ja gut, alter Junge. Ich freue mich auch, dass du wieder da bist. Du kannst mir auf der Burg alles in Ruhe erzählen", sagte Serafina und stoppte damit den Redefluss des Hundes.

Owain räusperte sich: „Ich will ja nicht unhöflich sein und die Wiedersehensfreude nur ungern stören, aber wir sollten besser aufsitzen und uns auf den Rückweg machen, denn es wird gleich ganz dunkel werden. Markwain ist hier ganz in der Nähe - im äußeren Wald - von Dunkelelfen angegriffen worden, Rufus! Deshalb wollte Serafina euch auch unbedingt entgegenreiten, damit ihr nicht den Weg durch den Wald nehmt." Rufus pfiff durch die Zähne. Er konnte nicht glauben, was er da eben aus Owains Mund gehört hatte. Hatten die Dunkelelfen sich tatsächlich so dicht herangewagt!

„Aye. Unter den Umständen nichts wie nach Hause Leute", stimmte Rufus zu. Kee war dem Heulen nahe, als er sich ein weiteres Mal in den Sattel von Kasiopeia quälte. Die Stute flüsterte ihm zu, dass er es ja bald überstanden hätte. Rufus nahm Stella zu sich und Serano. Nichts hielt seine jüngste Tochter davon ab, bei ihrem Vater zu sitzen. Als alle abmarschbereit waren, setzte sich die Gruppe unter Führung von Owain in Bewegung. Man hatte sich geeinigt, wieder den Strandweg zu nehmen, der zwar etwas länger aber sicherer war. Wie sehr sie sich täuschen sollten, ahnten die Reiter noch nicht.

Kaiolor und seine Krieger lagen nun bereits seit Stunden am Waldrand auf der Lauer. Ihre großen Reitechsen hatten sie tief im Wald an den Bäumen festgebunden, damit sie die Dunkelelfen ja nicht durch ein zufälliges Schnauben verraten konnten. Sie hatten still beobachtet, wie die sechs Reiter über den Strandweg in weitem Bogen an ihnen vorbeigeritten waren. Völlig arglos in ihr Verderben reitend. Gerade hatte Kaiolor befohlen die hässlichen, grauen Reittiere zu holen, damit sie für den Überfall zu Verfügung standen. Schon alleine durch diese mächtigen Tiere waren sie Kämpfern zu Pferd immer überlegen. Denn schlug eine dieser Kreaturen auch nur einmal mit dem schuppigen Schwanz und traf dabei einen Gegner, war dieser samt Pferd kampfunfähig oder gar tot. Kaiolor war nervös, er rechnete in Kürze mit der Rückkehr von Serafina, Rufus und den Kindern, die sich wahrscheinlich schon auf dem Rückweg zur Burg befanden. Es hatte ihn in den Fingern gekribbelt, Serafina und ihre - aus seiner Sicht - lächerliche Schutzpatrouille schon vorher anzugreifen. Aber alle auf einen Schlag zu erwischen, war noch viel effektiver. Denn er und seine Truppe waren den anderen allein rein zahlenmäßig weit überlegen. Ganz zu schweigen von der Kampfkraft. Außerdem boten seine Krieger einen erschreckenden Anblick: Riesengroß und von Narben entstellt, die aber ein jeder mit Stolz trug. Wenn er an den tapferen Mandrak dachte, der in dem großen Elfenkrieg eine Hand und ein Auge verloren hatte, schwoll seine Brust in Ehrfurcht. Mandrak führte mit nur einer Hand sein Breitschwert immer noch besser als manch anderer mit zwei gesunden Händen. Allein die Waffen verschreckten viele Gegner oft genug. Seine Leute waren mit Streitäxten, Schwertern, Krummdolchen und eisernen Morgensternen an langen Ketten gut ausgerüstet. Kaiolor hatte seine Krieger, die nun auf ihren Echsen saßen, geschickt verteilt. Zehn Dunkelelfen waren am Waldrand postiert, an dem die anderen rechter Hand vorbeireiten mussten. Die anderen neun Krieger und er selbst würden an dem schmalen Wegstück, das am Strand entlang führte und einen idealen Engpass bot, warten, und Rufus sowie seiner Gruppe den Weg abschneiden. Wahrscheinlich versuchten die Hexe und ihre Kinder - wenn die erste Gruppe sie weiter vorne angriff - zu flüchten. Das wollte Kaiolor auf jeden Fall verhindern. Darkas wollte Geiseln! Und wer eignete sich besser als die Enkelkinder eines Druiden! Letzte Anweisungen gebend entfernte er sich von der ersten Gruppe und bezog seinen Posten: *Gut, dass es nun fast dunkel ist. Sie werden uns erst sehen, wenn wir angreifen!* Serafina, die neben ihrem Mann ritt, erzählte gerade, wie ihr Vater Xabou den Wolf geheilt hatte, als Serano abrupt stehenblieb und nervös die Ohren in alle Richtungen drehte. Archie knurrte wie verrückt und sagte grimmig: „Ich rieche Dunkelelfen! Diesen widerlichen Gestank würde ich überall erkennen."

Owain mit seinen Adleraugen wollte gerade sagen: „Ich sehe nichts...", als sich vom dunklen Waldrand her zehn riesige Gestalten lösten und in rasendem Tempo herankamen. - „So ein Mist", rief Owain und sprang vom Pferd. „Bildet einen Kreis."
Zur Flucht blieb keine Zeit und außerdem machte es wenig Sinn, denn die Echsen waren schneller als ihre Pferde. Sie mussten sich wohl oder übel dem Kampf stellen, erkannte Owain sofort. Sein Schwert hatte er bereits gezogen - genau wie seine vier Krieger. Rufus zauberte in Windeseile einen unsichtbaren Schutzwall um die Kinder und Pferde. „Nehmt Stella in eure Mitte", brüllte er den Zwillingen und Fugan zu. „Was immer auch passiert, verlasst auf keinen Fall den Kreis!"
Aber Fugan hatte bereits eine riesiges Schwert, viel zu groß für ihn, in den Händen. „Ich bin doch kein Feigling", brüllte er zurück und verließ den Schutzkreis, nicht ohne ihn hinter sich zu schließen.
Die drei Feen flatterten davon und machten sich unsichtbar. Serafina, die schnell begriffen hatte, dass sie hier nur mit Magie eine Chance hatten, zauberte für Owain, seine Krieger, Rufus, Fugan und sich selbst magische Rüstungen, in denen sie weniger verletzbar waren, sowie Waffen für sich und Rufus. Die Rüstungen waren leichter als die der Dunkelelfen. Ihre Träger konnten sich besser darin bewegen. Hastig nickten ihr die anderen dankbar zu. Leider waren die Dunkelelfen teilweise immun gegen die weiße Magie. Es hatte wenig Sinn, nach den Gedanken der Dunkelelfen zu greifen. Ganz im Gegenteil - Sharpagis schottete seinen Geist ab wie ein U-Boot, das auf Tauchfahrt ging. Denn auch die Dunkelelfen konnten Illusionen in den Gehirnen anderer Lebewesen erzeugen. Kämpfen mussten die Burgbewohner in jedem Fall. Die magischen Waffen, mit denen sie von Serafina ausgestattet worden waren, würden in jedem Fall hilfreich sein. Diese konnten ihr Angriffsziel nicht verfehlen.
Serafina ersetzte Fugans viel zu großes Schwert durch einen leichten Säbel. Ihr Bruder war kein Krieger! Er hatte lediglich die Grundausbildung der Waffenführung genossen. Sie hatte genau solche Angst um ihn wie um alle anderen. Was würde ihr Vater sagen, wenn seinem einzigen Sohn etwas geschehen würde! Doch sie durfte sich von solchen Gedanken auf keinen Fall ablenken lassen. Denn schon überschlugen sich die Ereignisse und alles schien gleichzeitig abzulaufen: Die Kinder schrien und klammerten sich ängstlich aneinander, die Pferde sprachen beruhigend auf sie ein, obwohl sie selbst vor Angst zitterten und die Dunkelelfen waren heran und stürzten sich - wilde Kampfschreie ausstoßend - auf Owain und seine Kämpfer.
Als Gestaltenwandler hatte Owain bereits die Form einer großen Reitechse angenommen und Rufus schwang sich auf seinen Rücken. Gemeinsam vernichteten sie drei Angreifer, indem Rufus sein magisches Schwert schwang, dadurch einen Dunkelelfen enthauptete, und Owain mit seinem mächtigen Schwanz schlug und einen zweiten unter sich begrub. Der Dritte wurde unter seinem eigenen Reittier begraben, als Rufus sein Schwert in die Brust der Echse stieß. Fugan erhob sich von seinem Pferd in die Lüfte und schwang seinen Säbel wie einen Taktstock über dem Kopf eines Dunkelelfen. Das war eine gute Idee und Serafina tat es ihm gleich. Sie sah, selbst schwer damit beschäftigt am Leben zu bleiben, wie Fugans Säbel endlich sein Ziel fand und den Kopf des dunklen Schergen von seinem Rumpf trennte.

Ein Elfenreiter aus Owains Truppe lag verletzt am Boden und versuchte verzweifelt, den Klauen der umher trampelnden Echsen zu entkommen. Serafina hatte sich etwas abseits der in einander verwobenen Kämpfenden begeben und brachte durch Spalten, die sie in der Erde erscheinen ließ, zwei weitere Echsen zu Fall. Ungeachtet der Krieger, die von ihren Tieren fielen, schnitt sie den Kolossen, die verwirrt am Boden lagen, blitzschnell die Kehlen durch. Um die Dunkelelfen selbst würden sich schon die anderen kümmern. Sie wartete nicht ab, bis beide Ungeheuer in ihren Blutlachen verendeten, sondern drehte sich schnell herum, um sich den nächsten Gegner vorzunehmen.

Doch da wurde sie von einem Dunkelelf, der nur noch eine Hand hatte, an den Haaren gepackt. Sie war so voller Adrenalin, dass ihr auch nicht die kleinste Sache entging. Während sie den Kopf wand, blickte sie in nur ein starr glotzendes Auge. Offenbar wollte der Einäugige - wie Serafina erschreckt dachte - sie als Schutzschild benutzen. Er hatte jedoch nicht mit Owain und Rufus auf dessen Rücken gerechnet, die überall gleichzeitig zu sein schienen. Owain stieg auf seine mächtigen Hinterbeine, während Rufus seiner Frau eine Warnung zubrüllte, und ließ sich mit seinen Vorderbeinen auf den Widersacher fallen. Serafina war schon längst nicht mehr da, als die Owainechse den Einäugigen umwarf. Er lag schwer atmend auf dem Rücken und hatte nur noch Serafinas blonde Haare in der Hand. Auf Rufus Warnung hin hatte Serafina ihre Haare zurückgelassen und war in Richtung der Kinder gerannt, als der einarmige Mandrak seinen letzten Atemzug tat. Sein letzter Gedanke war, dass er auf dem Schlachtfeld starb, wie er es sich immer erträumt hatte. Das „Owainding" hatte ihm mit einem einzigen Tritt sämtliche Rippen gebrochen, die in Sekundenschnelle Herz und Lunge durchbohrt hatten. Als Rufus sich mit einem hastigen Blick nach unten vergewisserte, dass Mandrak auch wirklich ausgeschaltet war, denn noch hatten sie nicht alle Angreifer geschlagen, starrte ihn das eine Auge blicklos an.

Aber um ihren Sieg zu genießen blieb keine Zeit. Denn schon waren die zwei letzten Dunkelelfen heran und stürzten sich auf ihn. Rufus kämpfte entschlossen und verbissen um ihrer aller Leben. Er war zwar niemals ein richtiger Krieger gewesen, konnte aber dennoch gut austeilen, wie er gerade bewies. Mit einem schnellen Blick auf Owains Begleittruppe stellte er beruhigt fest, dass diese den Streit für sich entscheiden würden. Aber jetzt musste Rufus sich den verbliebenen Angreifern widmen. Fugan eilte ihm zu Hilfe und stellte sich überaus geschickt an.

Serafina hatte bereits neue Locken auf dem Kopf, als sie die Kinder unter ihrer Schutzkuppel erreichte. Sie durchbrach Rufus Zauber, befahl den Kindern sofort auf die Pferde zu steigen und schwang sich selbst in den Sattel. Die Kinder weinten - stumm vor Entsetzen - leise vor sich hin. Offenbar wussten sie ganz genau, dass keine Zeit zum Reden blieb. „Serano und Flamenco, ihr wartet hier mit den anderen Pferden auf Rufus und Owain. Ich hole nur schnell Sharpagis, der verletzt am Boden liegt. Dann reiten wir wie der Teufel zur Burg. Stella, Schätzchen, du sitzt mit bei Amy im Sattel. Sie kann besser reiten als Kee. Ist nicht bös gemeint, Kee", keuchte Serafina atemlos.

„Aye Mami", antworte Amy kleinlaut. Aber ihre Mutter war mit ihrem Pferd schon wieder unterwegs in Richtung Schlachtfeld. Amy suchte die drei kleinen Feen, konnte aber nichts entdecken. Sie würden schon für sich selbst sorgen, hoffte sie zumindest. „Kannst du aufstehen", rief Serafina, schon bevor sie bei Sharpagis angekommen war. „Nein, mein Bein ist gebrochen", antwortete der entschuldigend.

Daraufhin ließ Serafina den großen Krieger vom Boden zu sich heran schweben, packte ihn an seinem Hemd und lud ihn hinter sich auf das Pferd. Ihr Reittier, das ängstlich mit den Augen rollte, in Erwartung des großen Gewichtes, beruhigte sie: „Keine Angst, du wirst seine Last nicht spüren." Schon jagte sie über die Wiese, wo Rufus gerade den letzten Feind besiegte, ihren Kindern entgegen. Rufus hatte offenbar verstanden, was seine Frau vor hatte. Er wandte sich von dem toten Krieger ab und eilte ihr mit der „Owainechse" und Fugan im Gefolge hinterher.

Serafina, die den Schock noch nicht überwunden hatte, ritt gefolgt von den Zwillingen mit Stella bereits den schmalen Strandweg entlang. Mit einem Blick zurück vergewisserte sie sich, dass die Kinder ihrem Tempo folgen konnten. Aus dem Augenwinkel sah sie, dass auch Owain, der wieder seine normale Gestalt angenommen hatte, Rufus, Fugan und die drei Lichtelfen bereits auf dem Rückweg waren und ihnen in schnellem Galopp folgten. Als Serafina um eine weitere Kurve des sich am Wasser entlang schlängelnden Weges bog, ritt sie genau in Kailor und seine Truppe hinein. Denn der hatte dort Aufstellung genommen und versperrte ihr den Weg. Was sollte sie bloß tun? Wenden schien auf dem schmalen Strandweg unmöglich! *Zurück reiten und...* dachte sie, als sie auch schon grob vom Pferd gerissen wurde und unsanft mit dem Kopf auf dem Boden aufschlug. Serafinas letzter Gedanke war: Wo ist Rufus, meine Kinder... dann versank sie in gnädige Dunkelheit.

Stella war, obwohl so klein, die einzige, die die Nerven behielt. Sie stimmte nicht in das Angstgeschrei ihrer älteren Geschwister ein, sondern tat das einzig sinnvolle, indem sie laut nach den Meermenschen rief. „Marikus, Hiiilf!"

Rufus sah von weitem in namenlosem Entsetzen, wie seine Frau brutal vom Pferd gerissen wurde und reglos am Boden liegen blieb. Der verletzte Sharpagis fiel fast zeitgleich mit Serafina in den Sand. Das völlig verängstigte Pferd raste führungslos in Richtung Burg vorbei. Das war gut! Denn dort würde man sofort wissen, dass irgendetwas passiert war und Hilfe schicken. Amy und Kee, die gesehen hatten, wie ihre Mutter geradewegs in den Hinterhalt ritt, waren einige Meter vor den Angreifern von Angy und Kasiopeia gesprungen und zerrten Stella jetzt in Richtung Klippen. Die Pferde liefen in die andere Richtung davon. Sicherlich würden sie versuchen die Burg zu erreichen. *Vielleicht, aber nur vielleicht hatten die Kinder ein Chance über das Wasser zu entkommen,* dachte Rufus und dann waren auch er und die anderen heran. Aus dem Augenwinkel ahnte er mehr eine Bewegung, als dass er sie wirklich sah. Das mussten die Feen sein.

Rufus brachte Serano direkt vor Kaiolor zum stehen. Der Hengst schnaubte verächtlich, um zu zeigen, dass ihm die Reitechse von Kaiolor nicht im mindesten Angst einflößte. In seinem Inneren sah es allerdings ganz anders aus. Wenn sie nicht Hilfe von der Burg bekämen, wäre ein weiterer Kampf gegen die Übermacht der Dunkelelfen aussichtslos. Kaiolor grinste anzüglich: „So sieht man sich also wieder, Rufus. Eine nette Familie hast du. Ich habe mich gerade dabei ertappt deine Frau anziehend zu finden."

Obwohl Rufus den Dunkelelfen schon alleine für diesen Spruch gerne auf der Stelle getötet hätte, blieb er ruhig. Es hatte wenig Sinn, sich von Kaiolor provozieren zu lassen. Denk nach, verdammt, dachte Rufus bei sich. Irgendwie mussten sie Zeit gewinnen.

Denn Serafinas Pferd müsste eigentlich jeden Moment auf der Burg ankommen. Dort würde man dann hoffentlich wissen, dass irgendetwas schief gelaufen war. Dann konnten sie mit Hilfe rechnen. „Also, was willst du", fragte Rufus stattdessen.

„Das was wir schon immer wollten, die Burg zurück", antwortete Kaiolor dreist. „Du wirst doch bestimmt nicht wollen, dass wir deine Kinder mitnehmen, damit Darkas ein wenig Unterhaltung hat, oder?" Rufus sah sich verstohlen um - wo waren die Kinder abgeblieben? Kaiolor deutete Rufus Blick richtig, denn auch er suchte mit hektischen Blicken in der Dunkelheit nach den Kindern. Auf seinen Befehl hin sprangen zwei seiner Krieger von ihren Reitechsen und fingen an, die Umgebung nach Amy, Kee und Stella abzusuchen. Die Echsen blieben wie angewurzelt stehen. „Schafft mir die kleinen Monster herbei, tot oder lebendig", donnerte Kaiolor.

Das war zuviel für Rufus angespannte Nerven - er griff an. Owain, der das Gespräch bisher völlig Rufus überlassen hatte, war schon dabei, sich zu verwandeln - dieses Mal in eine große Würgeschlange. Blitzschnell hatte er sich um Kaiolors Bein gewunden und zog den überraschten Gegner von seiner Echse. Aber Luzikar, der Gestaltenwandler der Dunkelelfen hatte ebenfalls reagiert und sich in einen mächtigen Tiger verwandelt, der die „Owainschlange" mit einem einzigen Prankenhieb am Boden festnagelte. Owain verwandelte sich in einen Käfer, Luzikar in eine Spinne. Schnell wechselte Owain von Käfer zu Frosch und ließ seine klebrige Zunge in Richtung Spinne schnellen. Aber Luzikar war das Schicksal besser gesonnen als Owain, denn er hatte sich blitzschnell wieder in seine eigentliche Gestalt verwandelt. In schneller Folge wechselten beide Gestaltenwandler ihre Erscheinung, bis es Owain gelang Luzikar in Gestalt eines Skorpions den Garaus zu machen. Die verbliebenen drei Lichtelfenkrieger hatten längst ihre Schwerter gezogen, ohne auf die vielen Verwandlungen zu achten, und kämpften bereits einen weiteren Kampf.

Serafina war noch nicht wieder zu Bewusstsein gekommen. Sie lag nach wie vor reglos am Boden. Archie war, als Rufus zum Kampf blies, mit einem Satz bei ihr. Er versenkte seine Zähne in Serafinas Weste und zog sie weg von den umher trampelnden Füßen der Echsen in Richtung Waldrand ins Unterholz. Rufus kämpfte mit allen ihm zur Verfügung stehenden Mitteln. Jetzt warf er gerade mit einer Hand spitze Dolche in schneller Folge, die seine Gegner auf keinen Fall verfehlen konnten, während er mit der anderen versuchte, Serano ruhig zu halten. Der Hengst wich geschickt dem zuschlagenden Schwanz einer Echse aus, die sich wie wild im Kreis drehte. Das war auf dem schmalen Wegstück gar nicht so einfach. Denn am nahen Waldrand standen die Bäume so dicht, dass die Kämpfenden nicht in den Wald ausweichen konnten. Der Dunkelelf versuchte damit, indem er sein Tier kreiseln ließ, möglichst alle von Rufus Kämpfern mitsamt ihren Pferden außer Gefecht zu setzen. Kaiolor hieb immer noch angestrengt auf Serano ein, verfehlte ihn aber glücklicherweise ein weiteres Mal. Fugan fuchtelte an seiner Seite wie ein Besessener mit seinem Säbel herum, ohne wirklich einen Gegner zu treffen.

Als Rufus dachte, dass sie die Dunkelelfen nicht mehr lange würden abwehren können, kam Hilfe von unerwarteter Stelle. Die Meermenschen hatten offenbar Stellas Hilfeschreie gehört und stiegen jetzt mitsamt einer großen Flutwelle aus den Tiefen des Meeres auf. Rufus, Owain und die drei Lichtelfenkrieger zogen sich schnell in die Richtung

zurück, aus der sie gekommen waren, und brachten sich damit vor den Wassermassen gerade noch rechtzeitig in Sicherheit!
Fünf der Angreifer hatten weniger Glück. Sie wurden zusammen mit ihren Echsen ins Meer gerissen. Bevor sie jedoch endgültig von den Wassermassen verschluckt wurden, donnerten ihre Körper, sich immer wieder überschlagend, gegen die steilen Felsen. Genauso schnell wie die Flutwelle gekommen war, verschwand sie auch wieder. Das Wasser floss in einem großen Schwall wieder ins Meer zurück und hinterließ nur nasse, tiefe Löcher auf dem Strandweg.
Kaiolor war wütend, richtig wütend. Von diesen verdammten Meermenschen hatte er ja schon gehört. Darkas hatte des öfteren von ihnen erzählt. Aber heute hatte er sie nun das erste Mal zu Gesicht bekommen. Natürlich hatte er nicht damit gerechnet, dass diese Meeresbewohner so etwas wie die Flutwelle zustande bringen konnten. Ihm blieb keine Wahl, als seine Zielobjekte zu verfolgen, sollte ihre Mission nicht völlig vergebens gewesen sein. Seine beiden Krieger, die nach den Kindern gesucht hatten, waren wahrscheinlich mitsamt den Bälgern von den Wassermassen verschluckt worden. Denn als das Wasser sich erhoben hatte, turnten seine Kämpfer und die Kinder gerade zwischen den Felsen herum. Damit war deren Schicksal wohl besiegelt und sie damit nur noch zu dritt. Aber Kaiolor verschwendete nicht einen Gedanken daran, den Überfall hier und jetzt abzubrechen und einfach aufzugeben. Mit einem wütenden Aufschrei nahmen er und seine Krieger die Verfolgung auf. Da die Reitechsen wesentlich schneller liefen als die Pferde, hatten die drei Dunkelelfen Rufus, Owain und seine Männer schnell eingeholt. Serafina kam stöhnend zu sich. „Na, endlich, ich dachte schon, du wachst nie wieder auf", sagte Archie, der die ganze Zeit neben Serafina gelegen und sie bewacht hatte. Sie versuchte sich aufzusetzen. Ließ es jedoch vorerst bei dem Versuch bewenden und jammerte: „Oh Gott, mein Kopf! Ich fühle mich als ob ein Lastwagen über mich drüber gefahren ist. Was ist eigentlich passiert?"
Archie, der Serafina stirnrunzelnd beobachtet hatte, gab ihr eine knappe Zusammenfassung der Geschehnisse. Daraufhin war sie sofort auf den noch schwankenden Beinen, die jedoch wieder unter ihr nachgaben. Sie kroch auf allen vieren zu Sharpagis hinüber, der wenige Meter neben ihr reglos auf der Seite lag. Mit zwei Fingern fühlte sie am Hals seinen Puls. Das sah nicht gut aus. Aber sie konnte hier und jetzt rein gar nichts für ihn tun. Also konzentrierte Serafina sich mühsam wieder auf das für sie Wesentliche. Das Denken fiel ihr immer noch schwer.
„Wo sind meine Kinder jetzt und Rufus? Sind sie in Sicherheit? Archie sag schon!" Der Hund schloss kurz die Augen, um sich besser auf die Kinder konzentrieren zu können. Er hatte das in den letzten paar Minuten immer wieder getan, um sicherzugehen, dass wenigstens die Kinder außer Gefahr waren. Sonst hätte er nicht hier bei Serafina bleiben können. - „Mach dir keine Sorgen", sagte er nun, „die Kinder sind bei den Meermenschen und wahrscheinlich schon am Strand."
Serafina ließ die bis jetzt angehaltene Luft mit einem Seufzen entweichen und entspannte sich ein wenig. Sie brauchte sich also um ihre Töchter und ihren Sohn im Moment keine Sorgen zu machen. Sicher machte sie sich bittere Vorwürfe, dass sie Stella unbedingt hatte mitnehmen müssen. Gut, durch ihr Vorhaben Rufus und den Zwillingen entgegen zu reiten, hatte sie ihre Familie wahrscheinlich vor noch Schlimmerem be-

wahrt. Obwohl es auch so schon arg genug war. Ihre armen Kinder hatten ganz gewiss einen Schock, den sie so schnell nicht überwinden würden. Und wo war Fugan? Den hatte sie völlig aus den Augen verloren.

Dabei hatte sie den Abend der Heimkehr ihrer Familie so perfekt geplant. Eigentlich sollten sie jetzt alle gemütlich auf der Burg beieinander sitzen. Bei einem schönem Essen und sich entspannt unterhalten. Später, wenn die Kinder im Bett waren, wollte sie den Abend mit Rufus allein verbringen, denn es gab so viel zu bereden! Vielleicht wären sie auch noch an den Strand gegangen, um den Abend romantisch ausklingen zu lassen. Serafina wurde aus ihren Gedanken gerissen, als sie Pferdehufe vernahm, die schnell näher kamen. Archie sprang auf und lief den Reitern von der Burg entgegen. Drug Fir höchstpersönlich führte zwei Dutzend Elfenkrieger in glänzenden Rüstungen an, und brachte sein Pferd neben seiner Tochter zum Stehen.

„Vater, es tut mir so leid, dass ich nicht auf dich gehört habe", weinte Serafina.

„Für Entschuldigungen bleibt jetzt keine Zeit", sagte er, „wo sind die anderen?" - „Ich bin noch ganz benommen. Aber Archie sagte mir, dass Rufus und Markwain, als die Flutwelle kam, in Richtung äußerer Wald zurück geritten sind."

Daraufhin gebot Drug Fir den Lichtelfen den anderen hinterher zu reiten. Allein zwei Kämpfer und der Magier blieben zurück, um Serafina und Sharpagis zu helfen. Sharpagis war sehr schwer verletzt. Sein gebrochenes Bein lag in einem unnatürlichen Winkel vom Körper abgespreizt auf dem vom Blut durchtränkten Moos. Auch seine linke Hand sah völlig verdreht aus. Das Schlimmste aber war sein Kopf! Denn er hatte, im Gegensatz zu Serafina, die auf dem weichen Sand gelandet war, weniger Glück gehabt. Offensichtlich war Sharpagis mit der Schläfe auf einem spitzen Stein aufgeschlagen, der immer noch in der blutenden Wunde steckte.

Drug Fir ging neben ihm auf die Knie und drehte Sharpagis vorsichtig zu sich herum. Was er sah, gefiel ihm ganz und gar nicht. Denn die ohnehin blasse Haut des Elfenkriegers war fast durchsichtig geworden. Ein sicheres Zeichen dafür, dass er im Sterben lag. Drug Fir blieb keine Zeit, den kaum mehr tastbaren Puls zu fühlen. Denn wollte er den Elfen am Leben halten, musste er schnell handeln. Rasch griff er in seinen Beutel, den er immer unter dem Umhang trug, und zog ein Fläschchen mit dem goldenen Wasser hervor. Nachdem er den Verschluss entfernt hatte, benetzte er zuerst Sharpagis Lippen mit dem Heilwasser. Drug Fir hoffte, der Krieger würde davon wenigstens ein paar Tropfen schlucken können. Denn somit konnte der Kreislauf des Patienten stabilisiert werden. Danach entfernte Serafinas Vater vorsichtig den Stein aus der Schläfe des Verletzten. Jetzt konnte auch hier das heilende Wasser seine Wirkung tun. Um die Brüche und Prellungen konnte er sich später kümmern. Nun hieß es warten, denn auch Wunder brauchten Zeit.

Serafina drückte ihrem Vater sanft den Arm, um ihre Dankbarkeit anzudeuten, da sie sich verantwortlich fühlte. Wäre ihr Vater auch nur fünf Minuten später eingetroffen, wäre Sharpagis sicher nicht mehr zu retten gewesen. Das Heilwasser aus dem goldenen Brunnen konnte zwar Spontanheilungen bewirken, aber einen Toten ins Leben zurückzuholen war unmöglich. Nach scheinbar endlosem Warten öffnete Sharpagis vorsichtig ein Auge und stöhnte mit trockener Kehle: „Wo bin ich? Was ist passiert?"

„Scht, scht", sagte Serafina. „Sprich jetzt nicht soviel. Du bist in Sicherheit!" Sharpagis, der darum kämpfte, bei Bewusstsein zu bleiben, versuchte, seinen Oberkörper aufzurichten, fiel aber erschöpft wieder zurück auf das feuchte Mooskissen. Serafina strich ihm gerade über die blutende Wange, als er auch schon wieder in eine gnädige Ohnmacht versank. Denn die Schmerzen in seinen gebrochenen Gliedmaßen mussten - trotz des Heilwassers - unerträglich sein. Aber ihr Vater würde sich, nun nachdem feststand, dass der tapfere Krieger am Leben bleiben würde, auch gleich hierum kümmern.

Von Drug Fir fiel nun die Anspannung ab. Wer verlor schon gerne einen Freund! Geschickt beträufelte er die Brüche an Hand und Bein mit dem heilenden Elixier, als auch schon eine Gruppe Reiter, allen voran Owain, neben ihnen Halt machte. Rufus hing mehr, als dass er saß auf Seranos Rücken. Das Pferd blutete heftig aus der rechten Flanke und aus Rufus' Arm floss ein dünnes Rinnsal des roten Lebenssaftes. Serafina taumelte auf ihren Mann zu und umarmte statt seiner den Hals des Pferdes.

„Nicht weinen. Wir haben zwar auch ein bisschen abgekriegt, aber wir haben uns tapfer geschlagen", sagte Rufus müde.

„Gigantisch trifft die Sache wohl eher", bemerkte Fugan, der wie aus dem Nichts aufgetaucht war. „Du, Schwesterchen, hast als es Ernst wurde ja lieber eine Auszeit genommen."

Drug Fir warf seinem Sohn einen missbilligenden Blick zu und wollte gerade etwas erwidern, als Rufus ihn unterbrach: „Du kannst stolz auf Fugan sein! Er hat sich wirklich gut geschlagen." Ein breites Grinsen erhellte daraufhin Fugans Gesicht.

Der gesamt Reitertrupp war jetzt heran. Sie berichteten, dass sie alle - bis auf einen – vernichtet hätten. Vermutlich war nur Kaiolor im Kampfgetümmel entkommen. Drug Fir versorgte an Ort und Stelle seine neuen Patienten und stellte dann die Frage, die ihrer aller Leben verändern würde. „Wo ist eigentlich Stella"?

„Was", kreischte Serafina und ihr Herz setzte schmerzhaft aus. Drug Fir blieb erschreckend ruhig, als er seiner aufgeregten Tochter und deren Ehemann erklärte, dass Amy und Kee von den Meermenschen wohlbehalten am Strand abgesetzt worden waren. Aber Stella war nicht dabei gewesen.

Die Kinder hatten, bevor die Flutwelle kam, mit ihrer kleinen Schwester zwischen den Felsen gekauert. Unterhalb der Kante am Weg hatten sie ein gutes Versteck gefunden. Kurz bevor das Wasser aufbrauste, hatte sich jemand über die Kante gehängt und nach Stella gegriffen. Die Zwillinge hatten in der Dunkelheit nur wage eine Hand erkannt, die Stella gepackt und hochgezogen hatte. Amy war sicher gewesen, dass ihr Vater die Kleine vor den heranstürzenden Wassermassen hatte retten wollen, da Stella ja noch nicht schwimmen konnte. Deshalb waren alle auf der Burg davon ausgegangen, dass Stella hier bei Serafina und Rufus in Sicherheit war. Serafina, die schon die ganze Erzählung über leise vor sich hin geschluchzt hatte, brach nun endgültig zusammen. „Mein Baby. Mein armes kleines Baby", heulte sie, „was ist mit Stella passiert?"

Rufus befahl sofort die gesamte Gegend abzusuchen, als Archie sich kleinlaut einmischte: „Sie ist nicht mehr hier. Stella ist auf dem Weg nach Irland... auf dem Weg ins Lager der Dunkelelfen. Zu Darkas!"

„Aber du hast mir vorhin gerade gesagt, dass die Kinder in Sicherheit sind - und zwar alle", protestierte Serafina.

„Ich, ich...", stotterte der Hund betreten, „habe ja auch ihre Ortung gehabt. Ich habe natürlich geglaubt, dass Stella bei ihren Geschwistern ist." Winselnd zog Archie seinen buschigen Schwanz ein und heulte den aufgehenden Mond an. Er hatte versagt! Das erste Mal in seinem Leben hatte er versagt und Rufus und Serafina ins Unglück gestürzt. „Ist ja gut Archie", sagte Rufus versöhnlich. „Wir alle haben uns heute geirrt. Kannst du feststellen, ob es Stella gut geht?"
Der Hund war froh etwas tun zu können und schloss die Augen. Er richtete seine geistige Antenne voll und ganz auf Stella aus und wartete darauf, was er empfangen würde. Und alle anderen mit ihm.
„Was?", setzte Serafina, der das Warten unerträglich war, an. Ihr Vater jedoch gab ihr mit einem Kopfschütteln zu verstehen, dass sie den Hund in seiner Konzentration nicht stören sollte.
„Sie schläft", sagte Archie endlich. „Und sie ist unverletzt", fügte er glücklich hinzu.
„Gott sei Dank", bemerkte Serafina. Zu weiteren Worten war sie nicht fähig, denn sie sank ein weiteres Mal ohnmächtig zu Boden. Rufus hob seine Frau auf, setzte sie vor sich auf Serano und ritt im Schrittempo an. Sie mussten jetzt erst einmal mit ihren Verletzten zur Burg. Alles andere machte keinen Sinn. Eine Verfolgung mitten in der Nacht und am Ende ihrer Kräfte kam einer Verzweiflungstat gleich, die niemandem Nutzen brachte. So gerne Rufus auch sofort die Verfolgung aufgenommen hätte, um seine Jüngste zu retten. Es galt in Ruhe zu überlegen, wie sie seine Tochter aus den Fängen von Darkas befreien konnten. Dafür mussten sie noch heute Nacht eine Versammlung einberufen. Sein Schwiegervater würde schon alles arrangieren. Dessen war er sicher. Morgen konnten sie dann losschlagen. Owain legte mitfühlend eine Hand auf Rufus Schulter, als sie nebeneinander nach Hause ritten und sagte leise: „Wir holen die Kleine zurück! Das schwöre ich dir bei allem, was mir heilig ist!"
„Und ich werde dir ebenfalls helfen", bot Fugan an.
Serafina, die bis eben bewusstlos gewesen war und nun blicklos vor sich hinstarrte murmelte mutlos: „Aber wie denn nur?"
Als sie durch das große Tor ritten, das sperrangelweit offen stand, fanden die Heimkehrer die ganze Einwohnerschaft auf den Beinen vor. Alle hatten sich mit Fackeln im Burghof versammelt und wollten sich persönlich davon überzeugen, dass Serafina, Rufus, Owain und die Krieger wohlbehalten zurück waren.
Frina drängelte sich rücksichtslos durch die Menschenmenge und blieb, die Arme weit ausgestreckt, vor Serano stehen. Sie wollte wie üblich Stella in Empfang nehmen. Rufus schüttelte nur stumm den Kopf, während Serafina mit mühsam zurückgehaltenen Tränen mehr vom Pferd fiel denn stieg. Als Frina sie in ihre liebevollen Arme schloss, brachen alle Dämme und Serafina weinte hemmungslos.
Nun ging ein Getuschel durch die Menge. Jeder wollte wissen was passiert war. Drug Fir erklärte in knappen Sätzen, was sich ereignet hatte. Gleichzeitig bat er die drei anderen Druiden zu einer Ratsversammlung, möglichst in einer Stunde. Die Stallknechte nahmen den Reitern die erschöpften Pferde ab und versprachen, diese gut zu versorgen. Drug Fir verteilte schnell noch etwas von dem Heilwasser auf Seranos Flanke und versprach dem Hengst, später in den Stall zu kommen.

Sharpagis wurde von Drug Fir persönlich in die Burgräume gebracht. Er ließ die Trage, die aus Ästen und Blättern bestand, mit dem Krieger, der sich inzwischen einigermaßen erholt hatte, hinter sich herschweben. Der Magier wollte ihn jetzt noch einmal gründlich untersuchen. Vorsicht war immer besser als Nachsicht. Die Burgenbewohner wichen zur Seite, damit die beiden ungehindert passieren konnten. Serafina ging, von Frina und Rufus gestützt, die große Freitreppe hinauf. Sie musste nun den Zwillingen erklären, dass ihre kleine Schwester verschwunden war. Hinter ihnen blieb das leise Gemurmel der Menge zurück, als sich die große Burgtür quietschend schloss.

Stella wurde allmählich unruhig, wie Kaiolor mürrisch feststellte. Er konnte Kinder nicht leiden. Was machte man mit einem so kleinen Kind, wenn es wach wurde und nach seiner Mama plärrte? Er hatte da überhaupt keine Vorstellung. Denn Kinder bedeuteten für ihn unerträgliche Lautstärke, Unruhe und ewig hungrige Mäuler. Die zu stopfen hatte er keine Lust. Deshalb hatte er sich noch keine Frau genommen, die dann anfing zu schwärmen, wie schön es doch wäre eine richtige Familie zu gründen. Mit Kruellagh war alles schön unkompliziert und das sollte auch so bleiben. Sie hatten bisweilen ihren Spaß miteinander ohne jede Verpflichtung.
Das Kind vor ihm im Sattel hob den blonden Kopf und drehte sich umständlich um, damit sie ihn anschauen konnte. Was sieh sah, gefiel ihr offenbar gar nicht, denn sie schlug ihre kleinen Hände vor den Mund und sagte: „Ups!"
Jetzt würden die Schwierigkeiten anfangen, dessen war Kaiolor sich ganz sicher und sie hatten - dummerweise - noch einen weiten Weg vor sich. Das Kind hatte sich wahrscheinlich den Kopf gestoßen, als es gegen die Felskante geknallt war und dadurch einige Zeit das Bewusstsein verloren.
„Bist du also wach", fragte er wenig freundlich. Zum einen war er nie freundlich und zum anderen sollte das Kind gleich genügend Respekt vor ihm bekommen. Dem war aber nicht so, denn Stella hatte sich gefangen und sagte. „Wer bis `nen du. Und wo is mei Mami. Wo is Amy und Kee?"
Das waren ja gleich viel mehr Fragen, als er beantworten wollte. Deshalb sagte er: „Pass mal auf, du kleine Nervensäge", und wurde sofort unterbrochen.
„Tella is teine Nervschäge. So." Das konnte ja heiter werden, dachte Kaiolor entnervt.
„Maul halten", sagte er unwirsch und wollte fortfahren, als Stella ihn schon wieder unterbrach. „Maul, sag man nich. Hat mei Mami tesagt. Du bis böse."
Kaiolor war kurz davor, dass ihm der Kragen platzte. Er griff Stella grob am Arm und wollte ihr klar machen, wer hier in dieser Situation der Boss war. Stella schnippte zweimal mit den kleinen Fingern und saß hinter ihm im Sattel. Ja, gab es denn so etwas, dachte Kaiolor verstört. Hatte das blöde Balg tatsächlich schon Zauberkräfte. Das machte die Sache nicht gerade einfacher. *Bleib ruhig, du mußt die Sache eben anders angehen.*
„Hör mal zu, Schätzchen, ich..." fing er gerade neu an. „Bin nich dei Schättchen. Du bis böse." Dieses Kind konnte einen ja geradewegs in den Wahnsinn treiben. Vielleicht sollte er die Kleine besser hier und jetzt aussetzen, dachte er. Verwarf den Gedanken aber sofort. Er holte sich Stella wieder nach vorn und hielt ihr vorsichtshalber den Mund zu, als er zum dritten Mal anfing mit ihr zu reden.

„Also, ich bin Kaiolor. Deine Eltern sind bestimmt tot. Denn das viele Wasser hat alle ins Meer gespült. Damit du nicht alleine bist, habe ich dich mitgenommen. Weil ich lieb bin." Stella fing an zu heulen. *Na, das habe ich ja wunderbar hinbekommen*, dachte Kaiolor. Dann schneuzte sie sich heftig und biß Kaiolor kräftig in den Finger. „Du bis böse. So. Du bis ein Tunkeelf. Die sin immer böse. Tella geht nu zu sein Mami." Damit schwebte sie von der riesigen Echse und war einfach verschwunden.

„Das glaube ich einfach nicht", sagte Kaiolor zu sich selbst. Soviel Zauberkraft konnte ein so kleines Kind doch nicht haben. Er stieg von seiner Reitechse und suchte mit den Augen die gesamte Gegend ab. Aber Stella blieb vor seinen Blicken verborgen. Wenn sich so ein Hexenbalg nicht finden lassen wollte, hatte er keine Chance, dessen war er sich sicher. Am besten wird es sein, wenn ich Darkas gegenüber nichts von dem Kind erwähne, dachte er, stieg wieder auf seine Echse und ritt weiter.

Stella saß hinter einem Busch und heulte. Sie hatte solche Angst vor dem Dunkelelf gehabt doch nun war er weg. Sie wusste auch nicht, warum er sie plötzlich in Ruhe gelassen hatte. Fast schien es, als ob er sie gar nicht hatte sehen können, obwohl sie doch direkt vor ihm gestanden hatte. Daraufhin hatte sie keinen Ton mehr von sich gegeben und er war dann nach einer Weile einfach weg geritten. Stella runzelte die Stirn. Was sollte sie jetzt machen. Über ihre Grübelei, wie sie wieder zu ihrer Mami kommen konnte, weinte sie sich in den Schlaf.

Auf der Burg war die Stimmung gedrückt. Schlaf fand in dieser Nacht niemand, denn alle machten sich furchtbare Sorgen um Stella. Der Druidenrat tagte nun schon seit Stunden und Serafina ging unruhig im Zimmer ihrer Mutter auf und ab, in der Hoffnung Rufus würde jeden Moment kommen und ihr mitteilen, wie weiter verfahren werden sollte. „Ach, Mama, es ist alles meine Schuld", sagte Serafina gerade - wohl zum hundersten Mal in dieser Nacht.

„Du wiederholst dich, mein Kind. Ich kann dir nur immer wieder sagen, dass mit solcher Dreistigkeit der Dunkelelfen niemand rechnen konnte."

Amy und Kee saßen stumm auf einer Liege und sahen von einem zum anderen. Sie überlegten krampfhaft, wie sie ihrer kleinen Schwester helfen konnten. Brringh, Llingh und Rringh lagen erschöpft neben ihnen. Auch für die drei Feen war der Abend überhaupt nicht wie erwartet gelaufen. Sie hätten so gerne geholfen. Waren aber nur damit beschäftigt gewesen, sich selbst in Sicherheit zu bringen. Sie dösten vor sich hin, als Archie durch die Tür stürmte und bellte: „Stella ist frei. Aber sie ist ganz allein in der Wildnis." Serafina fiel ein Stein vom Herzen. Ihr Baby nicht mehr in der Gewalt des Dunkelelfen zu wissen, war die beste Nachricht, die sie seit Stunden bekommen hatte.

Sie lief los, um die Ratsversammlung sofort darüber zu unterrichten und prallte beinahe mit Rufus zusammen, der sich gerade müde um die Ecke schleppte. „Stella ist frei. Aber sie ist ganz allein. Archie hat es mir eben gesagt." Rufus atmete hörbar aus. „Dann los! Wir werden uns sofort auf den Weg machen und sie suchen. Der Rat hat übrigens entschieden... Ach was, das erzähle ich dir später."

Serafina ging zu ihrem Vater, damit er wusste, dass die Suche nach Stella sofort gestartet werden musste. Druig Fir schickte nach Dragan, dem Drachenreiter. Er sollte, in Begleitung von Serafina und Archie, sofort mit der Suche nach Stella beginnen. Das sollte reichen. Denn niemand rechnete mit einem weiteren Überfall in der Nähe der Burg, nachdem man die Dunkelelfen vor kurzem erfolgreich zurückgeschlagen hatte. Rufus jedoch ließ es sich nicht nehmen, seine Frau und den Drachenreiter zu begleiten. Er konnte sich zwar kaum noch aufrecht halten, wollte aber Serafina nicht alleine außerhalb der Burg agieren lassen. Fugan maulte herum, dass er die beiden nicht begleiten durfte. Ihm stand schon wieder der Sinn nach Abenteuern.

Der Drache Raznagor schnaubte Furcht erregend und voller Unruhe, als Serafina und Rufus sich ihm näherten. Offenbar spürte er, dass es gleich losgehen würde. Dragan sprach beruhigend auf das Tier ein und bat Rufus und Serafina, hinter ihm Platz zu nehmen. Der Rücken des Drachen war so breit, dass noch drei weitere Passagiere bequem hätten darauf sitzen können. Drug Fir hatte sich für eine Suche mittels Drachenreiter entschieden, weil das am schnellsten ging. Deshalb flogen auch Rufus und Serafina auf dem Tier mit. Archie sollte unten am Boden laufen und mit seinen telepathischen Fähigkeiten Stella aufspüren.

Schon erhob sich der Drache in die Lüfte. Als er seine mächtigen Schwingen der aufgehenden Sonne entgegen streckte, befiel ihn ein Gefühl grenzenloser Freiheit. Serafina war erstaunt, wie schnell sie an Höhe gewannen, denn die Burg blieb bald in Miniformat - wie es schien - unter ihnen zurück. Alle klammerten sich angespannt an die Rückenschuppen des großen Tieres, genau wie Dragan ihnen geraten hatte. Denn sie flogen ziemlich schnell und man wollte nicht hinunterfallen.

Allmählich wurde auch die Sicht besser, denn die Nacht, die allen Beteiligten nahezu endlos erschienen war, wich endlich dem heranbrechenden Tag. Rufus hätte nie geglaubt, dass sein ansonsten träger Hund so schnell rennen konnte. Hin und wieder warf er einen Blick nach unten, um zu sehen wo Archie lief. Bald hatten sie den äußeren Wald hinter sich gelassen und flogen über das freie Feld. Serafina rutschte unruhig auf ihrem Hinterteil herum und versuchte damit sich in eine bessere Sitzposition zu bringen. Die großen Schwingen des Drachen bewegten sich gleichmäßig auf und ab und machten zischende Geräusche wie eine Lok, der Dampf entwich, wenn sie die Luft teilten.

Gerade als Serafina sich etwas vorbeugen wollte, um einen besseren Blick auf die Landschaft unter ihnen zu haben, legten Dragan und Raznagor sich in eine steile Kurve. Serafina stieß einen erschrockenen Laut aus und klammerte sich fester an die Schuppen. Rufus, der hinter ihr saß verspannte sich ebenfalls merklich. „Euer Hund ist an einem Gebüsch stehen gebliebenen. Ich denke, wir sehen uns die Sache einmal genauer an", teilte Dragan mit. „Haltet euch gut fest, wir gehen jetzt runter", fügte er hinzu. Serafina und Rufus, die beide noch niemals zuvor auf einem Drachen geritten waren, brachten ihr Erstaunen über die Wendigkeit des riesigen Tieres mit kleinen Lauten des Erstaunens zum Ausdruck. War der Start schon aufregend gewesen, so war der Landeanflug noch um einiges spannender. Raznagor schwebte in immer enger werdenden Spiralen dem Erdboden entgegen, um dann mit ausgestreckten Krallen und einem schwerfälligen Ruck auf dem Boden aufzusetzen. Serafina war froh, als Rufus ihr von dem Ungeheuer half und sie wieder mit beiden Beinen auf der Erde stand. Schnell lief sie dem Hund hinterher. Es gab hier zahlreiche Büsche, jedoch auch größere Ansammlungen von fast undurchdringlichem Gestrüpp und der Hund war darin verschwunden.

„Archie, hast du Stella hier irgendwo entdeckt", rief sie laut in die ansonsten stille Landschaft.

„Kommt mal hier herüber", bellte der Hund von weitem. Serafina, Rufus und Dragan gingen dem Laut nach, denn zu sehen war der Golden Retriever immer noch nicht. „Archie, wo bist du denn, verdammt", wollte Rufus endlich wissen. „Hier drüben", kam die Antwort aus einem Gestrüpp. Nachdem sie sich durch mannshohen, blühenden Wachholder gekämpft hatten, sahen sie zuerst nur den wedelnden Schwanz des Vierbeiners. Serafina war als erste bei ihm und hauchte ein „Mein Gott". Denn vor ihr lag Stella, den Daumen im Mund, und schlief friedlich.

„Na siehst du. Wie ich gesagt habe, ist deine Jüngste unverletzt," erklärte Archie glücklich. „Du bist wirklich ein toller Hund", kommentierte Rufus zufrieden und tätschelte seinen Kopf. Serafina hatte sich hingekniet und strich ihrer Kleinen zart über den Kopf. Stella drehte sich auf die andere Seite und sagte, ohne die Augen überhaupt geöffnet zu haben: „Teh weg, du bis böse." Dragan lachte lauthals auf. Die Kleine hatte Selbstbewusstsein, das musste man ihr lassen.

„Hallo, Mäuschen", sagte Rufus, „bist du wach?" Stella schlug ungläubig erst ein und dann das zweite Auge auf. Wahrscheinlich glaubte sie zu träumen, denn sie sah von einem zum anderen und fragte ungläubig: „Mami? Dada?"

„Ja, meine Süße, wir sind wirklich hier", lachte Serafina, froh darüber, ihren kleinen Liebling unversehrt wieder zu haben. „Höchstpersönlich", fügte Rufus hinzu. Stella rieb sich kurz die Augen und schlang dann ihre kleinen Arme um den Hals ihrer Mutter. Abrupt hielt sie inne, um sich nun auch ihrem Vater zuzuwenden. Mit einem Blick auf Dragan stellte sie fest, dass sie ihn kannte. Denn sie zeigte mit dem Finger auf ihn und sagte: „Du has droße Hundi."

„Ganz genau, meine Kleine", lachte er. „Der Drache wartet auf dem Feld, um uns alle zur Burg zurückzubringen."

„Tella muss essi", stellte sie zunächst klar. Dann erzählte sie von ihren Erlebnissen. „Danz viel Wasser dekommt. Tella aua dehabt an Topf. Und da tommt Hand und zieht mir, aber is nich mei Dada. Da macht Tella heia, heia. Wird wach und is auf droße Viech mit böse Tunkeelf. Hab Zauber demacht und Tunkeelf sieht mir nich."

„Was? Du hast dich unsichtbar gemacht", staunte Serafina und sah ihren Mann hilflos an. Wie hatte die Kleine das bloß gemacht. Nicht einmal sie oder Rufus konnten sich ohne weiteres unsichtbar machen. Dafür bedurfte es richtiger Beschwörungsformeln. Hatte Frina am Ende doch Recht, dass in Stella die GABE besonders stark war, fragte sie sich.

„Aye, Süße, da hast du ja schreckliche Sachen erlebt. Du hast bestimmt große Angst gehabt", stellte Rufus nüchtern fest. „Nö", antwortete Stella, „hab den Tunkeelf in sei Finger debeißt."

Jetzt brachen alle in erlösendes Gelächter aus. Selbst der Hund lag auf dem Rücken und wälzte sich hin und her, weil er vor lauter Gekicher nicht ein noch aus wusste. Stella schnippte nun mit den Fingern und hielt daraufhin eine Flasche mit Apfelsaft in den Händen, die sie genüsslich zum Mund führte. In großen Schlucken sog sie gierig die süße Flüssigkeit ein und rülpste anschließend herzhaft. Das löste den nächsten Anfall von Heiterkeit in der kleinen Gruppe der Umstehenden aus.

Rufus beschloss, dass sie sich jetzt besser auf den Weg machten, bevor sich hier noch irgend jemand zu Tode lachte. Er trug Stella auf seinen Schultern und ging vorne weg. Serafina und Dragan folgten mit Archie dicht auf. Als sie aus dem Gestrüpp traten, klatschte Stella fröhlich in die Hände, denn ihr Blick fiel auf Raznagor, der artig - und unübersehbar - auf der Wiese stand und auf seinen Herrn wartete. „Oh, oh, droße Hundi is auch da." Ihr Vater erklärte, dass sie nun alle mit dem großen Drachen zur Burg fliegen würden. Das gefiel der Kleinen natürlich sehr gut. Rufus stellte befriedigt fest, dass seine Tochter wohl keinen allzu großen Schaden durch die Entführung genommen hatte. Er sah Serafina an, die mit einem kurzen Nicken bestätigte, dass sie seine Gedanken teilte. Als erster stieg Dragan auf, um das Tier ruhig zu halten. Denn der Drache wurde wieder leicht nervös, weil er Passagiere zu befördern hatte. Das war bis dahin auch nie vorgekommen. Er scharrte mit den klauenbesetzten Vorderbeinen und schnaubte wild. Dadurch stieß er kleine Rauchfäden durch beide Nasenlöcher aus. „Na, na, fang jetzt bloß nicht an Feuer zu spucken. Es ist ja alles gut. Unsere Freunde hier tun dir bestimmt nichts", beruhigte Dragan sein Tier. An die Witherspoones gewandt sagte er: „Ihr müsst entschuldigen, aber Raznagor ist noch jung und hat keinerlei Erfahrung mit Fremden. Er meint es nicht böse."

„Aye, das wollen wir wirklich hoffen", flüsterte Serafina ihrem Mann zu. Der lachte nur und griff selbstbewusst nach den Sprossen der kleinen Strickleiter, die Dragan von Raznagors Rücken heruntergelassen hatte, damit seine Fluggäste besser aufsteigen konnten. Serafina reichte ihm Stella und stieg dann selbst auf den Rücken des grünen, schuppigen Ungeheuers. Sie beschlossen, dass auch Archie mit ihnen fliegen sollte. Der arme Hund war in den letzten Tagen - zwar durch Zauberkraft unterstützt - so viel gelaufen, dass er sich den Flug verdient hatte. Also ließ Serafina mit einem Fingerzeig den Hund zu sich heraufschweben und legte ihn mit Rufus Hilfe zwischen sich und ihren Mann. Dragan versprach auch ganz langsam und vorsichtig zu fliegen, damit der Retriever nicht fallen konnte. Schon ging es los und Stella jauchzte vor Vergnügen. Für sie war der Flug auf dem Drachen ein neues, großes Abenteuer.

Während des kurzen Rückfluges schilderte Rufus Serafina das Ergebnis der Ratsversammlung in knappen Worten. Denn er musste ganz schön brüllen, um sich verständlich zu machen.

„Es sieht folgendermaßen aus: Wir werden Darkas angreifen! Es hat keinen Sinn zu warten, bis er den nächten Schritt tut. Du hast selbst erlebt, wie unverschämt er in seinem Vorgehen geworden ist. Ich habe, gerade bevor du angerannt kamst, Boten ins Zwergen- und Feenreich entsandt." Serafina, der der Flugwind in den Ohren rauschte, schrie zurück, dass ihr dieses Vorhaben nicht gefiel, überhaupt nicht gefiel. Aber Rufus tat, als ob er sie nicht verstanden hätte.

„Sie kommen", rief Kee, der schon seit dem Morgengrauen auf der Terrasse gestanden und angestrengt in den Himmel gestarrt hatte, um ja nicht die Rückkehr seiner Eltern zu verpassen. Der Drache, der anfangs nur als kleiner Punkt am Horizont sichtbar gewesen war, kam immer näher und kreiste bald schon über der Burg, um dann außerhalb auf der Wiese zu landen. Auf Kees Meldung hin waren Frina, Heronia, Karula und Amy sofort aus ihren Gemächern gestürzt, die Treppe hinunter gerannt und kamen in dem Moment im Burghof an, als Rufus und Serafina mit Stella zwischen sich durch das große Tor schritten. Er selbst und Fugan hetzten hinter den anderen her.

„Mein Liebling, dir Gott sei Dank nichts passiert ist", freute sich Frina und lief auf Stella zu. Sie riss das kleine Mädchen förmlich aus den Händen ihrer Eltern und wirbelte sie durch die Luft. Stella kicherte und winkte den anderen fröhlich zu. „Mensch Stella", sagte Amy, „du hast uns einen schönen Schrecken eingejagt." Sie nahm ihre Schwester hoch und küsste sie auf den Scheitel. Jeder wollte das Mädchen nun einmal kurz auf den Arm nehmen und so wurde es von einem zum anderen gereicht.

„Ich glaube, wir sollten jetzt alle miteinander frühstücken", empfahl Heronia und ging mit Stella auf dem Arm zurück in die Burg. Stella plapperte die ganze Zeit über und erzählte ihrer Großmutter von dem bösen Dunkelelf, der ganz schlimme Worte gesagt und den sie in den Finger gebissen hatte. Heronia konnte sich nur mit allergrößter Mühe das Lachen verkneifen, denn die Kleine erzählte so ernst von dem schrecklichen Erlebnis, dass es schon wieder komisch wirkte. Ab und an warf sie ihrer Tochter Karula einen Seitenblick zu und sah, dass auch diese Schwierigkeiten hatte, die Fassung zu bewahren. Stella wurde noch vor dem Frühstück schnell von Frina gebadet und auch alle anderen richteten sich ein wenig her. Die Nacht war lang gewesen und niemand hatte auch nur einen Gedanken daran verschwendet seine Kleidung zu wechseln.

Dank Zauberei war in Windeseile der Tisch gedeckt und zum ersten Mal - seit Tagen - saß die ganze Familie entspannt beieinander. Über den Rand ihrer Kaffeetasse hinweg beobachtete Serafina ihren Mann und stellte betroffen fest, wie mitgenommen ihr Rufus doch aussah. Er hatte tiefe, schwarze Ringe unter den geschwollenen Augen und wirkte trotz seiner aufgesetzten Fröhlichkeit rechtschaffen fertig. Wahrscheinlich sehe ich selbst auch nicht besser aus, dachte Serafina müde.

„Niemand verlässt mehr die Sicherheit der Burg", hörte Serafina ihren Vater gerade sagen. „Ihr habt erlebt wohin das führen kann. Wir können froh und glücklich sein, dass es noch einmal gut gegangen ist."

Während er sprach, tätschelte er liebevoll Stellas Kopf. Serafina nickte stumm. Sie hatte verstanden. Aber Fugan offenbar nicht. Er richtete sich in seinem Stuhl zu voller Größe auf und sah seinen Vater böse an. „Das mag ja vielleicht für unsere lieben Kleinen hier gelten", dabei grinste Fugan die drei Witherspoone-Kinder an, „aber bestimmt nicht für mich. Du glaubst doch nicht ernstlich, dass ich mich hier auf der Burg einsperren lasse und mich zu Tode langweilen werde."

Drug Fir hob ärglich die Hand, um seinem Sohn Einhalt zu gebieten. „Doch, genau das glaube ich. Warum musst du immer Ärger machen?"

Heronia lenkte ein, indem sie vorschlug, dass Fugan Amy und Kee doch einmal die Katakomben zeigen könnte. Die Zwillinge waren begeistert - Fugan allerdings weniger. Darüber war - aus Fugans Sicht - noch nicht das letzte Wort gesprochen. Rufus verkniff sich mühsam ein Gähnen und streckte seine langen Glieder.

„Nehmt es mir nicht übel, aber ich muss mich jetzt einfach ein wenig hinlegen. Ich bin zu keinem klaren Gedanken mehr fähig," stöhnte er und erhob sich umständlich vom Tisch.

„Und du, Serafina, am besten folgst Beispiel von deinem Mann", ordnete Frina an. „Ich werde mich kümmern um Kinder." Serafina nickte dankbar und erhob sich ebenfalls.

„Also, einstweilen gute Nacht," sagte sie und verließ gemeinsam mit Rufus den Raum.
„Schön lieb sein", ermahnte sie Stella im Hinausgehen.
„Tella is liebi - immer," konterte die Kleine.
In ihrem Schlafzimmer angekommen, ließ sich Serafina auf ihr Bett fallen, streckte die Arme nach Rufus aus und ermunterte ihn damit ihrem Beispiel zu folgen. „Ich bin so müde. Ich glaube ich könnte einen Tag, ach was, eine Woche lang nur schlafen." Rufus ließ sich neben ihr nieder und sah sie fragend an. „Was", lachte sie, „ich dachte auch du bist zu erschöpft."
„Das schaffe ich schon noch. Ich habe meine wunderschöne Frau schließlich lange nicht gesehen", sagte Rufus und zog Serafina in seine Arme. Später schliefen sie eng aneinander gekuschelt fast den ganzen Tag und wurden erst wieder wach, als Stella in ihr Zimmer kam und zu ihnen ins Bett kroch.
„Is schon danz dunkel draußen. Ihr hab viel heia demacht. Alle wolln essi mache. Ihr sollt auch tommen."
Rufus warf einen Blick aus dem Fenster und stellte fest, dass seine Tochter Recht hatte. Es war bereits wieder Abend. „Na, Mäuschen, da haben wir ja wirklich lange, sehr lange geschlafen. Zeit zum Aufstehen!"
Er kitzelte Stella, die sich unter seinen Attacken wand und mit einem Protestschrei aus dem Bett fiel. „Eh, pinnst du", beschwerte sich das kleine Mädchen. Nun war auch Serafina hoch und fragte besorgt: „Hast du dir weh getan?"
„Nö", kicherte Stella. „Hat nur plumps demacht." - „Jetzt erzähl Mami doch mal, wie du dich unsichtbar gemacht hast", sagte Serafina und hob Stella auf ihren Schoß. Gemeinsam saßen sie auf der Bettkante und die Kleine überlegte laut: „Tella weiß nich. Der böse Tunkeelf hat mir nich mehr deseht."
„Hm, hm", brummte Rufus, „wir werden es wohl erst einmal dabei belassen müssen. Wie sie es gemacht hat, ist auch nicht so wichtig. Aber fest steht: sie kann es offenbar."
Serafina und Rufus waren einigermaßen ausgeschlafen und freuten sich ehrlich auf das Abendessen, denn viel gegessen hatten sie seit gestern nicht mehr. Und das Familienessen bot eine gute Gelegenheit das weitere Vorgehen gegen Darkas zu besprechen, denn laut Beschluss des Druidenrates würden ein Angriff nun unweigerlich erfolgen. Rufus war schon gespannt, ob es inzwischen Nachricht von Boral und Shagala gab. Als Stella ihre Eltern auf die Terasse ihrer Großeltern führte, war das Essen schon in vollem Gange.
„Entschuldigt, wir haben schon angefangen, weil wir nicht wussten, ob ihr heute überhaupt noch aufsteht", begrüßte Heronia die drei.
„Aye, setzt euch und greift zu", lud Karula ihre Schwester und deren Mann ein. Stella war schon um den Tisch geflitzt und setzte sich auf Karulas Schoß. Karula machte ein bedrücktes Gesicht und Serafina fragte was los sei.
„Ach", stöhnte Karula, „meine Hochzeit steht quasi vor der Tür und nun müssen wir einen Krieg führen. Ich mache mir Sorgen um Owain und euch alle." Serafina drückte beruhigend die Hand ihrer Schwester und antwortete, dass schon alles gut werden würde. Was sollte sie auch sagen. Jetzt wollte sie zunächst nur das Essen und ihre Familie genießen. Alles andere würde sich so oder so von selbst ergeben.

Kaiolor war der Einzige, der von zwanzig Kriegern zurückgekehrt war. Darkas war furchtbar wütend, dass der Angriff auf die Witherspoones so daneben gegangen war. Kaiolor hatte wohlweislich vermieden von dem Hexenbalg zu berichten. Denn hätte sein Herr gewusst, dass ihm das Kind - aus unerklärlichen Gründen - entwischt war, wäre der Wutausbruch sicherlich noch schlimmer gewesen und hätte Konsequenzen für ihn gehabt. Darkas war in der Wahl seiner Mittel noch nie zimperlich gewesen. Nicht einmal Kruellagh, die jetzt neben ihm lag und schlief, hatte er von dem Mädchen, das sich kurzzeitig in seiner Gewalt befunden hatte, erzählt. Es gab einfach Dinge, die behielt man besser für sich. Heute Nacht war Darkas wieder einmal mit seinem neuen Lieblingsspielzeug - dem Dämon - beschäftigt. Deshalb konnte Kaiolor sich nun entspannen und versuchen etwas Schlaf zu finden. Morgen früh erst würde es eine Lagebesprechung mit Darkas und allen Kriegern geben.

Serafina unterhielt sich leise mit Dragan, um Durkan nicht zu wecken, der im hinteren Raum der Hütte schlief, die beide gemeinsam bewohnten. Es war ihr ein Bedürfnis gewesen, nachdem sie ihre Kinder zu Bett gebracht hatte, sich noch einmal persönlich bei dem Drachenreiter zu bedanken. Sie hatte einen Krug Elfenbier für ihn mitgenommen und hoffte, ihrer Dankbarkeit so mehr Nachdruck zu verleihen. „Serafina", sagte er nun, „es ist meine Aufgabe und Pflicht die Burg und deren Bewohner zu schützen. Ich habe wirklich nur getan, was getan werden musste. Ich danke dir aber dennoch, dass du extra noch einmal in meine bescheidene Hütte gekommen bist."
Serafina wünschte ihm eine gute Nacht und begab sich zurück in ihre Räume, denn sie spürte, dass ihr Erscheinen Dragan sichtlich unangenehm war. Sie erinnerte sich nur zu gut daran, wie er sie damals umworben hatte, bevor sie Rufus erwählt hatte. Sicher er war ein netter Kerl gewesen, schon immer, aber die Liebe zu Rufus hatte bei ihr eingeschlagen wie der sprichwörtliche Blitz. Sie spürte seine bewundernden Blicke in ihrem Rücken, als sie die Tür hinter sich schloss.
Sie fand Rufus lesend im Bett vor, als sie ihr Zimmer betrat. Es war zwar spät, doch sie selbst war auch nicht müde. Also setzte sich zu ihm auf die Bettkante, um einen Blick auf das haben zu können, was ihn so faszinierte. „Aha, du liest in den alten Zauberbüchern", bemerkte Serafina überflüssigerweise. Rufus war so in seine Lektüre vertieft, dass sie nicht weiter auf ihn eindrang, als sie keine Antwort bekam.
Sie legte sich neben ihn und hoffte, dass der Schlaf sich bald einstellen würde. Denn morgen stand ein anstrengender Tag bevor. Man wollte eine gezielte Einsatzbesprechung abhalten, mit dem Druidenrat und allen zur Verfügung stehenden Anführern der Kampftruppen, um Darkas ein für alle Mal in seine Schranken zu weisen. *Müssen Rufus und ich auch dabei sein?* War Serafinas letzter Gedanke bevor sie vom Schlaf übermannt wurde.
Nur ein Zimmer weiter unterhielten sich Amy, Kee und Fugan, der es sich angewöhnt hatte die Zwillinge immer öfter nachts zu besuchen, noch leise flüsternd mit den drei Feen, die mit untergeschlagenen Beinen auf den Kopfkissen der Zwillinge hockten.
„Meint ihr, wenn es bald zum Kampf kommt, dass wir auch mit müssen", wollte Brringh von den Mädchen wissen. Aber die wussten es natürlich auch nicht. Nur Kee vermutete, dass die Druiden selbst mitreiten würden, um Darkas in die Knie zu zwingen.

„Denn schließlich brauchen wir, um Darkas zu besiegen, bestimmt alle zur Verfügung stehende Zauberkraft. Und die Druiden sind mächtige Zauberer, sehr mächtige sogar," erklärte Kee, ganz Feldherr. „Na, das wissen wir ja alle", konterte Amy. „da erzählst du uns absolut nichts Neues. Die Frage ist doch, ob Daddy und Mami auch mit in den Kampf ziehen müssen. Oder vielleicht sogar wir."

„Das wollen wir doch mal hoffen", stellte Fugan nüchtern fest. - „Meint ihr, ich möchte hier sitzen und Däumchen drehen, während es da draußen hoch her geht?"

„Hast du denn überhaupt keine Angst", erlaubte sich Amy zu fragen. - „Natürlich nicht", antworte Fugan wenig überzeugend und viel zu schnell.

„Och. Ich bin so müde", stellte Rringh fest. „Können wir nicht erst einmal schlafen. Morgen werden wir bestimmt mehr wissen. Die ganze Aufregung mit eurer kleinen Schwester und die Angriffe der Dunkelelfen haben mich total fertig gemacht!"

„Aye, du hast Recht", brachte Amy ihr Einverständnis zum Ausdruck. - „Wir sollten jetzt besser schlafen. Also gute Nacht, ihr alle." Fugan hatte verstanden, dass seine Anwesenheit nicht länger erwünscht war und von einer Sekunde zur anderen löste er sich quasi in Luft auf. Die Feen gaben unbestimmbare Laute von sich und machten es sich auf den Kopfkissen der Zwillinge bequem.

„Gott sei Dank ist der alte Aufschneider weg", kicherte Brringh.

„Ich mag ihn", sagte Kee trotzig. „Schlaft jetzt!"

Brringh kicherte plötzlich noch einmal los, weil ihr einfiel, wie Stellas Gesicht ausgesehen hatte, als sie sich beim Frühstück gezeigt hatten. Für Maikäfer hatte das kleine Mädchen sie gehalten. Das war wirklich zu komisch gewesen. Sie musste wieder kichern. Wurde aber mit einem „Psst jetzt" von ihrer Schwester ermahnt, endlich Ruhe zu geben. Selbst Archie, der vor dem Bett der Mädchen lag, hob den Kopf und bat darum endlich schlafen zu dürfen.

„Ich bin weite Strecken gelaufen und will mich jetzt ausruhen. Ihr albernes Volk", grummelte er. Beinahe hätte nun Amy angefangen zu lachen. Offenbar lag es an der Müdigkeit sowie der großen Erleichterung, dass sie Stella unversehrt zurück hatten, dass nun alle ein wenig albern waren. Amy rief sich selbst zur Ordnung, drehte sich um, machte die Augen zu und schlief bald ein.

Kee träumte schon bald wilde Träume von großen Heldentaten, die er, als Ritter in goldener Rüstung, vollbrachte. Er wälzte sich im Schlaf unruhig hin und her.

Nur der kleine Kater schlich, unter dem samtenen Nachthimmel, auf den Zinnen der Burg herum und jagte. Jetzt hatte er gerade eine von den vielen fliegenden Mäusen erwischt, die seit ihrer Ankunft hier jede Nacht umherschwirrten. Das Ding sah anders aus, als alles was er in seinem jungen Katzenleben je zu Gesicht bekommen hatte: Von dunkelbrauner Farbe und mit Augen, die einen förmlich zu durchbohren schienen. Die krallenbewehrten Füße versuchten ihn zu treten. Besser der Kater würde ihm gleich das Genick durchbeißen, damit das Ding aufhörte mit den komischen Flügeln zu schlagen, die einen ganz unangenehmen Geruch verbreiteten. Er würde die Maus gleich Rufus als Geschenk mitnehmen und vor sein Bett legen.

Serafina, die einen wilden Alptraum von Dunkelelfen träumte, wurde von einem Kratz- und Schleifgeräusch wach. Sie brauchte einige Minuten, bis sie sich in der Realität und

im Dunkeln zurecht fand. Es war immer noch Nacht. Also hatte sie bisher nicht viel geschlafen und war dementsprechend zerschlagen, als Shirkhy zu ihr auf' s Bett sprang.
„Was ist denn in dich gefahren", flüsterte sie.
„Hab was für euch gefangen", flüsterte der Kater zurück. Serafina setzte sich auf und sah sich um. Der Kater deutete auf den Boden vor Rufus Bett und Serafina entfuhr ein entsetzter Schrei, der Rufus schlagartig weckte.
„Verdammt, was ist denn hier mitten in der Nacht los", fuhr er hoch. „Entschuldige, Schatz, aber sieh mal, was uns Shirkhy eben gebracht hat", stammelte Serafina.
„Mit Zauberei manipulierte Fledermäuse. Jetzt wird mir einiges klar", sagte Rufus vom Schlaf noch ganz heiser. Diese alten Tricks kannte er nur zu gut. Man verzauberte eine normale Fledermaus und hatte einen tollen Spion aus ihm gemacht. Sozusagen ein verlängertes Auge und Ohr.
„Darkas", stöhnte Rufus auf", hat sich billiger, alter Tricks bedient und wir sind nicht drauf gekommen. Aber wir brauchen jetzt nicht die ganze Burg zu wecken. Schlaf einfach wieter", empfahl er seiner Frau. - „Du auch und danke", flüsterte er in Richtung Kater.
Rufus selbst fiel es schwer wieder einzuschlafen und es gelang ihm erst gegen Morgen. Er hatte stundenlang Serafinas gleichmäßigen Atemzügen gelauscht und gehofft, auch gleich wieder ins Reich der Träume zu driften. Die Nacht hatte sich wie ein altes Weib, das gehbehindert war, dahin geschleppt. Aber gerade als er beschlossen hatte, dass die Nacht für ihn vorbei war, musste er doch wieder eingeschlafen sein. Denn als er jetzt wach wurde, war die andere Seite seines Bettes leer und die Sonne lachte schon durch sein Fenster herein. Die Vögel zwitscherten fröhlich und kündeten von einem schönen Tag. Schwerfällig erhob Rufus sich von seinem Bett und stellte nicht weiter überrascht fest, dass die Fledermaus nicht mehr da war. Das war Magie. Tötete man ein magisches Objekt, löste es sich alsbald einfach auf. Aber Rufus wusste, was er heute Nacht gesehen hatte und Serafina bestimmt auch. Heute neigte er selbst einmal zum „schummeln" und war dementsprechend schnell mit seiner Morgentoilette fertig. Er schaute in alle Zimmer und fand jedes verwaist vor. *Nanu, wo sind denn alle?*, fragte Rufus sich selbst. Als er die Burg schon verlassen wollte, um seine Familie zu suchen, traf er auf Grin, der ihm erzählte, dass alle am Strand seien, um sich einfach von den Ereignissen zu erholen. Schnell schaute er bei den Pferden vorbei und stellte erleichtert fest, dass sowohl Serano als auch die Stuten sich gut erholt hatten. Dank Zauberei ließ er den Pferden einen großen Trog voller Äpfel und Möhren zurück und freute sich über deren Appetit. Die Versammlung sollte erst spät am Nachmittag sein. Also machte auch Rufus sich auf den Weg zum Strand und legte sich neben Serafina auf die Decke.
„Na, du alte Schlafmütze", wurde er von seiner Frau begrüßt.
„Du konntest nach dem nächtlichen Geschenk wohl nicht mehr einschlafen, was?"
Gut, Serafina hatte die manipulierte Fledermaus also auch gesehen. Er hatte sich das Ganze in seinem überreizten Zustand nicht nur eingebildet.
„Genau. Wo sind denn unsere lieben Kleinen", fragte Rufus und suchte mit den Augen den Strand ab.
„Die Mädchen sind mit Frina und meinen Eltern Muscheln sammeln, hinter den Felsen", antwortete Serafina, und Kee streift mit Fugan durch die Gegend". Dann grinste sie und fügte hinzu: „Wir sind ganz allein!"

Rufus ging nicht weiter auf die unausgesprochene Einladung seiner Frau ein. Ihm gingen wichtige Dinge durch den Kopf. Dass sein Sohn mit Fugan alleine umherzog, gefiel ihm ganz und gar nicht. Denn Fugan war einfach nicht der geeignete Babysitter für einen Zehnjährigen! Dazu war Fugan selbst noch nicht erwachsen genug. Doch es hatte keinen Sinn Serafina mit seinen Bedenken Fugan gegenüber aufzuregen. Schließlich war er ein netter Kerl - nur eben ohne jedes Verantwortungsgefühl. Rufus würde den Hund losschicken, um die beiden zu suchen. Serafina wartete immer noch auf eine Antwort auf die unausgesprochene Frage. Deshalb sagte er: „Was, dein Vater macht heute einen faulen Strandtag!"

„Aye, warum denn auch nicht. Die Versammlung ist doch erst später am Nachmittag. Nun lass ihn doch auch einmal ein bisschen entspannen. Genau das solltest du auch tun. Wir haben uns alle die Ruhe vor dem Sturm verdient."

„Ich muss deinem Vater noch von der Fledermaus erzählen. Denn damit ist ja klar, woher Darkas seine Informationen hat."

„Schon geschehen, mein lieber Mann," spöttelte Serafina. Rufus hatte hier so eine Neigung entwickelt, die ihr nicht gefiel. Er konnte einfach nicht abschalten.

Rufus wollte gerade etwas einwenden, überlegte es sich dann aber doch anders und wechselte die Jeans und das Hemd gegen eine Badehose ein. Das alles innerhalb von einer Sekunde.

„Also schön, machen wir uns einen tollen Tag hier mit der ganzen Familie", lenkte er ein und sein Magen meldete ihm, dass er noch gar kein Frühstück gehabt hatte. Auf einen Fingerzeig von Rufus hin materialisierte sich vor ihnen im Sand ein kleiner Tisch mit Muffins, Kaffee und belegten Brötchen. Und einer roten Rose für Serafina.

„Das ist aber eine hübsche Idee", freute sich Serafina und griff nach der Rose, dem Kaffee und einem Becher. Sie hielt die Rose zwischen den Zähnen, während sie Kaffe für sich und Rufus einschenkte und sah einfach hinreißend aus in ihrem schwarzen, knappen Bikini. Rufus war immer wieder erstaunt, dass seine Frau auch nach drei Kindern die Figur eines jungen Mädchens behalten hatte.

Mit großem Geschrei kamen die Mädchen angelaufen, gefolgt von Frina, Heronia und Drug Fir. Sie winkten und schwenkten fröhlich Körbe voller bunter Muscheln. Als Stella Rufus erreicht hatte, ließ sie sich mit einem lauten Stöhnen in den Sand fallen und sagte: „Hallo Dada. Sieh was Marikus mir degebt hat!" Rufus grinste und wühlte in Stellas kleinem Korb. - „Das sind ja wirklich viele hübsche Muscheln. Sollen wir dir davon eine Kette basteln?" „Nö", sagte Stella und zeigte auf ihren Hals.

„Hab schon eine Tette von Marikus. Mach lieber ein Tette für Mami."

Dann zeigte sie mit ihrem kleinen Finger auf Heronia und sagte: „Für dir auch." Amy zeigte Rufus und Serafina nun ebenfalls ihre Schätze und meinte, sie würde daraus Ohrringe für Frina und Karula machen.

„Macht was ihr wollt", warf Serafina ein. „Hauptsache, ihr macht es etwas leiser."

Warum mussten die Kinder nur immer so brüllen. Sie war doch nicht schwerhörig, dachte Serafina bei sich.

Rufus zauberte ein paar Strandliegen für die älteren Leute herbei und überließ es Frina mit Stella zu basteln. Um die gelöste Stimmung nicht zu verderben, nahm er seinen Schwiegervater beiseite und erkundigte sich leise nach den Verletzten. „Mach dir keine

Sorgen, alle sind wohlauf." Rufus versprach später selber einige Krankenbesuche zu machen. Aber jetzt wollte er erst einmal mit den Mädchen schwimmen gehen.

Sie waren kaum im Wasser, als auch schon die Meermenschen auftauchten und sich zu einer fröhlichen Wasserschlacht zu ihnen gesellten. Amy umklammerte die Schwanzflosse eines Delfins und ließ sich von ihm durch die seichte Bucht ziehen. Ab und an warf Rufus einen Blick zum Strand und winkte, als er sah, dass auch Owain und Karula sich zu ihnen gesellt hatten. Trotzdem konnte er den Tag nicht richtig genießen. Wußte er nur zu gut, dass dies die Ruhe vor dem Sturm war und dass ihnen allen noch Schlimmes bevorstand. Denn die Auseinandersetzung mit Darkas schwebte wie ein Damoklesschwert über ihnen. Außerdem beunruhigte ihn zusätzlich, dass Kee sich allein mit Fugan herumtrieb. *Denk jetzt nicht daran und freue dich über den Augenblick,* rief er sich selbst zur Ordnung. Das tat Rufus dann auch und stürzte sich erneut in die Wasserschlacht. Stella kreischte auf Marinus Arm, als sie unvermittelt von einem Schwall Wasser ins Gesicht getroffen wurde und schnippte mit ihren kleinen Fingern. Nun staunte Rufus nicht schlecht, als er von einer großen Welle, die seine kleine Tochter fabriziert hatte, umgerissen wurde. Serafina hatte Recht: Stellas Kräfte waren hier viel, viel stärker geworden. Nach einer Weile rief Serafina ihre Familie zu sich und schlug vor hier am Strand ein kleines Barbecue zu veranstalten. Denn alle hatten Hunger und die Zeit für ein spätes Mittagessen war heran. Serafinas Vorschlag wurde von der ganzen Familie begeistert aufgenommen und jeder zauberte etwas Besonderes zum Essen herbei.

Später, als sich alle satt und faul in die Schatten der großen Bäume zurückgezogen hatten, und Stella auf Frinas Schoß ein Schläfchen hielt, verließ Rufus den Strand, um Ian und Sharpagis einen Besuch abzustatten, die bei dem Kampf verletzt worden waren. Außerdem wollte er auch Rikolfar und ihr Baby besuchen. Jetzt da sowieso alle träge im Schatten lagen, war die Gelegenheit günstig.

„Aye. Geh nur", sagte Serafina schläfrig, „aber komm noch einmal wieder, ja."

Rufus küsste seine Frau auf den Mund und versprach in einer Stunde wieder hier zu sein.

„Ist es erlaubt einzutreten", fragte Rufus, als er an die Tür von Ians Hütte klopfte. Ohne eine Antwort abzuwarten, betrat Rufus den kleinen Raum, der als Wohnzimmer diente. Aber hier war Ian nicht. Also bahnte Rufus sich den Weg durch lose Kleiderhaufen und die vielen Vasen, die auf dem Boden standen, die Ian so leidenschaftlich sammelte. Obwohl Rufus bemüht war, die schiefe Tür zum Schlafraum leise zu öffnen, gaben die Angeln protestierende Laute von sich. Rufus lugte durch den offenen Spalt in den kleinen Raum und fand nur ein verwaistes Bett vor. Typisch Ian, dachte er. Kaum genesen und schon wieder irgendwo im Einsatz. Nun gut, würde er es später noch einmal versuchen. Vorsichtig, um nicht irgendeine Vase umzuwerfen verließ Rufus die Hütte und machte sich auf den Weg zu Sharpagis Unterkunft, die sich im Wesentlichen kaum von Ians unterschied. Nur dass Sharpagis näher bei den Stallungen wohnte. Auch hier hatte er kein Glück, den Krieger anzutreffen. Rufus nahm dies als gutes Zeichen. Wenn sowohl Ian als auch Sharpagis unterwegs waren, mussten ihre Verletzungen vollends ausgeheilt sein.

„Na gut, dann auf zu Rikolfar", murmelte Rufus in den leeren Raum.

Als Rufus auf die Burg zuging waren die Händler gerade dabei, ihre Stände zu räumen. Zwischendurch hielt man immer wieder einen kurzen Plausch über die gestrigen Ereignisse. Rufus kam den Lichtelfen gerade recht. Denn von ihm konnten sie Informationen aus erster Hand erhalten. Höflich beantwortete er die vielen Fragen, mit denen er förmlich bombardiert wurde. „Nein, es geht allen Verletzten wieder gut. Gestorben ist niemand, außer ein paar nutzlosen Dunkelelfen."

Innerlich stöhnte Rufus auf. Wie sollte er die berechtigten Fragen zur Lage der Insel bloß abblocken, ohne jemanden zu verärgern. Die Rettung nahte in Form eines leicht hinkenden Sharpagis, der schon von weitem winkte. Rufus entschuldigte sich bei den Händlern und eilte Sharpagis entgegen.

„Ich war schon bei deiner Hütte, weil ich sehen wollte, wie es dir geht", begrüßte Rufus den Elfenkrieger. Sharpagis verzog das Gesicht und teilte Rufus mit, dass es ihm sehr gut gehe, bis auf die Schmerzen in seinem Bein. Der Bruch wäre zwar - Dank Drug Fir - verheilt, täte aber immer noch höllisch weh. Sharpagis genoss sichtlich Rufus Aufmerksamkeit. Denn er bedankte sich immer wieder, dass Rufus gekommen war, um ihn zu besuchen. Man verabschiedete sich, um sich später am Abend bei der Versammlung wieder zu treffen.

Langsam drängte die Zeit, da Serafina auf ihren Mann wartete und er sein Versprechen, binnen einer Stunde zurück zu sein, nicht brechen wollte. Im Laufschritt lief Rufus die große Treppe zur Burg hinauf und wandte sich dann Richtung Norden, um Rikolfar zu besuchen. Von weitem schon hörte er Babygeschrei. War wenigstens dieser Weg nicht umsonst gewesen, dachte Rufus zufrieden. Jetzt musste er sich nur noch ganz schnell ein kleines Geschenk beschaffen - für Mutter und Kind. Rufus blieb stehen, denn es wollte ihm absolut nichts einfallen, womit er Rikolfar und ihren Sohn erfreuen konnte. Verdammt! Nach weiteren, wenig effektiven Gedanken entschied er sich für ein riesiges Blumenarrangement für die Mutter und für einen kleinen Papageien im goldenen Käfig für das Kind. Auf ein Kopfnicken von Rufus erschienen die Dinge direkt vor der Tür von Rikolfars Gemächern, wo das Geschrei jetzt in immer kürzeren Abständen zu ohrenbetäubender Stärke anschwoll.

Rufus hämmerte mit den Fäusten gegen die Tür, um sich Gehör zu verschaffen. Rikolfar persönlich öffnete die Tür mit einer Hand, denn auf dem anderen Arm trug sie den schreienden Oggalus. Als sie Rufus mitsamt seinen Geschenken erblickte, schlug ihre missmutige Miene in ein strahlendes Lächeln um.

„Rufus, wie nett. Komm doch herein. Entschuldige, aber mein Sohn hat heute ausgesprochen schlechte Laune", sagte Rikolfar entschuldigend. - „Aye, ich habe auch Kinder. Ich kenne die durchwachten Nächte nur zu genau", lachte Rufus. „Ich bleibe auch nicht lange. Eigentlich wollte ich dir nur zur Geburt des „kleinen Schreihalses" gratulieren und dir ein kleines Geschenk übergeben."

„Wie lieb von dir, Rufus." Sie hielt ihm das Baby hin und sagte: „Hier nimm ihn mal, damit ich die schönen Blumen hereinholen kann. Vielleicht beruhigt er sich bei dir."

Rikolfar schnippte mit den Fingern und ließ das große Gesteck und den Vogelkäfig ins Zimmer schweben. Dann überlegte sie kurz wohin damit und entschied sich die Blumen in einer Ecke nahe dem Balkon zu platzieren. Den Vogelkäfig ließ sie auf ein Tischchen neben der Wiege sinken. Das Kind in Rufus Armen schrie immer noch und er fragte: „Sag mal, hast du es schon einmal mit einem kleinen Zauber versucht?" Rikolfar stöhnte. „Weißt du, ich will ihn noch nicht bezaubern. Außerdem bezaubert **er** im Moment noch **mich**." Mit einem Seitenblick auf ihren Sohn fügte sie hinzu: „Auch wenn er sich heute überhaupt nicht benehmen kann!" Rufus reichte den kleinen Schreihals an seine Mutter zurück und verabschiedete sich. „Serafina und die Kinder warten am Strand auf mich. Komm doch mit", forderte er Rikolfar auf. - „Nein, bleibt ihr heute mal unter euch. Ihr habt euch lange nicht gesehen. Genießt euren Familientag nach der Aufregung, ohne zusätzliches Gebrüll von Oggalus." Rufus war erleichtert, denn ein Baby, dass sich überhaupt nicht beruhigen wollte konnte einem schon den letzten Nerv rauben. Und seine starken Nerven brauchte er schon für alles, was noch bevorstand.

Als Rufus die Burg wieder verließ, kam ihm Ian entgegen. „Ich habe dich schon gesucht, Rufus. Man hat mir erzählt, dass du mich besuchen wolltest." Rufus lachte. Hier funktionierte die Buschtrommel also immer noch so gut wie früher.

„Ja, ich wollte einfach nur sehen, wie es dir geht. Hast du dich einigermaßen erholt?" Als Ian ihm bestätigte, dass alles bestens sei, machte Rufus sich wieder in Richtung Strand auf.

Bis auf Drug Fir waren alle anderen immer noch an Ort und Stelle. Frina schenkte gerade Tee ein und winkte ihm zu näher zu kommen. Stella war mit Eimer und Sand beschäftigt, Serafina unterhielt sich mit Karula und Heronia und Amy war im Wasser. Alles wirkte so normal, zu normal, wie Rufus bedrückt dachte. War es möglich, dass die anderen - genau wie er - einfach nur versuchten sich an die Normalität zu klammern, wie ein Ertrinkender an ein Rettungsboot?

Nur spätestens heute Abend wäre es dann vorbei mit der Weltmeisterschaft im Alptraumverdrängen. Denn dann würde besprochen werden, wie der Angriff gegen Darkas ablaufen sollte. Angreifen mussten sie, daran konnte es seit Stellas Entführung überhaupt keinen Zweifel mehr geben! Darkas musste ein für alle Mal vertrieben oder besser noch vernichtet werden. Rufus schob seine trüben Gedanken beiseite und gesellte sich zu den anderen.

Amy gestikulierte wild mit den Armen, um ihm damit zu zeigen, dass sie ihre Basteleien inzwischen fertig hatte. Rufus winkte seiner Tochter - den Daumen nach oben gereckt - zu. Das Raunen vieler Stimmen drang plötzlich an sein Ohr. Rufus ließ den Blick über das blaue Wasser wandern. Dort bildeten sich außerhalb der Brandung viele Strudel. Also mussten die Meermenschen jeden Moment aus dem Wasser auftauchen. Und richtig: Rufus sah als ersten Marinus Kopf aus den Fluten tauchen. Oktavia, Levitana und Aquarius folgten. Gerade als Rufus Marinus zuwinken wollte, glaubte er seinen Augen nicht zu trauen, denn immer mehr Köpfe erschienen an der Wasseroberfläche und es wurden immer noch mehr. Rufus schätzte, dass gut zwei Dutzend Meermenschen aus den Fluten lugten.

„Das glaube ich einfach nicht", sagte Karula. „Ich wusste nicht einmal, dass es überhaupt so viele Meermenschen gibt", staunte Serafina. Amy, die am dichtesten am Wasser war, stand als erste auf und lief hinein. Die drei kleinen Feen, die um das Mädchen herumgeschwirrt waren, wechselten vor lauter Aufregung ständig von sicht- zu unsichtbar.

Auch Stella hatte sich inzwischen hochgestemmt und lief auf das Wasser zu. Dabei rief sie immer wieder Marinus Namen. Rufus, Serafina, Heronia, Karula, Owain und Frina folgten dem Beispiel der Kinder und rannten ihnen hinterher. Sie warfen sich wie wild in die Fluten und veranstalteten eine Art Wettschwimmen. Jeder wollte als erster bei den seltsamen Meereslebewesen ankommen, die immer wieder aufs Neue für eine Überraschung gut waren. Serafina schwamm jetzt mit gleichmäßigen, kräftigen Zügen neben Rufus und Owain her. Es fehlten nur noch ein paar Meter, dann hatten sie die Distanz zu Marinus überwunden. Serafina konnte Stella - gegen das Rauschen des Wassers - schon auf dem Arm des Meeresmannes rufen hören. Amy hielt sich an Oktavia fest. Owain rammte als erster seine Füße in den Meeressand, denn er war der größte von der Gruppe und seine Füße ertasteten mit Zielsicherheit die Sandbank. Alle anderen folgten noch völlig außer Atem seinem Beispiel.

„Tuck mal Mami", rief Stella fröhlich, „der Marikus is danz viele."

„Aye", hauchte Serafina, „das sehe ich." Dann holte sie ein paar Mal tief Luft und starrte Marinus an, als ob sie ihn hier und jetzt das erste Mal zu Gesicht bekommen hätte. Rufus tat es ihr gleich, fasste sich aber schneller. „Marinus, meine Güte, du bist doch immer wieder für eine Überraschung gut", sagte Rufus leicht außer Atem.

„Warum hast du uns nie gesagt, dass es so viele von euch gibt", fragte Karula, die endlich auch die anderen erreicht hatte.

„Nun, Ihr habt nie gefragt", lachte der Meermann. Heronia tuschelte mit ihren Töchtern und fragte sich insgeheim, ob Drug Mer über die große Anzahl der Meermenschen wohl Bescheid gewusst hatte.

Unterdessen war Marinus dazu übergegangen jeden einzelnen der Meeresbewohner namentlich vorzustellen. Aber das hatte den selben Effekt, als ob man versuchte, sich sämtliche Namen aller Sterne im Universum zu merken. Es waren einfach zu viele! Weder die Kinder noch die Erwachsenen kamen bald noch hinterher, sich die vielen Namen und Gesichter zu merken. Als Marinus auch den letzten Meermenschen vorgestellt hatte, erhob er sich ein wenig weiter aus dem Wasser, damit ihn auch jeder sehen konnte. Er übergab Stella an eine Meerfrau mit schwarzen Haaren und – natürlich - grünen Augen. Dann hob Marinus die kräftigen Arme und bat mit dieser Geste um Gehör.

„Die Tir nan Ogg war von jeher ein geheimnisvoller, magischer und friedlicher Ort. Aber auch ein schwer umkämpfter Ort. Nun ist es wieder einmal soweit, dass Gut und Böse gegeneinander antreten müssen. Die Druiden (dabei zeigte er auf Serafina, Karula, Heronia und die Kinder), die eure Väter, Großväter und Ehemänner sind, haben seit den jüngsten Ereignissen gar keine andere Wahl mehr, als die Insel mit allem darum und darauf zu verteidigen. Nun, manchmal ist Angriff wirklich die beste Verteidigung, wenn man den Frieden in allen Welten erhalten möchte. Glaubt mir, es gab im Laufe der Zeit viele, viel zu viele Kämpfe um diesen magischen Ort. Aber der bevorstehende Kampf wird bei weitem der schwerste werden. Denn Darkas ist in der Wahl seiner Mittel nicht zu unterschätzen. Erschwerend kommt hinzu, dass er bereits ein Tor in eine völlig andere Dimension geöffnet hat, wie ihr völlig richtig vermutet habt. Ich will damit sagen, dass es ihm wirklich gelungen ist einen Dämonen zu beschwören. Zwar handelt es sich um einen kleinen Dämon, mit allerdings erstaunlichen Fähigkeiten, aber was ist, wenn Darkas die

Beschwörung eines richtig furchtbaren - und ich meine damit wirklich richtig furchtbaren Ungeheuers gelingt! Diesen Gedanken denke ich lieber gar nicht zu Ende."
Serafina warf einen fassungslosen Blick in die Runde und entdeckte in den Augen der anderen das gleiche Entsetzen, dass auch von ihr Besitz ergriffen hatte. Mit einem einzigen Blick sah sie, dass ihre Mädchen die Augen so weit aufgerissen hatten, dass die Augäpfel kurz davor waren, aus den Höhlen zu fallen. Rufus wirkte wie nach einem Saunabesuch, denn sein Gesicht war so gerötet wie ein Bratapfel, der zu lange im Ofen gewesen war. Serafina konzentrierte sich wieder auf Marinus Worte und hörte ihn jetzt sagen:
„Wir, meine zahlreichen Freunde und ich haben uns entschlossen etwas zu tun, was wir noch niemals vorher getan haben." Marinus atmete sichtbar tief ein, und man sah, wie schwer es ihm fiel, das zu sagen, was nun kommen würde.
„Wir werden euch aktiv bei dem Kampf um unsere Heimat unterstützen!" Die Meermenschen hoben, als ob sie nur auf diesen Augenblick gewartet hätten, unisono ihre rechte Hand, zur Faust geballt, aus dem Wasser und reckten sie in die Luft.
Rufus, Owain, selbst die Frauen waren sprachlos. Deshalb nickte Rufus Marinus nur - Dankbarkeit anzeigend - zu. Sein Gehirn schien wie gelähmt anlässlich dieser Wendung des Schicksals. Erstaunlicherweise fand Heronia ihre Stimme als erste wieder, denn sie dankte Marinus ausgiebig. Im Namen ihres Mannes, der anderen Druiden und überhaupt aller Inselbewohner.
„Ich glaube, jetzt fange ich vor lauter Dankbarkeit an, Unsinn zu reden. Also danke nochmals euch allen," beendete sie ihre kurze Ansprache.
„Wie genau, wollt ihr uns helfen", wollte nun Owain wissen. - „Nun," antwortete Marinus ruhig, „du hast doch gesehen, wozu wir in der Lage sind. Denk an den Überfall hier. Wasser ist überall. Auch um Irland, die grüne Insel, wo Darkas sich augenblicklich aufhalten soll. Wir – und nur wir allein sind die Hüter der Meere." Wie um seine Macht zu demonstrieren erschienen Haie, Killerwale und riesige Tintenfische um sie herum an der Oberfläche und umkreisten gemeinsam die Menge. Stella kreischte laut auf, als sich ihr ein Tentakel näherte.
„Genug", befahl Marinus. Daraufhin zogen sich die Tiere wieder in Gott weiß welche Tiefen zurück.
„Is ja eklig", bemerkte Stella unnötigerweise. Alle anderen empfanden genauso. Marinus nahm Stella auf den Arm und sie schmiegte sich an ihn. „Wo sind `n die aller hergekommt?" Marinus lächelte und flüsterte Stella ins Ohr: „Eines Tages werde ich dir unsere Städte unter dem Meer zeigen. Du wirst staunen. Aber das bleibt vorerst unser Geheimnis, ja?"
„Otay, Geheimnis", echote Stella. - „Mama, hast du das gewusst", flüsterte Karula ihrer Mutter zu. Diese schüttelte benommen den Kopf. Gerade so, als wollte sie sich selbst nicht eingestehen, was sie eben gesehen hatte. Karula hätte auch zu gerne gewusst, woher die Meermenschen ihre Informationen bezogen!
Da im Moment weiter nichts zu sagen war, und jeder Marinus Worte erst einmal verarbeiten musste, schwammen alle in Richtung Strand.
„Rufus", rief Marinus ihm hinterher, „kommst du heute Abend nach eurer Ratssitzung noch einmal zu mir?"

Rufus hob den Kopf höher aus dem Wasser und nickte. Die Kinder ließen sich von ein paar Delphinen an den Strand ziehen. Aber die Erwachsenen waren einstimmig der Überzeugung, dass ihnen allen ein bisschen Bewegung gut tat, also schwammen sie.

Darkas hatte seine Besprechung mit seinen Kriegern schnell wieder beendet. Zum einen war nicht viel Neues dabei heraus gekommen und zum anderen musste er seine Kräfte sammeln, denn heute wollte er versuchen einen weiteren Dämon heraufzubeschwören. Und dieses Mal einen richtig Großen. Ihm schwebte da ein dreifach Gehörnter oder zumindest einer in der Art vor. Der Kleine war ja ganz nett und nützlich, aber nicht das was er bei einem Angriff auf die Tir nan Ogg brauchte. Da sollte schon etwas richtig Furchteinflößendes dabei sein. Er verzog sein hässliches Gesicht zu einem schiefen Grinsen, als er allein daran dachte, was wohl sein Bestienmeister sagen würde, wenn er, Darkas, einen so riesigen Dämon wie einen mehrfach Gehörnten zähmen würde. Vor vielen, vielen Jahren einmal hatte Darkas, durch einen zufälligen Riss in den Dimensionen, einen Blick auf einen zweifach Gehörnten werfen können. Seitdem versuchte er so eine Bestie aus einer anderen Dimension zu holen. Er verzehrte sich fast körperlich danach, so ein Untier im Kampf gegen die Druiden zu benutzen. Seine Gedanken waren auch während der Besprechung nur um dieses Thema gekreist. Er hatte Kaiolors Bericht nur halbherzig zugehört. Denn wenn er erst einen großen Dämon zum Einsatz bringen konnte, stand der Eroberung der Insel - aus seiner Sicht - nichts, aber auch gar nichts mehr im Weg. Wen interessierte es da schon, ob Kailor ein paar Krieger verloren hatte. Das war zwar ärgerlich, konnte aber die Waagschale doch nicht zum Kippen bringen. Diese stumpfsinnigen Druiden würden ihn schon noch richtig kennen lernen. Jetzt aber lag er in seiner Hütte auf dem primitiven Bett und versetzte sich selbst in einen erholsamen Halbschlaf, um seine magischen Kräfte für die bevorstehende Nacht zu sammeln. Sein kleiner Dämon hielt - wie immer - vor seiner Tür Wache, damit er die nächsten Stunden ungestört genug kosmische Energien für sein schweres Vorhaben tanken konnte. Und dann, dann würde es nicht mehr lange dauern, bis er die Burg mit allem drum und dran in Besitz nehmen konnte.

Der Bestienmeister brauchte nur wenige Tage, bis er das Monster gezähmt haben und es ihm aus der Hand fressen würde wie ein neugeborenes Hündchen. Und er selbst war ja schließlich auch noch da, um das Ding zu domestizieren. Mit diesen Gedanken sank Darkas Bewusstsein wie ein Blatt im Wind immer tiefer, bis er mit offenen Augen blicklos an die Decke starrte und nur noch sehr schwach atmete. Hätte ihn einer seiner Dunkelelfen in diesem Zustand gesehen, hätte jeder geglaubt Darkas wäre in die ewigen Jagdgründe eingegangen. Aber dem war nicht so - ganz und gar nicht!

Nach dem überraschenden Auftauchen der vielen Meermenschen waren die Witherspoones zur Burg zurückgekehrt und hatten sich untereinander lautstark darüber unterhalten, was die Meermenschen im Kampf nun wirklich tun konnten. Drug Mer, den Rufus eigentlich sofort hatte konsultieren wollen, hielt sich gerade nicht in der Burg auf. Sowohl die bevorstehende Ratsversammlung wie auch der Ärger über Fugan ließen ihn voller Ungeduld in seinem Zimmer auf- und ablaufen, wie eine kaputte Spieluhr, die immer wieder von vorne anfing. Es war ihm von jeher schwergefallen, sich in Geduld zu fassen.

Über der Tir nan Ogg brach langsam der Abend heran. Die letzten Sonnenstrahlen des Tages quälten sich durch die einsetzende Dämmerung. Kee war immer noch nicht zurück! Archie hatte Rufus, der die beiden Jungs gesucht hatte, eine geistige Botschaft gesandt. Demnach waren Fugan und Kee - unerlaubterweise - in Richtung der Drachenhöhlen unterwegs gewesen. Was hatten sie sich bloß dabei gedacht! Aber jetzt erwartete Rufus seinen Sohn und seinen Schwager jeden Moment zurück. Und dann würde es ein Donnerwetter geben.

Serafina und Frina machten die Mädchen behutsam auf das gefasst, was heute entschieden werden würde. Eigentlich wussten die Kinder ganz genau, was bevorstand. Schließlich hatten sie selbst ja schon einiges miterleben müssen. Aber Serafina hatte darauf bestanden, sich die Zeit zu nehmen und den Kindern noch einmal ganz genau die Gründe für einen Angriff offenzulegen. Als Rufus gerade aus dem Fenster starrte, betrat seine Frau den Raum.

„Kee ist noch nicht zurück", eröffnete sie das Gespräch. Ihre Frage kam eher einer Feststellung gleich und Rufus schüttelte den Kopf.

„Zu Kee kommen wir später", sagte Serafina und fuhr fort: „Ich bin so froh, dass die Mädchen die Sachlage ganz locker sehen. Irgendwie kommt es mir so vor, als ob für unsere Töchter alles nur ein großes Abenteuer ist. Ihre größte Angst besteht eigentlich darin, dass sie nicht darin verwickelt sein könnten. Selbst Stella meinte, dass sie ja nun gut genug zaubern kann, um den bösen Dunkelelfen richtig Ärger zu machen." Serafina sah Rufus erwartungsvoll an, gespannt, was er dazu sagen würde.

„Weißt du, dir wird jetzt nicht gefallen, was ich sage, aber ich glaube unsere Kinder haben da eine ganz gesunde Einstellung." Serafina runzelte die Stirn und biss sich auf die Lippen. Ein ganz sicheres Zeichen dafür, dass Rufus Worte nicht ihren Geschmack getroffen hatten. Doch bevor sie etwas sagen konnte gebot er ihr mit einer Handbewegung Einhalt.

„Wäre es dir etwa lieber, wenn unsere Kinder zitternd in ihren Zimmern sitzen würden? Dann wären es ja wohl Kinder, die völlig aus der Art geschlagen wären. Sie verstehen sehr wohl, dass ihr und unser aller Glück davon abhängt, dass wir Darkas ein für alle Mal in seine Schranken weisen. Gelingt uns das nicht, gibt es keine Zauberwelt mehr, wie wir sie kennen und die Kinder sie gerade erst kennen gelernt haben."

Serafina schwieg eisern und mit zusammen gebissenen Zähnen. Natürlich hatte Rufus ja irgendwie Recht. Aber sie hatte furchtbare Angst um alle. Schließlich hatte sie alle drei Kinder hier bekommen und mit Rufus glückliche Zeiten verbracht. Aber sie wäre nicht ihres Vaters Tochter gewesen, wenn sie sich nicht ganz schnell wieder auf die Tatsachen und ihre Pflichten besonnen hätte.

„Du willst mir damit also sagen, dass die Kinder genau solche Draufgänger wie du einer bist sind. Und ich gefälligst stolz auf sie sein soll. Habe ich das richtig verstanden", fragte Serafina. Rufus lachte und zog seine Frau an sich. Waren sie sich doch wieder einmal einig geworden.

Kaum dass Serafina sich aus Rufus fester Umarmung befreit hatte, betrat Kee schuldbewusst das Zimmer. Rufus machte seinem angestauten Ärger sofort Luft.

„Sag mal, was ist dir da eigentlich eingefallen? Oder besser Fugan! Wo ist er überhaupt?" Kee presste zerknirscht hervor, dass Fugan bei seinem Vater wäre und be-

stimmt den gleichen Ärger hatte wie er selbst. Etwas versöhnlicher erklärte Rufus: „Vielleicht habe ich mich anfangs nicht klar ausgedrückt, aber die Drachenhöhlen sind absolut tabu. Für jeden von uns. Zumindest Fugan weiß das ganz genau!"
Ehe Rufus noch mehr sagen konnte, kam die Rettung für Kee in Form von Stella samt ihrem Kater ins Zimmer gewackelt und verkündete, dass es Zeit zum Abendessen wäre. Rufus hatte überhaupt keinen Hunger. Zu Kee sagte er: „Mach dich fertig, und dann ab zum Abendessen." Serafina strich ihrem Sohn über die Haare und sagte, er solle so schnell wie möglich machen. Dann folgte sie Rufus und den Mädchen auf die große Terrasse seiner Schwiegereltern, wo schon alles für ein schönes Abendessen bereit stand. Rufus suchte, bevor er sich an den Tisch setzte, unauffällig den Himmel nach Darkas Fledermäusen ab, konnte aber zu seiner Zufriedenheit keinerlei Flugtiere am Himmel entdecken. Drug Fir wirkte ernst und war mit seinen Gedanken offenbar weit weg. Sicher hatte er mit Fugan eben auch ein ernstes Gespräch geführt! Denn er legte wahllos einige Speisen auf seinen Teller, die absolut nicht zueinander passen wollten. Nudeln und Kartoffeln! Dazu aß er Gurkensalat mit Tomatensoße. Nun ja, es gab wirklich Wichtigeres als Essen. Rufus stopfte sich - unter den missbilligenden Blicken seiner Frau - schnell ein paar Scheiben Schweinebraten in den Mund, goss Elfenbier dazu und schlang das Ganze einfach hinunter.
Er konnte Drug Fir durchaus verstehen, denn auch ihm war eigentlich weder nach Konversation noch nach Essen zumute. Daher war er sichtlich erlöst, als Drug Fir sich vom Tisch erhob und sagte, dass es nun allmählich Zeit wurde, sich mit den anderen Druiden und den Truppenführern zu treffen. Selbst die Frauen sollten später hinzukommen. Rufus gab jedem Mitglied seiner Familie einen Kuss auf die Stirn, ermahnte die Kinder, heute ausnahmsweise einmal früher schlafen zu gehen und folgte seinem Schwiegervater in die große Halle.
Heftiges Stimmengemurmel drang bereits zu Drug Fir und Rufus herauf, als sie die große Freitreppe hinuntergingen. Heute würden mehr Leute anwesend sein als bei einer ganz normalen Ratsversammlung. Die Elfenfeldherren diskutierten heftig gestikulierend mit den Drachenreitern. Argentus schob sich gerade an ihnen vorbei. Beim Anblick von Rufus und Drug Fir verstummten alle sofort und sahen zur Treppe. Denn nun kamen auch die anderen Druiden hinter Rufus und seinem Schwiegervater die Treppe hinunter. Bis auf Rufus, der eine Jeans und ein weißes Hemd trug, waren alle Druiden in ihre Umhänge gehüllt und hatten ihre Hüte auf. Auch Rufus würde sich weitsichtigerweise gleich einen Umhang herbeizaubern. Aber im Moment war ihm dafür zu warm. Denn die vielen Leute, die sich in der Halle aufhielten, gaben reichlich Körperwärme ab. Mit einer knappen Geste brachte Drug Set alle zum Schweigen. Er bat einen Augenblick um Geduld und warf den anderen Druiden einen Blick zu. Wie auf ein geheimes Zeichen hin, zauberten alle vier zusammen drauflos. Die große Halle der Burg füllte sich in Sekundenschnelle mit Tischen und Bänken und einem runden Tisch, an dem die vier Druiden und Rufus Platz nehmen würden und der auf einem Podest stand.
„Nehmt bitte alle Platz", forderte Drug Fir die Menge auf..., „und danke, dass ihr alle gekommen seid." Nun erfüllte ein Scharren und Schieben die Halle. Und weil der Raum so hoch war, setzte sich das Geräusch bis in die oberen Etagen fort.

Als endlich alle an den Holztischen Platz gefunden hatten - Rufus schätzte, dass ungefähr dreihundert Leute anwesend waren - ließen die Druiden Wein- und Bierkrüge auf den Tischen erscheinen. Dann folgten Gläser und Körbe voller Parunza - eine Art salziges Hefegebäck, das bei den Elfen als Leckerei sehr beliebt war. Kaum stand das Salzgebäck auf den Tischen, griffen die Elfen auch schon zu und verdrehten entzückt die Augen. Amüsiert sah Rufus den Elfen zu. Er hatte bis heute nie verstanden, was die Elfen an Parunza so toll fanden. Für ihn schmeckte das Zeug wie ein uralter, steinharter Keks, der in Salz mumifiziert worden war. Ein einziges Mal hatte er Parunza probiert und sich beinahe übergeben müssen. Es hatte zunächst einmal alles Speichels bedurft, der ihm zur Verfügung stand, um das Gebäck ein wenig anzuweichen. Dies hatte Rufus aber damals nicht sehr weit gebracht. Nach drei Krügen Wasser und weiteren Einweichversuchen hatte er schließlich aufgegeben. Nein, das war nichts für ihn, überhaupt nichts für ihn, das war nicht einmal etwas für andere Lebewesen - außer Elfen! Sollten die sich doch allein daran gütlich tun.

Rufus ließ seinen Blick gedankenverloren über die Tische schweifen und blieb bei Owain hängen. Der nickte ihm freundlich zu, um dann in seinem Gespräch mit seinem Nachbarn fortzufahren. Als endlich alle Anwesenden mit Getränken versorgt waren, erhob sich Drug Mer und gebot mit einer einzigen Geste den leisen Gesprächen Einhalt.

„Guten Abend, meine lieben Freunde", eröffnete er seine Rede. „Ich glaube, ihr wisst alle warum wir uns hier und jetzt versammelt haben. Später werden auch die Frauen dazukommen. Ich weiß, das gab es noch nie bei einer Ratsversammlung. Aber auch die Frauen sind von dem bevorstehenden Krieg gegen Darkas, den zu führen sich nicht vermeiden läßt, betroffen. Wir haben auch niemals zuvor eine Versammlung in dieser Größenordnung abgehalten, aber ihr, meine tapferen Elfenkrieger werdet Großes zum Gelingen unserer Aktion beitragen."

Auf Drug Mer`s Worte hin sprangen die Elfenkrieger - angeführt von Owain - wie ein Mann auf die Füße und verneigten sich vor den Druiden. Lächelnd fuhr Drug Mer in seinen Ausführungen fort: „Auch ihr, ihr strebsamen, fleißigen Drachenreiter seid mir auf das herzlichste gegrüßt. Von euch wird sehr viel abhängen."

Nun erhoben sich die Drachenreiter - jeder ein Glas in der Hand - und prosteten den Druiden zu. Schnell nahmen die Drachenreiter wieder ihre Plätze ein und lauschten der weiteren Ansprache des ältesten Druiden. Der wandte sich gerade an die Waldläufer.

„Ihr, meine lieben treuen Waldläufer werdet viel zu tun haben, um Nachrichten zu überbringen. Ich bin euch wie immer sehr verbunden." Die Waldläufer, allen voran Markwain, legten ihre Hand auf`s Herz und verneigten sich ebenfalls vor den Druiden. Damit war dem Protokoll genüge getan und Drug Mer gab das Wort an Durg Fir weiter und setzte sich wieder auf seinen Platz.

Drug Fir wartete, bis sich das leise Gemurmel der vielen Leute wieder gelegt hatte und richtete erst dann das Wort an alle Anwesenden.

„Ihr wisst, was meiner Tochter und ihrer Familie widerfahren ist. Dieser Vorfall war eigentlich nur noch der Tropfen, der das Fass zum Überlaufen gebracht hat. Denn inzwischen wissen wir, dass Darkas uns seit Wochen beobachtet. Über unserer Burg kreisen des Nachts sehr oft Scharen von magischen Fledermäusen, die einzig dem Zweck dienen, Darkas zu berichten was hier vorgeht. Ihr braucht euch wegen der Spione nicht zu fürchten, denn mehr sind diese Fledermäuse nicht. Ich will euch damit nur sagen, wie dreist Darkas inzwischen geworden ist, und wie verbissen er die Insel in Besitz nehmen möchte. Es ist ihm sogar tatsächlich gelungen, einen Dämon zu beschwören. Das hat mir Marinus vorhin erst erzählt. Marinus hatte übrigens auch noch eine Überraschung für uns parat, als einige von uns vorhin am Strand waren. Ihr werdet es kaum glauben, aber es gibt wesentlich mehr von den Meermenschen als wir dachten. Und... sie werden uns helfen. Aber dazu wird euch Drug Mer später noch einmal mehr erzählen."

Drug Fir suchte den Blick seines Zauberkollegen und nickte ihm lächelnd zu. Dann besann er sich kurz, legte Rufus eine Hand auf die Schulter und fuhr fort: „Rufus hat euch allen ja bereits erzählt, wie hinterhältig Darkas Dunkelelfen ihm und seiner Familie aufgelauert haben. Ich sage euch, wenn wir nicht den ersten Schritt tun - das heißt zuerst angreifen -, werden wir selbst hier nicht länger sicher sein. Denn die Dunkelelfen werden wieder und wieder angreifen, um uns zu schwächen", dabei lachte er auf. Denn so leicht war das nicht. „Ich denke, wir sollten diejenigen sein, die Darkas mit einem Angriff überraschen. Denn damit rechnet er nach den jüngsten Ereignissen bestimmt nicht. Er glaubt wir lecken unsere Wunden und warten zitternd vor Angst auf eine neue Attacke. Ich denke auch, wir sollten es ziemlich bald tun." Daraufhin brach ein wahrer Beifallssturm los. Die Drachenreiter hieben mit ihren Fäusten auf die Tische und alle anderen taten es ihnen nach.

Drug Fir bat, beide Hände in die Luft gestreckt, abermals um Ruhe.

„Ich sehe, wir sind uns einig. Ich danke euch für eure Zustimmung. Aber ich war noch nicht ganz fertig. Also hört mir bitte noch einen Augenblick zu. Danach soll jeder von euch, der etwas zu sagen hat, das Wort erhalten."

Die Menge quittierte seine Worte mit Kopfnicken und zustimmendem Gemurmel.

„Wie ich eurem Jubel entnehmen konnte, wollt auch ihr bald losschlagen. Das werden wir auch tun! Rufus hat seinen Hund bereits zu Shagala geschickt, damit man sich auch im Feenreich auf den Kampf vorbereiten kann. Denn diesmal stehen wir nicht allein gegen Darkas. Mit uns werden sowohl die Feen wie auch die Zwerge in die Schlacht ziehen. Von beiden Völkern hat Rufus die Zusage der Unterstützung eingeholt. Es ist auch schon ein Bote auf dem Weg zu Boral. Ich habe Shagala und Boral mitteilen lassen, dass wir ab jetzt in drei Tagen angreifen wollen. Das bedeutet, dass sich unsere Truppen morgen früh bereits auf den Weg machen werden."

Drug Fir griff nach seinem Glas, hob es in die Höhe und beendete seine Ausführungen indem er rief: „Auf die Freiheit der Tir nan Ogg und aller Völker!"

Jetzt kochte der Saal förmlich, denn niemand blieb auf seinem Platz. Alle waren aufgesprungen, um Drug Firs Ruf zu wiederholen. Als sich alle wieder einigermaßen beruhigt hatten, ergriff Drug Mer noch einmal das Wort, um den Anwesenden mitzuteilen, wie Marinus und die vielen, vielen Meermenschen gedachten, in den Kampf einzugreifen. Als er geendet hatte, brach der Jubel erneut aus.

In dem Moment betraten Serafina, Karula, Rikolfar, die Druidenfrauen und Frina die große Halle. Dass Rringh, Brringh und Llingh die ganze Zeit über anwesend waren, hatte noch niemand bemerkt. Die drei kleinen Feen spionierten für Amy und Kee. Zu diesem Zweck hatten sie sich unsichtbar gemacht und hörten gespannt die einzelnen Reden, um später den Zwillingen genau erzählen zu können, was geplant war.

Die Frauen gingen lächelnd durch die vielen Tischreihen und nahmen an einem eigens für sie herbeigezauberten, runden Tisch Platz. Sie saßen kaum auf ihren Stühlen, als auch schon Getränke vor ihnen auftauchten. Elfenbier und Rotwein. *Wie aufmerksam von Rufus* dachte Serafina.

Die Druiden richteten kurz das Wort an die Damen der Burg und fuhren dann in ihren Ausführungen, die Schlacht betreffend fort. Nicht ohne die Frauen aufzufordern, sich mit Vorschlägen zu beteiligen. Das war wirklich mal etwas ganz Neues. Denn normalerweise war man hier recht altmodisch. Das soll heißen, dass die Männer Krieg führten und die Frauen sich um alles andere kümmerten. Aber in diesem Fall gab es offenbar neue Regeln, an deren Durchsetzung Rufus und Serafina nicht ganz unschuldig waren. Rufus sah aus dem Augenwinkel, wie Serafina in seine Richtung grinste und anerkennend die Nase kraus zog. Schließlich hatten sie diesbezüglich lange Gespräche mit Serafinas Vater geführt. Der dann wiederum die Vorschläge der beiden, nämlich auch die Frauen an dieser entscheidenden Versammlung, besser sprach man eigentlich von Kampfvorbereitung, teilnehmen zu lassen. Serafina meldete sich auch prompt zu Wort und wies die Herrenrunde daraufhin, dass gleich noch mehr Platz benötigt werden würde, denn schließlich bestand die Weiblichkeit hier nicht nur aus den Burgbewohnerinnen. Kaum waren ihre Worte verklungen, da öffnete sich auch schon die große, goldene Tür und hereinspazierten die Lichtelfinnen. Aus Serafinas Sicht hatten sie ein ebenso großes Recht hier zu sein wie sie selbst. Denn ihre Männer würden genauso in den Kampf ziehen wie Rufus und die Druiden. Offenbar kam Serafinas eigenmächtiger Entschluss - zumindest bei den Kriegern - gut an. Denn sie begrüßten mit großem Hallo ihre Frauen. Schnell wurden weitere Tische herbeigezaubert, so dass auch alle bequem Platz fanden. Drug Fir räusperte sich und sagte: „Willkommen! Aber können wir dann bitte fortfahren, meine Damen und Herren." Der Blick, den er seiner Tochter zuwarf besagte allerdings: *Darüber unterhalten wir uns noch!* Serafina lächelte ihn zuckersüß an und lehnte sich zurück, um nicht noch mehr aufzufallen. Heronia tuschelte ihrer Tochter etwas ins Ohr und tätschelte ihre Hand. Rikolfar verzog ihren Mund zu einem anerkennenden Lächeln und trat Serafina unter dem Tisch gegen das Schienbein. Karula hingegen war bemüht nicht in Lachen auszubrechen, bei dem Gesicht, das ihr Vater machte. Er hätte mit dem Blick die Pole zum schmelzen bringen können. Aber Karula entschied ihren Vater nicht länger anzusehen und lehnte sich - die Arme vor der Brust verschränkt - ebenfalls zurück und wartete der Dinge, die da kommen würden.

Die Elfenkrieger besprachen nun die Details für den Angriff. Es sollten auch die Elfen aus Irland mit in den Kampf ziehen, denn sie besaßen gute Waffen und waren zuverlässige Strategen. Außerdem gingen die Druiden davon aus, dass Darkas sich irgendwo in Irland versteckt hielt. Auch die Drachenreiter mischten sich in die lautstarke Diskussion ein, indem Dragan vorschlug, dass die Drachen die Vorhut bilden sollten und aus der Luft den ersten Angriff fliegen sollten. Die Waldläufer waren indes strikt dagegen. Sie wollten als erste den Feind auskundschaften. Dabei hoben sie ihre Schnelligkeit und Lautlosigkeit besonders hervor. Je mehr Elfenbier floss, desto lauter wurden die Gespräche, bis Drug Fir erneut um Ruhe bat. Sofort verstummten alle Reden an den Tischen und jeder sah gespannt zum Druidentisch, in der Erwartung, dass nun etwas ganz Besonderes zur Sprache kommen würde.

„Das erste Mal seit langer, langer Zeit werden auch wir Druiden die Insel verlassen und mit euch in den Kampf ziehen. Das heißt nur Drug Mer wird hier zurückbleiben, da er der älteste von uns ist. Und... sollte uns anderen etwas zustoßen, muss wenigstens ein Druide am Leben bleiben, um die Insel und die Burg zu schützen", sagte Drug Fir mit ernstem Gesicht.

Da es in der Halle schon wieder lauter wurde, bat er wiederum um Ruhe und fuhr fort: „Drug Mer wird von hier aus mit den Meermenschen, die uns, wie ihr bereits wisst, helfen werden, in Verbindung stehen. Außerdem werden uns (dabei warf er Serafina einen gequälten Blick zu) auch Rufus und Serafina begleiten. Auch Vobius und Selena, Rufus Eltern, werden auf dem Kampffeld zu uns stoßen. Wir brauchen gegen Darkas alle uns zur Verfügung stehende Zauberkraft." Für sich dachte er, dass die alten Drachen nicht eingreifen würden. Offenbar wurde der Kampf gegen Darkas zu einer Art Bewährungsprobe für sie alle.

Rufus hatte schon immer gewusst, dass er bei einer Auseinandersetzung mit Darkas nicht würde umhin kommen, sich aktiv am Geschehen zu beteiligen. Aber Serafina war doch einigermaßen überrascht, dass sie mit den anderen in einen Krieg ziehen sollte. So etwas hatte es noch nie gegeben. Die Lage war also noch ernster als gedacht, schoss es Serafina durch den Kopf.

„Aber Vater, wer bleibt bei meinen Kindern", wagte sie aufgebracht zu fragen.

„Deine Mutter und Rikolfar bleiben auf der Burg und werden sich um alle Kinder kümmern. Außerdem sind genug Elfen hier, um das Leben auf der Tir nan Ogg normal weitergehen zu lassen", gab Drug Fir gelassen zurück. „Dich aber", fuhr er fort, „wird Frina begleiten. Sie wird nicht von deiner Seite weichen, bis wir heil und wohlbehalten zurück sind und Darkas geschlagen ist."

An Karula gewandt fragte er: „Und du, meine Kleine, wirst es dir doch sicher nicht nehmen lassen Owain zu begleiten. Oder?"

Serafina war einigermaßen außer sich. Was dachte ihr Vater sich dabei, auch ihre jüngere Schwester mit in eine furchtbare Schlacht zu nehmen. Wahrscheinlich in die furchtbarste Schlacht aller Zeiten. Reichte es nicht, wenn sie, Rufus, Selena und Vobius mit in den Kampf zogen. Wollte er ein ganzes Druidengeschlecht der Gefahr aussetzen für immer ausgelöscht zu werden. Wurde er langsam alt, fragte sie sich. Schlimm genug, dass sie ihre Kinder allein auf der Burg zurück lassen musste, obwohl sie hier wahrscheinlich in Sicherheit waren. Aber wer konnte das schon genau wissen nach den jüngsten Vorfällen. Als Serafina sich einigermaßen abgeregt hatte, kam sie zu dem Schluss, dass sie Rufus auch niemals allein würde gehen lassen. Offenbar kannte ihr Vater seine beiden Töchter besser als sie sich selbst.

Aber nun stand Heronia von ihrem Stuhl auf und bekundete ganz öffentlich ihren Unmut über die Entscheidung der Druiden.

„Du meinst nicht wirklich ernst, was du eben gesagt hast, oder? Meine beiden Töchter sollen in eine große Schlacht ziehen? Das kann ich einfach nicht glauben!" verkündete Heronia mit Zornesröte im Gesicht.

Drug Fir wurde nun seinerseits wütend. Denn erstens hatte niemand, aber auch wirklich niemand, die Entscheidung des Druidenrates anzuzweifeln. Und zweitens schien Heronia vergessen zu haben, dass Serafina sowie auch Karula starke Zauberinnen waren.

Das ließ er seine Frau nun auch vor allen Versammelten wissen. Heronia ließ sich allerdings nicht so leicht überzeugen, denn sie widersprach ihrem Gemahl, ob Druide oder nicht, auf das Heftigste.

„Also wirklich. Ich verstehe euch nicht. Wenn meine Erinnerung mich nicht täuscht, haben wir für genau solche Zwecke ausgebildete Elfenkrieger und Drachenreiter. Ich verstehe beim besten Willen nicht, was meine Töchter auf einem Schlachtfeld verloren haben!"

Serafina zog ihre Mutter am Ärmel, damit diese wieder auf ihrem Stuhl Platz nahm und tätschelte beruhigend ihren Arm. In der Weise, wie sie auch versuchen würde ein Kind zu beruhigen. Leise sprachen nun beide Töchter auf sie ein.

„Mama, bitte, beruhige dich", flüsterte Serafina. „Aye, ich würde Rufus niemals alleine in den Kampf ziehen lassen. Außerdem wird jeder Zauberer gebraucht."

Fugan betrat betont lässig den Saal, zauberte sich einen Stuhl neben Rufus und ließ sich darauffallen. Rufus konnte seinen Ärger über seinen jungen Schwager kaum unterdrücken, sagte aber nichts. „Wo ist mein Platz bei dem Ganzen", fragte Fugan frech.

Druig Fir war die Zornesröte ins Gesicht gestiegen. Dennoch antwortete er gelassen: „Hier! Du bleibst bei deiner Mutter auf der Burg."

„Aber..." - „Unterbrich mich nicht, ich bin noch nicht fertig", sagte der Druide etwas heftiger als beabsichtigt. „Du hast heute gerade wieder einmal bewiesen, dass auf dich kein Verlass ist. Unzuverlässigkeit aber können wir nicht gebrauchen. Deshalb bleibst du hier". Dann überlegte er einmal kurz und fügte hinzu: „Das ist unumstößlich!"

Wutentbrannt mit Schamensröte im Gesicht sprang Fugan auf, warf dabei fast den Stuhl um und verließ den Saal. Wie konnte sein Vater es wagen, ihn vor allen Anwesenden dermaßen bloßzustellen!

„Dasselbe gilt für mich, denn in solch, schweren Zeiten von Owain getrennt zu werden, würde ich nicht überleben", hauchte Karula theatralisch und nahm das eben geführte Gespräch damit wieder auf, als ob Fugan nie dagewesen wäre.

„Sicherlich werden auch die Verwundeten unsere Hilfe brauchen können", fügte sie hinzu. Heronia weinte still vor sich hin, bis sie energisch nach einen Taschentuch in ihrem Umhang suchte, sich die letzten Tränen aus den Augenwinkeln wischte und erneut das Wort ergriff. „Also gut, wenn ihr alle absolut nicht zu überzeugen seid, dass meine Mädchen nicht auf ein Schlachtfeld gehören, verlange ich doch wenigstens einige Krieger, die nur zum Schutz der beiden abgestellt werden. Ich bin zwar immer noch der Meinung, dass eine Mutter (dabei sah sie Serafina vorwurfsvoll an) in erster Linie zu ihren Kindern gehört und eine Braut nicht kurz vor der Hochzeit auf einen Kriegsschauplatz, aber wenn ihr euch nicht umstimmen lasst, werde ich mich wohl der Ratsentscheidung beugen müssen. Nur seid euch gewiss: Sollten meine Kinder nicht unversehrt - und ich meine völlig unversehrt - zu mir zurückkehren, werde ich mit keinem von euch je wieder auch nur ein Wort wechseln." Nach diesen letzten Worten verließ Hernoia erhobenen Hauptes die Halle, ohne sich auch nur einmal umzusehen.

Auf der Treppe flüsterte sie in die Luft: „Ihr kleinen Geister könnt nun losgehen und den Zwillingen von dem geplanten Wahnsinn berichten!"

Rringh, Brringh und Llingh stoben erschreckt auseinander. Denn ganz offensichtlich war ihre Anwesenheit doch nicht so unbemerkt geblieben. Frina, die eben im Begriff war ihrer aufgelösten Herrin hinterher zu eilen, wurde von Serafina mit einem Kopfschütteln sanft auf ihren Stuhl zurück gedrückt. Für Heronia war es jetzt das Beste erst einmal eine Weile allein zu bleiben. Außerdem war die Versammlung noch lange nicht zu Ende. Drug Fir, der zwischenzeitlich mit Rufus getuschelt hatte sprach nun seine beiden Töchter direkt an, indem er fragte, ob sie die Meinung ihrer Mutter teilen würden, oder ob sie bereit für den Kampf seien.

Serafina und Karula erhoben sich von ihren Plätzen, damit sie auch jeder sehen konnte, und antworteten gleichzeitig: „Wir sind bereit, Vater." Dann legten beide die rechte Hand auf ihre Herzen und fügten mit einer Verbeugung hinzu: „Für die Tir nan Ogg."

Beide erhielten daraufhin donnernden Beifall und setzten sich mit geröteten Wangen wieder auf ihre Plätze. Frina lächelte breit vor sich hin. Sie war sehr stolz auf ihre einstigen Zöglinge. Serafina und Karula tauschten kurze, wissende Blicke mit Rufus und Owain und lehnten sich auf ihren Stühlen zurück, um den weiteren Vorschlägen zu lauschen.

Bis zum Morgengrauen wurde jede nur erdenkliche Vorgehensweise zur Bekämpfung Darkas besprochen. Als man sich schließlich einig war, verließen alle Krieger, Drachenreiter, Druiden, die Elfenfrauen und zuletzt Drug Fir, Rufus und Serafina sowie Karula und Owain die große Halle. Es gab noch so viel zu tun. Die Waffen mussten überprüft werden. Die Streitwagen mussten beladen werden.

Rufus war vom vielen reden ganz heiser. Er und Owain, der eine Art General in der Truppe war, hatten lange Zeit über den geschicktestes Angriff mit den Lichtelfenkriegern beraten. Aber noch bestand keine Chance sich in sein Bett zurückzuziehen. Denn nun musste die ganze Familie noch miteinander sprechen. Außerdem stand auch die Konfrontation mit Heronia noch aus. Alle Boten waren bereits seit langem unterwegs. Rufus erwartete von Archie demnächst eine telepathische Botschaft. Der Hund war schnell, sehr schnell und dürfte in Kürze das Feenreich und deren Königin Shagala erreicht haben. Und Markwain war unterwegs zu Boral dem Zwergenkönig. Rufus hoffte inständig, dass sie heil dort ankommen würden. Insbesondere der Weg bis ins Innere der Zwergenberge war gefährlich. Das wusste er aus eigener, schmerzhafter Erfahrung. Aber Markwain und sein treuer Wolf würden sich schon zu helfen wissen. Wobei Rufus sich nicht vorstellen konnte, dass Xabou Zutritt in die Berge gewährt wurde. Vor so einem riesigen Tier, wie der Wolf eines war, fürchteten die Zwerge sich mit großer Wahrscheinlichkeit zu Tode.

„Nun, mein Kampfgefährte", riss Serafina ihn spöttisch aus seinen Gedanken, „wir sollten jetzt erst einmal nach Mutter sehen. Sie war vorhin ganz schön aufgebracht. Ich gebe zu, dass ich selbst ein wenig überrascht war, dass Karula und ich - ganz offiziell - mit euch gehen sollen, aber ich hätte dich sowieso niemals alleine gelassen. Du weißt, ich bin inzwischen kampferprobt", lachte sie mechanisch und ohne Beteiligung der Augen, um der Situation die Schärfe zu nehmen.

Rufus nahm seine Frau stumm an die Hand und folgte den anderen ins obere Stockwerk. Die große Treppe zu erklimmen fiel allen sichtlich schwer. Denn jeder war erschöpft und ausgelaugt. Dabei fing alles gerade erst an. Aber nach ein paar Stunden Schlaf würde die Welt wieder anders aussehen. Geist und Körper würden sich erholen, für die bevorstehenden Aufgaben.

Serafina und Rufus schlichen zuerst in die Schlafzimmer ihrer Kinder, nur um festzustellen, dass alle friedlich in ihren Betten lagen und fest schliefen. Der Kater lag bei Stella und schnurrte zufrieden. Auf den Kopfkissen der Zwillinge hatten sich die kleinen Feen breitgemacht und schienen auch zu schlafen.

„Gut", flüsterte Serafina und schloss leise die Tür.

„Bei Mutter werden wir weniger Glück haben. Ich glaube nicht, dass sie schläft. Sie wird die ganze Nacht nur darauf gewartet haben, uns zur Rede zu stellen."

Als sie sich den Gemächern von Serafinas Eltern näherten, war eine lautstarke Unterredung zwischen den beiden bereits in vollem Gange. Serafina atmete noch einmal tief durch und dachte: *Auf in den Kampf.* Dann klopfte sie an. Karula und Owain saßen auf der Bank vor dem Kamin im Aufenthaltsraum und verzogen die Gesichter, wie um zu sagen, bleibt hier lieber weg! Heronia lief im Zimmer auf und ab und warf ihrem Mann wüste Beschimpfungen an den Kopf. *Na, offenbar hat sie sich noch nicht ganz abgeregt,* kombinierte Rufus belustigt.

„Frau, jetzt komm aber bitte wieder zu dir", forderte Drug Fir. „Jetzt ist es wirklich genug!"

„Nein, gut ist es erst, wenn **ich** es sage", fauchte Heronia aufgebracht.

„Mama, du bist im ganzen Flügel zu hören", warf Serafina ein. „Du wirst noch die Kinder wecken". - „Also gut, also gut", japste Heronia beleidigt.

„Fällst du mir also auch wieder in den Rücken. Glaubt ihr, ich habe euch auf die Welt gebracht, um euch einfach so abschlachten zu lassen?"

Vor ihrem geistigen Auge lief offenbar ein richtiger Horrorstreifen ab.

Drug Fir schüttelte stumm den Kopf. Mit seiner Frau war einfach nicht zu reden. Was glaubte sie denn, wer er war. Er würde seine Kinder schon zu schützen wissen. Scheinbar war das Vertrauen seiner Frau in seine Zauberkünste nicht allzu groß. Das ärgerte ihn maßlos. Aber jetzt weiter in sie zu dringen wäre genauso sinnvoll gewesen, wie einer Maus das Radfahren beibringen zu wollen. Also stellte er an alle gewandt betroffen fest: „Ich glaube heute Morgen haben weitere Gespräche mit eurer Mutter keinen Sinn. Am besten ihr geht alle in eure Betten und ruht ein paar Stunden. Beim Frühstück versuchen wir dann noch einmal wie Erwachsene miteinander zu reden."

„Du brauchst gar nicht so groß zu tun, mein Lieber", konterte Heronia. „Meine Meinung wird sich weder bis zum Frühstück noch bis zum jüngsten Tag geändert haben. Vor allem ärgert mich, dass du vorher nicht einmal mit mir darüber gesprochen hast. Das hätte ich zumindest von dir erwartet".

Aha, das ist es also, sinnierte der Druide amüsiert und strich sich über den langen, weißen Bart.

„Aber euer Vater...", das Wort spie sie förmlich aus, „hat Recht."

„Wir sind alle müde und aufgebracht. Ihr denkt doch wohl nicht, dass ich auch nur ein Auge zugetan hätte. Wir sehen uns später beim Frühstück. Geht schlafen. Ich habe auch noch ein Hühnchen mit Fugan zu rupfen. Bisher hat er es nicht gewagt, mir unter die Augen zu kommen."

Damit war das Gespräch für sie erst einmal beendet. Achselzuckend verließen Serafina und Rufus, gefolgt von Karula und Owain, das Zimmer. Armer Fugan, dachte Serafinainzwischen tat er ihr fast leid.

Karula küsste ihre Schwester auf die Stirn, wünschte eine gute Nacht und ging in ihre Räume.

„Du meine Güte", ächzte Rufus, als sie sich ein Stück entfernt hatten. „So habe ich deine Mutter ja noch nie erlebt. Ich dachte, sie hätte sich inzwischen wieder einigermaßen im Griff."

„Da muss sie durch", murmelte Serafina und wehrte mit der Hand jedes weitere Wort darüber ab. Mit leichter Hand öffnete sie die Schlafzimmertür und ließ sich erschöpft auf die seidigen Kissen sinken. „Ich habe Hunger", verkündete Rufus. „Wenn ich jetzt nicht wenigstens eine Kleinigkeit esse, komme ich nicht in den Schlaf. Außerdem gehe ich noch einmal zum Strand hinunter. Marinus wartet auf mich."

„Mach, was du willst, solange ich nur schlafen kann."

Männer, dachte Serafina und drehte ihm den Rücken zu. Schnell zauberte sich Rufus ein paar Stücke Obst und einige Muffins herbei. Während er noch genüsslich kaute, war Serafina schon im Reich der Träume versunken. Er legte sich leise auf seine Bettseite, obwohl aus seiner Sicht keine Gefahr bestand Serafina aufzuwecken. Selbst ein Erdbeben der Stärke acht hätte seine Frau nicht mehr mitbekommen. Sollte sie sich ausruhen. Es würde ohnehin eine sehr, sehr kurze Nacht werden, wie ihm ein Blick auf die Uhr am Kamin verriet.

Nachdem er seinen kleinen Imbiss verzehrt hatte, stand Rufus wieder auf, schlich leise aus dem Zimmer und machte sich auf den Weg zu Marinus. Worüber der Meermann mit ihm reden wollte wusste Rufus nicht. Aber es erschien ihm wichtig, dieses Gespräch, auch jetzt mitten in der Nacht, zu führen.

Einzig Drug Set hatte in diesen frühen Morgenstunden noch einiges vor. Er zog sich in sein Arbeitszimmer zurück und ließ sich auf einem Stuhl nieder. Dann schaltete er alle Gedanken, die ihn von seinem Vorhaben ablenken konnten, aus und richtete seine geistigen Fühler auf Drago. Endlich war es soweit - der Kontakt war hergestellt.

„Nun, alter Freund", hörte er die Stimme des Drachens in seinem Kopf, „ist die Zeit gekommen, dir ein paar Jungtiere zu überlassen. Du wirst sie bei Sonnenaufgang auf der Wiese vor der Burg finden. Aber Vorsicht, sie sind noch ziemlich ungestüm!"

Der Druide bedankte sich und beendete die geistige Verbindung.

Da stand ihnen allen noch ein anstrengender Tag bevor. Die Drachen mussten zunächst einmal gebändigt werden. Dragan und Durkan würden die Sache übernehmen müssen, denn zum einen waren sie die besten Drachenreiter und Ausbilder und zum anderen gab es außer ihnen nur noch ein paar andere, die die Kunst des Drachenfliegens beherrschten. Schließlich standen ihnen nicht viele der seltenen Tiere zur Verfügung. Außerdem gab es mangels Bestien hier auf der Insel auch keine Bestienmeister wie bei den Dunkelelfen. Die Bestienmeister dort fingen alles weg, was ihnen in die Quere kam. Es gab im ganzen Zauberreich nur noch die wenigen Mantikore, die Darkas Bestienmeister eingefangen und domestiziert hatten.

Wenige Stunden später wurde Rufus von Archie geweckt, der ihm Bilder von Shagala in sein Unterbewusstsein gesandt hatte. Wenigstens war sein Bote gut angekommen. Das war doch schon mal etwas, dachte Rufus schlaftrunken. Die andere Bettseite war kalt und leer. Also war Serafina schon eine Weile auf den Beinen. Umständlich erhob Rufus sich und ging ins Bad. Dort fand er seine Frau mit einer Tasse Kaffee genüsslich in der Badewanne.

„Guten Morgen, mein Schatz", flötete sie übertrieben munter. Denn ihre verschwollenen Augen sagten etwas ganz anderes. „Hast du gut geschlafen?"

„Zu wenig", war Rufus knappe Antwort.

„Aber sag mal, es ist so ruhig hier. Wo sind denn unsere lieben Kleinen? Es muss doch bald elf Uhr sein."

„Du wirst es nicht glauben, aber die schlafen alle immer noch. Ich nehme mal stark an, dass auch die Kinder vor lauter Neugier eine lange, lange Nacht hatten."

Rufus murmelte irgendetwas, wie *mach mal Platz*, und ließ sich zu Serafina in die Wanne gleiten. Nur um gleich wieder hoch zu schießen.

„Mein Gott, ist das heiß. Willst du mich verbrühen?"

„Aye, nun stell dich nicht so an. Es ist herrlich und entspannt", empfahl Serafina.

Rufus nörgelte noch einen Augenblick herum, um sich dann doch wieder vorsichtig, die Hände um seine südlichen Körperteile haltend, in das heiße Wasser zu setzen. Er schloss für einen kurzen Augenblick die Augen und versuchte seine verkrampften Muskeln zu entspannen. Das Wasser hatte auch beim zweiten Anlauf immer noch die Temperatur eines isländischen Gysirs. Als er die Augen wieder öffnete, stand Stella am Wannenrand und kicherte still vor sich hin. Serafina hatte ihr ein Zeichen gegeben, ganz leise zu sein, als sie ins Bad gekommen war.

„Na, Mäuschen, hast du inzwischen gelernt dich lautlos zu bewegen, oder beherrscht du etwa die Teleportation", fragte Rufus.

„Nö, Mami hat psst demacht. Und tetedings tann ich nich", erklärte Stella ernsthaft.

Stellas Eltern brachen in schallendes Gelächter aus, was die Kleine sehr unsicher machte. - „Was is", fragte sie irritiert.

„Nichts, nichts", prustete Rufus. „Ich dachte nur... Ach, nichts weiter."

Serafina bekam sich als erste wieder in den Griff und fragte Stella: „Was ist mit deinen Geschwistern, schlafen die etwa immer noch?"

„Teine Ahnunk. Bin leise gewest", meinte Stella und zuckte mit den Schultern.

Rufus entstieg der großen Wanne und meinte, es wäre dann wohl an der Zeit einmal nach den Zwillingen zu sehen. So lange schliefen die schließlich selten.

Er schlang sich ein Handtuch um seinen Körper und tappte mit nassen Füßen in das Schlafzimmer, um sich einen leichten Pulli und eine kurze Hose zu greifen. Denn nach dem heißen Bad fror er jetzt, obwohl es draußen warm war, doch ein wenig.

Mit Stella auf dem Arm, die in ihrem langen Nachthemd wie ein kleiner Engel aussah, verließ er sein Zimmer und öffnete vorsichtig die Tür zum Schlafzimmer der Zwillinge. Amy und Kee lagen tatsächlich noch immer im Bett und schienen nach wie vor im Koma zu liegen. Denn nichts rührte sich. Er hielt Stella, die gerade losplappern wollte, den Mund zu und schloss leise die Tür.

„Lassen wir die beiden einfach noch ein bisschen in Ruhe und machen dich erst einmal hübsch", schlug Rufus vor.

„Fangen wir mit einer frischen Windel an und dann suchen wir etwas Passendes zum Anziehen."

„Hab schon lange teine Winde mehr", stöhnte die Kleine und blickte ihren Vater vorwurfsvoll an. So etwas musste er doch nun wirklich wissen!

Rufus war tatsächlich sehr überrascht. Irgendwie schien es, als habe er in den paar Tagen, die er fort war, eine ganze Menge verpasst. Zu Stella sagte er: „Na, das ist ja toll. Da bin ich aber sehr stolz auf dich."

Rufus hatte Stella gerade fertig angezogen, als auch Serafina hinzu kam und vorschlug nun eben ohne die Zwillinge mit ihren Eltern zu frühstücken.

„Hoffentlich hat sich die Stimmung inzwischen etwas gebessert", flüsterte sie Rufus ins Ohr, bevor sie bei ihrer Mutter anklopfte.

Entgegen allen Erwartungen saßen ihre Eltern mit Karula auf der Terrasse und unterhielten sich völlig entspannt. Serafina fiel ein Stein vom Herzen und auch Rufus wirkte sehr erleichtert.

„Kommt Kinder, setzt euch zu uns und esst", forderte Heronia die drei freundlich auf.

Rufus, der gewohnheitsmäßig einen Blick über die Brüstung warf, glaubte seinen Augen nicht zu trauen. Auf der Wiese vor der Burg hockten drei Drachen, umringt von der staunenden Burggemeinschaft. Deshalb war es hier so ruhig gewesen.

„Donnerwetter", entfuhr es ihm.

„Ach, hast du die Ungeheuer noch nicht bemerkt?", fragte Heronia gelassen.

Serafina und Stella, die bisher noch keine Ungeheuer bemerkt hatten, reckten ihre Hälse über die Brüstung. Stella machte große Augen angesichts der „droßen Hundis" und wollte genau wie Rufus sofort hin. Das Frühstück konnte warten!

Serafina ging zu ihrer Mutter um den Tisch. Unmerklich für die anderen brachte sie ihren Mund ganz nah an das Ohr ihrer Mutter und raunte ihr leise zu: „Alles wieder in Ordnung?" Heronia nickte stumm.

„Nun, Serafina, wie du sicher bemerkt hast, ist deine Mutter über Nacht wieder zur Vernunft gekommen", erkläte Drug Fir. Das brachte ihm einen bösen Seitenblick seiner Frau ein.

„Ähm, nun ja, ich wollte sagen, sie hat sich beruhigt." Dann sah er die Ungeduld von Rufus und fügte hinzu: „Nun geht schon und bestaunt die Drachen."

Rufus grinste über das ganze Gesicht. Überall das Gleiche, dachte er. Egal wie viele Jahrhunderte man schon miteinander verbracht hatte. Serafina, die sein Grinsen wohl bemerkt hatte, trat ihm gegen das Schienenbein. Beinahe hätte er laut „au" gesagt.

Statt dessen lächelte er seine Schwiegermutter an und sagte im Gehen: „Es freut mich, dass es dir wieder gut geht, meine Liebe. Jeder von uns hat doch mal einen schlechten Tag. Ich verstehe die Sorge um deine Töchter nur zu gut, weil eine auch mir ganz besonders am Herzen liegt. Und ich verbürge mich mit meinem Leben dafür, dass du beide wohlbehalten wiedersehen wirst."

„Ich weiß das doch selbst, Rufus, dass du alles in deiner Macht stehende tun wirst - wie alle -, dass ihr gesund aus der Schlacht heimkehrt. Aber ich stehe eine entsetzliche Angst um euch alle aus, dass es körperlich weh tut", vertraute Heronia ihm bekümmert an und wischte schon wieder ein paar Tränen fort.

Stella rettete die Situation, indem sie sich zu ihrer Großmutter umdrehte, um sie ansehen und rein äußerlich einer gewissenhaften Untersuchung unterziehen zu können.

„Wo hat du denn ein aua", wollte sie keck wissen. Das brachte Heronia dann zum Lachen. - „Nein, mein Schatz. Ich habe kein aua, das man sehen kann".

„Hm, hm", machte die Kleine. „Unsichbar, aha!"

„Jetzt geht aber endlich", verlangte Drug Fir, „bevor die Drachen euch davonfliegen. Wir reden später weiter."

Stella, die bereits auf dem Weg zu den Drachen war, ließ es sich nicht nehmen, beim Verlassen der Terrasse die Feuchtigkeit der Pflanzenkübel zu überprüfen. Sie bohrte ihre kleinen Finger im Vorbeigehen in jeden Topf. Rufus hob Stella hoch, damit sie schneller vorankamen.

Rufus und Serafina eilten mit Stella auf dem Arm die Stufen hinunter. Der Burghof lag wie ausgestorben da. Stände und Buden waren verwaist und das Essen in den großen Kupferkesseln verkochte zu Brei. Sie hatten sich entschieden, Amy und Kee schlafen zu lassen. Mussten aber überrascht feststellen, dass die beiden sich bereits vor ihnen zu der Menge gesellt hatten, die die Drachen umstand. Kee kam im Gefolge von Fugan sofort auf sie zugerannt: „Ist das nicht irre? Als ich aus dem Fenster sah, dachte ich zunächst ich träume."

„Ja, einen Albtraum", versetzte Amy, die sich nun zu ihnen gesellte.

„Mädchen", bemerkte Fugan verächtlich und zog Kee bereits mit sich wieder dichter an den Ort des Geschehens.

„Geht nicht zu dicht heran", rief Serafina ihnen hinterher. Als sie keine Antwort erhielt, rief sie noch einmal: „Habt ihr verstanden? Besonders du, Fugan!"

„Ja, ja, schon klar", brüllte der zurück.

Drug Set stand währenddessen auf seiner Terrasse, belächelte die Szene auf der Wiese zufrieden und dankte auf telepathischen Weg den weisen Drachen für ihre Gabe. Er war sich sicher, dass die drei Jungtiere bis zum Sonnenuntergang folgsam wie die Lämmer sein würden.

Dragan und Durkan waren schon die ganze Zeit über damit beschäftigt gewesen, sich den Drachen überhaupt zu nähern. Die umstehende Menge weckte nicht gerade das Vertrauen der jungen Drachen, die heute wahrscheinlich das erste Mal aus ihrer Höhle gekrochen waren. Sie waren noch wild und ängstlich. Aber eine Drachenzähmung, die sowieso nur alle paar hundert Jahre stattfand, wollte sich keiner der Burgbewohner entgehen lassen. Die Drachen hockten dicht beieinander auf der Wiese und ließen unruhig ihre Köpfe kreisen. Ab und an spreizten sie ihre ledrigen Flügel und stießen kleine Rauchfahnen aus. Dragan traute sich dieses Mal ein wenig dichter an die Tiere heran. Während er seine Schritte zielstrebig in ihre Richtung lenkte, murmelte er die ganze Zeit leise, beruhigende Worte vor sich hin. Das größte Tier tat seinen Unmut über die unerwünschte Annäherung mit einem mächtigen Brüllen kund. Erschrocken wich die Menge zurück. Nur Dragan ließ sich dadurch von seinem Vorhaben nicht ablenken. Ganz im Gegenteil, er starrte dem Drachen so tief in die Augen, als ob er ihm alleine dadurch seinen Willen aufzwingen konnte. Der, den er in Gedanken vorerst Großer nannte, starrte ohne zu blinzeln zurück. „So ist es gut. Brav, Großer. Bleib schön da hocken und spucke um Gottes Willen kein Feuer. Ich tue dir überhaupt nichts", säuselte Dragan.

Doch der Große ließ sich nicht einwickeln. Wütend ließ er seinen Schwanz, einem Erdbeben gleich, zu Boden peitschen und brachte Dragan aus dem Gleichgewicht. Ein Stöhnen ging durch die Menge, als Dragan, aufgrund der Erschütterung des Bodens, das
Gleichgewicht verlor. Er war nicht der Einzige, der zu Boden ging, nur für ihn war es
weitaus gefährlicher. Er war dichter am Drachen als die anderen. Durkan war sofort zur
Stelle, um seinem Gefährten zu Hilfe zu kommen. Aber Dragen winkte ab und rappelte
sich auf. Erleichtertes Gemurmel machte sich unter den Leuten breit. Vorsichtshalber
ließen sich viele in gebürendem Abstand im Gras nieder. „Das wird noch ein ganz schönes Stück Arbeit", bemerkte Durkan. Dragan nickte. Er wollte etwas Neues versuchen.
Wieder näherte er sich dem Großen, nur dass er dieses Mal ein Stück blutiges Fleisch
aus seinem Lederbeutel zog, den er grundsätzlich vor der Brust trug, und damit vor dem
Drachen herum wedelte.
Der Große blähte die Nüstern und schnupperte angestrengt. Was er da roch, gefiel ihm
offenbar, denn ganz vorsichtig kam er einen Schritt näher. Da er sehr große Schritte
machen konnte, stand er bereits fast vor Dragan und beugte seinen langen Hals zu dem
vergleichsweise winzigen Wesen herab. Die anderen beiden Drachen näherten sich
ebenfalls.
Gerade, als der Große nach dem Stück Fleisch schnappen wollte, stolperte Dragan über
eine Wurzel und fiel der Länge nach hin - direkt vor die Füße des Ungetüms. Die Menge
hielt den Atem an. Der Drache beschnupperte Dragan und befand ihn offenbar als nicht
für den Verzehr geeignet. Aber er rührte sich nicht von der Stelle. Stella, die das Ganze
bisher stumm und voller Faszination vom Schoß ihres Vaters beobachtet hatte, aber
beim besten Willen nicht verstand, warum alle solche Angst vor den „Hundis" hatten, rappelte sich auf. Und noch ehe Rufus nur einmal blinzeln konnte, stand Stella vor der Nase
des Drachen. Serafina sprang auf und wollte ihrer Tochter hinterher. Doch Rufus hielt sie
am Arm fest. „Nein", sagte er bestimmt. Wenn sie jetzt eingriffen, wären die Drachen
völlig überfordert und dann konnte wer weiß was passieren. Irgendwo hinter sich, hörten
sie Amy schreien, die sich bereits zu ihren Eltern durchkämpfte.
Gleichermaßen fasziniert und entsetzt beobachteten die Burgbewohner, besonders aber
die Witherspoones, wie Stellas kleine Finger nach dem Stück Fleisch griffen, das Dragan bei seinem Sturz aus der Hand gefallen war, und es dem Drachen hinhielt.
„Da, nimm. Du will betimmt essi."
Serafina glaubte, ihr Herz müsste auf der Stelle stehenbleiben, als der große Drachen
seinen Kopf hinunter zu der winzig kleinen Stella beugte und ganz zaghaft und vorsichtig
das Fleisch aus ihrer Hand entgegennahm.
„Sieht du, meckt gut, was", freute sich Stella und tätschelte dem Drachen die Nase.
Erleichterung machte sich breit und ein hörbares Aufatmen ging durch die Menge.
Dragan, der bisher am Boden lag und sich tot gestellt hatte, um den Drachen nicht zu
provozieren, stand vorsichtig auf. Doch in dem Moment kamen wie auf ein geheimes
Zeichen die anderen beiden Ungeheuer näher und plazierten sich so, dass Stella genau
eingekreist und nicht mehr zu sehen war.
Serafina, die eben noch Erleichterung verspürt hatte, fühlte ihr Herz schmerzhaft gegen
die Rippen schlagen.

„Mein Gott, so tut doch was", rief sie in die Menge, ohne jemand Besonderen zu meinen. „Sie fressen sie noch auf."
Normalerweise hätte sie schon längst irgendeinen Zauber zu Hilfe genommen, doch das Dumme war, dass Drachen gegen jegliche Art von Zauberei immun schienen.
Dann wollte Serafina losstürmen, da von anderer Seite keine Hilfe zu erwarten war. Doch Rufus hielt sie ein weiteres Mal zurück.
„Warte. Es sieht nicht so aus, als ob die Drachen ihr irgend etwas antun wollen. Es sieht eher danach aus, als ob sie sie beschützen."
Und tatsächlich: Nach kurzer Zeit, die allen wie eine kleine Ewigkeit erschienen war, machten die Drachenkörper Platz, um eine strahlende Stella aus ihrer Mitte freizugeben. Sie tätschelte jedem Drachen die Füße, denn höher heran kam sie nicht und sagte:
„Dann tommt mal alle mit."
Dragan und Durkan rangen um Worte. Die wollten aber nicht kommen, sondern blieben ihnen im Halse stecken, als die drei riesigen Geschöpfe, wie Küken hinter einer Henne, dem kleinen Mädchen folgten. Sie hatte etwas geschafft, wozu sie normalerweise viele Tage brauchten. Stella murmelte noch ein paar unverständliche Worte, die aber im Jubel der Bevölkerung untergingen und übergab die gezähmten Drachen an Dragan und Durkan. Stella wurde wie eine Heldin gefeiert. Serafina riss sie vom Boden hoch und übersäte sie mit Liebkosungen.
„Weißt du überhaupt, was du da getan hast?"
Stella nickte. „Weißt du, was Mami für eine Angst um dich hatte?"
Stella schüttelte den Kopf. Sie verstand immer noch nicht so ganz, warum sich alle wegen der „Hundis" so anstellten. Aber es war ihr nicht unangenehm.
Fugan und Kee bahnten sich ihren Weg durch die Massen und blieben nach Atem ringend vor Serafina und Stella stehen.
„Alle Achtung", keuchte Fugan. „Du hast ja mehr drauf als ich dachte."
Kee sagte gar nichts. Er wünschte, er wäre es gewesen, den man jetzt als Helden feierte. Aber diese Chance war vertan. Wer weiß, vielleicht hätten die Drachen auf ihn auch völlig anders reagiert und ihn mit einem Bissen verschlungen. Also strich er seiner kleinen Schwester nur über das Haar.
Allmählich löste sich die Menge auf. Jeder kehrte zu seinen eigentlichen Aufgaben zurück. Es gab nichts mehr zu sehen. Dragan und Durkan würden noch eine Weile allein mit den Drachen hier draußen verbringen, während Rufus und Serafina mit ihren Kindern zur Burg zurück gingen. Es gab noch einiges zu bereden. Rufus, der seinen Schrecken noch nicht ganz verwunden hatte, erklärte seiner Frau später, dass sie sich bereits am nächsten Tag - um die Mittagszeit - mit einer kleinen Truppe Elfenkrieger auf den Weg nach Irland machen und dort Vobius und Selena treffen würden. Owain und Karula sollten die zweite Truppe begleiten. Drug Fir wollte vermeiden, dass zu große Truppenverbände Darkas Aufsehen erregen würden. Deshalb sollten immer höchstens fünfzig Krieger in einer Gruppe reiten. Denn Darkas hatte seine verhassten Späher inzwischen überall. So mochte Darkas glauben, daß nach den jüngsten Ereignissen mehr Patrouillen als gewöhnlich unterwegs waren. Die schweren und großen Streitwagen mit den Speerschleudern würden nur von einer Handvoll Kriegern begleitet werden, die dank der Magie wie ganz gewöhnliche Händler getarnt waren. Der Gedanke daran ließ vor Rufus´ inne-

rem Auge das gute alte trojanische Pferd aufblitzen. Während der frühen Morgenstunden, als sich auf der Burg alles zur Ruhe begab, waren die ersten Kämpfer bereits losgeritten, um in Irland Stellung zu beziehen. Alle drei Stunden würden kleine Gruppen ins Feld geschickt. Alles in allem bestand die Lichtelfenarmee aus mehr als fünftausend Kriegern. Denn auch aus Irlands Hochland würden die verstreuten Lichtelfenstämme kommen, um die Druiden im Kampf zu unterstützen. Aber im Vergleich zu Darkas Dunkelelfenarmee waren sie erschreckend, so erschreckend wenig. Zwar besaßen die Lichtelfen einiges an Zauberkraft - wenig im Vergleich zu den Druiden - aber auch die feindlichen Dunkelelfen konnten unglücklicherweise die gleichen Kräfte vorweisen. Deshalb war Rufus Mission bei den Zwergen und Feen auch so überaus wichtig gewesen. Die Zwerge waren kampfstark und stellten noch einmal an die zweitausend Krieger. Und auch das kleine Feenvolk war nicht zu unterschätzen. Der Feenstaub, den die kleinen Geister verstreuten, konnte die unmöglichsten Dinge bewirken. Und auch die Unsichtbarkeit des kleinen Volkes war im Kampf ein guter Verbündeter und konnte die Waagschale auf die eine oder andere Art beeinflussen. Außerdem waren da noch die vier Druiden, die die ganze Nacht damit beschäftigt sein würden, die Insel durch einige ganz spezielle Zaubersprüche zu schützen - besser als gewöhnlich!

Die Druiden würden als letzte mit den Drachenreitern kommen. Denn die riesigen Tiere waren die auffälligsten Lebewesen. Eine Drachenstaffel, von der jedes einzelne Tier die Größe eines kleinen Flugzeugs hatte, war am Himmel einfach unübersehbar. Deshalb machte es mehr Sinn erst mitten in der Nacht von der Insel starten. Außerdem konnten die Drachen die Strecke bis nach Irland in kürzester Zeit zurücklegen. Die Reiter brauchten dafür fast einen Tag. Nur Drug Mer würde auf der Tir nan Ogg zurückbleiben, um die Meermenschen ganz zum Schluss von der Insel loszuschicken. Bis dahin sollten sich am vereinbarten Treffpunkt im Einhornwald nahe den Zwergenbergen alle Kampftruppen versammelt haben. Und dann, dann wollte man losschlagen. In umgekehrter Reihenfolge. Die Drachenreiter mit ihren wenigen Tieren würden den ersten Überraschungsangriff fliegen. Die Drachen besaßen eine enorme Feuerkraft. Danach erst sollten die Bodentruppen nachrücken, um die eigenen Leute nicht übermäßig zu gefährden. Außerdem mussten die Drachen zwischendurch unbedingt ausruhen. Denn gezieltes Feuer speien war für die Tiere eine große Kraftanstrengung. Abgesehen davon konnten Drachen, allein durch ihr Körpergewicht, nie länger als drei bis vier Stunden ununterbrochen in der Luft bleiben. Und wenn die Drachen erst einmal in Luftkämpfe mit den Mantikoren und Greifen der Dunkelelfen verstrickt sein würden, mussten die Tiere abwechselnd neue Kraft schöpfen. Hier hatte man geplant, da die Drachen sich auch im Wasser gut fortbewegen konnten, Landeplätze im Meer zu schaffen. Dafür würde Marinus mit seinen Meermenschen sorgen. Die Mantikore der Feinde, die eine bizarre Mischung aus Pferd, Löwe und Adler darstellten, waren dagegen äußerst wasserscheu und würde sich immer eine Landebahn auf dem Land suchen müssen. Die wenigen Bestienmeister der Dunkelelfen hatten daran, so hoffte man im Kreise der Drachenreiter, bestimmt nicht gedacht.

Rufus und die Druiden würden sich ausschließlich um Darkas und seinen Dämon kümmern. Mit vereinten Zauberkräften sollte es ein für alle Mal gelingen ihn mitsamt der Kreatur zu vernichten. Notfalls standen auch Serafinas und Karulas Zauberkraft zur Verfügung. Und schließlich gab es da noch Vobius!

Nachdenklich hatte Serafina den Ausführungen ihres Mannes gelauscht und hoffte inständig, dass auch wirklich alles so ablaufen würde wie geplant. Ohne größere Verluste. Blieben nur noch Amy und Kee, denen sie sagen mussten, was sie vorhatten. Gerade als Serafina überlegte, wie sie es den beiden am besten sagen sollte, trafen ihre Kinder ein, die den Drachenreitern noch eine Weile zugesehen hatten. Als ob sie Gedanken lesen könnten, sprachen sie ohne weitere Begrüßung genau **das** Thema an.

„Also, ihr seid doch absolut verrückt, mit auf ein Schlachtfeld zu gehen", ereiferte sich Amy ohne Vorwarnung empört.

„Reicht es nicht, was uns letztes Mal passiert ist", fügte Kee hinzu. „Das war ja schlimmer als jeder Horrorfilm, den wir im Fernsehen angeschaut haben. Ich dachte..."

„Woher wisst ihr eigentlich so genau, was wir vorhaben", unterbrach Serafina mit hochgezogener Augenbraue. - „Wir haben auch unsere Quellen", antwortete Amy schnippisch. *Aha, die Feen haben also gelauscht,* dachte Serafina.

„Vielleicht können wir uns dann alle wieder beruhigen", warf Rufus ein.

„Es ist einfach vonnöten, dass deine Mutter und ich unsere Zauberkraft zur Verfügung stellen. Ihr wollt doch auch später an diesen Ort zurückkehren können und ihn friedlich vorfinden. Oder etwa nicht!"

Um dem Ganzen die Schärfe zu nehmen fügte er noch hinzu: „Stellt euch vor, wir wären Batman und Robin und müssten die Welt retten. Hier ist es nicht anders. In den Filmen siegt das Gute auch immer. Glaubt einfach daran und vertraut uns." *Ich wünschte, ich könnte selber daran glauben,* dachte er im Stillen.

„Aye, gut, dann nehmt uns aber auch mit", forderte Kee entschieden.

„Genau, wir zaubern doch gar nicht so schlecht", ergänzte Amy. - „Aber Kinder. Was bildet ihr euch ein. Was glaubt ihr, mit wem wir es hier zu tun haben", konterte Serafina.

„Ihr werdet hier bleiben und die Burg verteidigen", sagte Rufus ungehalten. „Das ist eine sehr wichtige Aufgabe." *Das fehlt mir gerade noch, dass die beiden auch noch durchdrehen,* dachte er bei sich. Stella, die die ganze Zeit auf einem Stuhl gehockt hatte und ihr Buch anschaute mischte nun auch mit: „Also Tella bleib hier. Hat Angs vor die böse Tunkeelf", gab nun auch die Kleinste ihren Kommentar ab).

„Sehr ihr", lenkte Serafina ein, „eure kleine Schwester hat das ganz richtig erkannt. Ihr bleibt alle hier. Und darüber gibt es auch keine Verhandlungsmöglichkeit. Ich sage das nur, damit wir uns auch wirklich richtig verstehen."

„Da wäre nur noch eine Sache", sagte Amy ernst.

„Rringh, Brringh und Llingh würden euch gerne begleiten. Es ist ihre einzige Chance, sich vor Shagala zu rehabilitieren."

„Aye. Wir werden darüber nachdenken", antwortete Serafina. „Aber nicht jetzt."

Die Kinder maulten noch eine Weile herum, um sich dann aber in ihr unabänderliches Schicksal zu fügen. Rufus war sehr erleichtert, als sie später am Nachmittag fragten, ob er noch ein letztes Mal mit ihnen an den Strand gehen würde.

Auch Darkas war die Nacht über nicht untätig gewesen. Zwar war es ihm nicht gelungen einen weiteren Dämonen zu beschwören, aber er hatte an dem kleinen eine neuerliche Überraschung entdeckt. Als er die Feuerstelle, an der er die ganze Nacht mit Beschwörungsversuchen verbracht hatte, löschen wollte, rutschte ihm vor Schwäche der Wassereimer aus der Hand. Dadurch bekam der kleine Dämon, der in seiner Nähe gekauert hatte ein paar Tropfen von der herbeigezauberten, magischen Flüssigkeit ab. Und... fing an zu wachsen. Schnell zauberte Darkas mit letzter Kraft mehr, viel mehr Wasser herbei und ließ es auf die Kreatur nieder regnen. Mit jedem Schwall des magischen Nasses wurde der grüne Dämon größer. Zuerst nur wenig und langsam, aber dann...

Kruellagh hatte die Nacht wieder einmal bei Kaiolor verbracht und war im Morgengrauen zu den Reitechsen geschlichen, um sie mit einigen, frischen Füchsen zu füttern. Sie hatte die rötlichen Pelztiere vorher extra aus den aufgestellten Fallen geholt. Heute war die Beute groß! Es bereitete ihr immer wieder Vergnügen, den mächtigen Tieren bei ihrer Speisung Gesellschaft zu leisten. Mit ihren kräftigen Kiefern zermalmten sie die Füchse in Sekundenschnelle, ohne sie vorher großartig mit ihren scharfen Zähnen zu zerkleinern. Im Lager war es noch ruhig. Die Krieger schliefen noch, bis auf die Wachen, die rundum patrouillierten. Ebensowenig der Bestienmeister, der bereits dabei war mit seinen Mantikoren zu trainieren. Er schwang gerade seine Peitsche, um das Mischwesen wieder auf den Zirkel zu bringen. Kruellagh blinzelte, um besser sehen zu können, wie der Bestienmeister die lange Eisenkette durch seine behandschuhten Hände gleiten ließ, um dem Tier, das die Kette wie ein schimmerndes Halsband um den Löwenkopf geschlungen hatte, mehr Spielraum zu geben. Diese circa sechs Meter langen Fabelwesen hatten kräftige Beine und ließen sich longieren wie Reitpferde. Bei diesem Exemplar handelte es sich offenbar um ein Jungtier, wie Kruellagh feststellte. Denn ab und an hob der Manitkor vom Boden ab, weil er sein Unbehagen über die morgendliche Dressur kundtat, indem er pausenlos mit den kleinen Flügeln schlug. Sein Unwille brachte ihm aber nur einen neuerlichen Peitschenhieb seitens seines Meisters ein. Kruellagh ließ ihren Blick noch eine Weile auf der Szene ruhen und wandte sich dann wieder den Schuppentieren zu.
Als alle Echsen einigermaßen gesättigt waren, ging sie an die große Trommel an der zentralen Feuerstelle im Lager und schlug kräftig darauf. Zeit aufzustehen, dachte sie. Schließlich gab es heute einiges mit den Kriegern zu besprechen, denn ihre Kundschafter hatten vermehrte Spähtruppen von der verhassten Insel gemeldet. Ihr Gefühl sagte ihr, dass die Lichtelfen irgend etwas planten. Sie sollten besser auf der Hut sein und ihre Truppen hier - im Außenlager - verstärken. Vorsichtshalber! Denn man konnte nie genau wissen, was der Gegner plante. Verwunderlich war nur, dass Darkas die ganze Nacht fortgeblieben war. Wenn er bis zum Mittag nicht zurück war, müsste sie wohl oder übel ein paar Krieger los schicken, um ihren Herrn zu suchen. Denn die neueste Entwicklung auf der Tir nan Ogg musste unbedingt mit ihm besprochen werden. Jetzt aber war zunächst die Zeit für einen Ausritt!

Rufus verbrachte den Nachmittag mit seinen Kindern am Strand. Das traf sich gut, denn er wollte vor seiner Abreise unbedingt noch einmal mit Marinus sprechen. Der schien direkt auf ihn gewartet zu haben, denn als sie über den Weg zum Strand liefen, winkte Marinus ihm zu, näher zu kommen.
„Schön, dass du gekommen bist, Rufus. Können wir uns ein paar Augenblicke ohne die Kinder unterhalten", fragte der Meermann als Rufus ins Wasser watete.

Die Kinder, die ihm hinterher geeilt waren, ließen sich von den Delphinen, die sie umschwammen, ablenken. So blieben Rufus und Marinus ein paar ungestörte Minuten.

Nur Stella war am Strand hocken geblieben, weil sie nicht schwimmen konnte, und heulte, weil auch sie mit den Delphinen schwimmen und zu Marinus wollte. Das Geheul stellte Rufus unbemerkt von den Zwillingen kurzzeitig ab, indem er mit dem Kopf nickte und klein Stella ins Land der Träume schickte. Ein kleines Schläfchen war immer gut für sie!

„Marinus, mein Freund. Ich hatte gehofft, dich hier zu treffen", eröffnete Rufus das Gespräch. - „Rufus, hör zu. Wir haben nicht viel Zeit. Ich habe soeben von meinen Freunden rund um Irland erfahren, dass euer Angriff vielleicht nicht so überraschend wird, wie ihr euch das erhofft habt. Denn Darkas lässt Truppen von Island nachrücken. Ich weiß bisher nicht warum, aber eigenartig ist es schon", sagte Marinus überaus ernst.

„Hm, hm", brummte Rufus und rieb sich nachdenklich das Kinn.

„Möglich, dass die Dunkelelfen doch auf unsere Leute aufmerksam geworden sind", dachte Rufus laut. - „Möglich", wiederholte Marinus.

„Aber was ich außerdem noch sagen wollte ist folgendes: Ich werde versuchen mich immer in der Nähe von dir, Serafina und Karula zu halten. Du weißt ja, ganz Irland ist eine Insel. Also mach dir keine Sorgen. Wir haben ein paar Überraschungen für Darkas bereit. Das kannst du mir glauben."

Rufus glaubte ihm - uneingeschränkt. Sie versprachen sich aufeinander Acht zu geben und wünschten sich gegenseitig Glück. Dann verschwand der schöne Meermann in den Fluten. Rufus weckte Stella wieder auf und rief Amy und Kee zurück. Eine kleine Weile planschte er noch mit seinen drei Kindern im Wasser herum und dann gingen sie zurück zur Burg.

Serafina hatte inzwischen fast alles beisammen, was sie mitzunehmen gedachte. Frina brachte ihr immer wieder dies oder jenes Kraut und beschrieb dessen phantastische Wirkung, die Serafina keinen Moment anzweifelte. Frina wollte die Kräuter zur Vorsicht auch in dem Gepäck ihres Exzöglings wissen. Sie selbst hatte eine riesige Tasche gepackt, dessen Inhalt nur Frina allein kannte. Auch Drug Fir brachte seiner Tochter noch ein paar magische Gegenstände. Ein geweihter Dolch war darunter, der den Gegner, wenn man ihn damit auch nur leicht ritzte, für Stunden in Tiefschlaf versetzte. Eine Art Glaskugel, mit der sie Verbindung zur Insel aufnehmen konnte und natürlich eine Flasche mit dem Heilwasser aus dem goldenen Brunnen. Sie bedankte sich artig und ließ sich auf einen Sessel fallen.

Es war schwer, sehr schwer, die Gedanken in eine andere Richtung zu lenken. Aber wer konnte schon an etwas anderes als an die Auseinandersetzung mit Darkas denken.

Wehmütig dachte sie an glücklichere Zeiten zurück und an ihre Freunde im Menschenreich, die jetzt alle unbeschwerte Ferien verlebten und nichts von dem ahnten, was sich hinter ihrer Wirklichkeit abspielte. Dann straffte sie die Schultern, stand auf und sagte sich selbst, dass wenn dies überstanden wäre, auch wieder gute Zeiten anbrechen würden.

Während Serafina auf Rufus und die Kinder wartete, ging sie unruhig in ihren Räumen auf und ab und strich hier oder da fahrig über ein Kopfkissen, nahm ein Spielzeug von

Stella in die Hand oder starrte einfach nur aus dem Fenster. Dabei gingen ihr immer wieder die wildesten Gedanken durch den Kopf. *Was wäre wenn...*
Endlich kam Rufus mit den Kindern zurück. Amy und Kee stürmten sofort ins Zimmer und warfen sich in die Arme ihrer Mutter.
„Ich habe die ganze Zeit nachgedacht", stöhnte Amy. „Was können **wir** tun?" - „Hier die Stellung halten, vernünftig und brav sein", erwiderte Serafina ernst. - „Und euch nicht von Fugans manchmal verrückten Ideen anstecken lassen."
Rufus betrat mit Stella auf den Schultern die große Diele. Dann ging er mit der Kleinen in ihr Zimmer und ließ sie kopfüber ins Bett plumpsen.
„Eh, pinnst du? Tella is nich müde", empörte sich seine Jüngste. - „Aye, ich weiß", lachte Rufus, „aber ich muss dich ja irgendwo absetzen, oder?" - „Na dut", quiekte Stella.
„Aber is noch hell. Will mit mei Zirky pielen." Dann rief sie auch schon nach ihrem kleinen Freund. Als der Kater nicht sofort angerannt kam, rief sie noch einmal energischer nach ihm. Niemand wusste, wo er sich den lieben langen Tag herum trieb. Aber nach dem dritten Ruf kam er um die Ecke geflitzt und sprang sofort in Stellas Bett.
„Du musst nicht so schreien", fauchte er vorwurfsvoll. „Ich bin ja nicht taub!"
„Aha", sagte Stella. „Soll Tella dir was vortesen aus mei Buch?" Der kleine Kater war damit einverstanden. Hauptsache er wurde ein wenig gekrault und durfte im Bett liegen. Als Rufus sah, dass die beiden beschäftigt waren, konnte er sich in Ruhe seiner Frau widmen.
„Na, mein Schatz! Hast du schon alles zusammengepackt", wollte er nun mit einem Blick auf den großen Rucksack wissen. Wozu sie überhaupt so viel mitschleppte, verstand er nicht. Schließlich konnte sie sich alles, was sie benötigte, doch zaubern. Da kamen heute wieder stark die Jahre zum Vorschein, die sie in der Menschenwelt verbracht hatten.
„Aye, ich hoffe", erwiderte Serafina.
„Es ist schon eigenartig, dass wir beide gemeinsam in eine Schlacht ziehen. Findest du nicht!" - „Eigentlich habe ich mich damit abgefunden. Wir beide sind doch inzwischen kampferprobt. Und weißt du, ich will es jetzt einfach hinter mich bringen. Ich hoffe für uns alle, dass danach wieder Ruhe und Frieden auf der Insel einkehren und zwar für immer!", sinnierte Rufus, während er unruhig im Zimmer auf und ab ging.
„Nur, was wird aus unseren Kindern, wenn uns wirklich etwas passieren sollte. Auch wir sind nicht unsterblich. Nicht einmal unverwundbar", wollte Serafina von ihrem Mann wissen.
„Aber, aber - an so etwas denke ich überhaupt nicht. Und du solltest solche Gedanken auch nicht haben. Derlei düstere Gedankengänge sind absolut ungesund, wenn auch menschlich. Das räume ich gerne ein", antwortete Rufus betont ruhig.
„Außerdem, wenn der Fall der Fälle eintreten sollte, sind die Kinder hier gut versorgt. Denk einfach nicht über alle Eventualitäten nach! Wir sollten unseren vorerst letzten Tag hier möglichst in völliger Normalität verbringen, schon den Kindern zuliebe. Denn die beiden Großen machen sich selbst genug Gedanken. Ich werde jetzt auch meine sieben Sachen, wie man so schön sagt, zusammenpacken und dann werden wir den Abend im Kreise der Familie verbringen. Was hältst du davon, hm?" *Jetzt fange ich auch schon mit der blödsinnigen Packerei an!*

„Einverstanden", sagte Serafina. „Wenn du hier alles - sprich die Kinder - im Griff hast, werde ich noch einmal kurz zu Karula laufen und sehen, wie weit sie ist", fügte sie hinzu. Ach, übrigens...", rief Rufus ihr hinterher, „Archie ist gut im Feenhügel angekommen und... unsere kleinen Helfer sind bereit!"

Die letzten Worte bekam Serafina allerdings schon gar nicht mehr richtig mit, denn sie war in Gedanken schon wieder ganz woanders.

Als Serafina nun bei Karula anklopfte und deren Zimmer betrat, fielen sich die Schwestern wortlos in die Arme. Sonst musste immer die große Schwester die jüngere trösten. Aber heute war es genau anders herum. Karula klopfte Serafina beruhigend auf den Rücken und murmelte immer wieder: „Scht, scht, ist ja gut. Mach dir keine Sorgen. Wir packen das schon!"

Sie verstand die Sorgen um Amy, Kee und Stella nur zu gut. Aber es hatte keinen Sinn depressiv zu werden. Seit der Versammlung war Serafina in eine trübsinnige Stimmung verfallen. Dabei hatte sie sich auf der Versammlung so stark und entschlossen gezeigt. Aber die Zweifel kommen einem bekanntlich immer erst später.

Serafina machte sich los und fragte empört: „Wo nehmt ihr bloß alle diese trügerische Zuversicht her?" - „Aber Fina. Was soll den groß passieren. Wir haben eine starke Armee. Wir haben Drachenreiter. Wir haben die vier mächtigsten Druiden des Universums. Wir haben eine Zwergenarmee. Dazu die Feen. Und wir selbst sind doch auch ganz gut in der Zauberkunst bewandert. Wir stehen doch nicht wie David gegen Goliath da", ereiferte sich Karula über soviel Schwarzmalerei.

„Ihr habt ja alle Recht. Rufus hat mir eben schon etwas ähnliches gesagt. Aber ich bin in einer ganz merkwürdigen Gemütsverfassung. Hin und her gerissen zwischen der Liebe zu meinem Mann und meinen Kindern", jammerte Serafina. „Du, Karula, wirst das erst verstehen können, wenn du selbst einmal Kinder hast."

Nach dem Gespräch, das an Serafinas Stimmung nicht allzu viel änderte, kehrte sie in ihre Räume in der Burg zurück. Rufus hatte längst seine Sachen zusammen. Was fehlte konnte natürlich jederzeit herbeigezaubert werden. Daher beschlossen die Witherspoones gemeinsam mit den Kindern, die Pferde aufzusuchen. Schließlich mussten Serano und die Stuten auch wissen, wann es los gehen sollte. Ihr Einverständnis zu dem geplanten Angriff auf Darkas und die Dunkelelfen hatten sie längst gegeben.

Die Familie wurde von Serano und seiner Herde - wie immer - freundlich begrüßt. Aber heute wollte so recht keine lockere Stimmung aufkommen. Jeder war zu sehr mit seinen eigenen Sorgen und Ängsten beschäftigt. Selbst die freien Pferde.

Auf dem Rückweg zur Burg machten die fünf auf Wunsch von Amy und Kee einen Umweg über den großen Burghof. Hier waren zwar alle Stände, wie jeden Tag um diese Zeit, bereits abgebaut, aber dafür waren die Schmiede noch voll am Werk. Es wurden Schwerter und Dolche geschliffen und auf Hochglanz poliert. Die Stöcke der Lanzen wurden wieder und wieder auf ihre Festigkeit hin überprüft. Die Elfen waren hier sehr genau und gründlich. Letztlich würde ihr Leben von den Waffen abhängen.

Als letztes besuchten sie die beiden Drachenreiter Dragan und Durkan, die mit ihren Tieren am Burgtor, wie immer, Wache hielten. Die neuen Jungtiere waren inzwischen beinahe lammfromm und sie hatten diese ihren Kameraden überlassen können.

„Seid gegrüßt, ihr alle", wurden sie übertrieben fröhlich von Dragan begrüßt.

„Das war vielleicht ein Vormittag! Stella, das hast du ganz toll gemacht; ich meine das mit den Drachen, obwohl man niemals an etwas so Wildes herangehen sollte, ohne es zu kennen."

Nachdem man noch ein paar Höflichkeitsfloskeln ausgetauscht hatte, und die Stille langsam unangenehm wurde, denn niemand wusste so recht was er in Anbetracht der kommenden Ereignisse sagen sollte, fragte Stella, ob sie die **Hundis** wohl noch einmal streicheln dürfte.

„Nur zu. Wie du weißt, beißen sie ja nicht. Und dich schon gar nicht", forderte Durkan Stella auf. Das ließ sich die Kleine nicht zweimal sagen und wackelte selbstsicher an den mächtigen klauenbewehrten Fuß von Gariak, um ihn zu tätscheln. Dazu brabbelte sie immer wieder vor sich hin: „Ja, ja du bis ein duter, droßer Hundi."

Dadurch löste sich die angespannte Stimmung und jeder der Anwesenden ließ ein von Herzen kommendes Lachen erschallen. Nur Serafina wurde schmerzlich bewusst, wie sehr sie ihre Jüngste vermissen würde. Stella wirkte an der riesigen Kralle des Drachen wie eine kleine Ameise. Als Serafina zu den großen Tieren aufsah, die immerhin viele Meter hoch waren und den leichten, sich kräuselnden Rauchwolken, die aus deren Nüstern in den Himmel stiegen, hinterher sah, schöpfte sie auch Zuversicht. Sie hatten wirklich mächtige Verbündete! Diese beiden waren Jungtiere. Die älteren Drachen waren sogar noch um einige Meter größer. Erstaunlich fand Serafina immer wieder die Flügel der fliegenden Echsen. Zusammengeklappt wirkten sie im Vergleich zu den mächtigen, schuppigen Körpern eher klein. Und trotzdem konnten sich die Tonnen an Fleisch, Muskeln, Krallen und Schuppen ganz lässig in die Lüfte erheben. Und wenn ein Drache seinen Feuerstrahl ausspie, sollte man sich lieber nicht in seiner Nähe aufhalten.

Dragan erklärte gerade, dass alle Drachenreiter und ihre Tiere einsatzbereit wären.

„Das gibt mir ein gutes, ein wirklich gutes Gefühl", sagte Serafina dankbar.

„So soll es sein", verneigte sich Dragan ergeben. Und Stella flüsterte er zu: „Irgendwann musst du mir genau erzählen, was du eigentlich mit den Drachen gemacht hast. Vielleicht wird aus dir einmal die erste Drachenreiter**in** in der Geschichte der Insel". Stella kicherte.

„Aye Kinder, das war es für heute. Laßt uns langsam hineingehen. Denn eure Großeltern warten bestimmt schon auf uns. Nicht dass sie auf den Gedanken kommen, wir wären schon unterwegs nach Irland", entschied Rufus plötzlich. Stella fing an zu nörgeln, dass sie unbedingt noch auf dem Hund sitzen wollte. Erst als Dragan versprach, mit ihr ein anderes Mal mit dem Drachen zu fliegen, war sie bereit zu gehen.

Den ganzen Weg zurück unterhielten Amy und Kee sich im Flüsterton miteinander. Aber so sehr Serafina sich auch anstrengte: Sie konnte einfach nicht hören, was die beiden sagten. Aber für sie, ihre Mutter, klang das ganz nach einem heimlichen Gespräch, in dem die beiden etwas ausheckten.

Inzwischen hatte die kurze Abenddämmerung eingesetzt und tauchte die Insel in einen rotgoldenen Schein. Die milde Luft schien still zu stehen und die Insel selbst schien in Erwartung des Kampfes, den Atem anzuhalten. Nur das Wasser bewegte sich unaufhörlich. Bis oben auf die Terrasse der Zwillinge konnte man das leise Plätschern der Wellen hören, die sanft an den Strand rollten. Was war das doch für ein wundervoller, magischer Ort, dachte Serafina ergriffen. Es lohnte sich wirklich dafür zu kämpfen, stellte sie wehmütig fest.

Heute war nun ihr vorerst letzter Tag hier fast zu Ende. Wie lange würde sie die Insel nicht wiedersehen. Sie wusste es nicht. Niemand wusste, wie lange die Schlacht dauern würde. Aber eins stand fest wie die Säulen der Burg. Dieser Kampf würde nicht binnen ein paar Tagen entschieden werden können. Ja und dann..., dann mussten sie zurück ins Menschenreich. Die Ferien dort dauerten schließlich nicht ewig.

Rufus, der seine Frau, unbemerkt, eine Weile beobachtet hatte, trat nun hinter sie, umschlang sie mit seinen kräftigen Armen und vergrub sein Gesicht in ihrem weißen, seidigen Haar. Gemeinsam starrten sie in den schnell dunkler werdenden Abendhimmel und bewunderten die ersten aufgehenden Sterne. Nach einer Weile drehte Serafina sich herum und presste ihren Mund auf Rufus Lippen. Mit einem Fingerschnipp verriegelte sie die Schlafzimmertür und zog Rufus das Hemd aus, während sie ihn immer weiter auf das Bett zu dirigierte. Für einige Zeit würde dies die letzte Gelegenheit sein, sich in seinen Armen geborgen zu fühlen.

Beim letzten gemeinsamen Abendessen mit der ganzen Familie, nachdem das Leben sich auf der Insel für immer verändern würde, zum Guten wie jeder insgeheim hoffte, wurde wenig gesprochen. Selbst die kleine Plaudertasche Stella wirkte einigermaßen bedrückt. Als ob sie ahnte, was bevorstand.

Kee war so sehr damit beschäftigt vor seinem geistigen Auge ein blutiges Szenario zu betrachten, dass auch ihm keine Zeit für Tischgespräche blieb. Amy blickte immer wieder stumm ihre Eltern an, wie um sich deren Bild für immer ins Gedächtnis zu brennen. Heronia stocherte lustlos auf ihrem von Elfen handbemalten Teller herum und gab sich ihren ureigensten Schreckensvisionen hin. An Drug Fir nagten die Sorgen wie eine Maus an einem Stück Käse. Seine Gedanken kreisten immer wieder um die Menschenwelt, die von dieser Dimension, die für die Menschen noch unsichtbar blieb, nicht das Geringste ahnte. Für die Menschen existierte dieses Irland, das sie alle kannten, nicht. Der Blick in die sagenhafte Dimension blieb den Sterblichen vorerst weiterhin versagt. Bei diesen Gedanken wurde ihm das Herz noch schwerer. Nur Owain plauderte geschäftig über dies oder jenes, um die bedrückende Stille zu überspielen. Er fragte Rufus gerade, was er an Waffen - außer seiner Magie - mitnehmen würde, ohne wirklich an einer Antwort interessiert zu sein. Selbst Rufus, der immer auf Heiterkeit bedacht war, erklärte lahm, dass er so einiges auf Lager haben würde.

Als sich die Nacht wie ein samtener Vorhang gänzlich über die Insel gesenkt hatte und die Kinder längst in ihren Betten lagen, beschloss der kleine Kreis es für heute gut sein zu lassen. Owain leerte seinen Krug Elfenbier bis auf den Grund und verabschiedete sich als erster. Er umarmte Serafina und drückte Rufus fest die Schulter.

„Wir sehen uns dann übermorgen. Wenn ihr euch auf den Weg macht, werde ich bei meinen Truppen sein. Kommt gut an und schlaft heute Nacht noch einmal richtig fest. Wer weiß wann wir alle wieder richtig...."

Karula gebot ihm mit einem bösen Blick Einhalt. Sie wünschte allen eine erholsame Nacht und verließ das Zimmer. Sie hätte morgen noch Gelegenheit sich von Ruf und Fina zu verabschieden. *Besser keine weiteren Worte heute*, dachte sie mit Blick auf ihre Mutter bei sich.

Fugan, der dem Abendessen fern geblieben war, erschien weit nach Mitternacht - in alter Gewohnheit - im Zimmer der Zwillinge. Sie hatten schon gedacht, er würde heute nicht mehr kommen, da es viel später war als sonst. Ohne Gruß machte Fugan seinem Ärger sofort Luft: „Es ist zum durchdrehen. Ich habe bis jetzt mit meinem Vater gequatscht. Aber er will mich morgen nicht mitgehen lassen. Ich habe alles versucht: gebettelt und gefleht, geschimpft und getobt."

Damit ließ er sich auf einem Sessel nahe beim Fenster nieder. Kee und Amy, die nicht recht wussten, was sie sagen sollten, rutschen unruhig auf ihren Hinterteilen herum.

„Was ist los mit euch? Hat es euch die Sprache verschlagen?" - „Nein, natürlich nicht", erwiderte Amy für sie beide. - „Aber meinst du nicht, dass Großvater Recht hat", wagte sich Amy zu fragen. Das brachte Fugan erst richtig auf die Palme.

„Du verstehst wohl nicht richtig, Kleine, was? Hier bietet sich für jeden die einmalige Gelegenheit, für immer in die Geschichte der Insel einzugehen. Nur mich, mich lassen sie zu Hause."

„Was heißt nur dich", überlegte Kee. „Wir sitzen hier ebenfalls fest, genau wie du!"

„Aye, klar. Aber ihr seid doch noch Kinder", antwortete Fugan überlegen.

„Aber ihr seid doch noch Kinder", echote Amy. „Und was, bitte schön, bist du!? Etwa der große tapfere Ritter?"

„Ich habe zumindest schon die Grundausbildung im Schwertkampf hinter mir", prahlte Fugan. Amy musste unweigerlich lachen und Kee knuffte sie in die Seite. Er wollte nicht, dass seine Schwester seinen Freund verärgerte. Doch das war schon geschehen.

„Na, wenn das so lächerlich ist, kann ich ja gehen", sagte Fugan beleidigt.

Kee sprang vom Bett und forderte: „Nein, bitte geh nicht." Er sah seine Schwester auffordernd an. „Amy hat das bestimmt nicht so gemeint!"

Und ob Amy das so gemeint hatte! Ihr ging die ständige Angeberei von Fugan allmählich auf die Nerven. Als der Drache Dragen fast zertrampelt hätte, war es ihre kleine Schwester gewesen, die sich zwar unüberlegt, aber dennoch mutig eingemischt hatte. Und nicht Ritter Großmaul! Aber das behielt sie jetzt besser für sich, sonst würde sie sich am Ende noch mit ihrem Bruder streiten. Und sie hatten sich bisher nur sehr selten gestritten. Also sagte sie etwas versöhnlicher: „Meinetwegen kannst du hierbleiben, Fugan." Als ob Fugan nur auf die Einladung zu bleiben gewartet hätte, schnitt er ein ganz anderes Thema an.

„Ihr wolltet doch mehr über die Elfenkriege wissen, oder etwa nicht?"

Also schön, dachte Amy. *Lass ihn erzählen. Ich schlafe sowieso bald ein* und legte sich vorsichtig zurück, um nicht eine der Feen zu zerdrücken, die bestimmt schon auf ihrem Kopfkissen schlummerten. Kee hingegen war ganz Ohr und kaute schon wieder auf seinen Fingernägeln herum. Fugan warf einen Blick zu Amy hinüber, sah dann Kee an und runzelte die Stirn.

„Ach lass sie ruhig. Schieß los!", forderte der ungeduldig.

Fugan brachte sich in eine bequemere Sitzposition, indem er seine Füße auf einen kleinen Tisch legte, holte tief Luft und dann erzählte er:

„Als die Zauberwelt neu entstanden war und Elfen, Feen und Zwerge sich dahin zurückzogen, herrschte Friede, Freude, Eierkuchen. Man war froh, ein Reich gefunden zu haben, ohne von den Menschen verfolgt zu werden. Damals gab es auch noch richtige

Elfenkönige und -königinnen. Die sollen echt nobel gewesen sein. Ohne groß darüber nachzudenken, siedelten sich die Königshäuser mit ihrem Gefolge rund um das neu entstandene, magische Irland an. Die Tir nan Ogg war damals nur den Druiden und ihren Familien mit ein paar Hauselfen, die sie schon immer mitgeschleppt hatten, wie Grin und Frina, vorbehalten. Und natürlich den Drachen! Darkas ausgeschlossen, denn der war ja, weil er sich alles unter den Nagel reißen wollte, rausgeflogen aus dem Paradies. Darkas zog sich ins weit entfernte Island zurück und richtete sich vorerst dort ein. Ein jeder Clan wollte natürlich das beste Stück Land. Hätte ich ja auch gewollt. Um die paar Berge gab es keinen Streit, denn niemand außer den Zwergen wollte unter der Erde leben, wie in einem Maulwurfshügel.

Trotz der vielen Schätze wie Edelsteine und Metalle, die die Zwerge den Bergen später abringen sollten, lebten alle anderen Völker lieber im Licht. Ich hätte auch überhaupt keine Lust, unter der Erde rumzukrauchen. Du etwa?"

Kee schüttelte den Kopf.

„Auch um den Feenhügel gab es keinen Stress. Das Völkchen, obwohl so zahlreich, brauchte aufgrund seiner Winzigkeit nicht viel Platz zum Leben. Na, du weißt ja jetzt selbst, wie klein die sind. Also bauten die Elfen richtige Städte, die sich bald über die Zauberwelt verteilten, während die Zwerge sich immer tiefer in die Erde gruben. Nur die scheuen Waldelfenstämme lebten lieber in freier Natur. Auch hier wurden richtige kleine Dörfer errichtet, die sich oft hoch in den Bäumen befanden."

Kee schüttelte irritiert den Kopf. Er konnte sich nicht vorstellen auf Bäumen zu leben, wie die Affen im Zoo.

„Kannst du mir soweit folgen, Kleiner?", vergewisserte sich Fugan, der Kees Kopfschütteln falsch gedeutet hatte. - „Klar, ich dachte nur gerade..."

„Bald jedoch, nachdem man sich eingerichtet hatte, fiel einigen Elfenkönigen, ein ganz legendärer war übrigens Illgath mit seiner Königin Virgaine, auf, dass andere Königreiche das bessere oder größere Stück Land bewirtschafteten. Wie im Kindergarten! Zum Beispiel hatte sich der Elfenkönig Llogoth mit seinen Treuen am Fluss Orguth niedergelassen. Hier gab es reichlich Lachse und die umliegenden Felder konnten problemlos bewässert werden. Außerdem bot der Wald reichlich Nahrung. Du weißt doch, die Elfen stehen auf Nüsse, Beeren, Kräuter und so ein Zeugs. Illgath wurde immer unzufriedener mit seiner Situation. Also rüstete er zu einem Krieg. Er verbündete sich mit dem Elfenkönig Mrrgat, der ebenfalls ein richtig mächtiger Typ war. Vielleicht führte auch der Frieden, da die Elfen nun nicht mehr von den Menschen verfolgt wurden, zu Langeweile."

Fugan machte eine Pause und genehmigte sich ein Elfenbier, das auf einen Fingerzeig von ihm in seiner Hand erschien. Nachdem er ein paar Schlucke getrunken hatte und Kee schon unruhig wurde, wissbegierig wie es weiterging, fuhr er, weil Amy eingeschlafen war, in gedämpfterem Tonfall fort:

„Wo war ich stehengeblieben? Ach ja, die Langeweile! Du weißt ja inzwischen bestimmt, dass Elfen unheimlich gute Waffen machen? Nur wozu sind die Teile gut, wenn sie niemand benutzt. Illgath und Mrrgat zogen mit mehreren tausend Kriegern los, um die anderen Königreiche, die völlig unvorbereitet waren, zu überfallen und von ihrem Land zu vertreiben.

Das muss ein höllisches Gemetzel gewesen sein! Die haben die anderen abgeschlachtet wie Vieh. Danach war dann wohl eine Weile Ruhe. Nur das Mrrgat und Illgath fortan von den anderen Schutzgelder und Güter forderten, damit sie diese in Ruhe ließen. Als die letzten Elfenstämme kaum noch was zu essen und nichts, als das was sie am Leibe trugen, besaßen, fingen sie nun ihrerseits an gegen Mrrgat und Illgath aufzumotzen." - „Richtig", unterbrach Kee und fing sich einen bösen Blick von Fugan ein.

„Als dann so ziemlich alles was an Burgen und Städten gebaut worden war den Bach runterging, mischten sich die Drachen ein. Die Ältesten, die wir hier nie zu Gesicht bekommen, außer dem alten Set, wie gesagt, sollen wohl zu den beiden Raffzähnen geflogen sein und denen kräftig den Marsch geblasen haben. Die sahen das aber überhaupt nicht ein und machten weiter Stress. Da haben die Drachen dann mächtig zugeschlagen und Tausende abgemurkst. Den Rest kennst du: Danach gab es dann Licht- und Dunkelelfen."

Ehe Kee auch nur einmal blinzeln konnte, war Fugan verschwunden.

Den Rest konnte er sich sowieso selbst denken. Darkas war dann von seiner Insel gekrochen und hatte sich die restlichen, überlebenden Dunkelelfen untertan gemacht. Was für ein Mist, dachte er, bevor er einschlief.

Auch in Dubh Llinh, bei Selena und Vobius, liefen die Vorbereitungen auf Hochtouren. Es wurden zusätzliche, magische Waffen geschmiedet, Nahrungsvorräte eingepackt, die Pferde gestriegelt und Lager für die Elfenstämme hergerichtet, die von weiter her hier heute Nacht noch eintreffen würden. Jeder in dem kleinen Ort entwickelte eine geradezu zwanghafte Geschäftigkeit. Die Frauen rührten in großen, gusseisernen Töpfen Suppe, die über den Torffeuern baumelten. Eiligst wurden die Brustharnische der Krieger poliert, die Helme und Schilde geputzt und der eine oder andere Wams geflickt. Hier wusste man genauso gut wie überall im Zauberreich, dass die Glückseligkeit aller vom Ausgang der bevorstehenden Schlacht abhing. Und die Nacht würde schneller vorüber sein, als ein Pferd blinzeln konnte.

Im Dunkelelfenlager, tief versteckt in den Wäldern Irlands, wurde ebenfalls Kriegsrat gehalten. Kruellagh hatte Darkas von den verstärkten Patrouillenbewegungen berichtet, als er am Mittag blass und erschöpft aus dem Wald gekommen war.

„Ich habe so ein Gefühl, dass die Feiglinge von der Insel etwas planen", hatte sie verkündet, als alle Truppenführer ihres Außenpostens beieinander waren.

„Und meine Gefühle täuschen mich selten", stellte sie klar.

Nun, mitten in der Nacht, wurde aufgerüstet. Kaiolor hatte inzwischen aus Island, Darkas Stammsitz, mehr Echsenstreitwagen, Speerschleudern, Mantikorreiter und weitere zwanzig Truppenverbände - jeweils einhundert Mann stark - angefordert. Da Darkas zudem eine umfangreiche Schiffsflotte besaß, waren auch einige der großen Kriegskreuzer unterwegs durch die zu jeder Jahreszeit raue See. Kruellagh, die Darkas Befehle bisher kommentarlos entgegen genommen hatte, schlug nun vor, dieses Lager hier aufzugeben und weiter östlich, im Landesinneren, Stellung zu beziehen.

„Mein Gebieter, wenn die Druiden uns überraschen wollen, dann kommen sie bestimmt nicht schnurgerade durch die Mitte des Landes. Sie werden sicherlich außen herum reiten, um die Wälder möglichst zu umgehen. Ich selbst würde dem Feind auch nicht in die Arme laufen wollen, indem ich durch unwegsames Gelände reite."

„Hm, hm", überlegte Darkas. Entschied sich aber gegen Kruellaghs Vorschlag.

„Nein", bestimmte er. „Wir werden uns aufteilen. Kaiolor wird die Hälfte der Krieger und Streitwagen nehmen und sich in östliche Richtung - bis fast zum Feenreich - begeben. Dort wird er Posten beziehen. Wir allerdings bleiben hier und halten die Stellung, bis unsere Verstärkung da ist. So haben wir nötigenfalls die Möglichkeit von zwei Seiten anzugreifen. Dieser Wald hier bietet uns zahlreiche Möglichkeiten."

Dann fing er an zu lachen, als ob er einen hervorragenden Witz gemacht hätte. Sein Lachen allerdings klang wie splitterndes Eis und trieb Kruellagh einen eiskalten Schauder über den Rücken. Darauf wandte Darkas den anwesenden Kriegern den Rücken zu und ging in Richtung seiner Hütte, um noch einmal inne zu halten und das Wort an den Bestienmeister zu richten. „Eins noch: Die Mantikore bekommen in den nächsten Tagen nur die halbe Futterration. Das macht sie aggressiver und leichter. Sie sollen doch, sollten diese Narren von der Insel wirklich angreifen, so wendig wie möglich sein. Und die schwerfälligen Drachen, bei einem Luftkampf, in Grund und Boden fliegen. Ha, ha, ha!"

Der Bestienmeister salutierte stumm. Aber das sah Darkas schon nicht mehr. Er selbst hatte noch jede Menge Vorbereitungen zu treffen.

Die Dunkelelfenflotte, mit ihren schweren Holzschiffen, alle rundum mit einer Eisenpanzerung versehen, um bei einem Beschuss nicht so leicht in Brand zu geraten, kämpfte sich durch die stürmische, isländische See. Die schweren Eisenplatten waren auch als Schutz gegen treibende Eisschollen gedacht, die einen unverblendeten Holzrumpf leicht in Stücke reißen konnten. Seit kurz nach Mitternacht waren die Schiffe schon unterwegs und kämpften gegen die schwere See. Sie waren bei sternenklarem, windstillen Wetter in See gestochen. Dann aus heiterem Himmel war ein Orkan losgebrochen - völlig unerwartet und mit Windstärken über acht Knoten. Jetzt schlugen meterhohe Wellen gegen die Schiffsrümpfe und der Wind brüllte wie ein tollwütiger Riese. Die schwarzen Segel waren teilweise eingeholt worden, weil sie dem Toben der Elemente nicht länger standhielten. Die Holzplanken der fünf Schiffe ächzten und stöhnten wie im Todeskampf.

Kapitän Mariog, der Anführer der Flotte, brüllte gegen den Sturm, der die Schiffe wie Papierboote auf dem Ozean taumeln ließ, eindeutige Befehle: „Befestigt die Streitwagen und bindet die Echsen dichter zusammen. Sonst verrutscht uns die ganze Ladung und wir saufen hier elendig ab wie nasse Katzen."

Seine Besatzung führte seine Anordnungen unter wüsten Verwünschungen so gut aus, wie es unter den schwierigen Umständen eben ging. Um die wildgewordenen Echsen im Laderaum sollten sich doch die Bestienmeister kümmern. Keiner der Seeleute hatte Lust sich von den verängstigten Kreaturen, die, dem Gestank, der von unten hochzog, nach zu urteilen, nicht seefest waren, zerquetschen zu lassen. Der Steuermann kurbelte mit wirrem Blick am Rad und versuchte krampfhaft blinzelnd die anderen vier Schiffe auszumachen. Bei diesem Wetter war die Sicht gleich null, und er hatte nicht die geringste Lust mit einem der anderen Schiffe zu kollidieren, die genauso auf dem wilden Wasser tanzten wie sie selbst. Der Schiffskörper bäumte sich mit der nächsten Welle unter ihm auf wie ein steigendes Pferd, um dann unsanft im nächsten Wellental aufzuschlagen. Mariog selbst hangelte sich an den gespannten Seilen entlang zum Heckruder vor. Er war inzwischen nass bis auf die Knochen und sein Blick war so wirr wie seine wehenden blonden Haare.

Tief unter der Wasseroberfläche sorgten die Meermenschen dafür, dass die Schiffe der Dunkelelfen die Nacht durch ihren einsamen Tanz mit den Wassermassen weiter tanzten. Davon ahnten die durchnässten Männer, die einen erbarmungswürdigen Anblick boten, auf Deck allerdings nichts.

Als endlich die Sonne über der Tir nan Ogg zaghaft ihr Antlitz darbot, waren bereits sämtliche Ladungen und Waffen auf den Streitwagen verstaut und die Elfenkrieger warteten ungeduldig auf den Aufbruch. Viele der Krieger hatten Stunden in der Rüstkammer verbracht, um die Waffen auszuwählen. Die gesattelten Pferde tänzelten nervös auf der Stelle und demonstrierten so ihre Ungeduld. Owain gab letzte Anweisungen und dann setzte sich die Kolonne in Bewegung.

Rufus hatte wider Erwarten einigermaßen gut geschlafen und wurde von dem Getrappel der Pferde im Burghof geweckt. Ein kurzer Blick auf Serafina sagte ihm, dass sie noch im Reich der Träume gefangen war. Auf Zehenspitzen stahl er sich aus dem Schlafzimmer, warf ein Auge auf die Kinder und verließ leise die Räume. *Herr Gott, werde ich langsam senil. Da gehe ich hier im Schlafanzug spazieren.* Mit einem Kopfnicken änderte er seine unangemessene Kleidung und ging leichten Schrittes die Treppe hinunter. In der zentralen Küche wimmelte es heute morgen von Menschen. Dort herrschte eine so ungewohnte Geschäftigkeit, die einem aufgebrachten Bienenstock gleichkam. Die Köche waren nebst Helfern damit beschäftigt Unmengen an Proviant zu verpacken: Dörrfleisch, getrocknetes Gemüse und Obst, Nüsse und Brot.

Gerade als Rufus ins Freie wollte, hielt Grin ihn am Arm fest. „Äh, Rufus, dich bitte kurz sprechen können." Dabei sah Grin sich verstohlen um, um sicher zu gehen, dass sie nicht beobachtet wurden.

„Morgen, Grin, was kann ich für dich tun", kombinierte Rufus richtig. - „Nun ja, in der Tat, ich wollte dich bitten um einen Gefallen", wagte Grin zu fragen. Rufus scharrte mit den Füßen, denn er war heute etwas ungeduldig.

„Schieß los Grin", forderte er den alten Elfenmann auf. - „Wollte bitten dich, ein Auge zu haben auf Ian. Ist jung noch und wenig erfahren bei Kampf." Nun war es heraus, und der Alte seufzte hörbar auf. Rufus um einen Gefallen zu bitten, hatte wohl seinen ganzen Mut erfordert.

„Grin, mein alter Freund", sagte Rufus und legte ihm ganz beiläufig den Arm auf die Schulter, „glaub mir, ich werde auf jeden hier von der Burg ein Auge haben."

Und nach einer dramatischen Pause fügte er hinzu: „Auf Ian ganz besonders." Daraufhin jubelte der Elf innerlich auf, schüttelte Rufus Hand, bis der glaubte, sie müsse abfallen und bedankte sich überschwänglich. Soviel Kraft hatte Rufus dem alten Grin gar nicht mehr zugetraut. „Aber, du nicht sagen Ian, dass gesprochen wir haben, ja?" Jetzt warf auch Rufus einen Blick über die Schulter, um sicher zugehen, dass sie niemand belauschte.

„Ehrensache", antwortete er lapidar, denn in Gedanken war er schon im Hof bei Owain. Grin verabschiedete sich mit den besten Wünschen von Rufus und schlurfte von dannen.

„Na, was wollte Grin denn von dir", verlangte Owain, der Rufus schon von weitem gesehen hatte, zu wissen. - „Nichts weiter. Er wollte sich nur von mir verabschieden, falls nachher keine Zeit bleibt. Du weißt doch, wie alte Elfen sind. Ein wenig rührselig und übervorsichtig", gab Rufus zurück.

„Wie ich sehe, scheint alles fertig zum nächsten Abmarsch. Das sind dann wir", sprach Rufus mehr zu sich selbst. - „Aye," antworte Owain.

„Wir sehen uns im Einhornwald. Du musst mich jetzt entschuldigen. Ich habe noch eine Menge zu tun", verabschiedete sich Owain und drückte Rufus den Arm. *Natürlich*, dachte Rufus düster. *Jeder von uns hat noch viel zu tun.*

Ganz automatisch führten seine Schritte ihn zur Pferdekoppel und damit zu Serano.

„Guten Morgen", wieherte das Tier und lief unruhig hin und her. - „Wann wollen wir aufbrechen? Ich muss meine Herde dann soweit haben", fügte Serano hinzu.

Rufus schaute automatisch auf seine Armbanduhr, die hier völlig nutzlos war, denn die Zeit auf der Insel folgte ihren eigenen Regeln. Wie um sich selbst zu ermahnen schüttelte er den Kopf und schlug Serano die Mittagszeit vor.

„Puh", stöhnte das Pferd ungläubig, „ausgerechnet in der größten Mittagshitze willst du mich reiten!" - „Es geht nicht anders, mein Guter", entschuldigte sich Rufus.

„Na, hoffentlich hält Kasiopeia das durch", dachte Serano laut nach.

„Du musst wissen, sie ist trächtig." *Auch das noch,* stöhnte Rufus innerlich auf. Ein schwangeres Pferd konnte genauso anstrengend sein wie eine schwangere Frau.

„Aber das Fohlen wird doch nicht so bald auf die Welt kommen, oder, du toller Hengst", lachte Rufus. - „Wer weiß, wer weiß", sinnierte Serano geheimnisvoll.

„Also schön, wenn du dich diesbezüglich nicht festlegen willst, sag mir wenigstens, welches Pferd für Serafina gedacht ist", forderte Rufus den Hengst bestimmt auf.

Der verdrehte die Augen, wie um Rufus zu fragen, ob er noch alle Tassen im Schrank hatte, und höhnte: „Ich habe nur ein Wort für dich, das fängt mit A an und hört mit A auf. Fällt dir dazu vielleicht etwas ein?"

Rufus schlug sich in gespieltem Entsetzen die Hand vor die Stirn.

„Aye, wie konnte ich sie nur vergessen! ANDROMEDA!"

Die Stute hatte Serafina schon gehört, als sie sich kennen gelernt hatten. Sie war zwar nicht so groß und schön, wie die anderen freien Pferde aber genau so treu und zuverlässig wie jedes Tier aus Seranos Herde. Andromeda war gelblich braun, sah dadurch immer irgendwie schmutzig aus und hatte einen leichten Silberblick. Dieser Blick verlieh ihr einen stets verträumten und benebelten Ausdruck. Und genau das war es, was Serafina seinerzeit so an der Stute fasziniert hatte. Sie hatte ihm erzählt, dass sie sich in Andromeda verliebt hatte, als diese noch ein Fohlen gewesen war. Außerdem wollte kein anderer die äußerlich etwas anders geartete Stute reiten. Wegen des stets leicht vernebelten Blickes aus den treuen braunen Augen hatte Serafina auf dem Namen Andromeda bestanden, passend zum Andromedanebel am Firmament.

Rufus tätschelte Serano entschuldigend den Hals und dann... brachen Zauberer und Hengst in schallendes Gelächter aus. *Lachen ist gesund und entspannt*, dachte Rufus und wieherte gleich drauf noch einmal los, fast so wie Serano. Nachdem Rufus seine Tränen mit dem Handrücken fortgewischt hatte, sah er, dass auch die Pferde der Druiden: Drug Firs Atlas, Drug Huts Saturn und Drug Sets Orion nicht mehr auf der Weide standen sondern erwartungsvoll aus ihren Ställen schauten und darauf warteten, dass sie endlich einmal wieder zum Einsatz kamen. Denn wenn die Druiden erst einmal auf den Drachen den Einhornwald erreicht hätten, brauchten sie ihre Pferde. Bis dahin würden sie von den zahlreichen Pflegern, die Rufus unbedingt mitnehmen wollte, betreut werden.

Als Rufus zur Burg zurückgegangen war und deren Anblick, so majestätisch und friedlich, ein letztes Mal in sich aufgenommen hatte, fand er seine gesamte Sippe beim Frühstück vor. Die Zwillinge trugen genau so mürrische Mienen wie Fugan zur Schau und stocherten lustlos in ihrem Essen herum. *Gib es jetzt wieder eine neuerliche Diskussion, wer hier bleibt und wer nicht,* war sein erster Gedanke. Aber als die Kinder ihren Vater auf die Terrasse kommen sahen, waren sie erleichtert ihn zu sehen. Sie hatten schon befürchtet ihre Eltern könnten sich bei Nacht und Nebel davon gemacht haben, denn hier änderte sich ja andauernd etwas.

„Können wir nicht doch mit?", flüsterte Amy ihm ins Ohr. „**Bitte!**"

„Keine Chance", raunte Rufus ihr zu. - „Ich dachte, wir machen hier Urlaub", wisperte Amy unhörbar für die anderen, während sie so tat, als ob sie ihrem Vater die Haare glatt streichen würde.

„Ständig bist du unterwegs und in irgendwelche verrückten Geschichten verwickelt", zischte sie ihm zu.

„Ich lass dich jetzt runter und dann... will ich kein Wort mehr davon hören. Ist das klar?", presste Rufus zwischen zusammengebissenen Zähnen hervor. Die anderen allerdings glaubten, dass er mit seiner Tochter Späße trieb. Sie sahen nur sein Lächeln! Rufus ließ sich neben seiner Frau auf den Stuhl sinken und machte auf betont munter.

„Hier noch ein paar kleine Verhaltensregeln für alle", dabei sah er die Zwillinge scharf an und lächelte Heronia zu.

„Was eure Großmutter sagt, ist während wir weg sind Gesetz. Ich meine damit absolutes Gesetz. Keiner von euch verlässt die Burg. Ihr geht nicht mal auf den Hof oder gar an den Strand..." - „Aber, Daddy", unterbrach Kee.

„Nichts aber Daddy", fauchte Rufus. „Die Burg wird von den Druiden ganz besonders gut geschützt werden. Die ganze Insel zu schützen ist schon schwieriger. Deshalb bleibt ihr die Zeit über, die wir weg sind, im Inneren. Und ausschließlich im Inneren! Hier habt ihr genügend Möglichkeiten euch zu vergnügen."

„Sind wir jetzt Gefangene?", empörte sich Amy frech.

„Aye, wenn du es so sehen willst, lautet die Antwort eindeutig ja", ereiferte sich nun auch Serafina. Amy hob beschwichtigend die Hände und gab ihren Eltern damit zu verstehen, dass sie verstanden hatte und sie es gut sein lassen sollten. *So ein verdammter Mist,* dachte Amy bei sich.

„Ach, ja, da wäre noch etwas", setzte Serafina an. - „Wir haben uns entschlossen, dem Wunsch der drei Feen zu entsprechen. Sie dürfen uns begleiten."

Sofort wurden die drei sichtbar und umschwirrten Serafina wie die Motten das Licht. Sie wurde mit Danksagungen förmlich überschüttet und gebot den plappernden Feen nach einer kleinen Weile Einhalt. Amy und Kee sahen sich traurig an. Einerseits waren sie glücklich, dass ihre Freunde die Chance auf Wiedergutmachung bekamen, andererseits würden sie die kleinen Wesen schrecklich vermissen. Und außerdem wussten sie nicht, ob sie die drei jemals wiedersehen würden. Fugan, dem der Kommandoton seines Schwagers überhaupt nicht gefiel, wollte gerade aufstehen, als Rufus ihm mit einer Geste gebot sich wieder zu setzen.

„Und du, Fugan, hältst dich ebenfalls an die Spielregeln. Ich erwarte von dir, dass du unseren Kindern ein gutes Beispiel gibst und dich dementsprechend benimmst."

Du kannst mich mal, dachte Fugan. Sagte aber: „Geht klar. Ich werde schon auf eure Kleinen aufpassen."

„Wir können schon auf uns selbst aufpassen" antworteten Amy und Kee im Chor.

„Um so besser", bemerkte Serafina knapp.

Heronia hatte während des Streitgesprächs die Runde kurzfristig verlassen und kam nun gerade wieder durch die offene Terrassentür. In jeder Hand hatte sie eine goldene Kette und daran hing jeweils ein silbernes Amulett. Sie legte je eines Serafina und Karula um den Hals. Die beiden Frauen griffen sofort nach den wunderschönen Anhängern, um sie näher zu betrachten. Serafinas Amulett zeigte einen Delphin, der wie im Tanz mit einem Wal verschlungen war und rundum Runen eingestanzt hatte. Karulas bot dem Betrachter einen Drachenkopf dar und trug ebenfalls fein eingestanzt die uralte Runenschrift. Nachdem auch alle anderen ihrer Bewunderung Ausdruck verliehen hatten, erklärte Heronia ihren Töchtern, dass sie die Amulette ab jetzt nicht mehr abnehmen dürften.

„Wie ihr sicher schon geahnt habt, handelt es sich hierbei um uralte, magische Amulette. Sie stammen aus einer Zeit, lange bevor an uns hier überhaupt zu denken war. Sie werden euch beschützen. Glaubt mir! Steht ihr einer drohenden Gefahr gegenüber, von der ihr selbst noch gar nichts bemerkt, werden die Anhänger anfangen zu leuchten und ihr werdet ein Kribbeln auf der Haut spüren. Nehmt diese Wahrnehmungen bitte ernst! Ich möchte euch nun hier und jetzt *Leb wohl* sagen. Ich hasse tränenreiche Verabschiedungen. Passt genauso gut auf euch auf, wie ich auf Amy, Kee und Stella aufpassen werde." Dann umarmte sie jeden ihrer Familienangehörigen und verließ die Runde, ehe auch nur jemand hätte ein Wort erwidern können. Einen Moment lang war es unangenehm still: Kein Ton, kein Hauch, keine Bewegung.

Rufus fasste sich als erster und erhob sich vom Tisch. Es wurde allmählich Zeit zum Aufbruch. Heute schien die Zeit viel schneller zu vergehen als gewöhnlich und die Unruhe wütete in ihm, wie eine schlimme Krankheit.

„Heronia hat Recht", stellte er trocken fest, „keine scheußlichen Abschiedsszenen! Wir holen jetzt unsere Sachen, schauen ob die Pferde fertig gemacht sind, und dann machen wir uns vom Acker!"

Die anderen erhoben sich ebenfalls. Amy versuchte mit aller Inbrunst tapfer zu sein, konnte aber ein paar einzelne Tränen nicht zurückhalten. Als Rufus sie umarmte, öffneten sich alle Schleusen und Amy fing an zu heulen wie eine überlaute Sirene.

„Scht, scht, es wird alles gut werden. Das verspreche ich dir", tröstete Rufus, obwohl er selbst nicht ganz davon überzeugt war. Serafina küsste und drückte ihre Zwillinge, bis den beiden fast die Luft weg blieb.

„Bitte hört auf das, was wir euch gesagt haben. Das Letzte, das ich gebrauchen kann, ist mir auch noch um euch Sorgen machen zu müssen. Auf der Burg seid ihr sicher. Also bleibt auch in der Burg! Und lasst euch nicht von Fugan zu irgendwelchem Unsinn anstiften!"

Stella, der nun auch etwas mulmig war, denn sie war nicht dumm, und spürte die Anspannung, die wie ein Gewitter in der Luft lag, ganz genau, brachte ihr kleines Gesicht ganz nah an das ihrer Mutter:

„Mami, Tella bleibs in Bug und is danz liebi. Verprochen", flüsterte das kleine Mädchen ehrfürchtig.

„Aye. Das ist ganz fein, Süße. Sei lieb, gib Mami noch einen Kuss und dann muss ich gehen", erwiderte Serafina und schluckte den Kloß, der ihr im Hals saß tapfer hinunter.

Ohne ein weiteres Wort eilte Serafina ihrem Mann hinterher.

Die beiden ergriffen ihr weniges Gepäck und gingen in den Burghof hinunter, wo sich die Elfenkrieger bereits versammelt hatten und auf sie warteten. Rufus freute sich, dass Sharpargis ihre Gruppe anführte und wie es der Zufall so wollte, auch Ian mit ihnen ritt. Rufus sah sich um und entdeckte sofort Serano und Andromeda, die aufgeregt schnaubten, als sie ihre Reiter kommen sahen.

„Aye.Wir wären dann soweit", begrüßte Rufus die Wartenden.

„Es freut mich besonders, dass du unsere Abteilung führst", flüsterte er Sharpargis zu. Die vielen Reiter mit ihren Helmen und Brustharnischen boten einen imposanten Anblick und füllten fast ein Viertel des großen Hofes aus. Selbst die großen Schlachtrösser trugen an den Flanken eine Panzerung, die aber sehr leicht war, da von Elfenhand gemacht. Die Krieger, deren silberne Rüstungen in der Sonne glänzten, hatten in Zweierreihen Aufstellung genommen und ihre Augen einzig auf Sharpagis gerichtet, der sein Pferd im Schritt an der Truppe entlang führte und in wenigen Augenblicken den Befehl zum Abmarsch geben würde. Es war - trotz der vielen Leute - merkwürdig still im Hof. Nur einige Pferde scharrten mit den frisch geölten Hufen oder trampelten auf der Stelle in Erwartung des Marschbefehls. Viele Elfen hatten sich im Hof versammelt, um Abschied zu nehmen und den Kriegern Glück für ihre Mission zu wünschen. Als endlich auch Rufus und Serafina auf den Rücken ihrer Tiere saßen, hob Sharpagis den rechten Arm - die Hand zur Faust geballt - in die Luft, gab seinem Rappen die Sporen und ließ ihn mit den Vorderhufen steigen. Dann rief er laut: „Für die Tir nan Ogg", und ritt im Schritttempo davon. Das Echo seines Rufes erscholl nun hundertfach wider, denn jeder, der sich gerade im Burghof aufhielt, erwiderte den Schlachtruf. Langsam und geordnet setzte sich die Truppe in Bewegung. Rufus, Serafina und Ian bildeten den Schluss. Sie passierten als letzte das große Tor und erlaubten sich einen Blick über die Schulter zurück. Heronia stand mit Stella auf dem Arm auf dem Balkon der Zwillinge und winkte zum Abschied. Nur Fugan war immer noch beleidigt, dass er nicht mit in die Schlacht ziehen durfte und ließ sich nicht blicken. Die Zwillinge schirmten ihre Augen mit den Händen ab, um noch einen letzten Blick auf die schimmernden Gestalten werfen zu können. Doch bald waren diese ihren Augen entschwunden.

Kaum hatten sich die schweren Torflügel geschlossen, galoppierten Rufus, Serafina und Ian an allen anderen vorbei und setzten sich zu Sharpagis an die Spitze. Serafina trug in einem Körbchen die drei Feen vor sich auf ihrem Sattel und hörte deren aufgeregtes Geschnatter. Die Sonne brannte schon jetzt erbarmungslos vom Himmel, obwohl sie noch weit davon entfernt war den Zenit zu überschreiten. Deshalb fielen die als Patrouille getarnten Krieger in einen leichten Trab, um sich selbst und ihre Tiere zu schonen. Später, am Nachmittag, wenn die Tageshitze sich etwas verzogen hätte, konnten sie immer noch in eine schnellere Gangart wechseln. Die nächste Abteilung mit Karula und Owain würde aufgrund der schweren Streitwagen sicherlich noch langsamer vorankommen. Serafina, die ihr langes Haar zu einem Zopf geflochten hatte, spürte, wie ihr schon jetzt der Schweiß in den Nacken floss. Auch Andromeda war, nach den wenigen Meilen, die sie bisher zurückgelegt hatten, am Hals schon ganz feucht. Mitleidig tätschelte sie die Stute. Sie würden in ein paar Stunden eine Rast einlegen müssen, damit die Pferde abkühlen konnten. Schweigend ritten sie dahin und brachten mühsam Meile um Meile hinter sich. Jeder in der Gruppe hing scheinbar seinen eigenen Gedanken nach, war jedoch aufs Äußerste gespannt und behielt aufmerksam die Umgebung im Auge. Die grüne Landschaft breitete sich wie ein Teppich vor den Reitern aus und erfreute deren Herzen. Wilde Blumenwiesen wechselten sich mit karger, steiniger Ebene ab. Hier und da schlängelte sich keck ein kleiner Fluss durch die blühenden Wiesen. Und ab und an bildeten riesige Bäume von jeder Sorte unzusammenhängende Waldstücke. Dieses Land mit seinen vielen Variationen musste man einfach lieben! Die Ruhe der Landschaft wurde nur durch die klappernden Rüstungen der Krieger unterbrochen.

Allmählich verließen sie das freie Feld und kamen in den Schutz der Hügel, die ein wenig Schatten boten. Sharpagis entschied sich hier für eine kurze Rast, denn der Weg durch die kleinen Berge würde den Reitern und ihren Tieren noch einiges abverlangen. Die Wege in die Hügel hinauf waren steinig, steil und schmal. Die beschlagenen Pferde würden ihre Schwierigkeiten haben sicheren Tritt zu finden. Sharpagis gab das Zeichen zum Absitzen; nur vier Reiter blieben auf ihren Rössern und wurden als Wache abkommandiert. Dank Rufus und Serafina, die eiligst Wasserkübel herbeizauberten, kamen Krieger und Tiere in den Genuss einer kühlen Erfrischung. Die Pferde wurden mit dem herrlich kalten Wasser abgerieben und konnten endlich trinken. „Das wurde aber auch Zeit", wieherte Andromeda dankbar. Sharpagis, der in Andromedas Nähe stand, lachte und genehmigte sich selber einen großen Schluck, nachdem er sein Reittier versorgt hatte. „Bis wir in die Wälder kommen, wird es keine weitere Rast geben", ordnete er an. „Also, erfrischt euch hier und jetzt ausgiebig."

Während die Wachen sich abwechselten, saßen Rufus und Serafina im Schatten und unterhielten sich leise.

„Glaubst du, dass Owain und Karula auch schon unterwegs sind", wollte Serafina von Rufus wissen. Er warf einen Blick auf den Stand der Sonne und antwortete: „Aye, bestimmt. Wir sind ja selbst schon ein paar Stunden unterwegs. Und die nächste Gruppe sollte uns in geringem zeitlichen Abstand folgen. Ja, bestimmt sind sie uns schon dicht auf den Fersen." Während Serafina noch auf einem Apfel herumkaute und den Rest an Andromeda verfütterte, kam Bewegung in die Rastenden.

„Ungefähr zehn bis fünfzehn Meilen westlich von uns ist eine große Staubwolke zu sehen", berichtete einer von Sharpargis Wachen. - „Wir sollten machen, dass wir hier verschwinden."

Da die Elfen allgemein überdurchschnittlich gute Augen hatten und selbst im Dunkeln sehr weit sehen konnten, verließ Sharpagis sich ohne weitere Fragen auf seinen Posten und kommandierte: „Auf die Pferde. Schnell! Wir wissen nicht, wer uns da einen Besuch abstatten will. Aber eine große Staubwolke bedeutet mit Sicherheit viele Reiter."

Innerhalb kürzester Zeit waren alle abrittbereit und noch ehe die feindlichen Dunkelelfen näher kamen, war die Truppe bereits hinter dem ersten Hügel verschwunden. Das Gelände wurde nun immer schwieriger, nur die schmalen Täler zwischen den einzelnen Hügeln boten ein wenig Erholung von dem anstrengenden Ritt. In den Senken mussten die Reisenden nicht selten kleine, plätschernde Bäche durchqueren, die sich im Herbst, bei starken Regenfällen, leicht in reißende Ströme verwandeln konnten. Aber heute floss das Wasser ruhig vor sich hin. Sharpargis hätte um ein Haar einen seiner besten Kämpfer verloren, als sein Pferd auf einem steinigen Gipfel ausrutschte und ins Straucheln geriet. Aber der Krieger hatte geistesgegenwärtig sein Gewicht verlagert und dem Tier damit die Chance gegeben sein Gleichgewicht wieder zu finden, bevor beide über den schmalen Weg in die Tiefe rutschen konnten. Hilflos hatten die anderen mitansehen müssen, wie die Vorderhufe des Pferdes auf dem schmalen Grat immer weiter über die Kante rutschten, ohne irgendwo Halt zu finden.

„Gerade noch einmal gut gegangen" schnaubte Serano, der ebenfalls stolperte und mit dem unwegsamen Gelände zu kämpfen hatte.

„Richtig", sagte Rufus trocken und hielt unbewusst den Atem an.

„Das ist höchst unerfreulich, aber noch lange kein Grund die Kontrolle über die eigenen Beine zu verlieren." - „ Sehr witzig", kommentierte Serano beleidigt.

Nach ungefähr drei anstrengenden Stunden hügelauf, hügelab kam endlich flaches Grasland in Sicht. Und weiter hinten am Horizont waren bereits die Zwergenberge zu erkennen. Rufus schätzte, dass sie noch ungefähr fünf Stunden Ritt vor sich hatten und dann.. dann würden sie ihr Ziel den Einhornwald erreicht haben. Von allen nahezu unbemerkt war die Tageshitze den kühleren Spätnachmittagsstunden gewichen und die Sonne würde sich bald für diesen Tag verabschieden, um dem Mond und den Sternen ihren Platz zu überlassen. Ein leichter Abendwind war aufgekommen und kühlte die erhitzten Gesichter der Reiter. Auch wenn Serafina ihren Ehemann für die Wahl des Weges verwünschte, hatten er und Sharpargis sich letztlich für diese schwierige Route entschieden. Denn hier in diesem unwegsamen Gelände waren sie vor Angriffen der Dunkelelfen relativ sicher. Auch Owain und Karula hatten einen schwierigen Weg gewählt. Serafina hoffte inständig, dass sie diesen auch bei Nacht gut meistern würden. Denn, behindert durch die Streitwagen, die sie begleiteten, schied der Hügelweg von vornherein aus. Karula und Owain würden so lange irgend möglich am Wasser entlang reiten, um nicht die vielen Grasebenen, Heidekrautfelder und Wälder durchqueren zu müssen, und den Dunkelelfen damit ein optimales Angriffsziel zu bieten. Aber auch der Weg am Wasser entlang war eng, steinig und bedeutete einen Umweg von einigen hundert Meilen. Wären sie quer durch das Land geritten, hätten sie sicherlich viele Stunden an Zeit gespart. Aber das war einfach zu gefährlich! So quälten sie sich mühevoll langsam den Weg in Richtung Einhornwald entlang.

Während Serafina sich noch Sorgen um ihre Schwester machte und hinter Rufus her ritt, blieb Serano abrupt stehen. Beinahe wäre Serafina in ihn hineingeritten, konnte Andromeda aber gerade noch rechtzeitig zum Stehen bringen. „Was ist los?", wollte sie aufgeschreckt wissen.

„Serano hat mir eben gesagt, dass er etwas Ungewöhnliches gerochen hat", gestand Rufus.

Inzwischen war die gesamte Kolonne zum Stillstand gekommen. Keiner rührte sich, sondern starrte nur angestrengt in die einsetzende Dämmerung.

„Es ist keinerlei Bewegung zu sehen", meldete sich Sharpargis zu Wort.

„Na, dann hat Serano sich vielleicht geirrt", sagte Serafina betont gelassen, obwohl ihr das Herz bis zum Halse schlug. Serano blickte Serafina mit großen Augen an. Sagte jedoch kein Wort. Wie um ihr zu verstehen zu geben, dass ihr Kommentar keine Antwort wert war. Er irrte sich nie, niemals!

Die Männer berieten sich kurz und entschieden dann im Schritt und sehr vorsichtig weiter zu reiten. Was blieb ihnen auch übrig! Umzukehren kam absolut nicht in Frage. Also blieb nur die Flucht nach vorn.

Nachdem sie schweigend und starrend ein paar weitere Meilen zurück gelegt hatten, sahen sie sich plötzlich einer Zwergenarmee, die aus dem nichts aufgetaucht war, gegenüber. Allen voran ritt König Boral... auf einem Wildschwein! Wie gewöhnlich trugen der Zwergenkönig und die Prinzen über ihren Brustpanzern rote Hemden mit dem Wappen Borals, das aus einer Streitaxt, umgeben von vier Rubinen bestand. Seine Krieger, allen voran zwei seiner Söhne, folgten ihm zu Fuß. Reitpferde gab es im Zwergenreich nicht, denn deren Bewohner hassten Pferde. Sie hatten regelrechte Angst vor den großen, meist gutmütigen Tieren. Aber noch mehr als alles auf der Welt hassten sie die Reitechsen der Dunkelelfen.

Als Rufus der Zwerge gewahr wurde, hob er verwundert eine Augenbraue und flüsterte Serafina leise zu: „Was soll das nun..."

„Ich dachte eine kleine Eskorte würde euch gut zu Pass kommen", wurde er von König Boral unterbrochen. So ein kleiner Mann und eine so laute Stimme, dachte Serafina amüsiert. Das wollte irgendwie nicht recht zusammen passen.

Rufus drückte Serano leicht die Absätze seiner Stiefel in die Flanken, um ihn vorwärts zu treiben, und ritt auf den König der Zwerge zu.

„König Boral", begrüßte Rufus den Zwerg wirklich erfreut und verneigte sich gebührend, „welch angenehme Überraschung."

Dann tauchte zwischen den kleinen Leuten ein großer Schatten auf und Rufus erkannte erleichtert Markwain, der zwischen den Zwergen wie ein leibhaftiger Riese wirkte. Hinter ihm her trottete gemächlich Xabou, sein treuer Wolf. Vor dem allerdings wichen die Zwerge ein wenig zurück. Denn sie waren gute Jäger und Fallensteller - hatten schon den einen oder anderen Wolf erlegt. So ein Untier hielt man sich - aus Zwergensicht - keinesfalls als Haustier. Schnell sprang Rufus vom Pferd und lief Markwain entgegen. Er begrüßte den Waldläufer herzlich: „Aye, Markwain, schön, dass du wieder bei uns bist". Und etwas leiser, so dass nur Markwain ihn hören konnte: „Irgendwelche Probleme mit unseren **Freunden?**" Markwain schüttelte kaum merklich den Kopf.

Serafina, die Boral gebührend Respekt erweisen musste, war, genau wie alle anderen Reiter, vom Pferd gestiegen und führte Andromeda am Zügel neben sich her. Sie hatte allerdings wenig Lust die restliche Strecke zu Fuß zurück zu legen. Aber Rufus würde sicherlich etwas einfallen. Er war mit dem kleinen König in ein intensives Gespräch vertieft. Deshalb wollte sie ihn nicht stören, sondern trottete artig und in gebührendem Abstand hinter ihm her. *Was gäbe ich jetzt für ein erfrischendes Bad und ein kühles Elfenbier.* Aber jetzt war nicht die Zeit für Zauberei. Dazu würde sie später noch ausreichend

Gelegenheit bekommen. Im Moment war Serafina ganz zufrieden. Müde zwar, aber zufrieden. Denn sie fühlte sich erstaunlicherweise inmitten der bis an die Zähne bewaffneten Zwerge einigermaßen sicher. Furchteinflößend waren sie allemal. Mit ihren Äxten, Beilen und Wurfhämmern wirkten sie wild entschlossen jeden Angreifer sofort und auf der Stelle niederzumetzeln. Obwohl die Chancen ausgerechnet hier angegriffen zu werden genauso unwahrscheinlich waren wie im Zauberreich einem Sterblichen zu begegnen.

Endlich gab Rufus das Zeichen zum erneuten Aufsitzen. Boral würde mit seinen Kämpfern einen seiner verschlungenen Pfade quer durch die Berge nehmen, während die Elfenkrieger ihren Weg, wie geplant, fortsetzen würden. In wenigen Stunden würde man im Einhornwald wieder zusammentreffen. Serafina hoffte inständig eines der seltenen Wesen zu Gesicht zu bekommen. In all der Zeit, die sie im Zauberreich verbracht hatte, war es ihr noch nie vergönnt gewesen einem Einhorn zu begegnen. Der Gedanke daran gab ihr neue Kraft, und sie schwang sich schwungvoll auf Andromedas Rücken.

„Nun plumps mir doch nicht so in den Rücken", beschwerte sich die Stute.

„Ich bin auch nicht mehr die Jüngste!"

„Entschuldige, ich mache es später wieder gut", bedauerte Serafina ihre Unachtsamkeit.

„Aye, Schatz, die Regeln des Reitens vergessen?", amüsierte sich Rufus, der das Gespräch mitbekommen hatte. - „Natürlich nicht", protestierte Serafina grimmig.

„Sag mir lieber, was in unseren kleinen König gefahren ist, so einfach hier aufzutauchen." - „Ich glaube, er kann es kaum erwarten in die Schlacht zu ziehen. Du weißt, wie gerne die Zwerge kämpfen, besonders Boral", erwiderte Rufus. „Er wollte uns damit nur zeigen, dass wir uns auf ihn verlassen können, nehme ich zumindest an", fügte er leise lachend hinzu.

„Also dann los", rief Serafina und drückte die Schenkel fest zusammen.

Seite an Seite brachten sie die verbleibende Wegstrecke teils in wildem Galopp, teils im gemächlichen Trab hinter sich und erreichten ohne weitere Zwischenfälle kurz vor Mitternacht den Einhornwald.

Am verabredeten Platz trafen sie auf die anderen Truppenverbände, die bereits ein Lager errichtet hatten. Man nahm ihnen die Pferde ab und versorgte die erschöpften Tiere mit Wasser und Heu. Serafina und Rufus ließen es sich allerdings nicht nehmen, für alle Reittiere Hafer und große Mengen an frischen Möhren und Äpfeln herbeizuzaubern. Das waren sie den Pferden auf jeden Fall schuldig. Außerdem hielten sich Serafina und Rufus immer an ihre Versprechen. Als Serano und alle anderen zufrieden kauten, setzten sich Rufus und Serafina zu den anderen an das große, zentrale Lagerfeuer, das fröhlich knisternd vor sich hinbrannte. Die Nächte hier waren auch im Sommer kühl, daher rutschte Serafina so dicht wie möglich an das Feuer heran.

Der Lagerplatz war gut gewählt: Mitten im Wald, umgeben von großen Findlingen und verschiedenen Höhlen, in denen geschlafen wurde. Das Unterholz war hier nicht so dicht gewachsen und die Bäume standen weit auseinander, so dass auch die Pferde und Wagen gut passieren konnten. Ein kleiner Bach schlängelte sich leise murmelnd durch das Waldstück, damit war auch die Wasserversorgung gesichert. Direkt an den Wald schloss ein großes, freies Heidekrautfeld an, wo die Drachen später gut landen konnten. Rings um das Lager hatten die Lichtelfen Streitwagen mit Speerschleudern postiert und alle paar Meter eine Wache aufgestellt. Trotz der späten Stunde herrschte hier eine ungeheure Geschäftigkeit. Die vielen Krieger, die hier zusammengekommen waren - Serafina schätzte die Zahl auf mindestens fünfhundert - bewegten sich so leise, dass man deren Bewegungen mehr schattenhaft wahrnahm, als dass man sie wirklich hörte. Jahrhunderte alte Moos- und Laubschichten dämmten jeden Schritt. Und es kamen immer mehr! Sharpagis ging im Lager umher und begrüßte alte Bekannte. Rufus und Serafina wurden den jeweiligen Anführern der einzelnen Truppen vorgestellt und konnten sich bald die vielen Namen nicht mehr merken. Rufus erkundigte sich bei einem Wachposten, dessen Namen er schon wieder vergessen hatte, ob seine Eltern schon eingetroffen waren. Als der Elf verneinte, ging er wieder zum Feuer zurück und ließ sich neben Sharpagis und Serafina nieder. Serafina war inzwischen mit einer alten Elfin ins Gespräch vertieft und ließ sich über deren Herkunft aufklären. Daher nickte sie Rufus nur kurz zu, um das Gespräch nicht zu unterbrechen. Es saßen bestimmt noch weitere dreißig Personen um das Feuer und unterhielten sich leise.

Einige Lichtelfenfrauen, die ihre Männer begleitet hatten, rührten köstlich duftende Gerichte in großen Töpfen, die über dem Feuer schaukelten. Jeder, aber auch wirklich jeder, der nach einer langen Anreise hier ankam, sollte gut versorgt werden. Auch Rufus ließ sich etwas Essen auf einen Holzteller tun. Überrascht stellte er fest, wie gut dieses Gericht - eine Art Gemüseeintopf - schmeckte. Denn die Elfen hegten ja zeitweise einen recht eigenartigen Geschmack. Serafina war einerseits total erschöpft, anderseits aber auch völlig überdreht. Sie ließ sich zwar von der alten Elfin ihren Schlafplatz in einer der kleineren Höhlen zeigen, die sie mit Karula, Owain, Frina, Ian, Markwain, Selena, Vobius und Rufus teilen sollte, aber zum schlafen war sie viel zu aufgekratzt. Außerdem wollte sie unbedingt auf die Ankunft der anderen warten. Frina, Karula und Owain müssten in wenigen Stunden auch endlich eintreffen. Serafina räumte ihre wenigen Habseligkeiten an den vorgesehenen Platz und kehrte dann ans Feuer zurück. Inzwischen waren wieder neue Gesichter zwischen den bereits bekannten aufgetaucht. Darunter auch endlich Vobius und Selena.

„Kind, da bist du ja", jubelte Selena freudig erregt. Dann küsste und umarmte sie ihre Schwiegertochter.

„Wie lange haben wir beide uns nicht mehr gesehen! Und dann trifft man sich unter solch verrückten Umständen wieder."

Vobius drängelte sich hemmungslos dazwischen, um Serafina nach langer Zeit wieder einmal in die Arme zu schließen. Er schob sie ein Stück von sich und betrachtete sie aufmerksam. - „Dünn bist du geworden", stellte er schließlich fest.

„Gibt dein Mann dir nicht genug zu essen", fragte Vobius scherzhaft.

„Nein. Ich glaube, ich habe mehrere Kilo auf dem Ritt hierher einfach ausgeschwitzt", wehrte Serafina lachend ab.

„Schön, dass ihr da seid! Ich habe eben unsere **Suite** besichtigt. Für die paar Nächte wird es schon gehen. Es ist zwar eng, aber wenigstens müssen wir nicht im Freien schlafen."

Fleißige Helfer tauchten aus den Schatten auf und reichten den Neuankömmlingen Elfenbier. Dankbar nahm auch Serafina einen großen Becher der starken Flüssigkeit entgegen. Das war jetzt genau das Richtige. Ein Elfenbier würde ihre angespannten Nerven ein wenig lockern. Wenn man außer Acht ließ, weshalb sie alle hier zusammen gekommen waren, dann konnte man die kühle Sommernacht am Lagerfeuer sogar ein wenig genießen, dachte Serafina.

Je weiter die Nacht fortschritt, desto unruhiger allerdings wurde sie. Karula und Owain waren immer noch nicht angekommen! Nervös schritt sie wieder und wieder an den Wachen vorbei und erkundigte sich - wohl zum dreißigstens Mal in der letzten Stunde -, ob schon irgendetwas von der Gruppe zu sehen wäre. Dann lief sie aufgeregt zu Rufus zurück und forderte ihn auf etwas zu unternehmen.

„Du musst jetzt einen Suchtrupp losschicken. Sie sind lange überfällig!"

„Aber Schatz", stöhnte Rufus", sie liegen voll im Zeitlimit. Mach dir nicht unnötige Sorgen. Der Weg ist weit und mit den Wagen beschwerlich."

Serafina maulte noch eine Weile herum und gab schließlich nach. Vielleicht konnte sie Ian, der neben ihnen am Feuer hockte, dazu bringen loszureiten. Eine Stunde würde sie noch warten. Danach würde sie nötigenfalls alleine losreiten und die anderen suchen.

Mit viel Radau und ungefähr fünfhundert Mann trafen kurz darauf die Zwerge ein. Rufus hatte sich bereits gewundert, dass Boral mit seinen Leuten nicht schon längst hier aufgetaucht war. Wahrscheinlich haben sie einen kleinen Umweg um irgendeine unterirdische Kneipe gemacht, dachte Rufus gehässig, und sind dort hängengeblieben.

Aber nun waren die Zwerge hier! Und wie sie hier waren: Laut wie immer. Auch der letzte Elf im Lager brauchte nicht gesondert über die Ankunft der Zwerge unterrichtet werden- jeder hatte sie gehört. Jetzt verlangten sie lautstark ihre Unterkünfte zu sehen. Geschäftig wuselten sie hierhin und dahin und schleppten scheppernd Waffen und Schilde im Lager herum. Nur Boral ließ sich sofort neben Rufus auf den weichen Waldboden sinken und forderte unüberhörbar ein Bier. Da er ein König war, wenn auch ein kleiner, wurde seinem Wunsch sofort Folge geleistet. Serafina hatte ihre Arme um die Knie geschlungen und schaukelte unruhig vor und zurück. Boral schlug ihr freundschaftlich auf die Schulter und donnerte: „Was ist mit dir Frau? Warum bist du so zappelig? Kannst wohl den Kampf nicht erwarten, was?"

Er selbst lachte dabei über seinen vermeintlichen Witz am lautesten.

„Das ist es nicht, mein König", gestand Serafina.

„Ich mache mir Sorgen um meine Schwester. Ihre Truppe hätte lange hier sein sollen."

Sofort sprang Boral - geschmeidig wie eine Katze - vom Boden auf, zückte seine zweischneidige Axt und brüllte zackige Befehle durch die nächtliche Stille.

„Sachte, sachte, König Boral", protestierte Rufus.

„Du weckst noch das ganze Lager auf. Sie werden jeden Moment kommen. Du kennst doch die Frauen...", sagte er mit entschuldigendem Blick. Serafina sah ihn grimmig an.

Daraufhin brüllte Boral wieder los wie ein angestochener Stier und nahm seine Befehle zurück. Nun musste auch wirklich der Letzte im Lager wach geworden sein, dachte Rufus bekümmert. Das konnte ja heiter werden. Borals Krieger ließen ihre Streitäxte wieder in ihren Gürteln verschwinden und entspannten sich.

„So, Serafina, du trinkst jetzt noch einen Humpen Bier mit mir", verlangte Boral von ihr. „Das wird deine überreizten Nerven entspannen." Dann murmelte er noch etwas von Frauen und Krieg vor sich hin und ließ die Flüssigkeit durch seine stets ausgetrocknete Kehle rinnen.

Angewidert sah Serafina dem Zwergenkönig dabei zu, wie er die Hälfte des Bieres auf seinen Brustpanzer verschüttete. Wie konnte man nur so gierig sein, dachte sie voller Ekel.

Ein verstohlener Blick zu Rufus sagte ihr, dass er genau die gleichen Gedanken hegte.

Als Serafina das Warten auf Karula, Owain und Frina kaum noch ertragen konnte, kam endlich die erlösende Nachricht.

Einer deiner Wachposten trat neben sie und flüsterte ihr über die Schulter hinweg zu, dass die Truppe in wenigen Minuten hier sein müsste. Er könne schon die Wagenräder rattern hören. Rufus und Serafina sprangen gleichzeitig auf. Sie rannten mehr, als dass sie liefen zu dem provisorisch errichteten Tor des Lagers. Angestrengt spähten beide in die Dunkelheit und drängelten sich an den beiden Wachposten vorbei, um eine freiere Sicht zu haben. Eigentlich hatte Serafina versprochen Selena Bescheid zu geben, wenn Karula und Owain eingetroffen waren, entschied sich aber spontan dagegen. Sollte ihre alte Schwiegermutter ruhig weiter schlafen. Selena hatte vor ein paar Stunden so erschöpft gewirkt, dass sie sie kurzerhand in die Schlafhöhle verfrachtet hatten.

Endlich waren die Reiter in Sicht, allen voran Owain, der fröhlich winkte. Serafina entdeckte Karula sofort. Sie ritt ein paar Reihen hinter ihrem Verlobten und hob nun auch die Hand zum Gruß. Eiligst wurde das provisorische Tor geöffnet, das eigentlich nur aus zwei Wagen bestand, damit die vielen Wagen und Reiter mühelos passieren konnten.

Ein einziger Blick auf die Elfenkrieger genügte, um Rufus zu sagen: Die Fahrt war mehr als anstrengend gewesen. Helfende Hände griffen von allen Seiten zu und nahmen den erschöpften Ankömmlingen die Pferde ab. Die verschwitzten Tiere vor den Streitwagen wurden ausgespannt und auf ein Stück Lichtung geführt, das als Koppel ausgesucht worden war. Das grüne saftige Gras war den Pferden eine schmackhafte Nahrungsquelle. Die Wagen mit ihren Speerschleudern darauf wurden in den großen Kreis der Wagen gerollt. Das alles erledigten die Elfen nahezu lautlos und in weniger Zeit als ein paar Lidschlägen.

Serafina hatte ihre Schwester umarmt und ließ sich von ihr erzählen, wie es ihnen ergangen war.

„Aber, wenn ihr ohne größere Pausen und Zwischenfälle unterwegs ward, warum hat es dann so lange gedauert. Ich war schon halb verrückt vor Sorge", ereiferte sich Serafina.

„Aye, du bist ja gut. Reite mal stundenlang über schmale Wege, wo du kaum mit einem Pferd durchkommst, geschweige denn mit den breiten Wagen", stöhnte Karula.

„Wir mussten oft genug absitzen, um uns den Weg erst einmal frei zu schlagen und das Gestrüpp beiseite zu räumen. Das hat uns lange aufgehalten."

Nach einer kurzen Pause - Karula nahm einen kräftigen Schluck Wasser - fragte sie: „Wo sind eigentlich Selena und Vobius?"

„Selena schläft. Vobius wahrscheinlich auch. Die beiden waren echt fertig. Da habe ich sie einfach in die Höhle geschickt", gestand Serafina.

„Eigentlich sollte ich sie wecken, sobald ihr hier seid. Das lassen wir aber sein. Die beiden sind ja nicht mehr die Jüngsten."

Dann runzelte sie die Stirn und sah sich in alle Richtungen um.

„Sag mal, wo ist eigentlich Frina?" Karula lachte laut auf.

„Tut dasselbe wie deine Schwiegereltern. Die Müdigkeit hat sie vor ungefähr einer Stunde überrannt wie ein Rudel Wölfe. Sie liegt auf einem der Wagen und war nicht mehr wachzukriegen."

Während Serafina ihrer Schwester die Schlafstätte zeigte und mit ihr das Gepäck dorthin schleppte, hatten Owain und Rufus bereits an dem Feuer, das immer noch fleißig vor sich hin prasselte, Platz genommen und prosteten sich mit einem Elfenbier zu. Owain stellte befriedigt fest, dass alles gut organisiert und vorbereitet war. Nun fehlten nur noch ein paar wenige Truppenverbände, die aus allen Himmelsrichtungen hierher unterwegs waren. Und natürlich die Drachenreiter mit den Druiden. Shagala, die Feenkönigin, wurde am nächsten Tag mit Archie als Transportmittel erwartet. Dann konnte man die endgültige Angriffsstrategie besprechen. Obwohl der Morgen mit großen Schritten näher kam, kehrte im Lager allmählich Ruhe ein. Nur hier und da störte der Ruf einer Eule die frühmorgentliche Stille. Bis auf die Wachen zogen sich die Lagerbewohner an ihre Schlafplätze zurück und hüllten sich in wärmende Decken. Serafina hatte kaum den Kopf auf ihr Fell gelegt, das ihr als Unterlage diente, da war sie auch schon eingeschlafen. Rufus lauschte noch eine Weile den gleichmäßigen Atemzügen seiner Schlafgenossen, bevor auch er in tiefen Schlaf versank.

Darkas blieb in dieser Nacht keine Zeit zu ruhen. Er mischte für sich selbst Zaubertränke und Salben, die ihn stärken sollten. Außerdem hatte er nach wie vor alle Hände voll zu tun, den Dämon weiter in seinem Bann zu halten. Er belud durch Fingerzeig die schweren Packtaschen, die sein Pferd später tragen musste. Denn am frühen Morgen wollte er sich mit seinen Kriegern auf den Weg machen. Inzwischen stand eindeutig fest, dass die Inselbewohner sich für einen Angriff bereit machten. Das hatten ihm seine zahlreichen Späher aus allen Regionen berichtet. Sie hatten die Karawanen von Kriegern lediglich beobachtet, ohne selbst gesehen zu werden. Insofern würde der Überraschungsangriff nicht länger eine Überraschung bleiben. Darkas hatte sich auf diesen Tag lange, sehr lange vorbereitet. Für ihn stand fest, dass auf der Burg bald die schwarze Fahne wehen würde, die sein Konterfei trug.

Die Narren denken doch allen Ernstes, sie könnten in der Gegend rumschleichen, ohne dass ich dies merken würde. Gehässig grinsend nahm er die letzten Gegenstände aus seiner verschlossenen Truhe und stellte sie vor sich auf den Tisch. Dann leerte er das Fläschchen mit der grünen, brodelnden Flüssigkeit in einem Zug.

Kapitän Mariog war nach vielen Stunden Kampf gegen die wilde See in den frühen Morgenstunden an Irlands Küste gelandet. Seine Mannschaft und sein Schiff hatten den Sturm mehr schlecht als recht überstanden. Zwei andere Kapitäne hatten weniger Glück gehabt - ihre Schiffe waren von der tobenden See mit Mann und Maus verschlungen worden. Stundenlang hatten Mariog und seine Besatzung nach Überlebenden gesucht. Mussten aber letztlich aufgeben, um nicht das gleiche Schicksal zu teilen. Jetzt hatten die drei übrig gebliebenen Schiffe vor einer Felsenbucht Anker geworfen und dümpelten in Rufweite nebeneinander her. Kaum hatten die Seeleute sich von den ausgeflippten Elementen erholt, waren sie schon mit der Reparatur der beschädigten Schiffe beschäftigt: Masten mussten gerichtet, Segel geflickt und die Ladung abermals gesichert werden, denn sie hatten ihr Ziel noch nicht erreicht!

Der Kapitän legte selber Hand an und war eben dabei den Hauptmast, der im Sturm gebrochen war, zu richten, als Darkas - einem Geist gleich - vor ihm erschien.

„Teufel, noch mal", entfuhr es Mariog, der zu Tode erschrocken war.

Darkas bleckte die Zähne zu einem Grinsen, wie ein hungriger Wolf.

„Ist das die angemessene Begrüßung für deinen Gebieter?"

„Verzeiht, Herr, aber ihr habt mich furchtbar erschreckt. Wie habt ihr das gemacht?"

Darkas zog seine Lippen, den Lefzen eines Wolfes nicht unähnlich, noch weiter zurück und sagte: „Betriebsgeheimnis, Mariog."

Erst jetzt stellte Mariog betroffen fest, dass sein Herr und Meister in einer Art grünem Nebel erschienen war und seine Gestalt zitterte und waberte, gerade so, als ob es ihm schwer fiele seine Erscheinung aufrecht zu erhalten. Eigentlich wollte er auch gar nicht darüber nachdenken und trat verlegen von einem Fuß auf den anderen. Bevor auch die anderen Besatzungsmitglieder überhaupt merkten, dass Darkas hier irgendwie anwesend war, verblasste die Erscheinung auch schon fast. Vorher aber erklärte Darkas dem erstaunten Kapitän, dass es eine kleine Planänderung geben würde.

Serafina hatte schlecht geschlafen und erwachte kurz nach Sonnenaufgang. Es fiel ihr schwer mit so vielen Leuten, dicht an dicht, in einer schlecht belüfteten Höhle zu schlafen. Daran würde sie sich erst gewöhnen müssen. Vobius lag auf dem Rücken und schnarchte zum Stein erweichen. Selena wälzte sich im Schlaf unruhig hin und her und murmelte unverständliches Zeug vor sich hin. Nur Rufus und Karula lagen unbeweglich da und schienen entspannt in ihrer Traumwelt.

Leise schlich sie ins Freie, um die anderen nicht aufzuwecken. Frina saß einige Meter vom Höhleneingang entfernt und war gerade dabei ein paar Steine aufzuschichten, um das Feuer, das sie entfachen wollte, einzudämmen.

„Frina, Morgen, da bist du ja. Ich habe dich gestern Nacht vermisst", begrüßte Serafina die alte Elfe. Lachend drückte sie ihr einen Kuss auf die runzlige Wange.

„Wohl eingeschlafen ich bin. Zu alt für lange Ritte solche", grummelte Frina.

Serafina ließ sich auf die Knie herab und ging ihrer alten Kinderfrau zur Hand. Gemeinsam warfen sie Torf, der hier überall zu finden war, ins Feuer und sahen den Flammen dabei zu, wie sie größer und größer wurden. Frina legte den Kopf in den Nacken und starrte in den Himmel. Das Blau war aber nur hier und da zu sehen, da die Kronen der großen Bäume sich weigerten einen Blick auf den Morgenhimmel zu gestatten. Serafina zauberte sich einen Kaffee und für Frina einen Becher Tee. Heute würde sie viel, sehr viel Kaffee brauchen. Schweigend beobachteten die beiden wie immer mehr und mehr Krieger im Lager Einzug hielten. Mit jedem anderen konnte eine längere Redepause zur Qual werden. Nicht so mit Frina. Ganz im Gegenteil - es war schön, einfach nur da zu sitzen, zu beobachten und nicht zu reden. Serafina genoss die Ruhe und lauschte gebannt den ureigensten Geräuschen des alten Waldes. Die Vögel zwitscherten leise in den höchsten Tönen und beobachteten das Treiben am Boden aus sicherer Perspektive. Eichhörnchen sprangen spielerisch an den dicken Stämmen der Kiefern herum, und Bienen summten durch die Luft, auf der Suche nach Nahrung. Die wilden Malven, die zwischen Moos und Gestrüpp wuchsen, verströmten genau wie das Heidekraut, einen betörenden Duft. Serafina packte endlich den mitgebrachten Gegenstand vorsichtig aus und nahm ihn in beide Hände. Die Glaskugel, die ihre Mutter ihr mitgegeben hatte zeigte das gesamte Farbspektrum eines Regenbogens und Serafina konzentrierte sich auf ihre Mutter. Endlich hörte sie Heronias Stimme in ihrem Kopf.

„Es ist alles bestens, mein Kind." - „Danke, Mama. Ich liebe dich."

Erleichtert wickelte sie den magischen Gegenstand wieder in das Tuch und überreichte ihn Frina. Die sollte ihn für sie verwahren, bis sie zurück wäre.

Serafina erhob sich, um nach den Pferden zu sehen.

„Wenn die anderen aufwachen, sag ihnen bitte, dass ich zur Lichtung gegangen bin."

Frina nickte stumm. Sie würde es ausrichten.

In der Dunkelheit der Nacht hatte Serafina die Schönheit des wundervollen Waldes gar nicht richtig erkennen können. Jetzt sah sie jede noch so kleine Einzelheit überdeutlich vor sich. Satt und grün raschelten die Blätter der Buchen und Eichen im Wind und der kleine Bach plätscherte, wie um sie zu begrüßen, fröhlich vor sich hin. Serafina zog die Schuhe aus und ging ein paar Schritte in das kühle Nass. Obwohl Sommer war, fühlte sich das Wasser eisig kalt an. Es trieb ihr sofort eine Gänsehaut über den ganzen Körper. Daher schöpfte sie schnell ein paar Hände, trank einige Schlucke und warf sich den Rest ins Gesicht. Das Wasser schmeckte herrlich: Frisch, kühl und völlig unverbraucht. Als Serafina sich wieder aufrichtete, stand an der anderen Uferseite ein einsames Reh und starrte ängstlich zu ihr herüber.

„Guten Morgen, du Hübsche. Ich tue dir nichts zuleide. Komm ruhig näher und stille deinen Durst", lockte Serafina. Das Reh sah sie kurz an, hob verächtlich den Kopf und verschwand mit eine Paar Sprüngen wieder im Dickicht. *Na dann eben nicht.*

Die Pferde dagegen freuten sich sie zu sehen und kamen in dem Moment angelaufen, als sie Serafinas Gestalt gewahr wurden.

„Schon so früh auf den Beinen", wieherte Serano. - „Versuch du mal mit vielen anderen auf engstem Raum zu schlafen", stöhnte Serafina. Serano rollte mit den Augen und konterte knapp: „Wem sagst du das." Dann mussten beide lachen. Sicherlich war es hier auf der Lichtung für so viele Pferde auch ziemlich eng geworden. Nur hatten die Tiere den Vorteil auch im Stehen schlafen zu können.

„Aye, ich wollte nur mal sehen, wie ihr die Nacht verbracht habt und mich erkundigen, ob ihr alles habt, was ihr braucht", bemerkte Serafina immer noch lachend.

„Wenn du so fragst", antwortete der Hengst, „können wir durchaus noch einiges an Gemüse vertragen. Du weißt, einige von uns sind ziemlich verfressen." Dabei blickte er die Stuten herausfordernd an. Seranos Wunsch war Serafina eindeutig Befehl. Sie hatte kaum mit den Fingern geschnippt, da füllte sich die Wiese auch schon mit Bergen von Möhren und Äpfeln.

„Macht es gut und lasst es euch schmecken. Wir sehen uns später", sagte Serafina schon halb im Gehen. - „Danke", wieherten die Pferde hinter ihr her.

Inzwischen war im Lager Geschäftigkeit ausgebrochen und alle schienen nun auf den Beinen zu sein. Die Zwerge, die ein eigenes Lager etwas abseits errichtet hatten, unterhielten sich - wie immer - überlaut und warfen Serafina abschätzende Blicke zu. Sie entbot ihnen einen stummen Gruß und eilte schnell an ihnen vorbei. Serafina fand es erstaunlich, dass die Zwerge - an Höhlen gewöhnt - lieber in merkwürdig geformten Zelten, unter freiem Himmel, übernachtet hatten. Boral, zum Beispiel bewohnte das größte Zelt, das die Form eines Kegels hatte, natürlich eines roten Kegels. Innen hatte er, eigens dafür mitgebrachte, Teppiche ausgelegt. Sein Gefolge dagegen bewohnte kleinere würfelformige Zelte, selbstredend auch in Rot.

Rufus, Selena, Karula, Vobius und Frina saßen vor der Höhle und debattierten heftig über irgendwelche neuen Angriffsstrategien. Owain, Ian und Markwain waren nirgends zu sehen. Serafina ließ sich im Kreis ihrer Lieben nieder und nahm gebratene Eier und Brot entgegen. Frina hatte also schon für alle Frühstück gemacht! Dabei wäre das gar nicht nötig gewesen. Wozu waren einige Anwesende Zauberer und Hexen!

„Du warst aber schon früh auf den Beinen, was", bemerkte Karula.

„Ich habe geschlafen wie ein Murmeltier. Wäre dein Mann nicht über meine Beine gestolpert, hätte ich noch länger geruht." Dabei sah sie Rufus vorwurfsvoll an. Selena stierte weiter in ihre Teetasse, als ob diese ihr etwas über die Zukunft verraten könnte, und murmelte vor sich hin, dass auch sie immer noch müde sei. Nach einiger Zeit erhob sich Karula als Erste. Sie wollte Owain suchen gehen. Rufus und Vobius folgten ihrem Beispiel, um das Lager zu erkunden. Blieben nur Serafina, Frina und Selena zurück, die beim besten Willen nicht wussten, wie sie sich im Moment nützlich machen konnten. Sie beneideten die Krieger, die ihre Waffen kontrollierten, sich bei der Wache ablösten, das Gelände außerhalb des Lagers erkundeten oder sich sonst sinnvoll beschäftigten.

Im Laufe des Tages trafen auch die letzten Elfenkrieger ein und gesellten sich zu den anderen.

Wären die Zwerge nicht gewesen, die schon seit dem Aufstehen Übungskämpfe gegen einander führten, und dabei einen ziemlichen Krach veranstalteten, wäre niemand auf die Idee gekommen, dass sich hier mitten im Wald ein Kampfverband zusammengefunden hatte, um die alles entscheidende Schlacht um die Tir nan Ogg zu führen.

Gegen Nachmittag kam Archie endlich im Lager an. Auf seinem Rücken trug er Shagala, die Feenkönigin und ihren Hofstaat. Als die Feen sich sichtbar gemacht hatten, wurden sie gebührend begrüßt. Die Feen waren mit leichtem Gepäck gereist, sie trugen nur Beutel mit Unmengen an Feenstaub bei sich, den sie, Gott weiß wie, herstellten. Niemand, nicht einmal die Druiden wussten, wie das Zeug gemacht wurde. Einzig bekannt war, dass der Staub auf gewisse Weise zauberhaft war.

Es war ein atemberaubender Anblick, als die kleinen, hilfreichen Geister durch die Gegend schwirrten. Die vielen bunten Flügel, die schmetterlingsgleich die Luft teilten, waren einfach wundervoll anzusehen. Serafina konzentrierte ihr Augenmerk, während sie unentwegt an ihrem Amulett spielte, auf Shagala, die sich Boral näherte. Das war ein entscheidender Augenblick! Denn Shagala mochte Boral nicht. Sie glaubte immer noch fest daran, dass der Zwergenkönig ein Einhorn getötet hatte. Jetzt hielt sie, mit den zarten Flügeln wedelnd, vor ihm inne. *Jetzt gibt es gleich Ärger.* Serafinas Gedanken überschlugen sich, doch zu ihrer großen Erleichterung verbeugte sich Boral vor Shagala, und auch die Feenkönigin neigte den Kopf zu einem stummen, ehrerbietenden Gruß. Dann hob sie ihre zarte Stimme und sprach laut und verständlich: „Sei gegrüßt, Boral von den Zwergen. Wir treffen uns hier heute als Verbündete in einem sehr schweren Kampf. Unsere alten Streitigkeiten sollen damit behoben sein."

Shagala hat Klasse, dachte Rufus erleichtert, der wie alle anderen voller Spannung das Treffen der beiden verfolgt hatte.

„So sei es", antwortete Boral feierlich und verneigte sich seinerseits vor der Feenkönigin.

Serafina fiel siedend heiß ein, dass sie Brringh, Llingh und Rringh seit Stunden nicht gesehen hatte. Wo waren die drei? Hatten sie solche Angst vor der Begegnung mit ihrer Königin, dass sie sich irgendwo versteckt hielten?

Leise flüsterte sie die Namen der drei und sagte ihnen, dass die Gelegenheit günstig wäre sich zu zeigen. - „Wir sind hier", wisperte Brringh, „ganz nah bei dir."

„Kannst du nicht ein gutes Wort für uns einlegen?"

„Hm, hm", überlegte Serafina laut.

„Aye. Mal sehen, was ich machen kann. Vielleicht wäre Rufus besser geeignet als ich. Denn ich bin der Königin noch nie persönlich begegnet."

„Biiitte", flüsterte es unisono an ihrem Ohr. - „Also gut", flüsterte Serafina zurück. „Ich werde es versuchen." Umständlich stand sie vom Boden auf und klopfte sich den Staub aus den Kleidern. Dann lenkte sie ihre Schritte auf die Feenkönigin zu, die von ihren Leibgardisten umschwirrt wurde und stellte sich vor.

„Serafina, so, so, die Gemahlin von Rufus und Tochter von Drug Fir. Es freut mich sehr, dich kennen zu lernen!" - „Ganz meinerseits, Majestät", erwiderte Serafina ehrlich.

„Ich bin im Moment nicht allein, jedenfalls denke ich das, und habe ein winzig, kleines Anliegen."

Die Feenkönigin machte große Augen und wartete darauf, dass Serafina fortfuhr.

„Na ja, so klein vielleicht auch wieder nicht, oder doch, ja", stotterte Serafina, die nicht so recht wusste wie sie anfangen sollte. Shagala lächelte und forderte Serafina auf ruhig zu sagen, was ihr am Herzen lag.

In dem Moment machten sich Brringh, Rringh und Llingh in einem irrwitzigen Anfall von Mut sichtbar.

„Och", entfuhr es Shagala empört, während sie mit ihrem winzigen Zauberstab herum fuchtelte. - „Ihr wagt es, mir unter die Augen zu treten!"

Schnell schob Serafina sich dazwischen und antwortete für die Feen: „Aye, darüber wollte ich mit dir sprechen."

Nach einem verlegenen Lächeln fuhr sie fort: „Ich bitte dich Majestät, hör die drei doch wenigstens einmal an. Soweit ich weiß, hatten sie damals nie recht die Gelegenheit sich zu erklären."

Shagala schnaubte völlig unköniglich wie ein altes Ross und gab sich dann schließlich einen Ruck. - „Also gut. Folgt mir! Ich werde euch anhören."

„Danke", wisperten die drei kleinen Geister und schwirrten ab. *Na bitte*, dachte Serafina, und machte sich auf, Rufus zu suchen.

Am späten Abend trafen als letzte der Armee die Drachen mit den Druiden im Lager ein. Die mächtigen Tiere waren alle sicher und sehr geräuschvoll auf dem dafür vorgesehenen Heidekrautfeld gelandet. Ihre entfalteten Schwingen hatten für kräftige Luftbewegung gesorgt. Im Lager waren einige Planen davongeweht worden und nun war man dabei alles wieder an Ort und Stelle zu schaffen. Jetzt saßen die Drachen, wie die Hühner auf der Stange, in Reih und Glied und warteten auf ihren Einsatz. Hier und da hörte man wildes Fauchen und Knurren, weil die Tiere untereinander ihre Rangordnung um die besten Ruheplätze verteidigten.

Nun war die erbärmlich kleine Armee komplett. Inzwischen waren sie alles in allem an die zweitausend Mann, die nun versuchen mussten, das Fortbestehen der Tir nan Ogg zu sichern. Keine leichte Aufgabe, denn Darkas Armee bestand aus mehr als doppelt so vielen Kriegern.

Die ersten Truppen waren bereits unterwegs zu dem Gebiet, wo man Darkas Lager vermutete. Die Druiden waren damit beschäftigt einen Schutzzauber rund um das Lager auszusprechen und wirkten, als sie sich an das Feuer setzen, welches Tag und Nacht in Gang gehalten wurde, noch älter als gewöhnlich.

Aber so waren sie wenigstens vor Darkas sicher. Selbst für Darkas war es nicht einfach, den Zauber anderer Druiden zu durchbrechen. So war es wenigstens immer gewesen.

Für heute war alles zum Schutz des Lagers getan. Heute Nacht würde man sich noch ein letztes Mal erholen, vor dem Kampf. Und dann, dann würden sie bei Einbruch der Dämmerung des folgendes Tages zuschlagen. Serafina war nervös und lief unruhig im Lager umher. Die anderen dagegen wirkten ausgesprochen gelassen, denn die Angriffsstrategie war klar und bis ins kleinste Detail geplant.

Dass es aber ganz anders kommen würde, ahnte jetzt noch niemand.

Darkas und an die tausend Krieger waren nur noch zwei Reitstunden vom Einhornwald entfernt. Ein anderer Truppenverband mit weiteren zweitausend hartgesottenen Kämpfern würde kurz vorher zu ihm stoßen. Darkas war am Nachmittag aufgebrochen, als die Verstärkung von der Seeseite her eingetroffen war. Kapitän Mariog und seine Mannen sollten vorerst in seinem Lager die Stellung halten. Man konnte nie wissen...

Nachdem alle Echsen und Gerätschaften ausgeladen und an Ort und Stelle waren, hatte Darkas es sich nicht nehmen lassen, die Truppe anzuführen. Jetzt allerdings ritt er als Letzter hinter den Echsenstreitwagen, die große Ähnlichkeit mit den Gladiatorenwagen der Römer hatten, her, weil die Tiere nervös auf seinen Dämon reagierten. Leise rumpelten die Wagen durch die Nacht und trugen immer zwei Krieger auf ihrer Plattform. Sie bildeten das Schlusslicht des langes Zuges. Davor ritten die Echsenreiter, bewaffnet bis an die Zähne, davor die Wagen mit den Speerschleudern und ganz vorne weg das Fußvolk, welches das Marschtempo bestimmte. Jeden Moment sollten nun die Bestienmeister mit ihren fliegenden Mantikoren am nächtlichen Himmel auftauchen. Voller Vorfreude auf den Überfall leckte Darkas sich die spröden Lippen und gab seinem schwarzen Hengst die Sporen.

Vor ein paar Stunden hatten seine Krieger einen Spähtrupp der Lichtelfen überfallen und erbarmungslos niedergemetzelt. Man hatte Darkas versichert, dass niemand entkommen war, um die Feinde zu warnen.

Kruellagh und zehn weitere Hundertschaften, würden sich von der anderen Seite her dem Einhornwald nähern. *Diese Narren sitzen dort richtig in der Falle*, triumphierte Darkas.

Serafina war kaum eingedöst, als sie vom Geschrei einer der Elfenfrauen aus dem Schlaf gerissen wurde. Der Schrei klang so spitz und verzweifelt, dass auch die anderen neben ihr hochschreckten. -„Holt einen Druiden, bitte einen Druiden."
Rufus war noch vor ihr aus der Höhle und erkundigte sich, was das Geschrei, zu bedeuten hätte. Er bahnte sich einen Weg durch die inzwischen zusammengelaufene Menge und kam vor einem blutüberströmten Späher zum stehen. Der arme Kerl wälzte sich auf dem Boden hin und her und war kurz davor das Bewusstsein zu verlieren. Schnell kniete Rufus nieder und brachte sein Ohr dicht an den Mund des Elfen.
„Dunkelelfenarmee, Überfall", brachte er mühsam hervor.
„Du solltest nicht sprechen. Drug Fir ist gleich bei dir und wird dir helfen", sagte Rufus so ruhig wie möglich und strich dem Mann die langen Haare aus der von kaltem Schweiß bedeckten Stirn. Der Verletzte hob mühsam ein letztes Mal den Kopf und flüsterte heiser: „Auf dem Weg..."
Dann versank er in Dunkelheit. Seine Frau warf sich heulend über ihn und musste mit sanfter Gewalt beiseite gezogen werden, damit Serafinas Vater Platz hatte die Verletzungen zu versorgen. Es sah schlecht, sehr schlecht aus. Der Lichtelf hatte eine tiefe Stichverletzung in der Brust und die gurgelnden Atemgeräusche ließen vermuten, dass seine Lunge ebenfalls getroffen war. Außerdem blutete er aus vielen kleinen Wunden im Gesicht und an den Beinen. Es war erstaunlich, dass er es überhaupt bis hierher zurück geschafft hatte. Drug Fir goß schnell von dem Heilwasser über die Brustwunde und versuchte verzweifelt wenigstens ein paar Tropfen von der kostbaren Flüssigkeit in den Mund des Verletzten zu bekommen. Aber er biss die Zähne zu fest aufeinander und war einfach nicht in der Lage zu schlucken. Wenn es ihm nicht gelang, würde der Ärmste innerhalb der nächsten Minuten nicht nur an seinem eigenen Blut ertrinken, sondern zusätzlich am Schock sterben. Während Drug Fir um das Leben des Spähers kämpfte, trieben Rufus und Ian die Umstehenden zurück, damit der Druide Platz zum agieren hatte. Nach wenigen Minuten die endlos erschienen, schüttelte Serafinas Vater traurig den Kopf. Er konnte nichts mehr tun. Die Verwundung war zu weit fortgeschritten gewesen; hier konnte das Heilwasser nichts mehr ausrichten.
Die Frau, die bis jetzt leise vor sich hingewimmert hatte, brach nun in lautes Wehklagen aus. Serafina legte den Arm um sie und führte sie sanft fort, fort von dem schrecklichen Schauplatz. Frina würde sich ihrer annehmen und das passende Kraut zur Beruhigung der Witwe haben.
Als die Leiche längst weggeschafft, die Wachen verstärkt und ein paar Kundschafter ausgesandt waren, saßen die Witherspoones gemeinsam unter den Sternen, genau wie viele andere, die keinen Schlaf mehr finden konnten, und unterhielten sich flüsternd.
„Es hat noch nicht einmal angefangen und wir haben schon einen Toten zu beklagen", bedauerte Serafina die jüngsten Ereignisse.
„Ich hätte zu gerne gewusst, was er noch sagen wollte", überlegte Rufus laut.
„Was war auf dem Weg geschehen?" - „Das werden wir wohl nie erfahren", erwiderte Karula, die sich zu ihnen gesellt hatte. Wie unrecht sie damit haben würde, sollte sich sehr schnell herausstellen. Denn kaum waren Karulas Worte verklungen – brach die Hölle los. „Angriff", schrie jemand in die Nacht hinaus.
„Aber das ist doch nicht möglich", stotterte Serafina völlig überrascht.

Da flogen auch schon die ersten Brandpfeile durch die Nacht. Die Zwerge, die die Nacht oft zum Tage machten, waren als erste auf den Beinen und rannten - geführt von Boral - an die Wagenburg. „Wir bleiben zusammen und verteidigen die Ostflanke", brüllte Boral seinen Leuten zu. Die Drachenreiter hetzten zu ihren Tieren und waren in wenigen Sekunden startbereit. Inzwischen standen die ersten provisorischen Zelte in Flammen, und Serafina löschte die Feuer durch einen Fingerschnipp.

Warum funktionierte der Schutzzauber der Druiden nicht richtig? Hatten sie vergessen, das Lager auch von oben zu schützen? Wie konnten Brandpfeile so einfach ihr Ziel finden? Diese und mehr Fragen gingen Serafina durch den Sinn, während sie kopflos umher rannte und sich nach besten Kräften bemühte zu helfen.

Rufus war nicht mehr zu sehen und stürmte mit den anderen zum äußeren Rand des Lagers, um sich einen Überblick über die Zahl der Angreifer zu verschaffen. Was er zu sehen bekam, brachte ihn schier zur Verzweiflung! Eine immens große Dunkelelfenarmee umkreiste das Lager wie Adler ihren Horst. Noch wurden sie durch den Druidenzauber einigermaßen geschützt. Wirklich nur einigermaßen, denn das alles hätte überhaupt nicht passieren dürfen. Die wichtigere Frage aber war: *Wie lange noch würde der Zauber der Druiden sie schützen können*, dachte Rufus bitter. Denn mit an Sicherheit grenzender Wahrscheinlichkeit war auch Darkas unter den vielen Reitern und würde sich bestimmt etwas einfallen lassen. Wie konnte Darkas wissen, was sie vorhatten? Diese Frage stellte sich jeder einzelne hier im Lager. Eigentlich hatte es genau umgekehrt laufen sollen. Die Lichtelfen hätten Darkas Lager stürmen sollen. Dafür war es nun offensichtlich zu spät. Und sie saßen hier in der Falle. Sollten die Drachenreiter ihre Tiere nicht schnell genug in die Luft bekommen, würden sie sehr schlecht abschneiden.

Plötzlich war Owain an Rufus Seite. Er hörte nur, wie seine knappen, aber eindeutigen Befehle durch die Nacht gellten. Ein Blick hinter sich zeigte ihm, dass die Frauen in Panik durcheinanderliefen und so die Krieger behinderten an die äußeren Ränder des weitläufigen Lagers zu kommen. Mittendrin Serafina, die versuchte einigermaßen Ordnung in das Wirrwarr von Menschen zu bringen.

Endlich kam Wind auf. Das bedeutete, dass die Drachen in der Luft waren. Rufus sandte ein stilles Dankesgebet gen Himmel. Dann sah er auch schon den rötlichen Feuerschein am nächtlichen Horizont und die riesigen Schatten der Tiere vor dem schwarzen Nachthimmel. Ihre Schwingen waren entfaltet, und ihr tödliches Feuer regnete auf die Angreifer nieder. Genau wie Rufus hielten viele seiner Kampfgenossen in ihrer Tätigkeit inne und hatten die Köpfe nach hinten gebeugt, um dem Spektakel in der Luft zuzuschauen.

Jetzt war auch deutlich zu erkennen, dass die Drachen bereits in schwere Luftkämpfe mit Darkas Mantikoren verwickelt waren. Die Mantikore waren zwar kleiner als die mächtigen Drachen, aber dafür auch um einiges wendiger. Außerdem griffen sie immer im Rudel an und konnten den Drachen mit ihren spitzen Schnäbeln schreckliche Verletzungen zufügen. Aber im Augenblick sah es, soweit man das vom Boden aus beurteilen konnte, so aus, als ob die Drachenreiter die Oberhand behielten.

Plötzlich hörte Rufus ein Wispern an seinem Ohr. „Darkas ist dabei und... er hat einen Dämon bei sich. Ich muss wieder nach draußen und sehen was wir ausrichten können."
Ehe Rufus auch nur einmal blinzeln konnte, war die kleine Fee verschwunden.

Endlich kam auch Bewegung in die geordneten Abteilungen der Echsenreiter, die das freie Feld außerhalb des Lagers großräumig umritten. Plötzlich rannten die Echsen wild durcheinander und in die entgegengesetzte Richtung - weg vom Lager. Die Tiere gingen regelrecht durch und rannten völlig kopflos in die Nacht. Feenstaub, dachte Rufus voller Genugtuung. Genau deshalb hatte er Shagala um Hilfe gebeten.

Die ersten, der ohnehin wenigen Drachen, zogen nun immer kleinere Bahnen am Himmel und wanden sich in Spiralen zum Boden. Der erste Luftkampf war vorüber! Rufus spürte den heißen Wind brennend auf seinem Gesicht, als die ersten Tiere sicher landeten. Die schwefelgeschwängerte Luft war eigentlich zu heiß zum Atmen und brannte sich schmerzhaft ihren Weg durch seine Kehle bis hinunter in seine Lungen.

Dann war es plötzlich sehr still: Kein Hauch, kein Wind, kein Geräusch.

Es war beinahe so, als ob die Erde selbst den Atem anhielt, nur um sich dann mit doppelter Lautstärke und Geschwindigkeit weiter zu drehen.

Jubelrufe drangen an Rufus Ohr und der Lärm sich entfernender Echsenbeine. Die Dunkelelfen zogen sich tatsächlich erst einmal zurück. Die Atempause würde sicher nicht lange andauern. In wenigen Sekunden, Minuten, Stunden würden sie sich wieder gesammelt haben und erneut angreifen. Bis dahin musste man sich hier eine neue Taktik überlegt haben.

Die Druiden saßen bereits beieinander und hielten Rat. Owain und andere Kampftruppenführer setzten sich dazu und auch die Drachenreiter kamen gerannt, um sich an dem Gespräch zu beteiligen. Dragan berichtete atemlos, dass nur zwei der acht Drachen, die ihnen zur Verfügung standen, leichte Verletzungen davon getragen hatten. Sie hatten ein paar kleinere Fleischwunden am Bauch, wo die Schnäbel der Mantikore sich, bewußt der ungeschützten Stelle, durch den sonst eher undurchdringlichen Schuppenpanzer gebohrt hatten. Drug Fir übergab Dragan kommentarlos ein winziges Fläschchen des Heilwassers, welches dieser sofort an einen Pfleger weitergab.

Man stellte beruhigt fest, dass der magische Schutzwall, den die Druiden errichtet hatten, bisher gehalten hatte. Nur den Luftweg hatten die Druiden offen gelassen, damit die Drachen ungehindert starten und landen konnten. Aber von den Bodentruppen der Dunkelelfen konnte niemand den Zauber durchbrechen.

Nachdem der Schock über Darkas Angriff überwunden war, einigte man sich schnell darauf den nächsten Angriff nicht abzuwarten, sondern die Flucht nach vorn zu ergreifen und selbst loszuschlagen. In Windeseile wurden die Pferde geholt, gesattelt und getränkt. Dann wurde aufgesessen, und die ersten fünfhundert Krieger hinter Drakas Armee hergeschickt. Die Hälfte der Drachenreiter saß ebenfalls wieder auf ihren Tieren und war bereit zum Abflug. Man wartete nur noch auf die Druiden, die eben auf ihre Pferde stiegen und die erbärmlich kleine zweite Truppe - ebenfalls fünfhundert Mann stark - begleiten sollten. Sie würden sich ausschließlich und wie geplant um Darkas kümmern.

Rufus, Ian, Serafina und Karula blieben mit dem Rest der Krieger im Lager zurück. In der Hektik hatte Karula sich nicht einmal von Owain verabschieden können, der als einer der ersten von dannen geritten war.

Während die Lichtelfenkrieger Darkas und seinen Kohorten vorsichtig folgten, schoben sich Boral und einige seiner Kämpfer in versteckte Höhleneingänge, die hier rund um den Einhornwald überall zu finden waren. Boral kannte die unterirdischen Stollen nur zu genau und machte sich dieses Wissen nun im Kampf gegen Darkas zunutze. Den größeren Teil seiner Leute, unter der Führung seiner Söhne, schickte er den Lichtelfen zur Unterstützung hinterher. Endlich gab es für die beiden mal wieder einen richtigen Krieg, indem sie sich erneut bewähren durften.

„Diese Dunkelelfen werden nicht schlecht staunen, wenn wir noch vor ihnen ihr Lager erreichen", keuchte Boral, der durch die Berge rannte, so schnell ihn seine kurzen Beine trugen. Leider trugen sie ihn nie schnell genug. Die Luft in den unterirdischen Gängen war schal und abgestanden und legte sich schwer auf die Lungen der Zwerge. Eigentlich waren sie diese Umstände durchaus gewohnt, aber hier - ohne jegliches Transportsystem - fiel ihnen das Laufen schwer. Erschwerend hinzu kam die hohe Luftfeuchtigkeit, verursacht durch einen unterirdischen Fluss, der sich durch die Hügel schlängelte wie eine riesige Schlange. Aber wenigstens war es nicht stockfinster. Die Kleinstlebewesen, die hier unter der Erde eine Heimat gefunden hatten, schmiegten sich an die glatten Felswände und verbreiteten einen blass grünen Schimmer.

Im Augenblick liefen die Zwerge in einem Gang unter dem Wasser entlang, denn vorerst ging es immer steiler bergab, bis sie den Stollen erreicht haben würden, der sie wieder an die Oberfläche - unweit von Darkas Lager - bringen würde. Hier, wo die rauhen Felswände jeden Laut hundertfach zurück warfen, klirrten die Brustharnische übermäßig laut, wenn die Waffen der Zwerge dagegen schlugen. Nicht selten rempelten sie sich gegenseitig an, weil die Gänge, selbst für das kleine Volk, dermaßen eng und niedrig waren, dass der eine oder andere Zusammenprall nicht zu verhindern war. Die kleinen Lebewesen, die hier unten ihre Schlupfwinkel hatten, zogen sich aufgeschreckt durch den Lärm in ihre Verstecke zurück. Boral hasste das Kleingetier, das hier, versteckt vor dem Sonnenlicht, hauste. Und es war ihm lieber, keines von ihnen zu Gesicht zu bekommen. Manche Dinge hier unten waren einfach zu widerwärtig. Einmal hatte Boral eine dreiköpfige Ratte mit einem durchsichtigen Körper zu Gesicht bekommen und es ekelte ihn heute noch, wenn er an die elende Kreatur dachte.

Boral schüttelte die unangenehmen Gedanken ab, wie lästige Bartflöhe und wandte sich angenehmeren Gedanken zu: *Vielleicht haben wir das Glück, sehr viel eher als Darkas in seinem Lager anzukommen. Dann sollte es uns auch gelingen, einige der Gefangenen zu befreien.*

„Los, Beeilung", rief er seinen Leuten im Halbdunkel zu und stürmte weiter.

Auf der Tir nan Ogg hatten sich die drei Kinder in ihr Schicksal gefügt und vertrieben sich die Zeit damit, Stella das Zaubern beizubringen. Als große Geschwister glaubten Amy und Kee ihre Kleine richtig anleiten zu müssen. Heronia war davon nicht gerade begeistert gewesen, aber sie hatte festgestellt, dass die Kinder bei ihren harmlosen Übungen doch sehr viel Spaß hatten. Deshalb ließ sie die drei gewähren und hatte sich aus dem Kinderzimmer, das übervoll war mit lebenden Häschen und Meerschweinchen, leise zurückgezogen. Sie wusste nur zu gut, dass die drei es in dieser prekären Situation nicht leicht hatten und wollte daher nicht zu streng mit ihnen sein. Was sollte auch schon passieren!

Nachdem Amy alle Tiere wieder hatte verschwinden lassen, fing Stella an zu nörgeln.

„Will nich mehr pielen. Tella will zu ihr Mami!"

Amy und Kee warfen sich einen vielsagenden Blick zu und verdrehten die Augen. Nach dem Motto: Geht das schon wieder los. Denn mehrmals täglich fing die Kleine an zu jammern, dass sie unbedingt zu ihrer Mutter wollte. Die Ablenkungsmanöver gingen den Zwillingen langsam aus.

Daher sagte Amy jetzt streng: „Du hast versprochen lieb zu sein. Also halte dich daran und geh uns nicht auf die Nerven. Wir vermissen Mami und Daddy auch!"

Daraufhin fing Stella laut an zu heulen und lockte abermals Heronia herbei.

„Was ist los", platzte sie ins Zimmer.

„Na, was wohl", brachte Amy genervt hervor, „das Übliche." Heronia nahm Stella auf den Arm und schaukelte sie wie ein Baby. Dabei säuselte sie ihr beruhigende Worte ins Ohr, die aber nicht viel halfen, denn Stella brüllte nun noch lauter und zappelte in den Armen ihrer Großmutter herum wie ein Fisch auf dem Trockenen.

„Na am besten machst du erst einmal ein kleines Schläfchen", stellte Heronia fest und schnippte mit den Fingern. Sofort wurde Stella in ihren Armen schlaff. Sie wurde zu ihrem Bett getragen und sanft hinein gelegt.

„Danke Großmutter", sagten die Zwillinge wie aus einem Mund.

„Kein Problem, lassen wir sie erst einmal eine Weile schlafen. Wollt ihr beide mit mir auf den Dachboden kommen? Ich habe jetzt Lust ein wenig meine alten Sachen zu sortieren. Dabei könnt ihr beide mir gerne helfen."

Das ließen sich die Zwillinge nicht zweimal sagen. Dachböden bedeuteten immer ein Abenteuer. Man konnte längst vergessen geglaubte Schätze wiederfinden. Und hier gab es bestimmt reichlich davon.

„Na, dann kommt mal mit, ihr zwei", sagte Hernoia und machte eine einladende Geste ihr zu folgen. „Nach Stella sehen wir später noch einmal. Sie wird jetzt vorerst eine ganze Weile schlafen!"

Während die Zwillinge glückselig auf dem Weg waren neue Geheimnisse der Burg zu entdecken, wurden Rufus und Serafina zum zweiten Mal innerhalb kürzester Zeit angegriffen.

Dieses Mal war der Angriff der Dunkelelfen weniger überraschend - aber nicht weniger heftig. Die Drachen stiegen sofort wieder in die Lüfte, um die Angreifer mit ihrem Feuer in die Flucht zu schlagen. Man wollte um jeden Preis einen Kampf Mann gegen Mann so lange hinauszögern wie irgend möglich. Derartige Kämpfe forderten bekanntlich die meisten Opfer. Kruellagh ritt mit ihren Kriegern die zweite Angriffswelle. Wieder flogen Brandpfeile ins Lager und die Wagen mit den Speerschleudern wurden in Position gebracht. Rufus und Vobius zauberten, unterstützt von Serafina und Selena, was das Zeug hielt. Ihre Arme waren ausgestreckt und gen Himmel gerichtet und die Finger eines jeden Zauberers bewegten sich ununterbrochen. Sie ließen große Pflastersteine auf Kruellaghs Truppe regnen. Und es gelang ihnen schließlich, damit die Streitwagen in ihre Einzelteile zu zerlegen. Außerdem schossen die Lichtelfen ihrerseits Pfeile mit brennenden Spitzen auf die Angreifer ab. Viele der Krieger stürzten tatsächlich schwerverletzt und getroffen zu Boden. Die feuerspeienden Riesen am Himmel taten ein übriges, um die Dunkelelfen zum Rückzug zu bewegen.

So schnell, wie der Angriff begonnen hatte, war er auch wieder vorbei. Die Zauberer ließen sich, unter dem Jubel der Elfen, keuchend auf die Knie nieder. Einen Zauber über einige Minuten aufrecht zu erhalten bedeutete eine übermenschliche Anstrengung. Selena zitterte am ganzen Körper, und den anderen ging es nicht besser. Das körperliche Schwächegefühl war ähnlich dem eines Hochleistungsportlers, der gerade einen fünftausend Meterlauf hinter sich gebracht hatte. Dankbar nahm Serafina einen Krug Wasser entgegen, den Frina ihr anbot, und trank in gierigen Schlucken. Rufus hingegen kippte sich das kühle Nass über seinen Nacken und genoss die Gänsehaut, die sich über seinen Körper zog. Selena lag inzwischen auf dem Rücken und atmet immer noch schwer. Nur Vobius schien das Ganze nicht sonderlich angestrengt zu haben, denn er war bereits wieder auf den Beinen, um die Schäden im Lager zu begutachten. Glücklicherweise waren die Schwelbrände schnell wieder gelöscht worden.

„Ich verstehe einfach immer noch nicht, wie Darkas unsere Position und unser Vorhaben so genau auskundschaften konnte", japste Serafina und schüttelte, wie zur Bestätigung ihres eigenen Unverständnisses, heftig den Kopf.

„Schon vergessen? Darkas ist ein mächtiger, sehr mächtiger Zauberer", erinnerte Rufus. Unglücklich über die Entwicklung der Dinge warteten die Lagerinsassen, wie das Kaninchen auf die Schlange, auf die nächste Attacke.

Fugan schlich unbemerkt durch die Keller der Burg, während seine Mutter mit Amy und Kee auf dem Dachboden wühlte. Diese beiden waren ja wirklich nett und eine willkommene Abwechslung für ihn, aber einfach zu artig. Da ließen sie sich auf den Dachboden locken, in der Hoffnung, dort tolle Schätze vorzufinden, während er damit beschäftigt war, den alten Geheimgang zum Strand zu finden. Grin hatte ihm davon erzählt, als er noch sehr klein gewesen war. Leider hatte er damals nicht richtig zugehört. Nun suchte er hier, nur mit einer Fackel bewaffnet, jeden Winkel ab, um die verborgene Tür ins Freie zu finden. Denn im Gegensatz zu den Zwillingen dachte er gar nicht daran, sich hier für längere Zeit einsperren zu lassen!

Darkas war schlau genug gewesen, nicht in sein eigenes Außenlager zurückzukehren. Er und seine Mannen hatten sich unweit des Einhornwaldes in ein größeres Waldstück nahe bei den Klippen zurückgezogen. Hier konnten sie in Ruhe auf die Lichtelfen warten, die ihnen genau in die Arme laufen würden. Außerdem wartete er immer noch auf Kapitän Mariog und seine Flotte. Seine Krieger hatten sich bereits geschickt aufgeteilt und konnten ihre Verfolger dann, wenn sie hier vorbei ritten, von allen Seiten einkreisen. Sicherlich würden die drei alten Trottel es sich nicht nehmen lassen ihre winzig kleine Truppe von Versagern zu begleiten. Darkas rieb sich in freudiger Erwartung, anzugreifen, die Hände und starrte angestrengt in die Dunkelheit. Jetzt brauchte er nicht mehr lange zu warten. Sie müssten das Waldstück bald, sehr bald erreicht haben. Sein kleiner grüner Dämon stand neben ihm und schien ein teuflisches Grinsen aufgesetzt zu haben.

„Du wirst dich bald bewähren können, mein kleines Monster", flüsterte er dem Ungeheuer zu. Wie zur Bestätigung ließ der Grüne ein tiefes Knurren erklingen.

Die Druiden und ihre Gruppe hörten schon von weitem den Kampfeslärm und trieben ihre Pferde an, noch schneller zu laufen. Ein kurzer Blick nach oben verriet Serafinas Vater, dass die Drachen genau über ihnen waren. Das beruhigte ihn einen Moment lang ungemein, bis er sah, daß - einem Vogelschwarm gleich - eine unglaubliche Zahl Mantikore sich auf die Drachenreiter zu bewegte. Darkas hatte wirklich an alles gedacht! *Ich hoffentlich auch!*

Bevor die Lichtelfen versuchten, den Kreis der Dunkelelfen zu durchbrechen, um ihren Kameraden zu Hilfe zu kommen, hatten sie bereits ihre Breitschwerte gezogen und jagten in wildem Galpopp mitten in die Menge. Die Druiden hingegen zügelten ihre Pferde, um Darkas ausfindig zu machen. Das war gar nicht so einfach, denn eine blutige Schlacht tobte vor ihren zusammengekniffenen Augen. Owain kämpfte Seite an Seite mit Sharpagis und hieb verzweifelt auf die Feinde ein, die überall zu sein schienen. Alle Strategie war vergessen, hier ging es ums nackte Überleben. Wenn das Schicksal sich nicht zu ihren Gunsten wenden ließ, war der Kampf, der gerade erst begonnen hatte, bereits schon jetzt ein aussichtsloser.

Vom Himmel regnete es Drachenfeuer. Das war zwar insofern hilfreich, weil es Owain und seinen Kämpfern die Mantikore vom Hals hielt, traf aber leider auch die eigenen Leute. Hoffentlich fällt den Druiden bald etwas ein, dachte Owain bekümmert, während er wie von Sinnen auf eine Echse einhieb, um deren Reiter zu Fall zu bringen. Leider kam Owain selbst zu Fall, weil er mit einer Schnur seines Lederstiefels an einer Wurzel hängenblieb. Gerade, als die Echse auf die Hinterbeine stieg, um Owain unter ihren Vorderbeinen zu begraben, gelang es ihm in Form einer Fliege davonzusegeln. In seiner eigenen Gestalt schlug er Sekunden später dem Echsenreiter, von hinten den Kopf von den Schultern. Owain gestattete sich einen hastigen Blick über das Schlachtfeld, bevor er auf den nächsten Dunkelelfen einhieb. Ein blutiges Gemetzel war nun im Gange. Jeder seiner Krieger kämpfte mit mindesten drei Dunkelelfen gleichzeitig. Shapargis schwang sein schweres, zweischneidiges Schwert über seinem Kopf wie ein Ritter eine Lanze und versuchte damit, sich die Angreifer vom Hals zu schaffen. Andere standen wie gelähmt, aber voll konzentriert und versuchten in die Gedanken des Gegners einzudringen und diese zu manipulieren. Hatten sie in ihrer Verzweiflung vergessen, dass die Dunkelelfen die gleichen Fähigkeiten besaßen? Er konnte nicht wissen, dass Argentus vor seinem geistigen Auge gerade eine undurchdringliche Steinmauer errichtete, um die Gedanken des Dunkelelfen, der gerade gegen ihn kämpfte, nicht an sich heranzulassen. Owain schob seinen Dolch in die Kehle des Kriegers, der gerade versuchte, ihn von den Füßen zu reißen. Die Zwerge, in ihrer unendlichen Ausdauer, hämmerten ihre mächtigen Streitäxte in jedes Fleisch, ob Echse oder Dunkelelf, das sich ihnen in den Weg stellte. Zum Glück waren sie gegen die geringe Magie der Elfen immun. Wie überhaupt kein Zwerg in irgendeiner Form zu verzaubern war. Trotzdem sah es schlimm für sie aus. Wirklich schlimm. Und von den Feen war nichts zu sehen.

Schlecht, sehr schlecht, dachte Owain und brachte sich und sein Schwert in Position, um den nächsten Dunkelelf zu erschlagen.

Markwain war den Reitern mit Xabou heimlich gefolgt. Er war durch die Landschaft gehetzt und erreichte kurz nach den Druiden den Schauplatz des Geschehens. Schnell erfasste er den Ernst der Lage. Ohne weitere Hilfe - von woher auch immer - würde der Kampf bald entschieden sein - und zwar nicht zugunsten der Inselbewohner.

Während Markwain sich tiefer in die Schatten duckte, zog er aus seinem Beutel ein Blatt Papier und kritzelte eiligst eine Nachricht darauf. Mit seinem Tuch band er diese dem Wolf um den Hals und schickte ihn zum Lager zurück. Dann zog er sein Schwert und stürzte sich in den Kampf. Denn hier wurde jedes, aber auch wirklich jedes Schwert gebraucht!

Schon fiel - ausgerechnet Kaiolor - über ihn her. Markwains Muskeln waren vom schnellen Laufen noch einigermaßen verspannt und nicht so geschmeidig, wie er es gewohnt war und vor allem, wie das gegen diesen Gegner notwendig gewesen wäre. Trotzdem bewegte er sich absichtlich nicht so schnell, wie er das selbst in seiner jetzigen Verfassung gekonnt hätte. Kaiolor beobachtete ihn aufmerksam, während er von seiner Echse sprang. *Meine Chancen stehen ziemlich schlecht!* flüsterte Markwain eine innere Stimme unnötigerweise zu. *Denk nie über deine Chancen nach*, hörte er seinen Vater sagen. *Ergreif sie!* Und damit ergriff er das Schwert, das er einem Toten abgenommen hatte, fest mit beiden Händen und stürzte Kaiolor entgegen. Markwain hatte beabsichtigt an Kaiolor vorbei zu springen und ihn von hinten anzugreifen. Aber der Dunkelelf hatte seine Finte durchschaut und stand ihm mit einer blitzschnellen Drehung schon wieder von Angesicht zu Angesicht gegenüber. Für einen Krieger seiner Größe bewegte er sich unglaublich schnell und geschmeidig wie eine Katze. Kaiolor versuchte erst gar nicht eine seiner berühmten Technicken zum Einsatz zu bringen, sondern setzte ausschließlich seine Kraft und seinen massigen Körper, gepaart mit unerwarteter Schnelligkeit, gegen Markwain ein. Das war eine fast mörderische Mischung, wie Markwain schmerzhaft feststellen musste. Denn Kaiolors Breitschwert hatte ihn bereits an der Schulter gestreift und hinterließ einen blutigen Kratzer. Markwain blieb gar keine Zeit, seine Verletzung in Augenschein zu nehmen. Er hatte gerade die Sekunde, die er brauchte, um sich unter dem nächsten Schwerthieb zu ducken. Kaum wieder aufgerichtet, schlug ihm der nächste Treffer fast das eigene Schwert aus der Hand. *Denk nach!* erinnerte seine innere Stimme. Ungeschickt wich Markwain weiter zurück. Kaiolor ließ für einen Augenblick sein Schwert sinken und lachte. Während in Markwains Gehirn die Gedanken Achterbahn fuhren, brachte Kaiolor gnadenlos den nächsten Schwerthieb an, der Markwain weiter zurück taumeln ließ. Die lebende Kampfmaschine setzte sofort nach und Markwain gelang es mit einem verzweifelten Ausfallschritt noch einmal dem tödlichen Hieb zu entkommen. Er tänzelte ungeschickt um Kaiolor herum und überlegte krampfhaft, wie er am besten selbst einen Hieb anbringen konnte. Lange würde er gegen Kaiolor nicht mehr bestehen können, den die wuchtigen Hiebe nicht im mindesten anzustrengen schienen. Markwain hob sein Schwert vor die Brust und trat seinem Gegner, der keine Sekunde abgelenkt zu sein schien, einen Schritt entgegen. Kaiolor runzelte die Stirn, als ob er fragen wollte, was das jetzt sollte und brachte sein Schwert ebenfalls in Position. Während Kaiolor noch glaubte, dass Markwain sich gleich auf ihn stürzen würde, rollte dieser sich blitzschnell unter Kaiolor hindurch und trat ihm von hinten mit aller Wucht in die Kniekehlen, so dass Kaiolor kurzfristig einknickte, um sich aber sogleich wieder - noch wütender als vorher - auf ihn zu stürzen. Mit voller Wucht klirrte Metall auf Metall und selbst Markwains Zähne klirrten in seinem Mund, als er den Schlag parierte. Der nächste Hieb von Kaiolor, der nicht mal außer Atem zu sein schien, streifte Markwains ungeschützte Brust. Die Wunde war nicht tief genug, um Markwain nachhaltig zu schwächen. Der Schmerz jedoch lenkte ihn einen winzigen Augenblick ab, und wäre ihm der Zufall nicht zu Hilfe gekommen, hätte seine Unachtsamkeit unweigerlich das Aus für ihn bedeutet. Der Zufall kam getreu nach dem Motto: Alles Gute kommt von oben in Form eines abgestürzten Mantikors, der vom peitschenden Schwanz eines Drachen getroffen worden war. Der Körper des sterbenden Tieres fiel keinen Meter entfernt neben den Kämpfenden zu Boden. *Nutze deine Chancen!*

„Was zum Teufel..." waren die letzten Worte, die über Kaiolors Lippen kamen. Dann riß er in ungläubiger Überraschung schon im Fallen die Augen auf, als er Markwains Schwert in seiner Brust spürte. Ein heftiger Blutstrom quoll zwischen Kaiolors Lippen hindurch und begann bereits im Waldboden zu versickern, als Markwain sein Schwert mit einer Drehung aus Kaiolor herausriss. Damit war der unfaire Kampf beendet. Aber was war schon fair? Die ganze Schlacht, die vor Markwains Augen tobte wie ein wütender Orkan, war in keinster Weise fair.

Ohne Kaiolors Blut von der Klinge zu wischen, wandte sich Markwain bereits dem nächsten der vielen, vielen Gegner zu.

Während sich alles im Lichtelfenlager für die nächste Attacke rüstete, die so sicher folgen würde wie der Tag auf die Nacht, durchbrach Marwains Wolf die magische Schranke. Einen Augenblick suchten seine dunklen Augen verwirrt den Platz ab... aber dann entdeckte er Rufus und rannte mit hängender Zunge auf ihn zu. Rufus kraulte dem Tier, ohne drauf zu achten, dass der Wolf sich nicht gerne anfassen ließ, kurz die Ohren und griff dann nach dem Zettel.

Voller Entsetzen las er die Nachricht von Markwain: *Sind in Hinterhalt geraten! Darkas und seine finsteren Schergen metzeln uns gnadenlos nieder! Brauchen dringend Hilfe!*

Rufus sprintete durchs Lager, um Serafina und Vobius zu informieren. Außerdem musste er weitere Krieger von hier abziehen. Das war zwar taktisch ausgesprochen schlecht, aber ihm blieb keine Wahl.

„Hör zu", sagte er jetzt zu Serafina, „während du hier mit meiner Mutter die Stellung hältst, werde ich mit Vater zu den anderen reiten. Ihr habt immer noch fünfhundert Krieger zu eurem Schutz hier - das muss reichen." Serafina nickte, um ihr Einverständnis auszudrücken. Hatte sie denn eine Wahl? War es doch soweit gekommen, dass nun auch ihr Mann in der Schlacht Mann gegen Mann kämpfen musste. Tausend Gedanken rasten mit Lichtgeschwindigkeit durch ihren Kopf. Und alle endeten mit der Frage: Was ist wenn...?

Serano war inzwischen von Ian geholt worden und wirkte nicht gerade begeistert, in die Schlacht ziehen zu müssen. Schnell zauberte Serafina, aus ihrer Starre erwacht, einen Schutzpanzer für den Hengst. Serano nahm das dankbar zur Kenntnis. Ian und weitere dreihundert Mann würden Rufus begleiten. Schließlich hatte Rufus versprochen auf Ian Acht zu geben. Serafina würde nun auf sich gestellt sein. Da die Zeit drängte, gab es keine großen Abschiedsworte, sondern nur einen flüchtigen Kuss und dann... ritten sie davon, um sich den dunklen Kriegern von Darkas entgegenzustellen.

Boral und seine Zwerge hatten zwischenzeitlich den Ausgang aus dem Höhlensystem erreicht und pirschten sich vorsichtig an Darkas Lager heran. Hatte er mit seiner Vermutung richtig gelegen! Das Lager wirkte weder verlassen noch übermäßig gut bewacht. Offenbar hatte Darkas die meisten Krieger mit in die Schlacht genommen.
Boral gab mit einigen Zeichen lautlose aber unmissverständliche Befehle. Sie würden das Lager zunächst einmal umstellen und sich dann ein Schlupfloch suchen, um hinein zu kommen. Lautlos wie die Mäuse huschten die Zwerge durch die dunkle Nacht, bis auf Ugar, der prompt auf einen abgebrochenen Ast trat, was in der Stille der Nacht einem Gewehrschuss gleichkam. *Warum habe ich diesen ungeschickten Kerl bloß mitgenommen!* dachte Boral. Ugar war der Bruder einer seiner drei Frauen und damit war ihm keine Wahl geblieben, als diesen Ausbund an Ungeschicklichkeit in seine Truppe aufzunehmen. Boral wollte Ugar, damit dieser nichts Schlimmeres anstellen konnte, in seiner Nähe wissen. Und wo war die Chance besser, ihn im Auge zu haben, als ihn in seine Leibgarde aufzunehmen? Wie oft hatte er diesen Entschluss inzwischen bereut!
Als nach einigen Minuten angestrengten Lauschens kein Alarm im Lager ausgelöst worden war und keine Dunkelelfen mit gezückten Waffen aus ihren Hütten gerannt kamen, bereit jeden Eindringling zu vernichten, atmeten die Zwerge hörbar auf.
„Donnerwetter, Mann, pass bloß auf, wo du das nächste Mal hintrittst", flüsterte Boral, so gut es ihm überhaupt möglich war zu flüstern. Leise schlichen sie vorwärts.
Die Augen der Zwerge, durch das Leben in den Bergen an Dunkelheit gewöhnt, nahmen jedes noch so kleine Detail wahr. Immer zwei Krieger drehten zusammen ihre einsamen Runden. Insgesamt bestand die Wache der Dunkelelfen aus zwanzig Kriegern. Blieb nur die Frage wie viele Dunkelelfen sich noch in Darkas Lager herum trieben. Während Boral, der hinter einem Busch lauerte, noch überlegte, ob er mit seinen Kämpfern einen offenen Angriff wagen sollte, blieben genau vor seiner Nase zwei der finsteren Typen stehen und unterhielten sich über vergangene Schlachten. *Eure Prahlerei hat gleich ein Ende*, dachte Boral und sprang auf. Der Hauptmann an seiner Seite folgte dem Beispiel seines Königs. Überaus geschickt holte Boral mit seinem Beil aus und schleuderte es dem verdutzten Gegner genau gegen den Kopf, wo es mitten in der Stirn stecken blieb.
„Was zum Henker..." waren die letzten Worte, die dem Feind über die Lippen kamen, ehe er ohne weiteren Laut zusammenbrach. Ehe die zweite Wache auch nur wusste, was eigentlich geschehen war, ereilte sie ein ähnliches Schicksal. Ohne in irgendeiner Form Aufmerksamkeit zu erregen, zogen Boral und sein Hauptmann die beiden Toten ins Gebüsch. Sie nickten sich zu und begaben sich vorsichtig auf die Jagd nach weiteren Opfern.
Nach kurzer Zeit hatten die Zwerge sämtliche Wachen rund um das Dunkelelfenlager exekutiert. Jetzt kam der schwierigere Teil. Bisher war ihnen das Schicksal gut gesonnen, denn offenbar hatte niemand im Lager das Verschwinden der Posten bemerkt. Boral konnte nur hoffen, dass das noch eine Weile so bliebe. Denn sollte in nächster Zeit eine Ablösung der Wache erfolgen, würde Alarm ausgelöst werden und dann...

Mit den Schatten der Nacht verschmolzen schlichen die Zwerge immer tiefer in Darkas´ Lager hinein. Dabei versuchten sie möglichst von den Hütten weg zubleiben. Die meisten schienen ohnehin verlassen - nur ab und an wurde die Stille durch unverständliches Gemurmel, das leise durch die Wände drang unterbrochen. Hier und da erhellte gelblicher Kerzenschein ein primitives Blätterdach. Jeder der Zwerge, sogar Ugar achtete peinlich genau darauf, nicht auf herumliegende Zweige zu treten oder sonst ein unnötiges Geräusch, das sie verraten könnte, zu machen. Über ihre glänzenden Kettenhemden hatten sie schwarze Umhänge gezogen, damit sich auch nicht der kleinste Lichtschein darauf spiegeln konnte.

„Ugar, zeig mir noch einmal die Karte", verlangte Boral.

„Es muss hier irgendwo eine große Höhle geben und ich nehme an, dass Darkas dort die Gefangenen versteckt hält." Der kleine König und ein Teil seiner Truppe stand im Schatten einer Hütte und studierten die Karte, als die Tür plötzlich und ohne Vorwarnung aufgerissen wurde und ein Dunkelelf ins Freie trat. Die Zwerge hielten die Luft an. Zum Verstecken war es zu spät! Sie hielten sich nur wenige Schritte von der Tür entfernt auf und waren aufs äußerste angespannt. Aber die Götter des Schicksals waren ihnen wieterhin gut gesonnen, denn der Elf stolperte ein paar Schritte um die andere Ecke und entleerte stöhnend seine Blase, ohne sich auch nur einmal umzusehen. Während der Bewohner der Hütte noch mit sich beschäftigt war, zogen sich die Zwerge lautlos zurück. „Da... das war knapp", lispelte Ugar leise. Boral gebot ihm mit einer herrischen Geste und Blicken, die töten konnten, weiter zu schweigen. Noch waren sie nicht weit genug entfernt, um nicht gehört zu werden.

Leise schlichen sie weiter auf ihrer Erkundung des Lagers und stießen bald wieder auf ihre eigenen Leute. Vorbei ging es an den Echsengehegen, in denen sie aber nur einige, wenige Tiere antrafen und an dem Übungsplatz des Bestienmeisters. Die Echsen knurrten und zerrten an ihren Ketten. Klack, klack, klack. Dann erreichten sie ein kleines Waldstück. Hier konnten sie kurz verschnaufen, da ihre kleinen schwarzen Gestalten perfekt mit den Schatten des Waldes verschmolzen und das lichte Unterholz einigermaßen Deckung bot. Boral ließ sich ein weiteres Mal die Karte zeigen, um ganz sicher zu gehen, dass sie sich in die richtige Richtung bewegten. Nachdem er diese einen Augenblick betrachtet hatte, stellte er befriedigt fest, dass es nicht mehr weit bis dahin sein konnte.

„Mal sehen, ob sie die Höhle auch so gut bewacht haben, wie ihr Lager. Ha, ha, ha.", lachte Boral und hielt sich die Hand vor den Mund.

„Folgen wir einfach dem Pfad hier. Nach der nächsten Biegung müssten wir dann den Eingang sehen", forderte Boral seine Leute auf.

Sie entdeckten das Schlupfloch sofort. Darkas hatte sich keine Mühe gemacht, den Zugang zum unterirdischen Höhlensystem großartig zu verstecken. Zwischen zwei Felsen lag - ganz offensichtlich - ein schmaler Spalt. Zu schmal, als dass irgendwer, außer einem Zwerg, hindurchgepasst hätte.

„Irgendwie muß Darkas seine Gefangenen ja hineinbekommen haben", sinnierte Boral, während er die Felsspalte stirnrunzelt inspizierte. „Hier ist Magie im Spiel", stellte er nach kurzem Überlegen fest. Na, uns kann sie ja nichts anhaben, dachte er bei sich.

Schnell kommandierte er zwei seiner Krieger ab, um die Feen zu holen. Er selbst schob sich schon in die Spalt, gefolgt von einigen seiner Leute. Die anderen bezogen Posten vor dem Höhleneingang, um ihrem König den Rücken frei zu halten. Ugar nahm er lieber mit sich.

Kaum, dass sie sich durch den schmalen Spalt gezwängt hatten, wurden sie von einer undurchdringlichen Finsternis empfangen. Die Dunkelheit hier drinnen war so absolut, dass sie fast greifbar war. Ohne Aufforderung wurden die mitgebrachten Fackeln entzündet und nun erst sah Boral die Ausmaße im Inneren. Sie befanden sich in einer Art rundem Raum, von dem sternenförmig dunkle Gänge abgingen. Und hier war keine Menschenseele. Kein Hauch, kein Geräusch, rein gar nichts. *Sollte ich mich doch geirrt haben*, überlegte Boral für sich. Wo waren die Gefangenen?

„Gut, Leute", befahl Boral, „wir teilen uns auf. Je zwei Mann in einen Gang! Irgendwo müssen Darkas Gefangene ja stecken. Wir gehen vorerst nur soweit bis eine Abzweigung kommt und treffen uns in Kürze wieder hier. Sehr viel Zeit werden wir nicht haben. Denn ich weiß nicht, ob sie ihre toten Kameraden inzwischen entdeckt haben. Wenn nicht, kann es auf jeden Fall nicht mehr lange dauern."

Ohne weitere Worte machten sich die Zweiergruppen auf den Weg in die Stollen hinein. Boral ging Ugar voran, mit gezückter Axt in der einen und der Fackel in der anderen Hand, und war nach wenigen Augenblicken aus dem Blickfeld der anderen verschwunden. Denn hinter ihm schloss sich die Dunkelheit wie ein Mantel um ihn und ließ nichts als Schwärze zurück. Ugar stolperte fluchend hinter ihm her. Ohne ein bestimmtes Ziel zu verfolgen, schlichen die Zwerge tiefer in die dunklen, nur von Fackeln erhellten Gänge.

Rufus und Ian kämpften Seite an Seite und schlugen sich bisher tapfer gegen die Übermacht. Das lag sicherlich weniger an Rufus kämpferischen Talent als eher daran, dass er sich gnadenlos der Magie bediente. Zwar boten die Dunkelelfen erbitterte Gegenwehr, da sie ja selbst einen Hauch von Magie beherrschten, aber es gelang Rufus doch gemeinsam mit Ian die Angreifer erfolgreich zu schlagen. Es schien ihm nur so, dass für jeden getöteten Dunkelelfen zwei neue aus dem Nichts auftauchten.

Owain kämpfte in der Gestalt eines Riesen und rannte, eine Keule schwingend, zwischen den Angreifern auf ihren Streitechsen umher. Die Brandpfeile, die auch hier umherflogen, wie aufgescheuchte Spatzen, hatten gerade wieder einige Wagen mit Speerschleudern darauf in Flammen aufgehen lassen, und die darauf befindlichen Dunkelelfen versuchten sich in Sicherheit zu bringen. Aber Owain dachte gar nicht daran, seine Feinde entkommen zu lassen. Mit ausgreifenden Schritten, die in seiner jetzigen Gestalt riesig ausfielen, jagte er den Dunkelelfen hinterher und griff nach diesen wie nach Spielzeugpuppen. Rufus blieb zwar keine Zeit, um die Jagd des „Riesen" genauer in Augenschein zu nehmen, aber er stellte zufrieden fest, dass es - dank Owain - im Augenblick gar nicht so schlecht für sie aussah. Immer noch wirbelte er die Dunkelelfen durch die Luft.

Markwain und Xabou kämpften genauso verbissen gegen die Übermacht wie die Zwerge. Schwert auf Schwert klirrte, und die Äxte der Zwerge hämmerten auf anderes Metall. Einzig Boral hatte Rufus bisher nicht zu Gesicht bekommen, was aber auf dem riesigen

Schlachfeld nichts heißen wollte. Hin und wieder sah Rufus eine Fee, die ihre Unsichtbarkeit vor lauter Schwäche nicht länger aufrechterhalten konnte, ihren Staub ausstreuen, und den Gegner damit einen Augenblick blendete. Manchmal gereichte dieser Augenblick einem Lichtelfen schon zum Sieg. Dennoch blieb der Kampf unausgewogen. Nicht nur die Übermacht der Dunkelelfen hatte Verluste zu beklagen. Auch aus den eigenen Reihen wurden Verletzte vom Ort des Geschehens geschafft, um deren Wunden zu versorgen.

Jetzt waren die Reihen der Angreifer zwar etwas gelichtet, aber zum Sieg reichte es noch lange nicht. Und gerade wurde wieder mit Brandpfeilen geschossen. Einige ihrer eigenen Streitwagen waren getroffen und drohten in Flammen aufzugehen. Ohne die Speerschleudern sah es noch bitterer für sie aus. Schnell ließ Rufus dicke Regentropfen vom Himmel fallen, die alsbald in einen sinflutartigen Regen übergingen. Der trockene Boden verwandelte sich in Sekundenschnelle in einen zähen, glitschigen Schlamm. Und noch etwas verwandelte sich...

Boral und Ugar hatten den ersten Abzweig ihres Ganges erreicht und wollten gerade umkehren, als sie aus der Wand rechts von ihnen eine zartes Kratzgeräusch hörten. Still blieben sie stehen und lauschten angestrengt ins Halbdunkel. Nichts!

„Ha.. ha.. hast du auch was gehört", stotterte Ugar vor lauter Aufregung.

„Ja. Ich war mir nicht sicher. Aber wenn du das Kratzen auch gehört hast, wären wir ja schon zwei", antwortete Boral leicht verärgert über Ugars Gestotter. Immer wenn es ernst wurde, gingen dem Kerl die Nerven durch.

Da, da war es schon wieder! Boral brachte die Fackel dichter an die Wand und suchte das rauhe Gestein sorgfältig mit den Augen ab. Er konnte nichts entdecken, was auf eine verborgene Tür oder ähnliches hinwies. Erst als seine dicken Finger tastend über den Stein fuhren, erahnte er mehr eine Vertiefung, als dass er sie wirklich spürte.

„Und", fragte Ugar, während er nervös von einem Bein auf das andere trat.

„Scht", erwiderte Boral, der sich ganz auf die Wand konzentrierte. Dann griffen seine Finger in ein winzig kleines Loch. Ehe er auch nur blinzeln konnte, schob sich ein großes Stück der Wand zur Seite. Offenbar hatte er einen Mechanismus ausgelöst, der eine Art Schiebetür betätigte. Ein fürchterlicher Gestank von Exkrementen schlug dem Zwergenkönig entgegen, der ihn die Luft anhalten ließ und ihm Tränen in die Augen trieb.

Als sich seine verschleierte Sicht einigermaßen geklärt hatte, blickte er in acht Augenpaare, die ihn schweigend musterten. Jetzt nahm Boral erste Einzelheiten in der kargen Kammer war, die nur durch eine halb herunter gebrannte Fackel erhellt wurde. Vier Lichtelfen saßen - wie Vieh zusammengedrängt - in einer Ecke des winziges Raumes, der gerade mal für eine Person groß genug gewesen wäre. In der anderen Ecke war der Steinboden über und über mit Ausscheidungen bedeckt.

„Du meine Güte", entfuhr es Boral.

Eine der erbärmlichen Gestalten löste sich aus den Schatten und schwankte in Richtung Tür. „Wer seid ihr", fragte der abgemagerte Elf.

Boral straffte die Brust und erklärte wer er war und warum er hier war. „Könnt ihr gehen? Oder müssen wir euch hier heraustragen?", wollte der Zwergenkönig wissen, dem alles viel zu langsam ging.

„Nein, wir gehen selbst hier heraus", antwortete der Elf und sah sich nach Zustimmung seiner Leidengenossen um.

„Dann schnell", befahl Boral und schickte Ugar vor, um die anderen wissen zu lassen, dass sie fündig geworden waren. Ugar war noch keine drei Meter gelaufen, als er ihn fluchend zu Boden fallen hörte. Wahrscheinlich waren ihm seine eigenen Füße einmal mehr im Weg gewesen.

„Wißt ihr, wo Shumo, Shagalas Sohn gefangen gehalten wird", erkundigte sich Boral, während sich die Elfen mehr durch die dunklen Gänge schleppten als dass sie liefen - und für Boral Geschmack viel zu langsam waren.

„Ich bin einmal zu einer Folter abgeholt worden, da...." - „Gut, gut," unterbrach Boral ungeduldig, „wo ist er?" - „Kennt ihr den runden Platz?"

„Ja", sagte Boral und hoffte, dass sie bald wieder dort hingelangen würden. Denn inzwischen mussten die Dunkelelfen ihren Einbruch ins Lager längst bemerkt haben.

„Und... weiter", verlangte er zu wissen. Der Elf holte erneut Luft, um unendlich langsam zu erklären, dass Shumo sich in einem Gang auf der anderen Seite befinden musste.

Boral dachte kurz nach und entschied, dass für die Suche nach Shagalas Sohn keine Zeit mehr blieb. Darum mussten sich die Feen selber kümmern, wollte er mit den Elfen das Lager der Feinde unversehrt verlassen.

Endlich kamen sie wieder am Eingang an und stießen auf die anderen Zwerge. Diese hatten Shumo noch nicht gefunden, dafür aber einige andere Lichtelfen, die sie aus ihrer Gefangenschaft befreit hatten. Diese waren in einem genauso erbärmlichen Zustand wie die, die Boral entdeckt hatte. Abgemagert bis auf die Knochen und teilweise mit massiven Verletzungen. Besonders die beiden weiblichen Elfen sahen sehr ramponiert aus. Es war bekannt, dass Darkas sich gerne eine Lichtelfe für die Nacht holte und dann wer weiß, was mit ihr trieb.

Gerade, als die Zwerge sich durch den engen Spalt nach draußen quetschen wollten, schwirrten ein paar Feen herein. Allen voran Rringh, Brringh und Llingh, die endlich auf ihre Chance hofften, sich gegenüber ihrer Königin rehabilitieren zu können.

„Ich würde lieber bleiben, wo ich bin", rief Brringh Boral entgegen. „Draußen wimmelt es nur so vor Dunkelelfen. Aber da Darkas offenbar nicht im Lager ist, können sie hier nicht hinein. Deine Leute haben sich bereits auf den Weg zum Einhornwald gemacht. Sie sind durch irgendeine andere Höhle entwischt. Wir sollten hier warten und Euch Bescheid geben", schloss die kleine Fee ihre knappe Schilderung.

Boral kratzte sich den verlausten Bart und verlangte ein weiteres Mal nach seiner Höhlenkarte. Nachdem er diese eine Zeit studiert hatte, schien er einen Ausweg gefunden zu haben. Normalerweise wäre er hinaus gestürmt und hätte dem Dunkelelfenpack gezeigt, wie Zwerge zu kämpfen pflegten, aber mit den verletzten und geschwächten Lichtelfen war das unmöglich. Also blieb in diesem Fall nur die Flucht durch das enge Höhlensystem.

„Hört mir zu", donnerte Boral. Denn seine Krieger schienen sich angeregt zu unterhalten.

„Wir müssen uns einige Meilen durch diese engen Tunnel arbeiten. Dann kommen wir - so diese Karte stimmt - kurz vor dem Einhornwald wieder in ein anderes Höhlensystem und dann... sehen wir weiter."

„Also Abmarsch!"

„Entschuldige", unterbrach Rringh den Zwergenkönig, „aber habt ihr Shumo nicht gefunden?" - „Den holen wir uns jetzt! Folgt mir!"
Der Elf, mit dem Boral zuerst gesprochen hatte, übernahm für kurze Zeit die Führung und zeigte ihnen den richtigen Tunnel. Nach endlosen Abzweigungen und nicht enden wollenden Gängen, entdeckten sie weitere Verliese, aus denen sie noch einmal zwanzig Lichtelfen befreien konnten. Aber Shumo war nirgendwo zu entdecken.
Langsam wurde die Zeit knapp, denn die Elfen waren nicht in der Verfassung hier - unter der Erde - noch stundenlang auf der Suche nach dem Feenkind herum zu irren.
Der Zwergenkönig blieb so abrupt stehen, dass die hinter ihm laufenden Krieger zusammen stießen und sich verwundert ansahen.
„Es macht absolut keinen Sinn hier noch weiter zu suchen. Wir werden jetzt erst einmal die, die wir gefunden haben zurück bringen. Dann werden wir wiederkommen und weitersuchen."
„Dann geht ihr doch zurück, während meine Geschwister und ich weitersuchen", bot Brringh an. Boral zog seine ohnehin reichlich gefurchte Stirn in Falten. „Ihr findet hier niemals alleine heraus!" - „Doch, doch", mischte sich nun auch Llingh ein, der bisher sehr ruhig gewesen war. Boral hob fragend eine seiner dicken Augenbrauen.
„Och, wir haben Feenstaub verteilt. Der zeigt uns den Weg zurück und spendet uns Licht."
Boral sah sich fragend um, genauso wie alle anderen ihre Augen anstrengten, um etwaige Markierungen der Feen zu entdecken.
Brringh kicherte: „Für euch unsichtbar. Tut mir leid. Geht jetzt, wir finden hier heraus."
Boral war damit einverstanden. Sollten sich doch die kleinen Geister um ihresgleichen kümmern. Er hatte jetzt wirklich Wichtigeres zu tun. Ein Ausgang aus den Bergen musste gefunden, Lichtelfen in Sicherheit gebracht und eine Schlacht geschlagen werden.
Als Boral sich ein letztes Mal umblickte, sah er, dass sich mindestens fünfzig von den kleinen Lebewesen hinter ihm befanden. Albernes Volk, dachte er. Zeigen sich immer nur wenn **sie** es wünschen. Damit trennten sich Zwerge und Feen - und ein jeder hoffte mit seiner Mission auf Erfolg.

Rufus traute seinen Augen kaum, als sich etwas abseits des Kampfgeschehens ein riesiger grüner Dämon erhob und ...immer noch weiter wuchs. Die Welt schien einen Herzschlag lang still zu stehen. Die miteinander Kämpfenden hielten in ihren Bemühungen, den Gegner zu schlagen, inne und starrten wie gebannt auf den Dämon. Und der wuchs immer noch! Wo eben noch Schwerter, Äxte und Beile aufeinander geschlagen waren herrschte jetzt absolute Ruhe - wie auf einem Friedhof. Einzig das fahle Mondlicht beschien die gespenstische Szene und brachte Rufus in die grausame Realität zurück.
Hatte Darkas also wirklich ein Tor in die verbotene Dimension geöffnet!
Dann kehrte so plötzlich, wie es angehalten hatte, das Leben auf den Kriegsplatz zurück. Schwerter klirrten erneut gegeneinander und unterbrachen die Stille, unterstützt durch die Schreie der Kämpfer.
Rufus Augen suchten so hektisch die Druiden, wie ein Huhn nach Körnern pickt. Er hatte inzwischen sogar Ian und Owain aus den Augen verloren, was bei dem Tumult, der hier herrschte nicht weiter verwunderlich war. Rufus war sicher, dass Ian, den er zuletzt Seite

an Seite mit Owain gesehen hatte, bei dem erfahrenen Krieger gut aufgehoben war. Aber die Druiden konnte er nirgends entdecken.

Seit geraumer Zeit schwirrten die Feen - angeführt von den drei Geschwistern - nun schon durch die dunklen Gänge der unterirdischen Welt. Und sie wurden immer mutloser. Sie hatten in fast jeden noch so versteckten Raum gesehen, wo sie lediglich zwei Skelette gefunden hatten, die in tödlicher Umarmung vereint, vor sich hin moderten. Brringh schüttelte sich und bestimmte, dass sie hier nicht weitersuchen sollten.

„Darkas hat Shumo bestimmt irgendwo anders versteckt. Es macht keinen Sinn, dass wir uns am Ende wirklich noch verirren. Denn unser Staub ist fast verbraucht."

„Du hast Recht, mir gefällt es hier absolut nicht", ertönte ein Stimmchen aus der Dunkelheit.

„Genau, dieser Ort ist schrecklich und macht mir Angst", fügte eine andere Stimme hinzu. So schnell , lautlos und unsichtbar wie die Feen die Höhle betreten hatten, verließen sie diese auch wieder und sirrten vorbei an einigen Dunkelelfen, die am Höhleneingang immer noch Wache hielten und nichts von dem Feenschwarm bemerkten.

„Wo sollen wir **noch** suchen?", fragte Rringh ihre Kameraden ohne wirklich eine Antwort zu erwarten.

Doch Llingh hatte sich schon die ganze Zeit über den Kopf zerbrochen, wo er jemanden verstecken würde, den er jederzeit griffbereit haben wollte. Deshalb schlug er vor direkt in Darkas Lager zu suchen. Wieder schwärmten die kleinen Wesen aus und durchsuchten das Lager. Gerade, als sie betrübt aufgeben wollten, kam eine Fee aufgeregt heran geflogen. „Neben den Echsengehegen gibt es eine Art Keller. Den habe ich eher zufällig entdeckt, weil ich mich kurz niederlassen musste, um zu Atem zu kommen und...

„Zeig uns die Stelle, schnell", forderte Brringh.

Die Feen entdeckten das Loch im Boden sofort, obwohl die schwere Eisenplatte, die darauf lag, sorgfältig mit Erde bedeckt worden war.

„So ein Mist", schimpfte Brringh. - „Wie sollen wir die schwere Platte nur anheben. Unser Staub ist alle." - „Nicht ganz", meldete sich eine Fee zu Wort und präsentierte stolz ihr Beutelchen.

„Ich hatte Angst, dass wir uns doch noch verirren könnten und habe ein wenig Staub aufgehoben." Damit war das Problem gelöst. Kaum dass der Feenstaub zu Boden gerieselt war, hob sich das schwere Metall wie von Geisterhand - unbemerkt von den Dunkelelfen, die immer noch auf der Suche nach den Zwergen waren.

Eine kurze Leiter stand in dem engen Schacht und führte mit wenigen Sprossen in die abgrundtiefe Dunkelheit. Die Schwärze in dem Loch war so vollkommen, dass sie den Feen körperliches Unbehagen verursachte. Die Augen der kleinen Leute brauchten lange, um überhaupt nur Umrisse zu erahnen. Zu sehen war hier nichts. Überhaupt nichts! Mehrmals stießen die Feen gegeneinander oder gegen die engen Wände, die ihnen drohend entgegen kamen.

„Shumo", rief Brringh wieder und wieder. „Bist du hier?"

„Hallo", rief es vorsichtig zurück. - „Mein Gott, habt ihr das auch gehört", wisperte Brringh aufgeregt. - „Er ist also wirklich hier unten."

„Ja", hauchte die eine oder andere Stimme. „Aber wie sollen wir ihn hier in dieser Düsternis finden?" Immer wieder stieß eine Fee gegen umherliegendes Gerümpel und schrammte sich dabei die zarte Haut auf, denn in diesem Höhlensystem erhellte nicht einmal ein Glimmen die Düsternis. Dann hatte Llingh die Idee: „Shumo, sing", rief er in die Dunkelheit.

Und Shumo sang. Sang wie eine Lerche in der Morgensonne und seine glockenhelle Stimme wies den Feen den Weg zu ihm durch die Finsternis. Schließlich stieß der Feenschwarm auf eine Art Vogelkäfig, in dem der kleine Prinz gefangen gehalten wurde.

„Wer ist da", fragte Shumo ängstlich und hörte mit dem Singen auf. Er sah - genau wie alle anderen - nichts, aber auch wirklich nichts.

„Shumo, Liebling, ich bin Brringh - deine alte Kinderfrau. Erinnerst du dich an mich?"

Eher nicht, dachte Brringh betrübt, denn Shumo musste jetzt fast drei Jahre alt sein und war im Alter von ungefähr einem entführt worden. Hatte ein so kleines Kind noch eine Erinnerung an seine Kleinkindzeit? Wohl kaum.

„Hab keine Angst. Wir sind hier, um dich nach Hause zu holen", gurrte Brringh und blinzelte ihre Tränen fort.

Kleine Finger tasteten geschickt an der Käfigtür herum, bis der Riegel scheppernd aufsprang und Shumo herauskonnte. Nur Shumo rührte sich nicht. Seine Angst war zu groß, wieder zu Darkas gebracht zu werden, dem er mit seinem Gesang seine düsteren Stimmungen oft genug hatte aufhellen müssen. Brringh schlüpfte, kaum dass die Tür offen war, hinein und zog Shumo in ihre Arme. Jetzt erst merkte Shagalas Sohn, dass er in Sicherheit war und seinesgleichen vor sich hatte. Weinend warf er sich in Brringhs Arme.

„Alles wird jetzt gut, mein Kleiner. Wir bringen dich jetzt zu deiner Mama. Komm, lass uns gehen", lockte Brringh.

Shumo zwischen sich und Rringh flogen sie hinaus in die mondbeschienene Nacht der Freiheit entgegen.

Serafina hatte mit Hilfe von Karula und Selena eine zusätzliche Schutzglocke **über** dem Lager errichtet, damit bei dem nächsten Angriff, der unmittelbar bevorstand, keine Brandpfeile mehr ihre provisorische Unterkunft treffen konnten. Nachdem die Druiden fort waren, hatten sie dies vor lauter Aufregung versäumt. Jetzt war das Lager auch von oben einigermaßen sicher. Die Frauen berieten sich im Moment mit den wenigen Kriegern, die zurückgeblieben waren.

„Ich sehe keinen Sinn darin hier zu sitzen und wie das Kaninchen auf die Schlange zu warten, zumal der Kampf **vor** unseren Toren abläuft", eiferte Serafina sich gerade.

Karula zog die Stirn kraus und fragte: „Und was genau hast du dir vorgestellt dagegen zu unternehmen?"

„Ich werde hinausgehen und sehen, wie viele Dunkelelfen uns eigentlich belagern."

„Du musst völlig verrückt geworden sein", empörte sich Karula. „Das würde Rufus niemals erlauben!"

„Aye. Aber Rufus ist nicht hier, oder? Wir sind auf uns allein gestellt und die anderen brauchen jeden, der in der Lage ist zu zaubern oder ein Schwert zu halten."

Frina blickte zuerst Karula, dann Serafina an und nickte stumm.

„Also werde ich hinausschlüpfen und schauen, was außerhalb unseres Lagers los ist. Und ich bin fest entschlossen", fuhr Serafina fort.

„Nein, das lasse ich nicht zu", bestimmte Karula und blickte Selena hilfesuchend an.

„Nun, ich glaube, Serafina sollte gehen. Was soll passieren, wenn sie sich unsichtbar macht, schnell heraus und wieder herein kommt", sagte Selena ruhig.

„Karula, ich setze mich wirklich keiner großen Gefahr aus. Glaub mir!"

Karula tat kopfschüttelnd ihren Unmut über das Vorhaben ihrer Schwester kund, ließ sich letztlich aber doch erweichen. Denn Serafina würde so oder so ihren Kopf durchsetzen. Das war schon immer so gewesen.

Serafina murmelte ein paar Zaubersprüche und entschwand der Sicht der anderen. Wieder ging ihr dabei durch den Kopf, wie ihre kleine Stella das hingekriegt hatte. Sie kannte die Formeln, die nötig waren, um sich unsichtbar zu machen noch nicht!

Wenige Augenblicke später öffneten die anderen das Schutzschild und Serafina schlüpfte hinaus. Aus dem Augenwinkel sah sie noch wie eine der Elfenfrauen plötzlich heulend auf die Knie sank. Darum mussten sich die anderen kümmern. Sie selbst hatte keine Zeit zu verlieren. Schnell huschte Serafina hinter den Stamm einer dicken Eiche, um nicht über den Haufen geritten zu werden. Denn hier wimmelte es geradezu von Echsenreitern, wie Serafina entsetzt feststellen musste. *Bestimmt tausend. So ein Mist.* Allen voran ritt eine muskulöse, schwarzhaarige Kriegerin deren langes Haar wie eine Fahne im Wind hinter ihr herflatterte. Serafina sah, wie die Dunkelelfen wieder und wieder versuchten gegen die unsichtbare Schranke anzukommen. Sie blickte nach oben und vergewisserte sich, dass die beiden Drachen, die zurückgeblieben und schon wieder in der Luft waren, ihr tödliches Feuer gegen die Feinde schleuderten. Das hätte Serafinas Nerven beruhigen sollen, wie ein Stück Schokolade am Abend. Nur würde das Feuer auf keinen Fall ausreichen, die Krieger derart zu dezimieren, dass ein Entkommen aus dem Belagerungszustand möglich wäre. Sie mussten sich dringend etwas einfallen lassen!

Serafina schlich ungesehen zur Schranke zurück und schlüpfte wieder ins Lager hinein, um aufgeregt zu berichten, wie die Dinge standen.

„Es sind - meiner Schätzung nach - mindestens tausend. Ich habe da auch schon eine Idee: Ich werde noch einmal hinausgehen und mir ihre Anführerin vornehmen. Anders kommen wir hier nicht heraus." - „Jetzt bist du wohl von allen guten Geistern verlassen. Das ist doch völliger Wahnsinn", zischte Karula beängstigend leise.

Serafina spielte mit ihrem Amulett und tastete nach dem Dolch, den sie von ihrem Vater bekommen hatte, und der noch immer an ihrem Gürtel hing. „Karula, reg dich doch bitte ab und überlege. Ohne Führung, hoffe ich zumindest, werden sich die Dunkelelfen vielleicht - ich weiß: nur vielleicht - zurück ziehen."

Turgadis, einer der Krieger, bot sich an Serafina zu begleiten.

„Das ist gut gemeint. Aber ich gehe allein. Ich nehme meinen Besen mit und mache mich noch einmal unsichtbar. Dann habe ich vielleicht die Möglichkeit die Anführerin auszuschalten."

Und wieder murmelte Serafina den uralten Zauberspruch, entschwand ein zweites Mal den Blicken der anderen, schlüpfte hinaus, schwang sich auf ihren Besen und jagte durch die Nacht. Es fiel ihr schwer, bei den vielen Kriegern, die sich hier herumtrieben, ihr Ziel auszumachen. Auf ihrem Besen jagte sie unsichtbar mal hier, mal dorthin. Endlich entdeckte sie Kruellagh inmitten ihrer Leute. Verwirrt sah Kruellagh sich um. Offenbar hatte sie Serafinas Anwesenheit wahrgenommen, konnte sie aber nicht sehen. Serafina fluchte still in sich hinein. Ohne das Überraschungsmoment dürfte ihr das Schicksal eher schlecht gesonnen sein. Sie musste schnell zuschlagen! Ohne großes Nachdenken flog Serafina mit gezücktem Dolch hinter Kruellagh her und stieß ihn ihr mit aller Kraft in den ungeschützten Rücken.

Der magische Dolch tat sofort seine Wirkung:

Kruellagh riss erstaunt die Augen auf, schwankte auf dem Rücken ihrer Reitechse erst vor, dann zurück, um letztlich über die Seite auf den Boden zu fallen. Ihr Tier rannte führerlos mit den anderen davon. Einer der Dunkelelfen wendete seine Echse, um zu sehen, was mit Kruellagh geschehen war. Er hatte keine Erklärung, wie eine der besten Reiterinnen so unverhofft abgeworfen werden konnte. Als er neben Kruellagh am Boden kniete, konnte er jedoch lediglich ihren Tod feststellen. Schnell rief er ein paar Leute herbei, die ihre leblose Anführerin aufhoben und auf einen der Streitwagen legten und dann... ging der Angriff weiter.

Fugan, der inzwischen längst die versteckte Tür in die Freiheit gefunden und die Zwillinge von seiner Mutter weggelockt hatte, führte sie nun durch die Kellergewölbe. Heronia war zum Glück mit der Kleinen genug beschäftigt gewesen, um nähere Nachforschungen darüber anzustellen, was die drei vorhatten.

„Seid doch etwas leiser und rennt nicht dauernd gegen das ganze Gerümpel, das hier rumsteht", ermahnte Fugan die beiden Kinder.

„Man kann nie wissen, ob sich noch jemand anderes hier herumtreibt und sofort zu meiner Mutter rennt, um sich wichtig zu machen."

„Wir versuchen es ja", flüsterte Amy, der das Ganze überhaupt nicht gefiel. Was wollten sie jetzt, mitten in der Nacht, am Strand. Ihre Eltern hatten bestimmt ihre Gründe, sie hier im Schutze der Burg zu lassen. Einerseits fürchtete sie sich zu Tode, andererseits hätte sie ihren Bruder niemals alleine mit Fugan an den Strand gehen lassen.

„Was genau wollen wir eigentlich am Strand", fragte Kee, der sich auch nicht recht vorstellen konnte, was Fugan eigentlich vorhatte.

„Was wollen wir am Strand", äffte Fugan.

„Was wohl, Dummerchen! Natürlich die Lage peilen. Sehen, ob sich irgendwelches Dunkelelfenpack hier herumtreibt. Sehen, ob wir was ausrichten können!"

„Ach so", antworte Kee gelassen, obwohl ihm bei dem Gedanken das Herz schmerzhaft in der Brust hämmerte.

Bevor Amy auch noch ihren Senf dazugeben und es sich vielleicht anders überlegen konnte sagte Fugan: „So, Herrschaften, da wären wir" und stieß die Tür ins Ungewisse auf.

Serafina, der sich ob ihrer Tat immer noch der Magen drehte wie ein Riesenrad auf einem Jahrmarkt, blieb nichts anderes, als in ihr Lager zurückzukehren. Sie hatte das erste Mal in ihrem Leben ein anderes Lebewesen vorsätzlich getötet. Damit musste sie irgendwie fertig werden. Nur dafür war jetzt nicht die Zeit. Nachdem sie den anderen ein weiteres Mal Bericht erstattet und sich noch einmal mit ihnen beraten hatte, flog sie ein letztes Mal hinaus und mischte sich unsichtbar unter die Feinde. Aber jetzt war sie nicht allein. Karula hatte darauf bestanden sie zu begleiten.

Den Dunkelelfen war es offenbar egal, ob Kruellagh tot oder lebendig war. Unbeirrt versuchten sie weiter gegen die unsichtbare Barriere, die das Lager umgab, anzurennen. Das könnte noch Stunden oder gar Tage so weitergehen. Nur kamen die anderen dadurch nicht hinaus!

„Und was jetzt", flüsterte Karula, nachdem sie die wilde Horde mit eigenen Augen gesehen hatte. „Wie vertreiben wir diese Übermacht?"

Serafina sah ihre Schwester an und lächelte bösartig. Sie hatte da schon eine wage Vorstellung. „Hornissen", stieß sie schließlich hervor.

Karula fasste sich an den Kopf, wie um zu sagen: Mein Gott, warum sind wir nicht eher darauf gekommen.

Die Schwestern schnippten mit den Fingern: Augenblicklich erhob sich ein wütendes Gebrumm und der ohnehin schwarze Himmel wurde noch schwärzer. In Windeseile schwirrten Hunderttausende der stechenden Flugtiere heran und griffen Reiter und Echsen ganz ohne Unterschied an.

„Machen wir, dass wir hier wegkommen", war Karulas einziger Kommentar.

Ohne eine Erwiderung ihrer Schwester abzuwarten, wendete sie ihren Besen und jagte der Sicherheit des Lagers entgegen. Serafina sah sich ein letztes Mal um, damit sie ihren Triumph ein klein wenig genießen konnte. Allerdings war einzig eine riesige Staubwolke zu sehen, die die flüchtenden Dunkelelfen umhüllte wie ein Umhang.

Die Schwestern atmeten erst wieder auf, als sich die Schutzglocke hinter ihnen geschlossen hatte. Die gute Nachricht verbreitete sich im Lager wie ein Lauffeuer. Die Krieger beglückwünschten die beiden kurz und mahnten dann zum Aufbruch.

„Warum ist mir das bloß nicht früher eingefallen!", fragte Serafina in die jetzt ruhige Nacht. Schnell wurden die Pferde geholt und gesattelt. Und noch ehe Serafina wusste wie ihr geschah, saß sie bereits auf Kasiopeias Rücken und ritt Seite an Seite mit Karula den anderen hinterher - Rufus entgegen.

Inzwischen waren die Feen wohlbehalten und ohne nennenswerte Zwischenfälle am Lager der Lichtelfen angekommen. Nur war hier – bis auf wenige Frauen – niemand mehr. Schnell klärte man die kleinen Wesen über den Ernst der Lage auf. Brringh entschied daraufhin Shumo zum Feenhügel zu bringen, wo er endgültig in Sicherheit sein würde. Sie selbst würde ihn höchstpersönlich dort abliefern, während ihre Geschwister und der Rest des Schwarms sich erneut in den Kampf stürzen sollten, und sehen, was dort noch zu retten war.

Als Boral und seine Zwerge endlich einen Ausgang aus den Eingeweiden der Berge gefunden hatten, brachten sie ihre Schutzbefohlenen ein Stück in die Sicherheit des Waldes hinein und ließen sie dort mit den wenigen Wasserreserven, die sie noch hatten, zurück. Dann rannten die Zwerge dem Schlachtfeld entgegen. Allen voran Boral, der seine zweischneidige Klinge dem Himmel entgegen gestreckt hatte und Befehle in die

Nacht bellte, wie ein Wolf, der den Mond anheulte. Jetzt war er voll in seinem Element. Er würde es dem Dunkelelfenpack schon zeigen.

Ein völlig ungewohnter und kräftiger Wind blies den Kindern entgegen, der Fugan fast die Tür aus der Hand riss. Kee schlüpfte als zweiter hinaus und versuchte seiner Schwester die Geheimtür aufzuhalten. Amy bekam die schwere Tür aber dennoch in den Rücken und gab einen Schmerzenslaut von sich.

„Bist du wohl still", schimpfte Fugan und sah sich um.

„Schon gut, schon gut", antworte Amy etwas leiser. „Aber das hat verdammt weh getan."

„Sag mal, sollen wir nicht vorsichtshalber einen Stein oder so in die Tür legen. Ich sehe nämlich keine Klinke", bemerkte Kee im Flüsterton.

„Wie kommen wir sonst wieder hinein?" - „Klasse aufgepasst, Kleiner", antwortete Fugan. „Du entwickeltst dich ja zu einem richtig guten Adjutanten."

Kee nickte nur. Allmählich fiel ihm das dauernde, herablassende „Kleiner" auf die Nerven. Er bereute es schon fast, Fugan hier raus gefolgt zu sein, als er am Strand eine einsame Gestalt entdeckte: Drug Mer!

Der Druide stand mit gen Himmel ausgestreckten Armen, reglos wie ein Stein, am Wasser und schien die Kinder bisher nicht bemerkt zu haben.

„Lasst uns bloß wieder reingehen, bevor er uns sieht. Sonst bekommen wir richtig Ärger", stöhnte Amy und wandte sich bereits wieder um.

„Halt, warte mal. Da ist noch etwas - auf dem Wasser", sagte Fugan und hielt Amy an der Schulter fest. Und tatsächlich: hinter den Felsen lag ein Segelschiff vor Anker. Völlig dunkel zwar, aber dennoch sichtbar.

Die Kinder starrten wie gebannt in die Dunkelheit. Jetzt konnten sie auf den Wellen kleinere Beiboote ausmachen, die sich auf die Insel zu bewegten.

„Verdammt, was macht denn ein Schiff hier", brachte Fugan hervor. - „Keine Ahnung", antwortete Kee, dem das Herz bereits bis zum Hals schlug. - „Lasst uns ganz schnell von hier verschwinden", forderte Amy.

„Bist du total bescheuert", fragte Fugan entrüstet. „Das ist garantiert Dunkelelfenpack, wir müssen Drug Mer warnen. Der scheint doch in irgendeine Art Trance gefallen zu sein. Seit wir hier stehen, hat er sich noch nicht einmal bewegt!"

„Also gut", stimmten Kee und Amy zu. Sie mussten sich jedoch beeilen, denn die Boote kamen näher. Die Kinder beschlossen, dass Amy in die Burg laufen sollte und dort Bescheid geben, während Fugan und Kee an den Strand zu Drug Mer liefen.

Rufus hatte sich unsichtbar gemacht und hetzte zwischen scharfen Klingen, die gegeneinander klirrten, hindurch. Dabei entging er nur knapp dem einen oder anderen Hieb. Die Zwerge kämpften verbissen gegen Darkas Kohorten, und hieben mit ihren Streitäxte, die ebenso groß wie sie selbst waren, gnadenlos auf die Gegner ein. Boral erwies sich als schnell und geschickt zugleich - genau wie seine Leute. Rufus hätte dem kleinen Volk, das er noch nie im Kampf erlebt hatte, nicht solche Verbissenheit zugetraut. Er beobachtete, wie der König sich mit zwei Gegnern, wesentlich größer als er selbst, gleichzeitig anlegte und dabei auch noch die Oberhand behielt. Die übergroße Streitaxt mit dem vergoldeten Griff schwang er mit seiner linken Hand - lässig wie einen Kochlöffel.

Mit der rechten Hand ließ er das schwere Schwert zischend die Luft, wie auch den Kopf seines Gegners teilen. Ein breites Grinsen überzog Borals Gesicht. Er war voll in seinem Element. Seine Söhne schlugen, genau wie ihr Vater, gnadenlos zu. Einzig Ugar stellte sich mehr als ungeschickt an und war vollauf damit beschäftigt, am Leben zu bleiben. Als ob einzig die Macht seiner Stimme ihm dabei helfen könnte, brüllte er aus Leibeskräften seine unbeeindruckten Gegner in Grund und Boden. Jetzt verhedderte er sich gerade in seinem eigenen Umhang. Nur Borals Geistesgegenwart hatte er es zu verdanken, dass er am Leben blieb. Mit einer Leichtigkeit hieb er seine Axt in den Arm des Dunkelelfen, der Ugar am Kragen gepackt hielt, die Rufus ein anerkennendes Nicken entlockte. Boral konnte das natürlich nicht sehen.

Auch die Lichtelfen kämpften mit vollem Einsatz und schlugen sich - den Umständen entsprechend - tapfer. Denn auf jeden Freund kamen mindestens vier Feinde. Lange würden sie die Stellung nicht mehr halten können. Schließlich wurde seit vielen Stunden gekämpft und allmählich ließen sowohl Kraft, als auch Aufmerksamkeit der Kontrahenten auf beiden Seiten nach. Rufus entdeckte, was bei diesem Massaker schon an ein Wunder grenzte, Markwain mit Xabou. Der Wolf sprang einen feindlichen Krieger an und biss diesem kurzerhand die Kehle durch. Doch schon war der nächste heran. Die Dunkelelfen schienen wie Pilze aus dem Boden zu wachsen. Die Drachen spien zwar ununterbrochen Feuer vom Himmel, wurden aber wieder und wieder abgelenkt, weil sie sich gegen die Mantikore der Dunkelelfen verteidigen mussten.

Die anfangs noch geordneten Reihen des Fußvolkes, hatten sich zwischenzeitlich derart miteinander verwoben, dass es Rufus schwer fiel, Freund von Feind zu unterscheiden. Die Banner der Fahnenträger lagen genauso zerfetzt am Boden, wie deren Träger. Schnell wandte Rufus den Blick ab, um sich nicht übergeben zu müssen. Viele Kämpfer lagen am Boden und hielten in schierer Verzweiflung einzig mit den Händen ihre Eingeweide zusammen, bevor sie mit einem letzten Seufzen darin ertranken.

Amy rannte, wie von Furien gehetzt, durch die Gänge und kam keuchend und nach Luft ringend bei ihrer Großmutter an.

„Dunkelelfen, auf dem Wasser, kommen mit Booten auf den Strand zu", rief sie schon, als sie einfach ins Zimmer von Heronia platzte. Die saß gerade mit Stella auf dem Schoß über dem Bilderbuch.

„Was, Kind? Du hast wohl schlecht geträumt!" - „Nein, nein. Ich schwöre. Und Drug Mer ist ganz allein am Strand. Fugan und Kee laufen gerade zu ihm."

Jetzt reagierte Heronia: „Was machen die beiden am Strand? Wie sind sie da überhaupt hingekommen?" Aber Amy hatte jetzt keine Zeit für lange Erklärungen wegen ihres unerlaubten Ausfluges. - „Großmutter. Bitte! Tu etwas!"

„Ja, tu was", sagte Stella, die die Angst und Dringlichkeit in der Stimme ihrer Schwester herausgehört hatte. Das brachte auch Heronia dazu sich endlich zu bewegen.

„Lauf, Amy und schlag unten in der Halle einfach gegen die Ritterrüstung, die dort steht." Amy tat wie geheißen und wich erschrocken zurück, als Leben in die leere Rüstung kam. Auch in die anderen Rüstungen, die, wie Amy dachte, zur Zierde hier herumstanden, kam Bewegung. Bis auf das Klirren des Metalls nahmen die Rüstungen lautlos Aufstellung und marschierten geordnet in Reih und Glied zum Burgtor hinaus.

Inzwischen hatten Kee und Fugan verzweifelt versucht den Druiden aus seiner Starre zu reißen. Denn die Boote waren dem Strand inzwischen ziemlich nahe gekommen. „Da hilft nur noch eines", sagte Kee, zauberte sich einen Kübel Eis und schüttete diesen über Drug Mer aus.

Ruckartig ließ der älteste Druide die Arme sinken und sah sich verwundert um.

Endlich sah Rufus seinen Schwiegervater, die anderen Druiden, Vobius und... Darkas. Die drei Druiden standen Darkas und seinem Dämon schweigend gegenüber. Bisher schien man sich nur gegenseitig einschätzen zu wollen. Das würde sicher nicht mehr lange so sein.

Schnell wechselte Rufus seinen Standpunkt und bezog hinter Druig Fir Position.

„Ich bin genau hinter dir", flüsterte Rufus. Doch ehe sein Schwiegervater antworten konnte, entblößte Darkas seine schiefen Zähne und sagte: „Hallo Rufus, wie nett, dass du dich zu uns gesellst. Du wirst es doch nicht wagen mir in die Quere zu kommen."

„Du willst mir drohen?", fragte Rufus gleichermaßen entsetzt wie halsstarrig und machte sich sichtbar. *Wie kann er mich nur gesehen haben. Verdammt!*

„Ja, ich will dir drohen", bestätigte Darkas. „Und ich will dir klarmachen, dass nicht du es bist, der hier die Spielregeln bestimmt." Dabei blickte er finster einen nach dem anderen an und fügte hinzu: „Das gilt übrigens für euch alle. Meinst du, ich falle heutzutage noch auf solche Kindereien herein?" *Na, ganz offensichtlich nicht*, dachte Rufus verbittert.

Rufus reckte energisch das Kinn vor, machte einen Schritt nach vorne und stellte sich breitbeinig und mit vor der Brust verschränkten Armen vor Darkas auf.

„Und du, du meinst wohl, dass du mit deinem...", dabei zeigte er auf den Dämon, „unerlaubten Spielzeug unbesiegbar bist?"

Darkas schnaubte verächtlich und nickte unmerklich mit dem Kopf. Der Dämon trat nervös von einem Fuß auf den anderen und stieß einen unartikulierten Laut aus. Unter Rufus und den anderen bebte die Erde, und es fiel ihnen schwer auf den Beinen zu bleiben. *Vielleicht sollte ich Darkas nicht weiter reizen.*

„Rufus, du elender Wurm, was bildest du dir eigentlich ein", donnerte Darkas.

„Jetzt ist die Zeit gekommen mir zu holen, was mir schon immer zugestanden hat."

Und dann... hielt Darkas die Zeit an. Das erschien Rufus geradezu unmöglich. Aber anders ließ sich der Zustand nicht beschreiben. Der Lärm hinter ihnen verstummte schlagartig, und die eben noch miteinander Kämpfenden froren in der ausgeführten Bewegung ein. Kein Hauch, kein Lüftchen regte sich mehr. Nichts! Die Zeit selbst schien den Atem anzuhalten. Einzig für die Druiden, Vobius und Rufus selbst und natürlich Darkas spulte sich die Spirale der Zeit weiter ab. Darkas, der nahe bei der Klippe stand, bewegte sich jetzt auf die kleine Gruppe der Zauberer zu und murmelte dabei ununterbrochen vor sich hin. Die Luft in Rufus Lungen fühlte sich dermaßen unheilschwanger an, dass ihm das Atmen schwer fiel.

Drug Fir hatte bereits die Handflächen nach außen gekehrt und murmelte Beschwörungsformeln vor sich hin. Aber ehe er überhaupt zu Ende bringen konnte, was er angefangen hatte, schossen aus Darkas Fingerspitzen blaue Blitze und schleuderten Druig Fir zu Boden. Mühsam rappelte sich Rufus Schwiegervater wieder auf und ließ nun seinerseits Blitze aus seinen Fingerspitzen schießen. Die anderen Druiden taten es ihm gleich und lenkten ihre Energien gegen den dunklen Herrscher. Eine Weile hielten sie Darkas gemeinsam stand, doch dann erlahmten ihre Kräfte. Diese Art von Widerstand kostete die Druiden noch mehr Energie als das gewöhnliche zaubern. Nur Darkas schien ungeahnte Kraftreserven zu haben. Durch einen einzigen Fingerzeig ließ Darkas einen nach dem anderen in die Lüfte steigen und wilde Loopings drehen. Rufus wurde allein vom Zusehen schlecht. Er musste dringend etwas tun!

Gemeinsam mit Vobius - und mit enormer Anstrengung - schaffte es Rufus, die drei auf den Boden zurück zubringen. Taumelnd fielen die Druiden auf die Knie und blickten sich orientierungslos um.

Hier stießen Kräfte aufeinander von denen Rufus niemals geglaubt hätte, dass es sie wirklich gibt. Er hatte ganz offensichtlich noch viel zu lernen.

Darkas drehte sich einmal im Kreis und verwandelte sich in eine rotglühende Feuerwalze, die sich direkt auf ihn zuwälzte. Drug Fir parierte, indem er sich in eine meterhohe Wassersäule verwandelte und sich schützend vor Rufus stellte. Feuer und Wasser prallten aufeinander und schienen sich einen Augenblick lang unvorstellbarerweise zu vermischen. Als Rufus, der wie gebannt auf die Szene starrte, sich erlaubte einmal zu blinzeln, schwebten Darkas und Serafinas Vater wieder in ihrer eigenen Gestalt kurz über dem Boden. Die Hände wie zum Gebet erhoben, rangen beide um Raum. Und keiner der beiden erkämpfte sich auch nur einen Zentimeter. Rufus, der Drug Fir zu Hilfe eilen wollte, kam nicht einmal einen Schritt weit an die beiden heran. Denn mit einem winzigen Kopfnicken schleuderte Darkas ihn herum und warf ihn zu Boden. Seine Aufmerksamkeit gegenüber dem Druiden ließ dadurch jedoch nicht eine Sekunde nach. Der Dämon, der sich bisher nicht von der Stelle gerührt hatte, stieß wütende, fauchende Laute aus und starrte auf die vergleichsweise winzigen Wesen aus seinen roten Augen herab. Nicht mehr lange, und er würde seinen Einsatz bekommen. Dessen war sich Rufus so sicher, wie sich die Erde um die Sonne drehte. Mit ungläubigem Entsetzen sah Rufus, wie sein Schwiegervater an Boden verlor. Was war das bloß für eine Taktik, die die Druiden da an den Tag oder besser in die Nacht legten!

Rufus konnte, so sehr er sich auch anstrengte, nicht einmal erraten was die Druiden eigentlich bezweckten. Wollten sie Darkas müde machen? Er hoffte es mit aller Inbrunst.

Schon nahm Drug Set den Platz von Serafinas Vater ein - in Gestalt eines mächtigen Drachen. Dem größten Drachen, den Rufus je zu Gesicht bekommen hatte. Ein fataler Fehler! Denn nun kam Bewegung in die riesigen Massen des grünen Dämonen. Mit einer Geschwindigkeit, die Rufus diesem Koloss niemals zugetraut hätte, stürzte er sich auf den Drachen. Jetzt bebte die Erde wirklich: Spalten und Risse taten sich auf, geradeso, als ob die Hölle sich geöffnet hätte. Darkas grinste bösartig und wandte sich den beiden anderen Druiden zu. Die murmelten erneut beschwörende Worte und erhoben sich einige Zentimeter vom Boden, der jetzt immer mehr schwankte. Plötzlich schien die Erde selbst Feuer gefangen zu haben, denn der Fels glühte unter Rufus Füßen. Darkas wich ein wenig zurück, nur um dann mit einer einzigen Handbewegung seine Kontrahenten meterweit zurück zu schleudern. Gerade als er zum vernichtenden Schlag gegen Drug Fir und Drug Hut ausholen wollte, warf Rufus sich dazwischen. Eine magische Wasserwand trennte Darkas von den Druiden und Rufus. Zwar riss Darkas mit einem Kopfnicken Rufus´ Schutzwall nieder, doch reichte dieser Augenblick, um die Druiden wieder auf die Beine und damit ins Spiel zu bringen.

Rufus, der die ganze Zeit die Luft angehalten hatte, atmete schmerzhaft aus und sah zu Drug Set hinüber, der immer noch mit dem Dämon beschäftigt war.

„Nun, habt ihr noch immer nicht genug? Euer Freund da wird nicht lange genug am Leben bleiben, um zu sehen, wie ich euch endgültig vernichte."

Damit öffnete Darkas die Hände und entließ unter hämischem Gelächter Schwärme von glühenden, magischen Fledermäusen, die sich auf die Zauberer stürzten. Vobius hob die Hände gen Himmel und schon lösten sich die Fledermäuse in Luft auf.

„Wenn das alles ist, was du kannst, sind wir schon sehr gespannt was als nächstes kommt", rief Vobius und schleuderte aus beiden Fingerspitzen Kugelblitze gegen Darkas. Der schien auch wirklich getroffen, denn einen winzigen Moment schwankte Darkas, eröffnete dann aber seinerseits ein Blitzfeuer. Das ging unter Rufus staunenden Augen eine ganze Weile hin und her. Woher nahm sein Vater diese Kraft? Diese Kraft, die er dem alten Mann niemals zugetraut hätte.

Darkas Augen glühten inzwischen wie zwei heiße Kohlen und nun ging er dazu über, auch aus seinen Augen Blitze auf die anderen abzuschießen. Aber Vobius stand seinem Gegenüber in nichts nach. Er wehrte jeden Schuss von Darkas mit seinen Handflächen ab, bevor dieser überhaupt nur in seine Nähe kam.

„Ich, ich", stammelte Drug Mer. Gerade war er damit beschäftigt gewesen, gemeinsam mit den Meermenschen, eine riesige Flutwelle entstehen zu lassen, die Darkas verschlingen sollte. Fugan klopfte ihm auf die Schulter, damit er die Jungen endlich ansah.

„Hallo, halloho... Es wird hier gleich mächtig Ärger geben, alter Mann", erklärte Fugan respektlos.

Jetzt war Drug Mer schlagartig aus seiner - wie auch immer gearteten - Trance erwacht. Schnell klärten ihn Kee und Fugan - immer gleichzeitig redend - über die Lage auf.

„Also ist es Darkas irgendwie gelungen, unsere Sicherheitsvorkehrungen zu durchbrechen", stellte der Druide nüchtern fest. *Wie konnte der nur so gelassen bleiben*, dachten die Jungen.

Hoffentlich kommt der alte Knabe bald in die Gänge. Sonst wird es brenzlig, überlegte Fugan entnervt. Der Druide atmete ein paar Mal tief ein und wieder aus. *Wie lange soll das noch dauern, bis der endlich was unternimmt. Die Schiffe sind gleich heran*, sinnierte Kee bekümmert.

Aber da hob Drug Mer, dem Wasser zugewandt, endlich wieder die Hände und murmelte Beschwörungsformeln. Langsam zuerst und kaum sichtbar, kam Bewegung in das sonst ruhige, dunkle Meer. Der Wind nahm wieder zu und peitschte die entstehenden Wellen. Bald bildeten sich wilde Strudel und brachten die großen Boote zum Kentern wie Spielzeugschiffchen.

Kee und Fugan konnten in der Dunkelheit kaum etwas sehen, hörten aber umso besser die Schreie der Dunkelelfen, deren Köpfe, einer nach dem anderen, von der Wasseroberfläche verschwanden. Zuletzt sahen die beiden ungläubig, wie unbeschreiblich große Tentakel das Hauptschiff mit Mann und Maus in die Tiefe rissen. Dann lag das

Meer so glatt und friedlich wie zuvor in der sternenklaren Nacht. Auch der Wind war schlagartig verschwunden, genauso wie Kapitän Mariog und seine Mannschaft. „Geht jetzt wieder hinein", forderte Drug Mer die Jungen mit seiner hohen Fistelstimme auf. „Ich habe noch etwas zu erledigen. Mit euch werde ich später reden!" Fugan und Kee liefen, ohne dass es einer weiteren Aufforderung bedurfte und in Erwartung des bevorstehenden Ärgers, den sie bekommen würden, davon.

Drug Set warf - in Gestalt des riesigen Drachen - in dem Moment den Dämon mit einem einzigen Schlag seines Schwanzes zu Boden, als sich hinter Darkas eine meterhohe Flutwelle erhob und Drachen und Dämon mit sich in die Tiefe riss.
Irritiert sah Darkas sich um. Das war doch nicht möglich. Der Dämon, sein Dämon war verschwunden. Diesen winzigen Vorteil nutzte Drug Hut, um die Schleusen des Himmels zu öffnen: Das Firmament teilte sich geradezu, um einem nie dagewesenen Wirbelsturm Platz zu machen, der von Donner, Blitz und Hagel begleitet wurde. Die Temperatur sank in Bruchteilen von Sekunden - mitten im Sommer - fast auf den Gefrierpunkt.
Rufus konnte sich nicht länger auf den Beinen halten und sah mit klappernden Zähnen und entsetzt weit aufgerissenen Augen, dass es seinem Vater und Schwiegervater nicht besser ging.
„Kommt zu mir", befahl Drug Hut über das Tosen der Elemente hinweg.
„Schnell, nur dann kann ich euch alle schützen."
Rufus kroch langsam, unendlich langsam wie eine Schnecke, am aufgerissenen Boden entlang auf seinen Vater zu. *Das geht viel zu langsam. So schaffen wir es nie.* Dann besann er sich auf seine magischen Fähigkeiten und ließ den erschöpften Vobius sowie auch Serafinas Vater zu sich heranschweben. Das war schwieriger, als gedacht. Denn die von Drug Hut entfesselten Naturgewalten sträubten sich gegen jede weitere Magie. Mit Aufbietung seiner allerletzten Kraftreserven gelang es Rufus schließlich sich selbst und die beiden Väter zu Drug Hut- und damit in Sicherheit zu schaffen. Der Druide murmelte unverständliche, uralte Beschwörungsformeln vor sich hin und langsam, fast im Zeitlupentempo, wie es Rufus schien, wuchs eine Art gläserne Insel um sie herum. Hier herrschte absolute Stille, wie im Auge eines Orkans. Vielleicht war es ja auch so. Was wusste Rufus schon von den Naturgewalten! Der nachtschwarze Himmel hatte eine ungesunde grüne Färbung angenommen und veränderte sich von Sekunde zu Sekunde. Kein Stern war mehr zu sehen. Der gute alte Mond schien sich, erschrocken über die Geschehnisse, verzogen zu haben.
Gleichermaßen entsetzt und erleichtert sah Rufus, wie Darkas - einer Lumpenpuppe gleich - in die Höhe gerissen und von dem Wirbelsturm mitgenommen wurde. Dabei drehte er sich mehrmals um die eigene Achse und wurde immer höher hinauf getragen in den nächtlichen Himmel. Aus Darkas Fingerspitzen schossen die letzten verzweifelten Blitze. Er versuchte mit aller ihm verbliebenen Macht den Fängen des Wirbels zu entkommen. Doch seine Gestalt wurde kleiner und kleiner, bis sie schließlich völlig verschwunden war. Dann schloss sich der Himmel, so abrupt wie er sich geöffnet hatte, wieder und eine kurze, unnatürliche Ruhe senkte sich über die Welt. Die Wärme kehrte zurück und mit ihr auch der Schlachtenlärm. Da Darkas nun nicht mehr hier weilte, war sein Zauber gebrochen und die Erde drehte sich weiter. Unendlich mühsam rappelten

sich die verbliebenen Zauberer auf die Füße und sahen sich um. Alles war wieder so wie vor der magischen Schlacht. Die Wunden der Erde waren geheilt, und hatten sich bereits wieder geschlossen.

„Mein Gott", stöhnte Rufus. „Seid ihr alle in Ordnung?"

„Aye," antwortete Vobius als erster. „Die alten Knochen tun zwar weh und ich fühle mich, als ob ich von einer Eisenbahn überfahren worden bin, aber ansonsten ist alles noch an mir dran."

Rufus nickte erleichtert. Besann sich jedoch auf Drug Set und fragte seinen Schwiegervater: „Haben wir unseren alten Freund verloren?"

Druig Fir lächelte milde. „Das glaube ich kaum. Lass mir einen Moment zum Erholen, dann werden wir ihn suchen."

Damit schien für ihn alles klar zu sein. Nur Rufus blickte verständnislos von einem zum anderen. Gerade, als er etwas erwidern wollte, wurde der alte Druide von einer kleinen Welle über die Klippe gespült. Unsanft landete er auf seinem Allerwertesten und beschwerte sich auch sofort: „Ging das nicht etwas vorsichtiger. Mir tut mein Schwanz, äh Hinterteil immer noch weh."

Rufus grinste dämlich vor sich hin, weil er absolut nicht verstand, was hier vor sich ging.

„Wollen wir Rufus deinen Trick verraten", fragte Drug Hut die anderen lachend.

„Macht, was ihr wollt, solange ich mich nur nicht hinsetzen muss." - „Wo ist übrigens das Heilwasser, alter Freund?", fragte er Rufus Schwiegervater.

Der hatte das Fläschchen schon aus seinem Umhang gezogen und hielt es seinem Mitstreiter hin. Langsam wurde es Rufus zu dumm.

„Was ist nun eigentlich passiert", forderte er zu wissen.

„Na ja", antwortete Drug Set, „als die Meermenschen mir zu Hilfe kamen und wir - also dieses Ding und ich - ins Wasser stürzten, habe ich mich in den größten Wal, den es je auf diesem Planeten gegeben hat, verwandelt. Ich riss mein riesiges Maul auf und habe den Dämon einfach verschluckt. Das war ein Gefühl, als ob du zu viele Eier gegessen hättest, mein Lieber. Das kann ich dir sagen."

Rufus musste unweigerlich lachen und irgendwie konnte er nicht mehr damit aufhören, bis Drug Fir in sanft schüttelte.

„Tschuldigung", murmelte Rufus verlegen. „Muss wohl an der Erleichterung liegen." Dann bat er den Druiden fortzufahren.

„Nun ja. Irgendwann wurde es mir zu bunt und ich spie den Dämon, wie ungenießbares Plankton, wieder aus. Jetzt wird er von den Meermenschen gebannt und wartet darauf, dass wir ihn gemeinsam dahin zurück schicken, wo er hergekommen ist."

„Aha", antworte Rufus stupide. Er selbst fühlte sich mehr tot als lebendig, doch die Druiden schienen sich besser zu erholen als er selbst.

„Dann mal ans Werk!", gebot Drug Hut und sprang als erster über die Klippe ins Wasser. Ehe Rufus aus seiner Starre erwacht war und nur ein Wort erwidern konnte, waren bereits alle Druiden im Wasser. Nur Vobius stand noch neben ihm und klopfte seinem Sohn auf die Schulter.

„Dann lass uns beide versuchen, die Waagschale des Schicksals ein bisschen zu unseren Gunsten zu beeinflussen. Der Kampf sollte schnell beendet werden, damit wir nicht noch mehr gute Leute verlieren, als nötig ist."

Gemeinsam wandten Vater und Sohn sich der immer noch tobenden Schlacht zu und waren nicht schlecht erstaunt, unter den Kämpfenden Serafina und Karula zu entdecken. Die beiden zauberten was das Zeug hielt und hatten schon ganz gut aufgeräumt. Zwar kämpften die Lichtelfen immer noch gegen eine unglaubliche Übermacht, aber Owain, in Gestalt eines riesigen Bären, tat sein Bestes, die Dunkelelfen zu dezimieren.

Der Morgen dämmerte bereits und zeigte eine schamhafte Röte, als auch die letzten Dunkelelfen in die Flucht geschlagen waren. Erschöpft, müde bis zum Umfallen, aber überaus glücklich machten sich die Überlebenden der großen Schlacht zurück in ihr Lager.

Serafina ließ sich, während sie nebeneinander her ritten von Rufus jede Einzelheit über die Konfrontation mit Darkas berichten und unterbrach ihren Mann immer wieder, weil sie einfach nicht glauben konnte, was sie da von Rufus hörte. Karula saß traurig vor Owain im Sattel, weil ihre eigene Stute ihr Leben gelassen hatte. Die Stimmung war allgemein - trotz des Sieges - eher gedrückt, weil sie viele Verluste zu beklagen hatten. Viele, viel zu viele tapfere Krieger und Pferde hatten sie verloren. Vobius und Rufus hatten mittels eines Zauberspruches die Toten bereits auf die Tir nan Ogg geschafft, wo sie für ihr Begräbnis im Meer vorbereitet wurden. Später würde es eine Trauerfeier auf der Insel geben und alle gemeinsam der Opfer gedenken.

Zurück in ihrem Lager am Einhornwald, waren die Druiden bereits an dem großen Lagerfeuer versammelt, das ununterbrochen in Gang gehalten wurde. Immer mehr Elfen gesellten sich dazu, um zu erfahren, wer gefallen war und wer nicht. Viele Elfenfrauen weinten an diesem Morgen um ihre Liebsten. Einzig der Gedanke, dass Darkas geschlagen war, bot ihnen Trost. Außerdem glaubten die Elfen an ein Land, in dem sie sich alle nach ihrem Jahrhunderte währenden Leben versammeln würden. Und warum auch nicht. Aus Sicht der Elfen vergeudete die Natur rein gar nichts. Alles wurde immer wieder neu aufbereitet, um dann in neuer Form wiedergeboren zu werden.

Man saß still beisammen und aß gemeinsam das, was Serafina und Karula aus ihren Fingerspitzen gezaubert hatten und trank starkes Elfenbier. Nur Boral war immer noch nicht zurück. Seit die Schlacht beendet war, hatte ihn niemand mehr gesehen. Gerade als Rufus sich nach ihm erkundigen wollte, kam er erhobenen Hauptes ins Lager marschiert. Gefolgt von einer Gruppe Lichtelfen, die sich mühevoll den Weg entlang plagte.

„Ich dachte, ihr wollt eure Gefangenen zurück", platzte der kleine König ins Lager. Durch Borals Erscheinen kam wieder Bewegung in die Lagerinsassen. Die Freude war, trotz aller Trauer, groß, dass langvermisste Freunde von Boral befreit worden waren. Während Drug Fir sich um die vielen Verletzungen der Elfen kümmerte, brachten fleißige Helfer Essen und Getränke für ihre Gefährten. Der Zwergenkönig ließ sich umständlich am Feuer neben Serafina und Rufus nieder.

„Du bist ja verletzt", stellte Serafina erschrocken fest. Boral besah sich seinen Arm, der auf Kürbisgröße angeschwollen war.

„Ach was, das ist nur ein Kratzer." Serafina war da völlig anderer Meinung.

„Das ist eine ausgewachsene Stichverletzung! Und dazu auch noch entzündet. Soll mein Vater deine Wunde ansehen oder möchtest du, dass ich dich versorge?"

Boral brummte Unverständliches vor sich hin. Serafina wertete das als Bestätigung und zog ein Fläschchen Heilwasser aus ihrer Weste hervor. Dann nahm sie ihren Dolch, schnitt dem Zwergenkönig vorsichtig den Ärmel seines Hemdes auf und fuhr erschrocken zurück. In Borals Arm steckte immer noch eine Pfeilspitze. Das erklärte auch das wenige Blut auf seinem Gewand. Boral drehte den Kopf und besah die Pfeilspitze achselzuckend. Ganz großer Krieger und nach dem Motto: Was soll`s!

„Mein König, das könnte jetzt ein bisschen weh tun. Ich werde zuerst ein wenig Heilwasser über die Wunde gießen. Das sollte den Arm betäuben. Am besten, du trinkst auch einen Schluck davon."

„Nein, gib mir lieber einen kräftigen Schluck von Selenas Selbstgebrannten", widersetzte sich Boral. - „Wie du willst. Ich muss jetzt die Pfeilspitze entfernen. Und dann sehen wir weiter." Die Wunde war tief, sehr tief und durch die Schwellung musste Serafina kräftig ziehen, um die Eisenspitze zu entfernen. Boral gab, einem tapferen Krieger angemessen, keinen Laut von sich.

„So, das hätten wir", sagte Serafina fröhlich. In Wahrheit war sie froh, die Spitze überhaupt entfernt zu haben. Dann gab sie Heilwasser in die nun stark blutende Wunde und Sekunden später war alles verheilt. Boral brummte so etwas wie einen Dank vor sich hin und brach in dröhnendes Gelächter aus, als er neben sich blickte.

Ugar lag reglos neben ihm am Boden und kam erst durch eine Ladung Wasser - mitten ins Gesicht - wieder zu sich.

„Äh, äh, Herr - sind wir tot?" - „Nein, du Idiot. Du bist nur eben ohnmächtig geworden, als Serafina meinen Arm behandelt hat!" Ugar stieg die Schamesröte bis unter die Haarwurzeln ins Gesicht. Was sollte er nur sagen!

Am besten nichts! Nur weg hier, dachte der arme Tolpatsch. Aber wie das Unglück, von dem Ugar ständig verfolgt zu werden schien, es so wollte, verhedderte sich sein langer Bart in einem brennenden Stück Feuerholz, neben dem er gelegen hatte. Nun ging der arme Ugar zu allem Überfluss auch noch in Flammen auf. Ehe irgendjemand ihm auch nur zu Hilfe kommen konnte, war sein Bart bis auf wenige Stoppeln verbrannt.

Boral warf sich auf den Boden und schien sich vor Lachen einfach nicht mehr in den Griff zu bekommen. „Du bist doch wirklich der größte Trottel im Universum", grölte er. „Ha, ha, ha!"

Ugar tastete, dort wo früher sein ganzer Stolz gewesen, in seinem Gesicht herum. Doch da war nichts mehr!

Jeder, der den Vorfall mitbekommen und sich gerade einigermaßen beruhigt hatte, brach in neue Lachsalven aus, als Serafina trocken bemerkte: „Sieh es doch einfach von der positiven Seite, du brauchst dich nun nicht mehr über die lästigen Flöhe zu ärgern!" Dann brach auch sie in erneutes Gekicher aus. Aber das bekam Ugar schon nicht mehr mit: Über seine eigenen, ungeschickten Füße stolpernd, rannte er in den Wald.

Unvermittelt und scheinbar aus dem Nichts tauchte Shagala mit ihrem Gefolge auf. Glückstrahlend erzählte sie davon, dass sie ihren kleinen Prinzen - dank Boral und ein paar tapferen Feen - wieder hatte. Sie umflatterte Boral und tauschte mit ihm Unverständliches aus.

Serafina und Rufus, die sich von den beiden zurück gezogen hatten sahen nur, dass Boral hin und wieder heftig nickte. Gut, waren die diplomatischen Beziehungen zwischen Zwergen und Feen wieder hergestellt!

Als die Sonne sich in voller Pracht präsentierte und ihre wärmenden Strahlen auf die erschöpfte Gruppe der Überlebenden fallen ließ, stimmten die Elfen ein Klagelied für ihre Toten an. Sie standen ordentlich in Reih und Glied, wie Teller in einem Küchenregal und hatten die Gesichter der Sonne zugewandt. Die Feen schwirrten, Sternenstaub gleich, über den Köpfen der Elfen und stimmten mit ein. Als das Lied verklungen war, legten sich alle für wenige Stunden zur Ruhe, um dann als Sieger nach Hause zurück zu kehren. Es war ein weiter Weg nach Hause und ein bisschen Erholung brauchten alle.

Als Serafina nach kaum fünf Stunden Ruhe aus ihrer Schlafhöhle torkelte, waren alle anderen bereits auf den Beinen. Viele der Lichtelfen waren schon in ihre Heimat aufgebrochen. Einzig die Lichtelfen, die auf der Tirn nan Ogg lebten, warteten ungeduldig auf den Aufbruch.

„Habe ich wirklich so lange geschlafen", fragte Serafina ungläubig und strich sich ihre wilden Locken aus dem Gesicht.

„Nein, Schatz. Du doch nicht", spottete Rufus und fing sich gleich einen Schubs in die Seite von seiner Frau ein. - „Alles ist abmarschbereit. Möchtest du noch etwas frühstücken?"

„Aye, nur Kaffee." Mehr brachte sie jetzt noch nicht herunter. Serafina sah sich im Lager um: Alles war schon aufgeräumt, die Feurstellen gelöscht und selbst die Drachen waren bereits fort. Dann wurden die Pferde geholt. Das kann doch nicht wahr sein, dachte Serafina und schon strafte sie die Wirklichkeit Lügen. Hinter Kassiopeia sprang ein Fohlen auf wackligen Beinen her, dass seiner Mutter aufs Haar glich.

„Na, gefällt dir der Kleine", wieherte die Stute stolz und warf den Kopf zurück.

Serafina unarmte den muskulösen Hals ihres Pferdes und tätschelte dem Fohlen den Kopf. - „Und ob. Der sieht ja genauso so wunderbar aus wie du. Glückwunsch, meine Süße." Serafina runzelte die Stirn. „Meinst du, er schafft den weiten Weg nach Hause? Meinst du, du schaffst den Weg nach Hause? Sonst bleibe ich mit dir hier und warte, bis dein Babyhengst etwas besser auf den Beinen ist."

Kassiopeia lachte wiehernd.

„Er ist mein Sohn, oder? Also wird er den Weg auch schaffen. Und ich..."

Das Pferd schüttelte den Kopf und lachte wiehernd wie nur ein freies Pferd lachen kann. Dann schubste sie das Fohlen sanft mit der Nase an, um ihm die Richtung vorzugeben.

Boral, der die Nacht ebenfalls hier verbracht hatte, räusperte sich laut, um auf sich aufmerksam zu machen.

„Die Zeit des Abschieds scheint gekommen. Es war mir eine Ehre mit euch zu kämpfen und... ich täte es jederzeit wieder." Dann sah er Rufus durchdringend an.

„Und du Rufus, vergiss dein Versprechen nicht!" - „Wie könnte ich, Euer Majestät."

Rufus verbeugte sich leicht und fuhr dann fort: „Auch mir war es eine Ehre. Ich danke euch im Namen aller, die die Freiheit lieben."

Dann wandte sich Boral der Feenkönigin zu.

„Auch dir danke ich und hoffe, dass unsere Beziehungen fortan wieder freundschaftlicher Natur sind." Shagala lächelte, machte einen Knicks und sagte: „So sei es. Leb wohl, mein Freund."

Wie um Boral von allen früheren Anschuldigungen rein zu waschen, brach ein Einhorn durch den Wald, starrte die Gruppe an und schien Boral direkt ins Gesicht zu lächeln. Serafina hielt den Atem an. Und nicht nur Serafina. Bisher hatte sie noch niemals eines dieser wunderbaren Tiere zu Gesicht bekommen. Das ist eine schöne Belohnung, dachte sie bei sich. Als sie das nächste Mal in Richtung des Einhorn sah, war dies bereits wieder verschwunden.

Das brachte sie in die Realität zurück. Benommen schüttelte sie den Kopf und wand sich ihren Schwiegereltern zu. Die waren damit beschäftigt mit Rufus zu diskutieren, ob sie nach Hause oder mit auf die Insel gehen sollten.

„Ich bitte euch", mischte Serafina sich ein, „natürlich kommt ihr mit uns. Die Kinder rechnen fest mit euch."

Das stimmte die beiden alten Leute endgültig um. Und ein paar Tage Ferien konnten nach den jüngsten Ereignissen wirklich nicht schaden.

Dann materialisierten sich Brringh, Rringh und Llingh. „Es ist Zeit für uns *Leb wohl* zu sagen", erhob Brringh ihr dünnes Stimmchen. Irgendwie schien es ihr peinlich zu sein, denn sie flatterte unaufhörlich auf und ab.

„Wir dürfen wieder in den Feenhügel zurück, weil wir Shumo gefunden haben", fuhr Brringh fort. Sie räusperte sich ein paar Mal und sagte dann: „Das würden wir auch wirklich gerne tun. So schön, wie es bei euch war. Aber ...dort sind wir zu Hause."

Ihre Geschwister nickten zustimmend.

„Nun, dagegen gibt es ja wohl nicht einzuwenden", sagte Rufus.

Rringh schwirrte dichter an Rufus heran. „Werden es die Zwillinge verstehen?"

„Wir werden es ihnen schon erklären", mischte Serafina sich ein. „Geht und passt gut auf euch auf. Hört ihr. Vielleicht sehen wir uns eines Tages wieder. Oder ihr besucht uns einmal im Menschenreich."

„Wer weiß", hörten sie die zarten Stimmen ein letztes Mal. Und dann waren die drei Feen verschwunden.

Bevor sie sich auf den Weg machten, holte Serafina noch einmal die Kugel aus ihrem Umhang, um sich mit ihrer Mutter in Verbindung zu setzen und ihre Ankunft anzukündigen. Allerdings wusste ihre Mutter längst über alles Bescheid. Umgekehrt wusste Serafina allerdings nichts über das, was ihre Kinder erlebt hatten.

Amy und Kee warteten voller Ungeduld auf die Rückkehr ihrer Eltern. Glücklicherweise war der Burgarrest von Heronia aufgehoben worden und die Zwillinge rannten zwischen Burgtor und ihrer Terrasse hin und her. Stella saß mit ihrer Großmutter in der Küche und wiederholte deren Menüvorschläge, wie ein Papagei. Heute sollte ein großes Festessen für alle Heimkehrer und Burgbewohner stattfinden. Der große Rittersaal war mit Hilfe von Amy, Kee und Stella festlich geschmückt und wartete nur darauf die vielen Leute aufzunehmen.

Der Abend dämmerte bereits, als Amy wie ein Lauffeuer in die Küche gestürmt kam, Heronia mit ihrem Geschrei unterbrach und eine Schüssel vom Tisch riss. „Sie kommen, sie kommen!" Stella hopste vom Schoß ihrer Großmutter und rannte so schnell sie ihre kurzen Beine trugen in den Hof hinaus. Alle rannten hinaus in den Hof, ließen alles stehen und liegen, um die Reiter zu begrüßen. Das Burgtor stand sperrangelweit offen und ließ die Bewohner der Tir nan Ogg passieren. Mehr und mehr erfüllte das Hufgetrappel den Hof. Und die lange Schlange der Heimkehrer nahm kein Ende. Eng zusammengedrängt ritten immer mehr Elfen in den Hof ein, bis kein freier Platz mehr übrig war.

Serafina konnte in dem Gedränge ihre Kinder nicht ausmachen und ihre Blicke suchten den überfüllten Burghof ab. Überall fielen sich Leute in die Arme, Pferde schnaubten und Tränen wurden vergossen.

„Mami", tönte es plötzlich von oben. Serafina warf den Kopf in den Nacken. Über ihr schwebten - auf ihren Besen - die beiden älteren Kinder. Vor Amy saß Stella und winkte überschwänglich. „Hallo, meine Süßen", rief Serafina fröhlich.

„Wie ich sehe, habt ihr Fortschritte gemacht. Ich muss mir nur Platz schaffen, um von Kasiopeia zu steigen. Dann komme ich zu euch."

Das war gar nicht so einfach. Immer noch drängten sich Pferde und Reiter dicht an dicht. Die Freude über den Sieg war unbeschreiblich. Dann endlich griffen helfende Hände zu und führten die Reittiere fort. Als sich der Tumult etwas gelegt hatte, gelang es auch Serafina vom Pferd zu steigen. Endlich konnte sie ihre Kinder in die Arme schließen. Stella plapperte ununterbrochen und auch die Zwillinge redeten durcheinander auf sie ein. Selbst Rufus hatte es geschafft, sich einen Weg zu seiner Familie zu bahnen, durch die vielen Hände, die er schütteln musste. Endlich waren sie wieder vereint!

„Ich bin sehr stolz auf dich", sagte Heronia, die sich zu Serafina durchgekämpft hatte, „und auf dich auch Karula."

Karula hatte sich inzwischen zu den anderen gesellt und zog Owain hinter sich her.

„Es war einfach schrecklich. Aber jetzt ist es - Gott sei Dank - vorbei", antwortete Karula.

„Kommt, lasst uns hinein gehen. Ihr wollt euch sicher baden und erfrischen," schlug Heronia vor.

„Wo steckt eigentlich **mein** Mann", fiel ihr dann ein. Suchend sah sie sich in dem Durcheinander um. „Geht ihr schon vor. Ich komme dann nach."

„Aye, Mami, komm! Wir machen dir ein schönes Bad und du erzählst uns, während du in der Wanne liegst, alles."

Plötzlich wandte sich Amy noch einmal um, denn sie hatte Vobius und Selena entdeckt und rannte ihnen entgegen. „Ihr seid mitgekommen! Das ist ja Wahnsinn!"

„Ja Kind. Ohne euch ist es uns zu langweilig. Wir bleiben ein paar Tage hier. Aber nun geht, eure Mutter braucht dringend ein neues...", Selena rang sichtlich nach Worten. Dann fiel es ihr ein: „Outfit, richtig?" Amy lachte. Diese Worte aus dem Mund ihrer Großmutter!

Damit zog Amy ihre Mutter ins Innere der Burg. Serafina umarmte ihre Schwester und trennte sich dann von ihr. „Wir sehen uns später. Und zieh dir mal etwas vernünftiges an. Du siehst ja aus, als kämst du direkt von einem Schlachtfeld."

Karula lachte und winkte ab.

Rufus trottete mit Stella auf dem Arm hinter den anderen her. Er freute sich maßlos auf ein heißes, entspannendes Bad und ein kühles Getränk. Die viele Zeit, die er im Sattel verbracht hatte forderte ihren Tribut.

Die Kinder hatten einen Imbiss für ihre Eltern vorbereitet. Voller Genuss stopfte Serafina Obst und Käse in sich hinein, während Rufus der goldenen Badewanne bereits Befehle erteilte.

Gemeinsam ließen sie sich in das heiße Wasser sinken und forderten ihre drei Kinder auf am Rand Platz zunehmen. Dann wurden sie mit Fragen geradezu bombardiert.

„Wo sind unsere Feen", war Amys erste Frage. „Und wo ist Archie?"

„Der bringt die Feen zu ihrem Hügel zurück und müsste eigentlich auch bald hier eintreffen", erzählte Rufus.

„Sie hatten nicht genug Schmetterlinge, auf denen alle nach Hause fliegen konnten."

Jetzt wurde es schwierig. „Und stellt euch vor, eure Feen haben Shumo befreit und durften zurück kehren. Ist das nicht toll?"

In den Augen der Kinder war das nicht so toll, weil sie die drei Plagegeister furchtbar vermissen würden. Aber mit Rufus´ Zusage, dass die Feen sie bestimmt einmal besuchen würden, gaben sich die Zwillinge zufrieden.

„Und Darkas ist wirklich in dem Wirbelsturm verschwunden", fragte Amy ungläubig.

„Es sah jedenfalls so aus", beantwortete Rufus die Frage. - „Und der Dämon?"

„Da fragst du am besten deinen Großvater", sagte Rufus. - „Was is ein Eihorn", wollte Stella wissen. - „Etwas Wunderschönes und Seltenes," sagte Serafina und ein seliges Entzücken machte sich auf ihren Zügen breit.

„Es hat mich angesehen und mein Innerstes berührt. Danach war ich irgendwie wieder heil. Wenn du verstehst, was ich meine." Stella und auch die Zwillinge sahen sie mit offenen Mündern an.

„Was rede ich da. Wie könnt ihr das verstehen, wo ich es selbst nicht verstehe."

Serafina schüttelte entschieden den Kopf. „Nein, stellt euch ein Einhorn wie ein weißes Pferd vor. Nur dass es ein Horn auf der Stirn hat, das glänzt wie eine Lanze in der Mittagssonne."

„Kann Eihorn prechen, wie Serfino", bohrte Stella weiter. Sie konnte sich immer noch nichts besonderes unter einem Einhorn vorstellen.

„Das weiß ich nicht, Mäuschen", entgegnete Serafina wahrheitsgemäß. Wie sollte sie darauf auch antworten können. Dazu war der zauberhafte Moment, der ihr vergönnt gewesen war, viel zu kurz gewesen.

„Wir müssen euch auch noch etwas gestehen", druckste Kee herum. „Ich meine, bevor ihr es von jemand anderem erfahrt."

Hellhörig geworden, richtete sich Rufus auf und sagte: „Dann mal raus mit der Sprache, mein Sohn. So schlimm wird es schon nicht gewesen sein."

Doch es war schlimm gewesen. Die Zwillinge erzählten abwechselnd, dem anderen ständig ins Wort fallend, ihre Geschichte des unerlaubten Ausfluges an den Strand. Und wie Kee Drug Mer aus seiner Trance geholt hatte und damit vielleicht die Insel gerettet hatte. Er fing schon wieder an sich als den großen Helden zu sehen. Um jeglichem Ärger vorzubeugen schloss Kee: „Drug Mer hat sich übrigens bei uns bedankt. Hätten Fugan und ich ihn nicht aufgeweckt, wäre vielleicht sonst was passiert."

Jetzt wartete er demütig auf die Reaktion seiner Eltern.

„Eigentlich müssten wir euch richtig bestrafen, und Fugan dazu, weil ihr euch unseren Anordnungen widersetzt und euch unnötig in Gefahr gebracht habt", überlegte Rufus. Dann sah er seine Frau an, die ihm bestätigend zunickte. Daher fuhr er fort: „Aber in Anbetracht dessen, dass ihr die Insel vor einem Überfall bewahrt habt, werden wir dieses eine Mal von einer Strafe absehen. Gratuliere, ihr beiden Helden!"

Die Kinder atmeten erleichtert auf. Amy wollte unbedingt noch wissen wie die Rüstungen funktionierten, die sich selbständig gemacht hatten.

„Magie, mein Schatz, wie alles hier", erwiderte Serafina. Amy sah sie argwöhnisch an. Doch musste sie sich mit dieser Erklärung wohl oder übel zufrieden geben. Gewisse Dinge ließen sich offenbar nicht wirklich erklären.

Am liebsten hätten Rufus und Serafina noch ein paar Stunden in der Wanne verbracht, um ihre eigenen Gedanken zu ordnen und ihre verspannten Muskeln zu lockern. Bisher waren sie nicht dazu gekommen die Geschehnisse vor ihrem geistigen Augen Revue passieren zu lassen. Serafina hätte zu gerne mit Rufus über Kruellaghs Tod gesprochen. Sie hatte sich so sehr nach ein paar tröstenden Worten gesehnt, aber bisher hatte sich keine Gelegenheit für ein Gespräch unter vier Augen ergeben.

Dazu waren die Ereignisse einfach zu schnell über sie hereingebrochen, wie ein Gewitter über einen Sommertag.

Jetzt war es Zeit für das große Bankett. Wäre sie jetzt daheim in Schottland, würde sie sich mit Rufus einen gemütlichen Abend, im Jogginganzug, vor dem Kamin machen. Aber hier war das völlig undenkbar. Unwillig verließ Serafina als letzte die gemütliche Wärme des Wassers und kleidete sich mit einem Fingerschnipp an. Ihr Haar, das ihr in nassen Strähnen über die Schulter hing ordnete sie auf die gleiche Weise.

Als Rufus durch die Tür schritt, pfiff er anerkennend durch die Zähne.

„Du siehst bezaubernd aus." Darauf musste er über die Zweideutigkeit seiner eigenen Worte grinsen. - „Was ist", grinste Serafina zurück.

„Nichts. Wirklich nichts. Du siehst einfach nur toll aus. Und die Strapazen der letzten Woche sieht dir keiner mehr an." - „ Aye, danke. Lass uns runtergehen."

Serafina warf den Kopf in den Nacken, hakte sich bei ihrem Mann ein, der ihr im Aussehen um nichts nachstand, und befahl sich selbst den Abend zu genießen.

Die drei Kinder dackelten wie die Hündchen schweigend hinter ihren Eltern her. Der Saal war bereits berstend voll und schien heute noch größer als gewöhnlich. Die Dekoration war umwerfend: Von der meterhohen Decke stürzten Wasserfälle an den Wänden herab, ohne jedoch die geringste Feuchtigkeit zu verbreiten. Vögel und Bienen summten unter der Hallendecke und festigten die Illusion eines Sommertages in freier Natur.

„Das haben wir uns ausgedacht" flüsterte Amy ihrer Mutter ins Ohr.

„Wunderschön!", flüsterte Serafina zurück. Bevor sie jedoch noch etwas sagen konnte, winkte Drug Fir sie zu sich heran.

„Da seid ihr ja endlich. Habt ihr das Zaubern verlernt oder warum habt ihr so lange gebraucht?"

Drug Fir bat alle Anwesenden sich zu setzen. Dann folgten die üblichen Lobesreden auf die tapferen Krieger. Später würden sie am Strand der Toten gedenken und diese in einer feierlichen Zeremonie dem Meer übergeben. Auch Rufus, Serafina, Karula, Heronia, Selena und Vobius blieben nicht unerwähnt.

„Ach was. Soviel haben wir nun wieder nicht getan", unterbrach Selena entgegen ihrer sonstigen Art bescheiden.

„Aber genug, um die Operation zum Sieg zu bringen", beharrte Drug Fir.

Auch Drug Mer erhob sich und erzählte allen Anwesenden, was Amy, Kee und Fugan, indem sie sich über die Anordnungen hinweggesetzt hatten (natürlich musste er das erwähnen), für die Insel getan hatten. Auch hier gab es, wie erwartet, reichlich Applaus. Etwas leiser flüsterte Drug Mer Fugan zu, dass er sich ja nicht noch einmal einfallen lassen sollte, etwas von dem Heilwasser zur Pickelbehandlung zu entwenden. *Wie konnte der alte Kerl das bloß wissen? Sei`s drum - jetzt wurde gefeiert!* Fugan grinste seine Gefährten verschwörerisch an und reckte den beiden den erhoben Daumen zu. Amy tat es ihm nach und dachte: *Verrückter Kerl, unser Onkel!*

Dann wurde gegessen und die Gespräche reduzierten sich auf leises Gemurmel.

Nach dem Essen berichteten die Druiden, wie sie Darkas Dämon mit Hilfe der Meermenschen in seine Dimension zurück geschickt hatten. Zumindest hofften sie das. Denn es war immer eine gefährliche Sache mit den Dimensionen zu jonglieren.

Als die Nacht schon weit fortgeschritten war, wurde es Zeit zum Strand hinunter zu gehen und die Toten zu bestatten. „Oh", sagte Stella, „wieder badi mit Marikus."

„Nein Schatz, heute nicht", klärte Serafina ihre Tochter auf. „Weißt du, wir sind alle ziemlich traurig, weil wir viele Freunde im Kampf verloren haben. Jetzt schicken wir sie heim."

Stella, die in ihrem jungen Leben nicht viel von Tod und Sterben wusste, verstand natürlich überhaupt nicht worum es ging. Aber sie merkte an der allgemein gedrückten Stimmung, dass es heute Nacht wohl kein fröhliches Bad mit den Meermenschen geben würde. Also nickte sie nur zustimmend.

Wieder einmal zogen die Burgbewohner in einer nicht enden wollenden Prozession zum Strand hinab. Die vielen Fackeln erhellten die mondbeschienene Nacht und die Sterne sahen stumm, wie die Elfen ein Klagelied anstimmten. Die Körper der vielen Toten waren in Tücher gehüllt am Strand aufgebahrt und warteten darauf, dem Wasser übergeben zu werden.

Kaum waren die letzten Töne verklungen, wurden die leblosen Körper in die Höhe gehoben und ins Wasser getragen, wo die Meermenschen bereits warteten, um die toten Elfenkrieger entgegen zu nehmen.

Als die Wasseroberfläche nichts als den Mond und die Sterne wiederspiegelte, verneigten sich die Druiden noch einmal und kehrten dann zur Burg zurück. Nach einer kleinen Weile verließen auch alle anderen den Strand und machten sich auf den Weg zurück. Niemand sprach auch nur ein Wort.

Amy wurde am nächsten Morgen durch die ersten Sonnenstrahlen, die sie im Gesicht kitzelten wie eine kleine Feder, geweckt. Schlaftrunken sah sie sich nach ihrem Bruder um, der noch im Reich der Träume weilte. Dabei fiel ihr Blick auf Archie, der vor Kees Bett lag und ein Auge öffnete. Schnell sprang Amy aus dem Bett und warf sich zu ihrem Hund auf den Boden. „Ein Glück, du bist zurück. Ich habe die halbe Nacht auf dich gewartet. Bin dann aber wohl doch eingeschlafen." Archie strampelte sich aus Amys Umarmung frei und leckte ihr mit seiner glatten Zunge kurz über das Gesicht.

„Ist ja gut. Deshalb brauchst du mich nicht gleich zu erwürgen. Lass mich noch eine Runde schlafen."
„Aye, verstehe," flüsterte Amy und verließ auf Zehenspitzen das Zimmer, um ihren Bruder nicht zu wecken. Leise schlich sie zu Stella.
„Bin wach", begrüßte sie die Kleine. - „Schon lange", knurrte der Kater. „Seit Stunden muss ich mir Geschichten anhören und sieh mich an." Amy brach in schallendes Gelächter aus und hielt sich gleich darauf erschrocken die Hand vor den Mund. Ihre Eltern schliefen bestimmt noch. Shirkhy trug ein Puppenkleid und einen Strohhut auf dem Kopf und... sah zum Totlachen aus. - „Stella, was soll denn der Unsinn", schimpfte sie.
„Hab dezaubert. War nich müde." Amy schnippte mit den Fingern und befreite den armen Kater von seiner Verkleidung.
„Danke sehr", stöhnte Shirkhy auf und verdrehte die Augen.
„Aye, wenn wir beide wach sind", sagte Amy zu Stella, „können wir genauso gut runter in die Küche gehen und mal sehen, ob schon jemand da ist."
Schnell zog sie ihrer kleinen Schwester kurze Hosen und ein Hemd an und nahm sie auf den Arm. Als sie am Schlafzimmer ihrer Eltern vorbei schlichen, legte sie einen Finger auf die Lippen, um Stella damit zu bedeuten auch ja die Klappe zu halten. Stella streckte ihr die rosa Zunge entgegen.
Die Burg wirkte heute Morgen wie ausgestorben. Auf ihrem Weg nach unten begegneten die beiden keiner Seele. Selbst die Marktbuden waren noch nicht aufgebaut. Offenbar schliefen heute alle länger als gewöhnlich. Nach den letzten Ereignissen war das auch durchaus verständlich.
In der Küche trafen die Mädchen auf Frina und Grin, die bei einer Tasse Tee an einem Holztisch saßen und sich leise unterhielten. - „Fina, da bis du ja", rief Stella und lief zu der alten Elfin. - „Aye, ihr nicht könnt schlafen mehr", wunderte sich Frina.
Amy schüttelte den Kopf und ließ sich auf einem Stuhl nieder. Stella saß natürlich schon wieder auf Frinas Schoß und zupfte an ihren grauen Haaren.
„Möchtet etwas essen ihr", fragte Grin. - „Warum nicht", antwortete Amy. „Was gibt es denn Schönes?" - „Alles, ihr wollt", lachte Grin. „Könnt zaubern doch."
Amy schnippte mit den Fingern und ließ ein bisschen Obst und Saft für Stella erscheinen. Sie hatte eigentlich keinen rechten Hunger, wusste aber sonst auch nichts anzufangen, da alle anderen noch schliefen. Amy ließ sich von Frina noch einmal erzählen, was auf dem Schlachtfeld alles geschehen war. Sie wusste inzwischen zwar einiges, aber noch längst nicht alles. Sie hörte gespannt, was ihre Mutter sich gewagt hatte, und war mehr als erstaunt über Serafinas Mut.
Nachdem sie eine Weile beieinander gesessen hatten, kehrte das Leben auf die Burg zurück. Immer mehr Elfen ließen sich kurz blicken, um einen guten Morgen zu wünschen und sich dann an ihr Tagewerk zu machen. Alle wirkten fröhlich und ausgeruht. Die Trauer ist offenbar vorbei, dachte Amy. Aber was wusste sie schon über die Sitten und Gebräuche der Elfen.
Endlich erschienen auch Rufus und Serafina. „Seid ihr aus dem Bett gefallen", staunte Rufus. - „Aye, so ungefähr", sagte Amy. „ Was machen wir heute, Daddy?"
„Mal sehen, was im Angebot ist: Strandtag, reiten, fliegen."
„Aye, Strandtag", beschlossen Stella und Amy gleichzeitig.

„Ja, badi mit Marikus", fügte Stella eifrig hinzu. - „Recht habt ihr", stimmte Rufus zu. „Das ist ein schöner Abschluss für unsere sogenannten Ferien hier."

Kee war aufgetaucht und verzog ungläubig das Gesicht. „Was? Wir müssen schon wieder zurück. Wir sind doch noch gar nicht lange hier." Serafina lächelte milde in die Runde. „Hier vergeht die Zeit anders. Das haben wir euch schon gesagt. Im Menschenreich sind die Ferien fast vorbei. Ich würde gerne noch bleiben, das könnt ihr mir glauben."

„Aber wenn Tante Karula heiratet, kommen wir doch wieder, oder Mama?", wollte Amy wissen.

„Soll das ein Scherz sein? Natürlich! Dieses Ereignis lassen wir uns doch nicht entgehen." - „Was lasst ihr euch nicht entgehen", fragte Karula, die eben in der Tür erschienen war. - „Deine Hochzeit", riefen alle Witherspoones.

Dann machten sich alle auf zum Strand. Auf dem Weg dorthin sorgte ein jeder - durch ein winzig kleines Fingerschnippen - für die passende Strandbekleidung. Viele Elfen standen in kleinen Gruppen beieinander und diskutierten lautstark über die jüngsten Ereignisse. Die Sonne brannte vom Himmel, wie zur Bestätigung, dass die Welt sich ohne Darkas schöner als zuvor weiter drehte. Das Meer war herrlich warm und die Meermenschen planschten ein letztes Mal mit den Kindern. Sogar Ian und Owain waren zu ihnen gestoßen. Die Männer unterhielten sich im Schatten der Eichen angeregt über den zurück liegenden Kampf. Bei den Frauen, die in der prallen Sonne lagen, um den letztmöglichen Bräunungsgrad aus ihr herauszukitzeln, war es nicht anders. Heronia ließ sich von ihren Töchtern jede noch so unbedeutende Kleinigkeit erzählen. Serafina, die das Ganze schnellstmöglich vergessen wollte, war froh, als Karula sich plötzlich und gänzlich unmotiviert, wieder auf ihre bevorstehende Hochzeit besann.

„Meint ihr nicht, wir könnten, allen Traditionen zum Trotz, nicht hier draußen am Strand feiern?" - „Warum nicht", meinte Heronia. „Die Meermenschen würden sich bestimmt freuen!" - „Schön. Ich denke wir bauen Pavillons auf und schmücken das Ganze mit Unmengen an Blumen und..."

Karula überlegte immer noch laut weiter und merkte in ihrem Eifer nicht einmal, dass ihr keiner mehr zuhörte. Serafina war längst aufgestanden und ging mit Rufus alleine am Strand entlang. Endlich konnten sie unter vier Augen miteinander reden.

„Weißt du was...", fing Serafina an zu erzählen.

„Nein, weiß ich nicht. Aber du wirst es mir bestimmt gleich sagen", erwiderte Rufus.

„Am liebsten würde ich hierher zurückkehren - für immer. Jetzt wo Darkas fort ist, könnten wir wieder im Paradies leben. Versteh mich nicht falsch, ich mag unser Leben in Schottland auch irgendwie, aber hier..., hier bin ich daheim."

Rufus seufzte. „Ich weiß, ich weiß. Aber so Hals über Kopf geht das nicht."

Natürlich hatte Rufus Recht. Aber er schien dem Gedanken auch nicht gänzlich abgeneigt. - Das mussten sie in einer ruhigen Stunde gemeinsam durchdenken. Die Kinder brauchten sie dazu nicht zu befragen. Es bestand keinerlei Zweifel daran, was die drei wollten. Serafina nahm Rufus Hand fester, als sie durch das warme Wasser liefen und sie sagte: „Ich habe immer noch ein schlechtes Gewissen, weil ich ein Lebewesen vorsätzlich getötet habe." Rufus verstand. Ihm ging es nicht viel anders. Aber hatten sie eine andere Wahl gehabt. Wohl kaum.

„Weißt du, ich fühle mich auch nicht besonders wohl bei dem Gedanken, dass ich viel fremdes Blut vergossen habe, aber damit müssen wir wohl oder übel zurecht kommen." Damit nahm er seine Frau in die Arme und wiegte sie wie ein kleines Kind hin und her.

Wie das immer so ist, verging der letzte Tag wie im Flug. Rufus und Serafina mussten versprechen, dass sie bald wiederkommen und nicht erst bis zur Hochzeit damit warten würden. Schneller, als es irgendjemand für möglich gehalten hätte, näherte sich der Abend. Serafina und die Kinder wären nur zu gerne noch geblieben. Aber Rufus sah das etwas anders.

Doch erst einmal mussten sie ins Menschenreich zurück. Zurück, um selber ein wenig Abstand von den Ereignissen zu gewinnen! Zurück, um die Kinder wieder in die Schule zu schicken! Zurück, weil die Druiden es vorerst so wollten! Rufus und Serafina verabschiedeten sich zuerst von den Meermenschen. Danach gingen sie mit den Kinder zu den Pferden, um auch hier Lebe wohl zu sagen. Einzig Kee hatte sich abgesondert - heute mit ausdrücklicher Erlaubnis seiner Eltern - und stromerte mit Fugan durch die Gegend. Nach einem letzten gemeinsamen Abendessen im Kreise der Familie hieß es endgültig Abschied nehmen. Obwohl es allen furchtbar schwer fiel, hatte Rufus, vernünftig wie er war, darauf bestanden, dass den Zwillingen noch zwei Tage blieben, bevor die Schule anfing, um die Reise zu verarbeiten.

Stella kaute missmutig auf ihrer Unterlippe herum, gerade so, als ob sie auf einer Idee herumkaute, die ihre Eltern zum Bleiben veranlassen könnte.

„Ich werde euch alle sehr vermissen", sagte Serafina in die unangenehme Stille.

Rufus räusperte sich, um den Kloß, der ihm im Hals saß, los zu werden. „Aye. Die Umstände waren zwar nicht gerade glücklich, aber es war trotzdem wunderbar, euch alle wiedergesehen zu haben. Und für unsere drei Kleinen war es ein ganz besonderes Erlebnis, nicht wahr?"

Die Kinder nickten. Kee warf ihm einen bösen Blick zu. Jetzt fing sein Vater auch schon mit „klein" an. Dabei fühlte er sich so erwachsen wie nie zuvor. Rufus, der lange Abschiedsszenen hasste, erhob sich und meinte, dass es nun Zeit wäre, die Koffer zu holen. Alle anderen erhoben sich ebenfalls. Heronia drückte ihrer Tochter zur Aufmunterung die Hand. Und Serafina nickte still. Frina nahm Stella auf den Arm und überdeckte ihren Kopf mit Küssen. Mit nassen Küssen, wie Stella feststellen musste.

Innerhalb weniger Minuten war alles herbeigezaubert. Die Kinder waren traurig und luden ihr Gepäck schweren Herzens in den Van.

„Ihr bald wieder hier", munterte Frina die drei auf. „Und vielleicht ich euch zwischendurch besuchen werde."

„Ja, Fina, du mir suchen", freute sich Stella. Rufus drängte zur Eile, denn der Weg war weit und lange Abschiedszeremonien waren ihm von jeher verhasst. Auf einen Pfiff hin kamen auch Hund und Katze herbei gelaufen und sprangen ins Auto.

„Jetzt fangen wieder stumme Zeiten für uns an", maulte Archie. „Hm, Mist", schnurrte die Katze und verdrehte die Augen. Im Menschenreich konnten die Tiere nicht sprechen.

Kee und Fugan tuschelten leise miteinander und heckten bestimmt wieder irgendetwas aus.

„Daddy", rief Kee seinen Vater. „Kann Fugan nicht für eine Weile mit uns kommen?"

Rufus schüttelte den Kopf. Doch ehe er etwas sagen konnte, ergriff Drug Fir das Wort.
„Ein anderes Mal bestimmt. Doch Fugan steckt mitten in seiner Ausbildung." Und um weiteren Einwänden vorzubeugen, fügte er hinzu: „Die wird er auf jeden Fall zum Abschluss bringen." - Fugan verzog sein Gesicht zu einer Grimasse. „Aber ich..."
„Kein aber, mein Sohn!"

„Typisch, mein Alter", maulte Fugan herum. „Ich hab es geahnt. Aber nett, dass du gefragt hast, Kleiner."
„Da kann man wohl nichts machen", sagte Kee frustriert. „Aber wir sehen uns."
Nach nassen Abschiedsküssen, langen Umarmungen und immer noch etwas, was dem einen oder anderen einfiel, um die Abfahrt zu verzögern, schob Rufus einen nach dem anderen konsequent in den Wagen. Wenn das noch lange so weiterging, kämen sie hier nie weg! - „Fina", rief Stella, „du mir wirklich suchen?"
„Wenn ich kann machen, ich machen", antwortete die Elfe wage. *Eher nicht, Schatz!* Aber sie wollte das kleine Mädchen nicht noch trauriger machen, als es schon war.
Selena und Vobius hatten spontan beschlossen noch ein paar Tage zu bleiben, und klopften zum Abschied noch einmal an die Wagenfenster. Die Kinder hämmerten nun ihrerseits von innen dagegen und verursachten ein Geräusch, wie wenn Regentropfen auf Metall fielen.
Rufus schüttelte aufgrund dieser Späße nur gutmütig den Kopf. Wollten nun alle versuchen, die Scheiben einzuschlagen, um ihn an der Abfahrt zu hindern?
„Hört jetzt alle miteinander mit dem Unsinn auf. Wir fahren jetzt und sehen uns alle bald wieder!" Schelmisch grinsend fügte er hinzu: „Schneller als euch lieb ist!"
Einzig Amy war aufgefallen, das niemand mehr Darkas auch nur mit einer Silbe erwähnt hatte. Deshalb nahm sie Drug Fir zur Seite, bevor Rufus auch sie mit sanfter Gewalt in den Van schieben konnte.
„Großvater, was ist eigentlich aus Darkas geworden? Wo habt Ihr ihn hingeschickt? Ist er für immer besiegt?"
Drug Fir seufzte tief und antwortete: „Was heißt schon für immer!"

Zum Inhalt

Rufus und Serafina Witherspoone, die beide aus einem alten Druiden- und Zaubererge-
schlecht stammen, leben mit ihren drei Kindern - den Zwillingen Amy und Kee sowie
Stella, dem Nesthäkchen - im Irland der heutigen Zeit.
Sie führen dort ein menschliches, recht beschauliches, angenehmes Leben, bis zu dem
Tag, als ihre Hilfe aus dem Zauberreich angefordert wird, denn dort bedroht ein mächti-
ger Druide den Frieden.
Darkas, einst anerkanntes Mitglied des Druidenrates, wurde aufgrund seines Machthun-
gers verstoßen. Seither verfolgt er nur ein Ziel: Die Eroberung der Tir nan Ogg! Denn die
bietet ihren Bewohnern neben dem ewigen Leben noch viele andere Annehmlichkeiten.
In den Dunkelelfen, die seit den Elfenkriegen selbst in der Verbannung leben, hat er ei-
nen gleichermaßen verschlagenen wie mächtigen Verbündeten gefunden. Die Zeit der
Vergeltung scheint gekommen!
Nun heißt es für die Familie, den Druidenrat im Kampf gegen die Dunkelelfen und deren
Anführer Darkas zu unterstützen.
Hilfe erhalten die Witherspoones dabei von den mächtigen, uralten Drachen, Zwergen
und Feen. Denn alle wollen ihre friedliche Welt - hinter der Wirklichkeit - erhalten. Selbst
die kleine Stella entwickelt auf der Zauberinsel bisher ungeahnte Fähigkeiten.
Es wird eine magische Schlacht zwischen Gut und Böse. In der sich Kräfte messen, von
denen die Menschheit nichts ahnt und deren Ausgang niemand vorhersehen kann.